# 人喰い

ロックフェラー失踪事件

カール・ホフマン

奥野克巳◉監修

古屋美登里◉訳

亜紀書房

# 人喰い　ロックフェラー失踪事件

人喰い　ロックフェラー失踪事件　目次

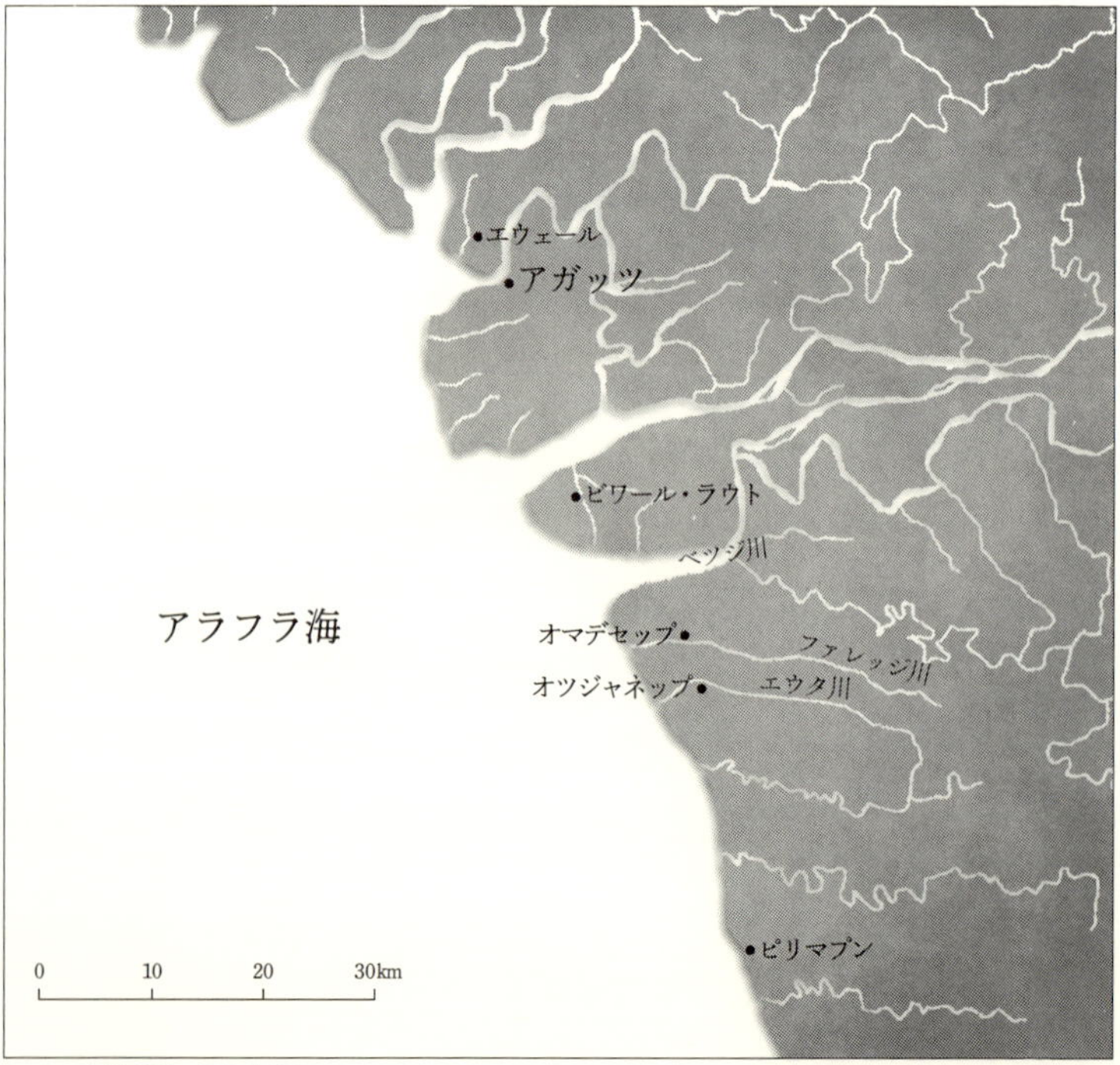


アスマット拡大図　1961年頃

# 主要登場人物

◉マイケル・ロックフェラー……アメリカ人、ロックフェラー家の御曹司
◉ルネ・ワッシング……マイケルの調査に同行したオランダ人人類学者。ボート転覆の生存者
◉サミュエル（サム）・パットナム……マイケルの高校時代からの親友
◉ネルソン・ロックフェラー……マイケルの父。大富豪で、ニューヨーク州知事、アメリカ副大統領を歴任
◉メアリー・ロックフェラー……マイケルの双子の妹
◉ロバート・ガードナー……人類学者、ドキュメンタリー映画製作者
◉アドリアン・ゲルブランズ……オランダ国立民族誌博物館副館長
◉ヘラルト・セーグワールト……オランダ人宣教師
◉フベルタス・フォン・ペエイ……同右
◉コルネリス・ファン・ケッセル……同右
◉アントン・ファン・デ・ワウ……同右
◉エイブリンク・ヤンセン……メラウケのオランダ人弁務官
◉ウィム・ファン・デ・ワール……オランダ人の警邏
◉マックス・ラプレ……オランダ植民地統治官
◉P・J・プラテエル……オランダ領ニューギニア知事
◉ヘルマン・ティレマンズ……聖心修道会代理司教
◉ペプ……オツジャネップの戦士
◉フィン……同右
◉アジム……同右
◉ドムバイ……同右
◉ビファク……同右
◉アコン……同右
◉サムット……同右
◉ファニプタス……オマデセップの戦士
◉タツジ……同右
◉タペプ……ペプの息子、オツジャネップの長
◉コスモス・コカイ……ピリエンの家長
◉アマテス・オウン……アスマットをよく知る案内人
◉ウィレム……同右

本文中、［　］は原著者による註、〔　〕による割註は、訳者による註。
また、本文に付された★は、原著者による出典などの註釈があることを示している。
この註釈は巻末にまとめて掲げる。

SAVAGE

# 第一部

HARVEST

# 第一章　一九六一年十一月十九日

マイケル・ロックフェラーは、転覆した船の上から海の中に体を沈めた。海水は温かかった。ルネ・ワッシングはその様子を見守っていた。マイケルは、ルネが日に焼けて髯《ひげ》が伸びていることに改めて気づいた。やりとりは短かった。ふたりはニューギニア南西の海岸を離れてから二十四時間ずっと海を漂流していたので、たいていのことは話していた。

行かないほうがいい。

いや、大丈夫だよ。できると思うんだ。

マイケルは両手の指を軽く曲げてから、腕を大きくまわし、体の向きを変えた。午前八時。★満潮だった。★身につけているのは、白い木綿のブリーフ★と黒縁の分厚い眼鏡。空のガソリン缶ふたつを、★軍人が締めるようなベルトにくくりつけていた。缶のひとつを抱くようにして、陸を目指して泳ぎ出した。陸といっても、ぼんやりした灰色の線★でしかない。陸地まで八キロメートルから十六キロメートルというところだろうとマイケルは思った。足で水をゆっくり蹴るように泳いだ。一時間で一・六キロを泳げば、十時間で岸に着く。一時間で八キロを泳ぐなら二十時間。問題ない。海は湯のように熱かったが、要は心の持ちようなのだ。それに、ふたりにはこの海岸の潮見表があった。そのうえマイケルにはほかにも知っていることがあった。

この時期の潮の満ち干は間隔が一定ではない。★午後四時から翌朝のあいだの、ちょうど深夜零時頃に満潮がくる。その後午前二時にわずかに潮が引き、それから午前八時には再び潮が満ちる。つまり午後四時から翌朝までの十二時間から十四時間は、海水が消耗しきった体を岸へと押していってくれるのだ。

　転覆した双胴船《カタマラン》の上に載っているルネをそれほど待たせずにすむだろう。マイケルは、毎年夏になるとメイン州の海岸から遠泳をしていたので、目的地が少しも近づいていないように見えても、背後の岸辺が遠ざかっていっていることを知っていた。しかもここのアラフラ海は浅かった。浜辺から一キロ半ほど離れたところでも、立ち上がれば足が海底の泥に触れるはずだ。マイケルは仰向けになって足を上下に蹴るように動かした。長くゆっくりとしっかりした蹴り方で、ふたつの容器を引っ張っていった。自身の鼓動と呼吸音がはっきり聞こえた。

　口に出したことはないが、自分は幸運の女神に守られているとマイケルは思っていた。重要な人物だと思っていた。

ニューギニアのマイケル・ロックフェラー。

めったに意識しないが、大きな自信があった。二十三歳の若者というのは死のことを考えない。人生が永遠に続くように思える。メイン州のターンパイクを時速百三十キロのスチュードベイカーで飛ばしている若者★も、そう思っているだろう。そしてこの二十三歳の若者は現在がすべてだった。しかもロックフェラー家の一員なのだ。それが重荷になるときもあれば、権威になるときもあったが、好むと好まざるとにかかわらず、それがマイケルを特徴づけていた。「できない」という言葉は一族の辞書になかった。あらゆることができた。彼はどこへでも行き、何でもし、誰にでも会いながら成長してきた。曾祖父は世界一の富豪だった。父親はニューヨーク州知事で、アメリカ合衆国の大統領選に出馬したばかりだ。大きな生死を賭けた状況において、意志こそがすべてであり、マイケルの意志は類を見ないほど強いものだった。ロックフェラー家の者は誰もがそうだが、マイケルも自分を高めるために善行を施し、偉業を成し遂げるという責任を担っていた。それについて、ロックフェラー家は「世話役《スチュワードシップ》を務める」という言葉★を使った。マイケルは自分のためだけに泳いでいるのではなかった。救助が必要なルネのためにも泳いでいた。そして父親ネルソンのためにも泳いでいた。双子の妹メアリーのためにも。ある意味では、アスマットのためにも。なぜなら、アスマットの美しい芸術作品を大量に集めたのは、自分の父親と、プリミティブ・アート博物館のロバート・ゴールドウォーター、さらに親友のサム・パットナムや世界中の人々に、その作品の素晴らしさを見てもらいたかったからだ。はっきりと言葉にしたわけではないが、彼にはわかっていた。感じていた。だからマイケルは自信満々で泳ぎ、腕を伸ばし、足で水を蹴っていた。世界は広かったが、自分は泡《あぶく》のなかにいた。広大なアラフラ海のなかにいる自分は一粒のあぶくだった。

　彼は急がなかった。恐怖心や不安は、人を殺しかねない。心を疲弊させ、狂わせ、判断力を奪い、大事なエネルギーを奪う。そのことを軍隊の基礎訓練から学んだ。そしてワイドナー水泳試験があることを知ってハーヴァード大学のクラスメートといっしょに呆れ返った★ことも思い出し、かすかに笑みを浮かべた（ハーヴァードの学生はひとり残らず、卒業までに五十メートルを泳げなければならず、その規則を作ったのが、ハリー・エルキンズ・ワイドナーの母親だった。彼女は息子が泳げていれば「タイタニック号」で死ぬことはなかったと思っていた。新しい大学図書館を創るときに二百五十万ドルを寄付した）。これは着実におこなうべきことだ。ふくらはぎがつりそうになったり、肩がだるくなったりすると、ガソリン缶にしがみついて浮かび、刻々と変わる広い空と形を変える雲の様子を眺めて体を休めた。ありがたいことに風は凪《な》ぎ、海も★穏やかで、午後の時間が進んでいくにつれて静けさが増していった。日没になっても、海水の温度は夏の夕方のスイミングプールのように温かだった。マイケルは泳ぎ続けた。ニューヨークで開きたいと思っている展覧会のことを考えた。六メートルもある儀礼柱《フィースト・ポール》をマイケルは集めたのだ。あんな柱、これまでアメリカで見た人はひとりもいなかった。あれを飾ったら、父親の新しい博物館のどんなものもちっぽけに見えるだろう。無数の星が現れてきた。地平線のそばがわずかに明るい。★月が昇った。あと三日で満月だ。だからそれほど暗くはなかった。

　彼は泳ぎ続けた。

　どこにいるのかわからなかったが、ファレツ川とファジト川のあいだ（オマデセップとベイジムのあいだ）のどこかだろう。夜明けには必ず村人たちが浜辺に出てくる。いつもそこで魚を釣っていた。そこに暮らす人々のことをとてもよく知っていてよかった、とマイケルは思った。世界の果てにいるこの地の人々のことをよく理解していた。彼の宇宙が、彼が発見したもうひとつの世界の謎が、解き明かされつつあった。そして海岸へと向かうこの泳ぎは、アスマットの奥へ入っていくための洗礼のようであり、後にきっと面白い話として人々に話して聞かせられるだろう。暗くなった。かなり前から海面に謎めいた光がちらちら反射していた。背後の空は明るく★、燐光のような白い光が海面へ降り注いでいた。彼はそれを見ても、その正体がわからなかった。

　午前四時頃に空はうっすらとした紫色に変わり始めた。新しい朝の光だ。海の上からも、その微妙な変化が見て取れた。泳ぎ始めてからすでに十八時間は経っているが、あと少し泳げばたどり着くとわかっていた。空の缶を結びつけているベルトのせいで、腰のところがすりむけている。疲れ果てていたが、夜明けの光を見て、わずかだが力が湧いてきた。いまでは木々の姿がはっきり見える。木々は黒い線でしかないが、確実にそこにある。彼はまた体を休めた。体を浮かせた。体中が痛んだ。喉が渇き、腹が空き、塩水でひりひりした。冷たい新鮮な水をごくごくと飲めるのなら、何を差し出してもいい。体が震えた。先を急いだほうがいい。空が明るく輝くにつれて、陸に近づいていった。海の底に触れようとすると、足が届いた。かろうじて。しかし底の泥は、ぬるぬるべとべとし、泳ぐほうが楽だった。だが、立って休むことができた。それが最善だとわかっていた。泳ぎ切れることはわかっていた。それでふたつのガソリン缶の一方をベルトから外して放した。そのほうが動きやすかった。泳ぎ、立って休み、さらに泳いだ。今度は仰向けになった。こうすると背中が痛むが、確実に先へ進む。もうここまで来れば大丈夫だ。ニッパ椰子とマングローブの木立が、海の中から直接生えているように見えた。そしてその木立のあいだでは何艘ものカヌーがじっと待機していた。

そして男たちがいた。

## 第二章　一九六一年十一月二十日

男たちは彼を見た。★ 五十人の男たちはエウタ川の河口沿いに並べた長い八艘のカヌーで休んでいた。朝の六時だ。★ 太陽はすでに木々の上まで昇り、眩しいばかりの早朝の光は、正真正銘の熱帯の陽射しへと変わり始めていた。間もなく満潮で、海岸線が消えていた。海水に浸かった低木の茂みのところで陸と海とが交わり、そこから鬱蒼としたジャングルが始まっていた。男たちはその陰にカヌーを浮かべ、ニッパ椰子の黄色い葉で巻いた長い煙草をふかしたり、サゴ粉で作った団子を食べたりした。夜のあいだ休まず家に向けてカヌーを漕いだ。その家はエウタ川の五キロほど上流にあった。

「おい、見ろよ。エウだ！」★ペプはアスマット語で言った。ワニだ、と。

男たちはみな槍に手を伸ばした。★長さ三メートルの槍で、刃には三センチほどの鋭い返しがついていた。先端にヒクイドリの爪が付いているものもあった。

男たちはワニを見つめた。しかしそのワニは、これまで見てきたワニとは動き方が違った。マイケルは背泳ぎをしていたが★、腹ばいになった。そして男たちとカヌーを目で捕らえ、煙草の煙のにおいを嗅ぎ、船尾の泥のなかにくすぶっている石炭があるのを見て、手を大きく振って叫んだ。すごいぞ！　やり遂げた！

「いや違うな」とフィンが言った。★「あれは男だ！」

「うおお！」男たちは唸り声をあげた。ペプとフィンとアジムとほかの男たちは立ち上がり、かがみ込み、長い櫂を引き寄せるとぐいっと水底を突いた。カヌーは泳いでいる男を目指して力強く進み出した。ほかのカヌーもそれに続いた。カヌーは長さ十二メートルの細長い形で、褪せた黄土色と白の縦縞模様が入っている舟もあった。男たちはマイケルを囲んだ。マイケルは激しく呼吸しながらも笑顔を見せた。髯は濡れ、唇は割れて水ぶくれになっていた。ペプはカヌーから体を伸ばしてマイケルを引っ張り上げようとしたが、マイケルはあまりにも消耗していたので、うまく体を動かせなかった。フィンとペプがマイケルの両腕をつかんで浜辺のほうへ引っ張っていった。男たちはマイケルを知っていた。写真も文字もない世界にいる彼らには、比類ない記憶力があった。そして彼らはマイケルを前に見たことがあった。村に来たことがあった。名前はマイクだ。

　カヌーに乗った男たちは、黒い肌でいかつい顔をしていた。頬骨が高く張り出し、鼻の中隔には十セント硬貨ほどの大きさの穴が開いていた。偶然手に入ったイノシシやニンゲンは別だが、彼らは脂肪や油を食さなかった。砂糖も知らなかった。痩せたアメリカ人の皮下層にはなにも詰まっていなかった。ところが彼らは硬い筋肉と血管と皮膚でできていて、一生カヌーをこぎ続けるために胸板と肩は厚かった。腰は細く、肋骨が浮き出ていた。裸でがっしりしていて、繊細に編まれた籐のバンドが膝と肘の上部に巻いてあり、数珠玉《じゅずだま》の実やヒ

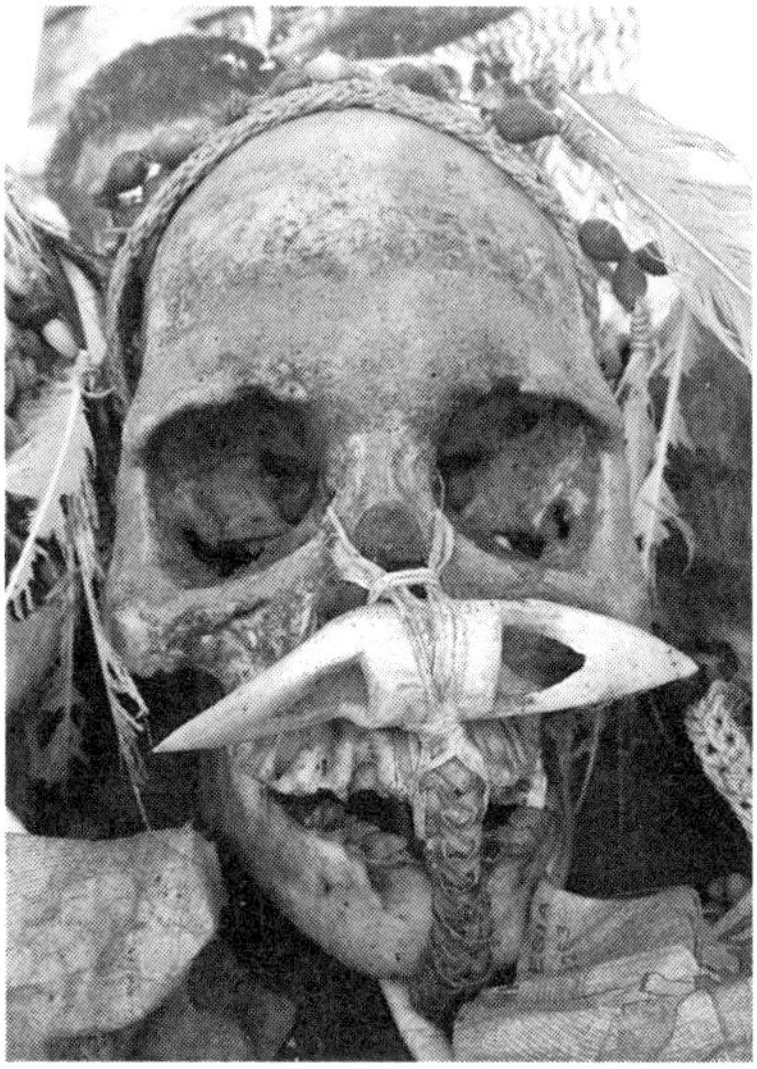

アスマットの祖先の頭蓋。
下顎がついている。
つまり、この死者は首狩りで襲撃されたわけではない。

クイドリやオウムの羽で飾られた草の袋を持っていた。年長で敬われている男たちは袋を体の前に掛け、若い男たちは背中に掛けていた。アジムとペプとフィンの袋は前に掛かっていた。左の手首に分厚い十五センチ幅のブレスレットをはめているのは、長さ二メートルの弓に張られたきめの粗い籐弦が反動で当たるのを防ぐためでもあった。彫刻を施した豚の骨を鼻中隔に通している者もいた。

アジムはペプを見た。「おまえがやれ」★とアジムは言った。それはただの意見ではなかった。挑発だった。アジムは、オツジャネップのアスマットの村を形成する五軒の男たちの家《ジェウ》〔長さ三十メートルもある、草木でできた大きな家。そこで男たちだけで祭儀がおこなわれる〕のうちの一軒の長だった。★アジムはほかのだれよりも多くの人間を殺し、★多くの首を狩ってきた。頭の回転が速く、残酷で、勇敢で、好戦的で、思い切った手段を使った。彼がいまの地位に就けたのは、恐れを知らず、危険を顧みなかったからだ。アジムに備わっているのは、アスマットがテスと呼ぶものだった。カリスマ性だ。

ペプは躊躇《ためら》わなかった。彼のまわりには身内や仲間がいた。この地位を得たのは非常に勇敢で、大勢の男を殺し、たくさんの首を狩ってきたからだ。ペプは吠えると背中を丸め、★水面に浮かんでいる白人の男の肋骨《あばらぼね》のところへ槍を深く突き刺した。マイケルは悲鳴をあげ、獣のような低い唸り声を絞り出した。男たちはマイケルをカヌーに引っ張り上げた。傷口から血がほとばしった。男たちは、自分たちが何をしているかよく知っていた。これまでに何十回もやってきたのだ。宗教に根ざした決まりがあり、これからやることはすべて定められていた。彼らを彼らたらしめている習慣。男になるための定め。完全な男になるための規則だ。男たちはマイケルの力を取り込み、マイケルになって、この世界の均衡を保とうとしていた。

五十人の男がアラフラ海をカヌーで南に進んだ。男たちはそれぞれのカヌーに立ったまま漕いでいくが、いちばん重要な男が舳先と船尾に立ち、もっとも難しい仕事をこなした。男たちの肩や二の腕は小刻みに波打ち、胸や額からは汗がしたたり落ち、背は陽光を受けてぎらぎら光っている。男たちは「ウォー！　ウォー！　ウォー！」と大声で歌いながら、櫂をカヌーの側面に打ちつけ、不気味な霧笛の音に似た竹の喇叭を吹き鳴らした。男たちは笑った。「ウォー！　ウォー！　ウォー！」と何度でも歌った。彼らはアドレナリンと意志の力に満たされ、白人男の温かな血はカヌーのなかの海水と混じり合って、男たちの足を濡らした。

エウタ川から数キロ南下したところ★でカヌーは左に曲がり、岸辺の目立たない切れ込みのなかへ入っていった。ここでは銀色の海水が黒い泥の上を覆い、長い土手が続いていた。ジャングルの鬱蒼とした木々に包まれ、ニッパ椰子とマングローブの根が水のなかで鉤爪のように広がっていた。レモン色のとさかのついたオウムの群れが軋んだ鳴き声をたてながら頭上を飛び交った。オウムは果実を食べる。★ペプとフィンとアジムもオウムと同じように、果実――つまり人間の頭部――を食べる。人間の頭は男たちにとっての果実であり、豊饒のシンボルであり、この大事な種から芽が出て、成長し、死に、そこから新しい人間が生まれてくる。

男たちは入り江に入った。見捨てられた美しい場所で、さざ波が打ち寄せている。陽の光を受けて輝く泥と茶色の川。エンジンも無線もない場所。精霊の住む場所。男たちはここで新しい種を手に入れようとしている。マイケル・ロックフェラーの頭という種を。

浜辺はなかった。灰色の分厚い泥濘《でいねい》だけの幅のない岸辺があるばかりだ。男たちはカヌーから白人を引きずり下ろし、その頭を叩いた。「これはおれの頭だ！」★とフィンが叫んだ。ほかの男たちが集まってきて、怒鳴ったり挑発したりした。マイケルの両手両脚はだらりとなり、ひどい傷を負い、口からは夥しい血が流れ、髯を赤く染めていた。フィンとペプとアジムが、マイケルの胸を地面から浮かせて、その頭を前に押しだし、首の後ろに斧を振り下ろした。マイケル・ロックフェラーは死んだ。アジムがその体をひっくり返し、喉を竹製のナイフで裂き、頭部を上から押しつけると、脊椎の骨がカツンと鳴った。人間も豚も、みな同じだ。マイケルは聖なる肉だった。ほかの男たちはジャングルから枯れ枝を集め、カヌーにある炭でそれに火を付けるあいだ、フィンはマイケルの肛門から首までナイフを深く差し入れて切り裂いた。祖先たちから教わった人間の解体のやり方の通りに、胴体の片側から脇の下を通り、鎖骨を過ぎて喉に至ると、今度は胴体のもう片側へナイフを下ろしていった。血がそこら中に流れて広がり、男たちの手をすっかり赤く染め、腕に染みを作り、足に飛び散った。無数の蝿が音を立てて飛び交った。

　フィンがマイケルの肋骨を斧でたたき割り、胸骨の下に手を入れて、押し広げるようにして開いた。アジムはマイケルの両手と両脚を捻《ねじ》り、切り落としてから、内臓を力任せに引っ張り出した。五十人が声を揃えて歌った。その力強い大地のリズムは、土や木々そのものの脈動だったのかもしれない。神聖なる暴力。火はパチパチとはぜ、煙をあげ、燃え盛った。肉の塊がその中に置かれ炙《あぶ》り焼かれた。焼き上がると男たちは黒くなった脚と腕を火から取り出し、骨から肉をこそぎ、ぽろぽろした白灰色のサゴ澱粉と混ぜて長い棒状のものにしてみんなで食べた。男たちの手は貴重な脂肪でぬるぬるした。脂肪は小さな袋に入れて持ち帰った。

もしこれがほんの数年前のことで、仲間の村人が普通に人を殺した場合であったら、死体を村へ持って帰り、複雑で名誉ある儀式を執りおこなっただろう。しかし、時は移ろった。しかも今回は白人の男だ。ここでひそかにおこなわなければならなかった。頭部を火にかざして髪を焦がした。フィンがその焦げた頭髪を集め、取っておいた男の血と混ぜ合わせ、それを男たち全員が頭や肩や体や、肛門にまでなすりつけた。男たちはマイケル・ロックフェラーに包まれた。

頭部の丸焼きが出来上がると、男たちはその頭皮を剝ぎ取り、鼻の付け根からうなじまで切っていった。そうしながら男たちは、マイケルが生きていたときになにをしていたのかについて話した。

「昨日、魚を食べていたんだ」とペプが言った。

「泳いでいた」とフィンが言った。「そしていまは、死んでいる」

アジムがマイケルの右のこめかみに石斧で五センチほどの穴をあけた。その石斧には名前がついていた。新しいものだった。名前はマイク。男たちは頭部を持って椰子の葉の上に脳髄を振り落としてから、ナイフを頭蓋の中に入れてきれいにこそぎ落とした。脳髄はサゴ澱粉と混ぜて葉で包みこみ、火で炙った。これは特別な食べ物だった。ここにいる男たちの中で年長者であるペプとフィンとアジムとドムバイだけが食べた。豊かな味だった。アスマットでは満腹になるということはなかったが、いまは全員が満足していた。ようやく男たちは怖れることなくゆっくり休み、眠ることができた。頭部をバナナの葉で包み、フィンのカヌーに積んで帰途に就いた。

## 第三章

二〇一二年二月

私たちの乗ったボートは波の上に乗り上げた。長さ九メートルのガラス繊維のロングボートは、狭い波間にぶつかった。アラフラ海の波が砕けて襲いかかってきたとき、こうしてマイケル・ロックフェラーは死んだのかもしれないと思った。大波は立て続けに鋭く迫り、私の動悸は激しくなった。一九五九年に「アメリカン・アンソロポロジスト」誌が詳細に説明していたやり方で、マイケルがアスマットの神聖な殺人と死体解体の儀式の犠牲になったありさまを思

アラフラ海でロングボートに乗っている（前から後ろに）アマテス、マヌ、ウィレム。

い描いた。もしアスマットがマイケルを殺したとすれば、どんな殺し方をしたのだろうか。

もし彼らがマイケルを殺したとすれば――その真相を探るために私はここに来たのだ。ありがたいことに、波は私を連れ戻してくれた。うまくボートが波に乗った。ウィレムが波が弾けないうちにうまく波の面をとらえ、波を超えて落ちるときの衝撃を最小限に抑えた。ウィレムはこの海で育ったので、ボートの扱い方を知っているが、ボートは次第に言うことをきかなくなった。ようやく明るくなってきた。アスマットでは、潮とともに旅をする。アツジを出てきたのは午前三時半だった。月が満月で大きく明るく輝き、闇の中の鈍い太陽のようだった。木々に影ができ、波が銀色に輝いた。真上にかかっていた南十字星は、クリスマスの電飾のようにきらきらしていた。ボートの上を小さなコウモリが飛び交った。しかし、いま私たちは外海で波に打たれ続け、舷縁《ふなべり》から海水が入り込んできて、夜の美しさが恐怖へ変わった。私はかがみ込んで、ビニールの防水シートの下にもぐり込み、ダッフルバッグを手探りで探し、その中から衛星電話が入ったジップロックの袋を取り出してポケットに入れた。また波が襲ってきた。

衛星電話を持ってくるつもりはなかったのだが、最後の最後になって、電話がかけられないせいで死ぬことになったら、そんなばかばかしいことはない、と思った。一九六一年にマイケル・ロックフェラーが無線を持ってボートに乗り込んでいたら、消息不明になることなどなかったはずだ。たったそれだけのことで救われたのだ。

私たちはベツジ川の河口を横切り、ニューギニアの南西海岸を離れた。オーストラリア大陸の北側にある波の渦巻くアラフラ海は千六百キロの海域があり、その先にはインドネシア領パプアのどろどろした沼がある。どこで海が終わって陸地になるのかわからない。アラフラ海は薄いオパール色だが、そこにニューギニア中央部の高い山脈から流れ込む無数の茶色の川が運んできた沈泥《シルト》がたまっている。この四千八百メートルもある鋭利な山々の頂には、どっしりと水気を含んだ熱帯の雲がかかり、一本一本の川は支流をいくつも増やし、それらが盛大に絡み合って曲がりくねり、土地はあっという間に平たく均《なら》され、百六十キロ先の海に流れていく。したがってこの土地には丘も岩も小石すらない。

アラフラ海は面積が六十五万平方メートルもあり、海の状況は刻々と変わる。目に見えない大波が毎日のように平坦な沼地へ押し寄せてくる。土地が水で満ちると、カヌーで進む場所は水と木々の地獄のような様相を呈し、まるで水耕栽培地に入ったかのようだ。根が複雑に絡まったマングローブからは、蔓性や着生の植物が吊り下がっている。竹の群集は緑の塊のなかでひときわ高くそびえている。有史以前のもののように見えるニッパ椰子の大きな葉は、長さ九メートルにもなり、それが風に揺れて大きな音をたて、椰子の黒い根はよじれたり膨らんだりしている。背の高いテツボク〔鉄樹という硬質な木材が取れる〕が、濃い紅茶のような褐色の水の中から伸び上がっている。潮が引けば、そこ一面にぎらぎら光るなめらかな泥地が現れ、脚を入れれば膝まで埋まる。泥は液体のサテンのように柔らかく、ひんやりしている。トビハゼや指爪ほどの大きさの小さな黄色い蟹がちょこちょこ動いている。

飛行機から下を見ると、平らで密集した緑の絨毯の中に、何本もの褐色の川が絡み合ってあらゆる方向へ広がっている。ボートや川岸から見ると、大地は平坦なため、いつも頭上に広大な空があり、絶えず形と色を変え、青い空と怒れる灰色の雲が幾層にも混じりあっている。そして雨の分厚いカーテンが空から降りてくると、あまりの雨量の多さと勢いの激しさに、大気がそのすべての雨を抱えていたのが信じられなくなる。太陽が照っているのに雨が降ることもよくある。暑い。じめじめしている。目を開けていられないほど眩しいときがある。静まり返れば、葉ずれの音と水の音、魚が跳び上がる音、オウムの鳴き声、水を切る櫂《かい》の音しかしない。夜になると星が堂々ときらめき、頭上の銀河は渦巻いて白く、ねっとりし、タピオカ・プリンのようだ。そうした素晴らしく澄んだ夜でも、水平線に沿って幾筋もの稲妻が走り、向こう側でも重大事が起きているかのようだ。アラフラ海は巨大な海だ。波もなく穏やかで青い色を湛えているときもあれば、凶暴で怒り狂い、熱風がわき起こり、幅五キロメートルの河口付近の川の流れを押し戻し、乱流を生み出すこともある。原始的だ。創世記のようだ。いかなるものからも隔てられている。

アスマットはある意味では完璧な場所だ。手に入るあらゆるものがここにある。小エビとカニと魚、二枚貝、イガイ、カタツムリが集められたペトリ皿だ。体長五メートルに近いワニが岸辺を徘徊している。真っ黒なイグアナが、剝きだしになった木の根の上で日光浴をしている。ジャングルのなかには野生の豚や、ポッサムに似たふわふわした体つきのクスクス、ダチョウに似たヒクイドリがいる。そしてサゴ〔サゴ椰子からとった食用の澱粉〕が取れる。サゴ椰子の髄を白い粉にすると食料の澱粉になり、その幹にはオオカシカミキリ虫が卵を生んで幼虫が育つ。ふたつともが大切な栄養源だ。川はどこへでも行ける高速道路だ。いたるところで赤と緑色のインコやオウムが群れている。十二センチの嘴《くちばし》がある首の青いサイチョウ、頭頂部をレモン色に染めている真っ白なオウム、頭頂部に繊細な模様のある漆黒の大きなオウムもいる。

海と山脈とジャングルという大きな障壁があるために長いあいだ人に知られずに暮らしてきた村人たちから、秘密や精霊や規則や習慣が生まれた。

五十年前までは、ここには車輪がなかった。鉄も鋼鉄もなかった。紙すらなかったのだ。今日でも、一本の道路もなければ一台の自動車もない。この約二万五千平方キロメートルのなかに、滑走路は一本だけで、アガッツという主要な「町」の外には、携帯電話の基地局はひとつもない。

波が打ちつけ、ボートは揺れ、私は計画を立てようとした。ボートはガラス繊維でできている。だから浮くようになっている。海からどこかに上陸したとして、電話が使えるものだろうか。だれに電話をかければいいのか。たとえアメリカにいるだれかに連絡できたとしても、向こうが真夜中なら、なにができるというのだろう。それでも、暗記している電話番号などほとんどないのに、私は携帯電話を身につけていた。ボートは次第に川の南河口付近、岸に近づいていた。だが、実際の岸辺というものはなかった。水びたしの沼しかなかった。あの脆《もろ》そうなマングローブに登れるだろうか。そしてなによりも恐ろしいことは、ここが五十年前にマイケル・ロックフェラーがボートで進もうとしていた、まさにその場所だったことだ。

マイケルは当時ハーバード大学を卒業したばかりの二十三歳で、ニューヨーク州知事ネルソン・ロックフェラーの息子だった。冒険をしていた七ヶ月のあいだに、見だしなみのいい学生からむさ苦しいカメラマン兼美術品蒐集家になっていた。彼のボートは、われわれのボートのように大波を受けて揺れ、転覆したのだ。そしてマイケルは岸に向かって泳いでいき、姿を消した。消息不明になった。二週間にわたって船や飛行機、ヘリコプターで捜索し、地元の人々を何千人も動員して探したが、彼が、あるいは彼の遺体が、発見されることはなかった。消息不明という、単純で陳腐な事態が彼の身に起きたということは、われわれの身にも起き得るわけで、そう思うといっそう恐ろしくなった。迫り来る危機を知らせる音楽など鳴らない。大きな波が来たら、ボートにしがみついているしかないのだ。

公式には、マイケル・ロックフェラーの死は溺死ということになっていたが、長いあいださまざまな憶測や噂がとび交っていた。いわく、誘拐されて監禁されている、ジャングルの奥地に入っていき、自らの意志で隠れている、サメかワニに喰われてしまった、陸地にたどりついたが現地の首狩り族アスマットに殺されて食べられてしまった、などなど。彼の話はどんどん大きくなり、神話的なものになった。彼の失踪はオフ・ブロードウェイで演じられ、小説になり、有名なロックの歌になり、一九八〇年にはレナード・ニモイが司会を務めるシリーズにも取りあげられた。私はマイケルの写真を初めて見たときからこの話に魅せられた。写真の中のマイケルは髯をはやし、膝をついて三十五ミリカメラを構えていて、そのまわりではオランダ領ニューギニア当時の現地人たちが厳しい目で見ていた。グレート・バリアム渓谷の高地で記録フィルムの撮影をしていたときの写真だ。その記録映画「死んだ鳥」はひっきりなしに戦争をしていることが自明の、接触不可能に近い石器時代文化を調査した草分け的な研究で、議論の的になった。山脈と霧。そして怒鳴ったり悲鳴をあげたりしながら、槍と弓矢で攻撃を繰り返す裸の男たちに私は魅了された。まったく異なる世界の人々と接触できたらどんなに素晴らしいことかと思った。二十代の頃、ニューギニアのイリアン・ジャヤという場所に行こうとしたが、当時の私の予算では叶わなかったので、ボルネオで短期間を過ごした。私もロックフェラーが写っているのとそっくりな写真を持っている。ロックフェラーと年齢が同じくらいの私が、インドネシア領ボルネオのダヤク人の子どもの目にカメラを向けている写真だ。

私は片方の親がユダヤ人で、中流階級に属し、私立学校で教育を受けたが、名門の出でもなければ何者でもなかった。だが、ロックフェラーの旅にすっかり共感した。彼が何をしていたのか、どうしてそこに行ったのか、少なくともわかる部分があった。彼は、当時そう呼ばれていた「プリミティブ・アート」を集めるためだけに行ったのではなかった。自分のために未開の世界に触れ、味わい、匂いを嗅ぎ、その目で見たかったのだ。「文明化されていない」過去の世界、彼のいる世界とはまるで違う世界を求めていた。他者との遭遇を。私と同じように彼も、他者は自分を、われわれ文明人を、どのように見ているか知りたかったのかもしれない。彼はそうしたことに惹かれたばかりか、みごとな彫刻を施してある神聖な頭蓋骨を追いかけ、裸で暮らす人々が、文明と技術が複雑に絡まり合う前の人の姿、もっとも素朴で原始的な姿かどうかを確かめたかったのだ。そこがエデンに似たところかどうか確かめたかった。エヴァが林檎を食べる前の世界を。そして、特権的な立場や社会的信念が身につく前の彼の姿、マイケル・ロックフェラーを見るために。その姿は同じなのか、違うのか。

自分ならではの「プリミティブ・アート」を作るにはどうしたらいいのか。そのためには現地に行き、権力のある知事にして大統領候補の父親が思い描いていたところよりもさらに奥へと入っていけばいいのか。マイケルは画廊やフリーマーケットなどからプリミティブな作品を手に入れようとはせず、制作者自身に会って手に入れ、それを理解し、新しい芸術家たちを紹介しようとしたのだ。

私は何時間もその写真を眺めながら、アスマットの村でマイケルが何を見、何を感じたのかを考えていた。彼の身に何が起きたのか。私がその謎を解き明かすことができるのか、と。マイケルが誘拐された、あるいは逃亡した、というのはありえなかった。溺死説にしても、浮きの助けがあったわけだから考えにくいし、遺体が見つかっていないのはおかしい。サメについては、ひどく怖れられている生物だが★、海の中で実際に人間を攻撃することはめったにない。つまり、泳いでいるあいだに殺されなかったのであれば、もっとひどいことが起きたに違いなかった。誰かが何かを知っているはずだ。それに「もっとひどいこと」とは、ある場所へ引きずられていき、二度とそこから戻ることができないという、あらゆる旅行者にとっての悪夢だった。大きな衝突なり大きな誤解があったに違いないのだ。アスマットは血まみれの戦士ではあるが、オランダ植民地の統治者や宣教師がその地域に入ってからマイケルが消息不明になるまでのおよそ十年のあいだに、白人を殺したことは一度もなかった。もしマイケルが彼らに殺されたとするなら、コロンブスが新世界に初めて船出したときからずっと続いている西洋人とそれ以外の人々の間の衝突の核心を衝くことになる。つまり、この辺境の地においては、ロックフェラー一族の名とその力や富などは無力であり、無意味だった、ということになるからだ。そのような状況でなにができるというのだろう。

マイケルの失踪は謎であり、この手の謎は、いつまで経っても忘れられず、終わりのない事件だ。その答えを知りたいと思っているが、失踪という概念には心穏やかではいられない。つまるところ、この実存的な疑問は、われわれは何者か、どこから来たのか、どこで終わりを迎えるのかという問題に行き着く。誕生から結婚、葬儀といった人生の節目のセレモニーは、公の場で象徴的なやり方でこうした疑問に取り組む儀式だと言える。儀式を執り行い、そこに参加し、人や時間が移ろっていくことを受け入れる。しかし、マイケル・ロックフェラーは、失踪してしまった。彼の一族がその死を宣言し、葬儀を執り行い、一族の敷地に墓を作ったが★、そこに遺体はなかった。彼の身に何が起きたのかを説明できる者はひとりもいなかった。彼の死亡記事を掲載した新聞は一紙もなかった。幽霊とは、死んでもその先へ行けない男女の霊であり、彷徨い続ける死者のことだ。私は彼と同じようなひとりの旅行者として、そしてひとりのジャーナリストとして、世界の周縁にたびたび赴き、アフガニスタンをバス横断し、コンゴでは怒りで興奮した兵士たちに遭遇し、頭のイカレた状況に幾たびもはまり込んできたからこそ、わかるのだ。何かまずいことが起きてしまったのだ、と。そして、それがどんなことか絶対にわからないという事実が、私を苦しめ苛《さいな》んだ。マイケル・ロックフェラーは一種の亡霊だ。彼の双子の妹メアリー★はこの喪失の悲しみや結末の無さと闘うために、ずっと心理療法やヒーリングセラピーに通い続けた。この謎を解き明かすことになれば、世界でもっとも有名な迷宮事件のひとつを明らかにできるだけではない。失踪の終結を告げ、ひとつの命に終焉をもたらすという儀式をおこなうこともできるのだ。

私はオランダ植民地時代の資料とオランダ人宣教師の記録を次々に調べ始めた。すると予想していた以上のことがわかった。船や飛行機やヘリコプターでの捜索が無駄に終わり、アメリカ人たちが帰ってしまった後で、マイケル失踪直後の新たな情報がもたらされ、新たな調査が始まっていたのだ。何ページにもわたる調査報告書が作成され、オランダ政府や現地にいたアスマット語を話す宣教師たちや、カトリック教会の上層部が送った電報や手紙には、この事件や、それに繋がる出来事の詳細が書かれていたが、どれも公表されることはなかった。この調査の協力者で中心的役割を演じた人々は五十年にわたって沈黙を貫いていたが、その人たちは存命で、とうとう当時の出来事を進んで話してくれることになった。

波が砕け、逆巻いている。風は吹き上げてくる。岸のそばまで来ているのに、ウィレムはリズムをつかめないでいた。波はあまりにも激しく鋭く早く、立て続けに寄せてきた。私の通訳兼ガイドであるウィレムとアマテス・オウンが相談を始めた。そしてアマテスが痛ましいほどゆっくりした英語でこう言った。「冬は多くのボートがここで大変な目に遭う。しかしここにはバスがある。水の下に」

「バス?」私にはアマテスの言葉の意味を計りかねた。彼の英語が単に拙いからではなく、アスマットの考え方、この世界とのかかわり方が私にはまったくわかっていないせいでもあった。アスマット地区の中心となる町アガッツには、小さいが素晴らしい博物館があり、祖先の作った儀礼柱(ボール)や盾、太鼓、槍、櫂、頭蓋、仮面などが所狭しと並んでいる。夜の博物館は、私にとっては暗く閉鎖された場所にすぎないが、★アスマットの人々にとっては、彫刻という形で具現化された精霊たちの歌う声や太鼓を叩く音で満ち溢れている場所だ。それで、バスとは？このあたり何百キロにわたってバスはおろか、一台の車も、一本の道路もないのに。

「バスって、人々を乗せて動く車輪のあるもの？」と私は尋ねた。

アマテスは、指先のない右人差し指で水のほうを示した（ひと月前の喧嘩で人差し指の先五センチほどを嚙み切られたのだ）。彼の顔は細長く、寄り目で唇は太く、頰骨が出っ張っている。これは多くのアスマットに見られる特徴だ。歯が数本欠けていて、残っている歯はビンロウの実を嚙むので茶色に変色している。身長百八十センチで、針金のように細い。私は彼の指さす方を見たが、見えるものは波と空と黒雲とわずかな青い色だけだ。バスなどない。

「そうだ」とアマテスは言った。「ビンプー・ビスだ。大きなバスで、ここの真下に住んでいる。そして人々が困ったときには現れてきて、岸辺まで乗せてくれる。それで大勢の人が救われてきた。マイケル・ロックフェラーは、このバスのことを知らなかった」

私はクローブの煙草に火を付けて、ポケットのなかの衛星電話をお守りのように握りしめた。われわれはひっきりなしに煙草を吹かしていた。アマテスがなにを話しているのか皆目わからなかった。水しぶきと空腹のせいで体がぶるぶる震えた。米とわずかな魚の肉の食料ではカロリー不足だった。ステーキのためならなんだってしたい気分だった。脚には何かに嚙まれた無数の赤い斑点ができていた。波を乗り越えながら岸辺に向かっていくと、緑色の木々のあいだに狭い隙間が現れた。そこに入った瞬間、風がやんだ。水面は穏やかになった。煙草と小便のにおいがした。男たちのにおいだ。かすかに湾曲したところを過ぎてさらに数百メートル進むと、八軒の小屋が現れた。椰子の葉で出来た屋根と壁に囲まれ、細い何本もの柱に支えられた小屋が、水面から三メートルほど上に作られていた。それぞれの家に幅一メートルほどのベランダがついていた。上半身裸の者もいる女性たちと子どもたちは一軒の小屋に、男たちは別の小屋に集まっていた。皆、無言だった。挨拶はなかった。初めてのアスマットの村を訪れたときは、どこへ行ってもいつもこんなふうだった。通訳の男たちと小屋に入っても、言葉のやりとりはなかった。お手上げだった。私は煙草の葉と巻紙の入った袋を握りしめ、竹を籐で編んで作ったポーチに出た。村には釘の一本もなかった。水もなかった。電力もなく、世界との接触といえば、人と触れ合うことであり、人の声が聞こえる距離が全てだった。静かだった。鳥の囀りだけが聞こえた。ベランダにいる男たちは上半身には何も身につけず、ぼろぼろの短パンをはいていた。私は彼らと握手した。その手は革のようにざらつき、乾いていた。彼らは自分の心臓のあたりに触れた。インドネシアのイスラム教徒から倣った仕草だ。私はずぶ濡れになり、すっかり汚れて疲れ果てていたので、その場に横になり、煙草を男たちに分けた。私たちはそこで煙草を吸いながら新しい朝の草木を見つめた。彼らに訊きたいことは山ほどあったが、訊く術がなかった。

# 第四章　一九五七年二月二十日

一九五七年二月二十日、アスマットの集落の六万倍も広大な、コンクリートと鉄でできた町で、町の重要人物ネルソン・ロックフェラーが新しい鑑賞作品を世界に向けて紹介した。その日のニューヨーク市の気温★は三度。ネルソン・ロックフェラーは贅を尽くしたあでやかな衣服と黒い蝶ネクタイ★に身を包んでいた。年齢は四十九歳。角張った顎をした野心的な男で、スタンダード・オイルの創設者ジョン・D・ロックフェラーの孫だった。ネルソンが誕生したとき、「ニューヨーク・タイムズ」紙の第一面で報じられたが、当時のジョン・Dは地球でいちばんの金持ちで、★九億ドルの資産を持っていた。ネルソンの富と政治的社会的影響力がどれほどのものか、ほとんどのアメリカ人には理解できなかった。ましてや狩猟採集の民にとってはいわずもがなだ。この一年後にはネルソンはニューヨーク知事になり、その翌年には大統領選に立候補することになる。一九七四年にはジェラルド・フォード大統領のもとで副大統領になる。

彼はニューイングランドの名家に生まれた者特有のゆっくりした話し方★をし、投票者の手をしっかり握って、「いやあ、みなさん」と言うことで有名だった。かつて彼の報道秘書官だったジョセフ・ペルシコは次のように書いている。「彼には揺るぎない自信に満ちあふれた雰囲気があったが、★それは生まれ持ってのものに違いない。社交的な傲慢さというのではなく、★子どものような率直さであり、どこにいようがそれは変わらなかった」。彼とその一族がマンハッタンの土地の半分を所有しているようだった。二月二十日、西五十四丁目通り——ミッドタウンの真ん中の五番街のそば、近代美術館の真後ろ——に、ロックフェラーが所有する、刷新されて美しい彫刻が施された張り出し窓のある四階建ての建物があり、そこで内輪のレセプションが開かれることになり、午後八時半には招待客が次々と到着し始めた。★プリミティブ・アート博物館の第一回展示会に先駆けておこなわれた内覧会で、一般公開はその翌日からだった。

ある批評家はこう述べた。艶やか★で現代的、ミニマリストの好む空間で、「とても趣味が良く控え目なために博物館のようには見えず」、それは展示品や開館式の招待客とは正反対だった。招待客名簿には美術界と社交界に君臨する権力者たちの名も入っていた。近代美術館館長のルネ・ダーノンクールがいる。★ロバート・ウッズ・ブリスがいた。オークはワシントンDCに「ダンバートン・オークス」という五十四エーカーの広大な屋敷を持っていたが、いまではそこはハーバード大学の博物館兼図書館になっている。ニューヨーク社交界の有名人ゲートルード・メロン。「タイム」誌と「ライフ」誌を創刊したヘンリー・ルース。★「ニューヨーク・タイムズ」の所有者ヘンリー・オックス・サルツバーガー。★そしてもちろん、ネルソンの十九歳の息子マイケルもいた。彼らが祝福している展示物は遠い世界から来たものだった。彫刻の施された櫂はイースター島から。★長く引き伸ばされて強調された木製の面はナイジェリアから。

1960年6月、マイケル・ロックフェラーのハーバード大学卒業式。
父親のネルソン・ロックフェラーと。

アステカとマヤの石像はメキシコから。ホピのカチナ（精霊）の人形があり、ピレネー山脈で発見された、彫刻の施されたトナカイの骨があった。どれも、世界の片隅でひっそりと暮らす名もなき職人が作ったものだった。そうした物のまわりには民族誌学のジオラマもなければ、アフリカの小屋やカヌーや魚獲り網などへの解説もなかった。地図さえなかった。簡素な白いシリンダーや立方形の上に載り★、白い壁に付けられたトラック照明の光が当たっていた。「きわめて簡素な展示法だ」と「ニューヨーク・タイムズ」は書いた。この展示法で訴えているのは、こうした作品は芸術作品として観られるべきだ、ということだった。

　カナッペを食べたり、ワインに口をつけたりしている招待客たち★に向かって、ネルソンはこの新しい博物館が「世界初のもの」であることを主張した。つまり、プリミティブ・アートを展示する初めての博物館である、と。外の五番街で冷たい風が吹いているとき、ダーノンクールとルースは博物館の形と線の美しさを絶賛し、ネルソンの説明に耳を傾けた。彼はこう言った――世にある歴史民族博物館にはずっと以前から、ここにある作品と同じような作品が展示されていましたが、そうした博物館は現地の文化と研究を文書に記録するのが目的でした。本館の目的はそうした研究を補うことにあります★。彼は、ロックフェラー一族特有の力強い口調で言った。「われわれはプリミティブ・アートを特異のジャンルとして確立したくはありません。むしろ、プリミティブ・アートを、人類の芸術としてすでに知られるものへと統合していきたいのです。われわれの目的はとびぬけて美しい作品を選んでいくことですが、そうした作品の希少価値は、世界中のほかの美術館に展示されている作品に匹敵します。そしてどなたも心から愉しめるように作品を展示していくつもりです」

それは果敢な宣言だった。選び抜かれた言葉だった。西洋の探検家たちは、世界各地を訪れるようになってから、各地の土産を持ち帰りそれを特別な部屋や陳列棚に飾った。一五九九年に作られた陳列棚★の説明文にはそこの展示物が記録されている。「人の歯で出来たアフリカの魔除け、アラビアのフェルトのケープ、インドの石斧、猿の歯から作った魔除け」。旅行するということは、思い出を求め、それを手に入れることだ。「土産」という言葉は、ラテン語の「思い出す」から派生したもので、どの空港の店もそのことをよく知っている。私は旅に出れば必ず、気に入った品物を携えて帰国することになる。私の家はボルネオの吹き矢や、タイの仏教徒の魔除け、中国のアヘンパイプなどで溢れているが、コロンブス以来、ヨーロッパの船乗りや船長はひとり残らず間違いなく、異国の記念品をポケットのなかに入れたり、船に積み込んだりした。しかし、それは「異国の記念品」としてしか見られていなかった。アフリカや南北アメリカ、アジア、オセアニアの現地人は未開人であり、宗教のない人々が作り出すのは美術品ではなかった。たとえば、ジェームズ・クックが三回目の航海のときに蒐集したあらゆる種、葉、植物は、★個々に記録を付けられたが、人間が作った工芸品の大半は目録が作られなかった。ハンス・スローン卿が集めた民族誌学的な品物★は、後の大英博物館の基礎になったが、当時はただの「寄せ集め」に分類されていた。

二十世紀になって西洋の芸術家がプリミティブ・アートに強い影響を受けるようになった。ポール・ゴーギャンの描いた裸のタヒチ人の絵が世界を揺るがせた。パブロ・ピカソはパリの「のみの市」で手に入れた仮面を描くようになった。彼のキュビスムの人物は、アフリカの彫刻に特有のフォルムを粗く強調した姿に似ていた。しかしゴーギャンやピカソのような芸術家は、そもそも革新的な人々だった。西洋の芸術家が「プリミティブなもの」に影響を受けることと、現地の人々が作った作品そのものをダ・ヴィンチやマティスの作品と同等に展示することとはまったく別のことだった。

芸術の話には、それを集めた人物の話がつきものだが、蒐集家の中でロックフェラー家ほど重要な存在はほかにいなかった。ネルソン・ロックフェラーは美術品に囲まれて育った。父親のジョン・D・ロックフェラー・ジュニアは磁器を愛していた。★五十年間で一千億ドル以上を費やし、批評家たちが「世界中でもっとも貴重な蒐集品」と呼ぶ磁器コレクションを作った。母親のアビー・オールドリッチ・ロックフェラーは、アジアとフランスの印象派絵画を集めることに情熱を傾けた。そのため西五十四丁目通りのアビーとジョンの邸宅には、それらの作品が溢れ返っていた。中世のタペストリーや中国の磁器も飾られ、フランスとアメリカの近代画家の作品は周期的に掛け替えられて展示された。ロックフェラーの影響は絶大だった。アビーの情熱があってこそ、一九二九年にニューヨーク現代美術館が作られたのだが、その開館はウォールストリートで大恐慌が起きた九日後のことだった。子どもの頃ネルソンは、ほかの子どもたちが野球を習うように、美術を習った。その美術教育には、将来有望な若手画家のアトリエ訪問も入っていた。そうした訪問旅行について書いた手紙を、一九二七年にダートマスから母親に送った。母親からの返事には、「若い頃から審美眼を養っていけば★、作品を集められる頃には素晴らしい目利きになっていることでしょう」とあった。

一九三〇年にネルソンと花嫁★メアリー・トドハンター・クラークは、ジョン・Dから二万ドルの結婚祝いをもらい、九ヶ月かけて世界中を回る新婚旅行に出かけた。三十年後にマイケルが消息不明になったときも、ロックフェラーの従業員たちは道路を舗装していたし、行く先々の国の政府の要人と連絡を取った。インドでネルソンはマハトマ・ガンジーと会った。あるときは、人の頭部と髪で飾られたスマトラのナイフを買った。このナイフを皮切りに、生涯にわたってプリミティブ・アートを愛することになる。「そうした美術品を、個々人の多様で幅広い表現★として見るようになったのです」とネルソンは言っている。「世界中のあらゆる地域に住む、年齢もさまざまな人たちが、自分たちの感情を表現するための鋭い感性と強い創作意欲を持っています。いまや、われわれが学校で教わったり、美術館で鑑賞したりしたものが芸術の本来の姿だと限定することはできなくなっています」。その年、近代美術館の二代目の館長となることが約束された彼は、美術館側を説得してプリミティブ・アートの展示をおこなおうとした。しかし、ネルソンは時代を先取りしすぎていた。理事会は彼の提案を否決した。

それから二十年後、ネルソンは両親を凌ぐ蒐集家になった。ピカソ、ブラック、レジェの絵画、マティスの壁画をニューヨークのアパートメントに飾った。ポカンティコ・ヒルズにある一族の庭園はカイカットと呼ばれ、マンハッタンの中心部から北に四十五キロ離れたところにあった。カルダー、ジャコメッティ、ノグチの作品が飾られ、プラクシテレスの作品と考えられているアフロディテ像もあった。邸宅の中は「何時間もかけて鑑賞する美術館のような雰囲気だった★。ジョージ・ワシントンがギルバート・スチュワートの描いた本物の絵から見下ろし、ロダンの名作のひとつ『青銅時代』の実物大の裸像が、アーチになった窓の所に飾られていた。実際に使われないように赤いロープで隔てられているものと思われていた作品だった」。メイン州シール・ハーバーにあるロックフェラー家の夏の家では、建築家フィリップ・ジョンソンの手で改修された元石炭荷揚げ場にネルソンは画廊を作っていて、現代絵画と彫刻が所狭しと並べられていた。現代ラテン・アメリカの作品はヴェネズエラの彼の農場に溢れ返っていた。

一九五五年、近代美術館で「人間の家族」という写真展示をおこなった。カール・サンドバールはこの図録のなかでこう書いている。★「太陽と月と星、天候と気象といったあらゆるものは人にとって意味のあるものだ。その意味は多彩だが、空や大地や海が私たちに何を伝えているかを読み解こうとしている点では、どの国のどの民族もみな同じである。衣食住、愛と仕事と言葉、崇拝、睡眠、遊び、踊り、喜びを求めることにかけては、あらゆる国の人々が同じなのである。熱帯から北極まで人間はそうしたものを求めて暮らしている。完璧に同じなのだ」

時代は変わりつつあった。芸術、政治、文化の三つは分かちがたいものになった。そして芸術の世界で起きていることは、世界の政治で起きていることをそのまま反映していた。世界中の植民地で、支配され、改宗させられ、隷属させられ、搾取されるために存在していた人々が、独立する権利を主張していた。一九四七年にイギリスはインドを放棄した。オランダは一九四九年にインドネシア群島のすべてを返還したが、ニューギニアの半分だけは返さなかった。ベルギー領コンゴは一九六〇年に自由を得た。ケニアはその三年後に解放された。ネルソン・ロックフェラーの新しい博物館が開館したときには、動乱の六〇年代が次に控えていた。公民権運動、フェミニズム、第二ヴァチカン公会議とカトリック教会の変革、平和部隊。神話化された未開人たちに関する認識の変化は、博物館の開館によって完璧に理解されるにいたった。プリミティブ・アート博物館の最初の展示品（ほとんどがネルソンのコレクションを基本にしている）について、ニューヨーク美術の批評家ヒルトン・クレイマーの記事は、植民地主義終焉の宣言のように読める。

「様式や工芸や文化の起源といったどんな公分母よりも驚かされるのは、ありあまるほどの芸術的発想と活気がどの作品にもあることである。プリミティブの意味として要領よくまとめられたどの説明をも粉砕する力がある。少なくとも筆者にとっては、その言葉自体を粉砕された。（略）プリミティブ・アートは、何かを伝えるというより、いきなりこちらに衝撃を与える。われわれは何も知らなかったのに知ったふりをしてきたのだ、と。歴史という概念がもっとも輝かしい文明を閉め出してきたのだ、と。プリミティブ・アートは、西洋の美的感覚の傲慢さを際立たせ、ある種の歴史的偏狭さを暴いている」

しかし、プリミティブな作品へのこの愛情にはどこか陰鬱で、冷笑的なところがある。ミケランジェロやマティスやホックニーの作品の奥に、どんな憧れや邪悪さや情熱や好奇心があるかなど、だれにわかるのか。ヴァン・ゴッホは自殺した。ピカソは性欲が強かった。だれがそんなことを気にするのか。われわれはその色彩に圧倒される。形や線に驚嘆する。西洋の芸術家の私生活のあり方がその作品を特徴づけることもあるかもしれないが、それはわれわれにはどうでもよい個人的な表現であり、芸術家の意図を知らなくても気にかけなくても、絵や彫刻作品を愉しむことができるのだ。

しかし、プリミティブ・アートのほとんどが神聖な芸術であり、それぞれの芸術家は象徴的言語に組み込まれている。その言語は共同体と宗教の力によって即座に理解される。プリミティブ・アートの製作者にとって、作品の形と機能とは分離しない。アスマットの盾にある彫刻は、矢を止めるために彫られたかもしれないが、上部から突き出しているペニスや、オオコウモリの翼や雄豚の牙をそこに刻み込んであるのは、霊的な力を利用する意味がある。盾には知人の霊が住み着いているからだ。西洋の蒐集家にとってアスマットの盾は美しい品物だが、アスマットの人々にとっては超自然的な力を宿したものだ。その盾を見て恐怖に倒れるアスマット人もいるかもしれない。「祖先の霊がこの盾には住んでいる」★とトビーアス・シュネエバウムは書いている。彼はアスマットと五年間を過ごした作家であり芸術家だ。「その盾は生きている親族に、いかなる困難をも恐れず勇気をふり絞る力や、敵に打ち勝って勝者となる無限の力までも授けてくれるのである」

ネルソン・ロックフェラーは、新婚旅行で手に入れたスマトラ島のナイフの美しさと形を理解した。その洗練された眼で、それが芸術作品だと看破した。だが、見たのは表面だけだった。人間の頭部と本物の人間の髪だ。しかしこのふたつは、深部にある何かを示唆していた。ネルソン・ロックフェラーと、そのナイフを作ったスマトラ島の人々とでは、その意味にとてつもなく大きな違いがあった。

プリミティブ・アートが民族誌学的珍品から芸術作品へと移行し、マンハッタンのタウンハウスの白い台座の上でトラック照明に照らされて鑑賞されるにつれ、それは本来の意味と目的から乖離《かいり》していった。ネルソン自身、一九六五年に取材されてこう答えている。★「プリミティブ・アートに対する私の興味は、知的なものじゃありません。あくまでも美しさが大事なのです。いま私が持っているこの器は家庭の道具か、儀式用の器か、などと訊かないでくださいよ。それはどうでもいいことなんですからね！　この姿、色、手触り、形が好きなんです。人類学や民族学的な目的などにはまったく関心はありません。だからこの博物館を作ったわけです。未開の地の芸術が純粋に美的かつ形式的な観点で扱われる得るということを示したかったのです」

とはいえ、異国の見知らぬ世界に入り始めた人々は、生命のない物体を手に入れるばかりか、まったく違う世界に踏み入るようになった。人々を病気にし、殺しさえできる危険を孕む精霊の世界、自分たちには理解できない言語で語られた秘密や意味、理解できない象徴のある世界、生と死が文字通りあやうい均衡を保っている世界に入っていくようになったのだ。

ＳＦ小説ではマッド・サイエンティストがよく登場し、われわれの世界と遠方にある世界とを繋ぐ入り口を作り出し、そこを通って勇壮な主人公が旅をする。そうした扉が開くと予想もしないことが起きる。一九五七年の夜にも同じことが起きた。ネルソン・ロックフェラーは、遠く離れたニューギニアの沼地への扉を開け放ってしまったのだ。精霊たちがうごめく世界は生と死、自己と他者、食べる者と食べられる者との境がない世界だった。マンハッタンのミッドタウンがそうなったかもしれないパラレルな世界だった。大半の人々は、イースター島の櫂や、台座に載ったナイジェリアの仮面を見て満足する。あるいは、父親が台座に置いたものを見るだけで満足する人もいるだろう。しかし、とても偉大な父親に自分が有能であることを示さなければならない運命を担っているような人は滅多にいない。少年であればなおさらだ。

博物館のオープニング・パーティの夜、マイケル・ロックフェラーは十九歳にすぎなかった。その日の出来事が彼にどれほどの影響を与えたかは想像に難くない。権力者である父親が新しい博物館を誇りとし、喜び輝いている様子。不思議な異国的な美と魅力を備えた作品。ニューヨークのエリートたちがそれらを絶賛する姿。一方、そこから何千キロも離れたところでは、暴力がいまにも爆発しそうになっていた。ネルソン・ロックフェラーがその翌日、博物館の理事ロバート・ゴールドウォーターに宛てた文章を悔いたかどうかと問わざるを得ない。[★]「昨夜はまったくもって完璧な夜でした。われわれの長年の夢が現実のものとなったのです。この新しい博物館の誕生とそれによる貴君との繫がりは、私にとって最大の喜びと幸福の源です」

# 第五章　一九五七年十二月

ネルソン・ロックフェラーがプリミティブ・アート博物館を開館してから七ヶ月後のこと、ピプ、ドムバイ、スー★、コカイ、ワワール、パカイはアラフラ海に櫂を突き入れては漕ぎ、なめらかにカヌーを進めていた。突き入れては漕ぎ、突き入れては漕いだ。みなは一族の複雑な絆で結ばれ、長年カヌーを漕いできたので櫂は一糸乱れずに動いた。

丸木を刳《く》りぬいて作ったカヌーの幅はたった三十センチ、深さは四十五センチ。ぐらぐらして不安定だ。ところが彼らは、一度も靴を履いたことのない強靭で幅広の足でバランスを取りながら、立ったまま一列になってカヌーを漕いでいく。櫂は三メートルはあり、水を掻く部分は狭く短く平たい楕円形をしていて、柄の部分は先端に向かって徐々に細くなっている。その先端に、頭部が黄色いオウムの白い羽根が付いている櫂を持つ者がいて、それは優れた首狩り人の勲章だ。それぞれが持つ櫂の柄の四分の三ほどの、ちょうど目の高さのところに、死んだ身内の顔が小さく彫られている。漕ぐ度に漕ぎ手はその顔を見て、死んだ兄弟やおじやいとこを思い出す。彼らのカヌーの舳先には上向きのペニスが彫られている。壮大で美しく表現された男性のイメージだ。カヌーにはそれぞれ名前がついている。

彼らがカヌーで運んでいるのは、バナナの葉で包まれた乾燥したサゴの粉と矢羽根のない竹矢を射る長さ百八十センチの弓、無数の刺のある長槍、石と鋼《はがね》で作られた斧などだ。石は、昔から取引をしていた高地からもたらされたもので、鋼はオランダの宣教師が持ち込んだものだった。宣教師たちは一九五二年にアスマットの村に徐々に入り込んできた。湿地帯や川のなかでは漕ぎ手は火を熾《おこ》すことができない。それで、それぞれの船尾に泥を敷き、その上に燻《いぶ》した石炭を置いた。

櫂を水に突き入れては漕ぎ、突き入れては漕いだ。一漕ぎするたびに櫂がカヌーの側面を打つ音は、ドラムビートのようだった。鼓動のようだった。

彼らはオツジャネップからやって来たが、もうじき、その大半は死ぬことになる。

もし彼らが不安をかすかにでも感じていたとしても、それをけぶりも見せることはなかった。南に向かって進む彼らのほかに、百十八人の男たちが★十一艘のカヌーに乗っていた。全員がオマデセップの男たちだった。この付近の小さな村には、百人が暮らしている村もあれば、わずかな人数で暮らす村もあった。しかしオツジャネップとオマデセップは千人以上を擁していた。このふたつの村は、大きくて戦力もあり、伝統を重んじていた。しかも何本かの川に隔てられているが、直線距離にして数キロしか離れていなかった。ふたつの村の男たちは共に戦い、共に敵を殺し、妻を奪い合ってきた。ときどき一夜だけ、妻を交換することもあった。彼らの生活は村や男たちの家《ジェウ》と密接な繋がりがあったので、個人の集まりというより一個の有機体に近かった。だが、彼らに恐怖心がない、というのは誤りだろう。アスマットは複雑な精霊のいる

ファレツジ川を下るカヌーに乗っているオマデセップの男たち。

世界に生きていて、その世界は綿密に決められた儀式や定期的におこなわれる互恵的な暴力によってバランスを保ってきた。死だけではなかった。病気も精霊がもたらした。村人たち全員が精霊を見ることができ、精霊と話すことができた。籐にもマングローブにもサゴの木にも精霊は宿っていた。川の渦巻きや自分たちの指や鼻にも宿っていた。アスマット人の世界があり、サファンの世界があった。サファンは海の向こう側にある、祖先の魂が宿る領国だった。ふたつの世界とも実際に存在し、病気や死が訪れないようにするには、祖先の霊を絶えず慰撫し怖れていることを示し、霊を海の向こう側に留めておく必要があった。海の向こうにいる限り、霊が害を及ぼすことはなかった。精霊はたいてい夜にやってくるので、それを退けるためにアスマットは祖先の髑髏を枕にした。

ピプとスー、コカイ、ワワール、パカイ、そしてオマデセップの男たちのカヌーは、ひと塊になって、水と一体化しているかのようになめらかに進んでいった。小道に沿って歩いているのと同じように自然な動きだった。彼らのカヌー、櫂、飾り、どれもジャングル由来のものだ。彼らはカヌーを漕ぎながらときには静かに、ときには騒がしく歌を歌った。一つ一つの言葉が長くゆっくりと引き延ばされ、哀歌のようだった。

海鳥が来ている★
元気だったか？
俺を仲間にいれてくれ

「ウォー」とワワールが強調するために叫び、六本の櫂がカヌーの横腹を叩いた。
「ウォー！」

俺たちはおまえを信じる
誰もがおまえを信じる
おまえが海に住んでいるから
おまえはどこからやって来た？

おまえの後をついていく

男たちはからかいあった。女にまつわる冗談を言った。彼らの戦いの半分は女をめぐってのものだった。村人たちは女でもめた。戦争は自分の好きな女を勝ち得ることに直結していた。よそ者は小川の入り口ひとつ探すのすら苦労するが、彼らはすべての川を知っていた。どこもかしこも同じ緑が続き、四季がなく、雨季と乾季に分かれてもいない世界だが、彼らにはどのサゴの木が誰のものか、どこがオツジャネップの境界線で、どこからオマデセップが始まるのかがわかっていた。

彼らには豊かな口頭伝承があった。子どものころに煙の充満した長い家で、父親の膝の上に座って学んだ。四季のない世界の村人たちは、時間も知らなかった。夜が明けるまで太鼓を叩いたり歌ったりして、昼間に眠り続けることもあれば、夕暮れに眠りに就くこともあった。カヌーは潮の満ち干に応じて乗った。パカイはビワール・ラウトの村の話をした。男たちはビワールの男たちがオツジャネップから女をふたり盗んでいったことを覚えていた。仕返しに彼ら——つまり女たちの父親や義理の兄弟、叔父たち——はビワールの村人たちを殺した。三十年前のことだ。ところが昨日の出来事のように覚えていた。ジャウォール川の入り口に来た。その入り口は泥の浜辺のなかでかろうじてわかるくらいの隙間しかなかったが、男たちは全員が身を震わせた。ジャウォール川は精霊が溜まっている恐ろしい場所だった。

アスマットの男たちはみな、デソイピツ《傷男》とビウィリピツ《オウム男》の話を知っていた。デソイピツとビウィリピツは世界に最初に現れた兄弟で、男たちに首の狩り方、人間の体の解体方法、人肉と髑髏を使って少年を一人前の男にし、命をこの世界に繋ぎ止める方法を教えた。アスマットの創世神話にしては、その起源がわかっておらず、しかもカニバリズム〔人類学では人間が人間の肉を食べる食人習慣のこと。生物学では種内の捕食（共喰い）のこと〕自体の発生をあっさりと説明していて、人類学者のあいだで激しい議論がしばしば起こる複雑なテーマだ。ある文化が人間社会の中でもっとも基本的なタブーのひとつとしてみなしていることを、別のある文化が実践するのはどうしてなのか。因果関係や、鶏が先か卵が先かといった問題を解決することは難しいが、少なくともアスマットでは、食料、とりわけ脂肪とタンパク質の贅沢な食料は豊富ではなく、定期的に手に入るわけでもなかった。ワニは別にして、食べたり狩りをしたりする大きな獣がいない。野生の豚ですらニューギニア原産ではない。菜園はせず、行くところもない。四万年前に最初にこの島に人間がやって来たとき、ここがどん詰まりだった。アスマットはサゴの木や漁場をめぐって村同士で激しい競争をしてきた。人類学者のデイヴィッド・エイデは、アスマットの戦いはすべて生存競争★が原因だった、と信じている。百の伝統的な文化のなかにカニバリズムは見られるが、その研究★をしている人類学者ペギー・リーヴズ・サンデーは、食人の習慣を持つ人々では、「生態的ストレス」のある割合が九十一パーセントに達していることを発見した。人肉食が盛んにおこなわれていたときでも、アスマットにおける殺人の割合は、人口全体に栄養を行き渡らせるにはまったく足りなかったが、戦争指導者やその家族たちにとって殺人は重要だったかもしれない。人間は自分たちが生きていることの意味を説明するために神話や民話を創り出す。数千年をかけてアスマットは、基礎栄養や食べ物を超越し、自分たちの行為の起源と正当性を主張するために、物語や儀式を創出してきた。一九五〇年代に入るまで、アスマットのカニバリズムは食料確保というよりも、首狩りとその聖なる儀式の副産物として見られてきた。

アスマットのカニバリズムと結ばれているのは全体意識であり精霊の世界であって、デソイピツとビウィリピツの話から明らかになるのは、アスマットでは犠牲者と捕食者、「自己」と「他者」がきわめて密接に繋がっているということだ。オランダ人宣教師へラルト・セーグワールトが一九五〇年代に残した記録に、首狩りとカニバリズムに関する儀礼が詳細に述べられている。私が第二章で書いたマイケルの死の描写はその記述に拠《よ》っている。マイケルが殺されたのであれば、物語の記述どおりにそれがおこなわれたはずだからだ。

デソイピツは歳を取り、首狩りができなくなった。★それでビウィリピツが仕事をすべてをしなければならなかった。ある日、少年ビウィリピツが野生の豚を持ち帰った。彼は首を切り落とし、ヒクイドリの骨でできた短剣をその喉に差し入れ、床に首を突き刺した。「イノシシの頭はただのイノシシの頭だ」その様子を眺めながらデソイピツは言った。「人間の頭でやってみたらどうだ？　すごい体験になるだろうよ」

ビウィリピッツは同意しなかった。人間の頭などどこで手に入れられるのだろう。デソイピッツはその考えにこだわって、こう言った。「じゃあ、俺の頭でやってみろ」デソイピッツはビウィリピッツをうまく言いくるめ、自分を槍で殺すよう説得した。ビウィリピッツは指示通りにデソイピッツを槍で殺し、竹のナイフを喉に差し入れ、頭を前方に押すと、脊椎がカクンと鳴った。デソイピッツは頭が切り離されてもまだ話すことができたので、ビウィリピッツに人体の正しい解体の仕方を授け、少年を男にさせる手続きとし、説明通りにおこなわなければならないと述べた。この物語では時間と場所は変わっていく。それはこの話が、たとえこの世界に「他者」がいなくとも、アスマットの男女が将来いかに行動していけばよいかを示す憲章であり指示書であるからだ。

うまく首を狩って男たちと戻ってきたビウィリピッツは、凱旋を知らせるために竹の狩猟笛を鳴らした。

「何をした?」と川岸から女たちが呼びかけた。「何をやり遂げた?」

「俺、ビウィリピッツは今夜、島の川に行った。大きな男を殺した。その肉はカヌーのなかにある」

「その男の名は?」女たちは叫んだ。

「その男の名はデソイピッツ」

女たちは歓声を上げ、カヌーに乗った戦士たちが川岸に向かって漕いでくるあいだずっと、踊ったり飛び上がったり、叫んだりした。

ジェウの中に入ると、ビウィリピツは床に座り、恥じるように俯《うつむ》かなければならなかった。それから自分が殺した者の名を、つまり兄の名前、首を狩られた者の名デソイピツを与えられた。その後、自分が殺した男になった彼は、彼自身が犠牲者その人であるかのように家族に喜んで迎え入れられた。

母親のいちばん上の兄が、髪が焦げるまで頭を火の上で炙《あぶ》った。その髪を、断頭箇所から集めた血とよく混ぜ、新たに男となる少年の頭や肩、体になすりつけ、犠牲者と彼との同一性を強固なものにした。

いまやデソイピツと名付けられた少年は、自分の体を赤オーカー〔黄褐色の絵の具の原料となる鉄の酸化物〕、灰、石灰で塗るよう大人たちに頼んだ。髪はサゴの葉の繊維を足して長くし、額には真珠色の石を着けた。後頭部にはヒクイドリの黒い羽根の房をふたつ付けた。鼻中隔にはイノシシの骨を彫って作ったピンを刺した。腕と手首とふくらはぎと足首には美しい籐のベルトを巻いた。片方の腕のベルトにはヒクイドリの大腿部から作った短剣がはめられた。後に彼が大人の男になってほかの男を殺すようになったら、この短剣を殺した男の太腿骨かワニの顎の骨で作ることになる。腹部からはホラ貝の殻が、腰の周りからはサゴの葉がエプロンのように垂れ下がり、背中からは竹の板が下がっていた。ようやく一人前の男の装いができた。

それからデソイピツは、母方の叔父たちが切り落とした頭蓋のためにしなければならないことを説明した。彼らは「他者」になることで、この世の均衡を保っていた。

頭蓋は灰とオーカーと石灰で塗られ、ヒクイドリの羽根と数珠玉の房で飾られた。鼻の中には脂を詰め、頭蓋全体を網で覆って飾りを付けやすいようにした。こうして飾りつけられた頭蓋は、これから男となる少年の伸ばした両足のあいだに置かれる。この頭蓋、つまり男の果実は、新しい人が生まれる場所である性器を養い、成熟を促すとされる。この頭蓋は二、三日の間、股間に置かれ、少年はそれをずっと見つめ続けなければならない。

数日経つと、デソイピッツは村人に、自分たちを崇拝する方法や、カヌーを石灰とオーカーで縞模様に塗る方法を教えた。それから全員がカヌーに乗り込む。少年は、自分の前に頭蓋をかかえ、身内の乗るカヌーの先頭に立った。太鼓を叩き、歌を歌い、西の海(日が没する場所であり、祖先たちが住む場所)へと漕ぎ出すと、少年は疲れた老人のように杖に体をもたせかけた。はるか西に行けばいくほど、少年は衰弱して歳を取っていき、とうとう伯父の肩に寄りかかった。しまいには少年は老いさらばえて死んでしまい、カヌーの底に倒れ伏した。

母方の伯父のひとりがすぐに少年を頭蓋とともに海に浸した。すぐに引き上げられた少年の飾り物はすべて取り外されて敷物の上に置かれた。少年は生まれ変わった。女たちに守られていた子どもの彼は、今度は男たちの手によって男として新しく生まれ変わったのだ。

男たちは歌いながらカヌーを漕ぎ、新しく大人になった者を陸地に戻すために東に向かった。日が昇る、生者の住む場所へ。最初、若い男は生まれたばかりの赤ん坊のような仕草をし、それからこの川や木などの名前を知らない子どものふりをした。しだいに彼はさまざまな知識を得るようになり、支流に入るたびに名前が呼ばれ、彼は竹笛で応じた。村へ帰ると、その夜は家族と過ごして頭からつま先まで飾り付けられた。しばらく休んだあと、家族はジャングルでサゴを集めてくる。さらに踊りとサゴ叩きがおこなわれ、頭蓋はジェウの中央に吊り下げられた。最後に、新たに男となった者は、脇に敷物を抱え、手には贅沢に装飾された頭蓋を持ってジェウから出てくる。男たちは盾を持ち、歌っているあいだずっとそれを上下に動かして音を出した。男たちもまた踊り、今度は新たな男も男たちのなかに入って頭蓋を振りながら踊る。頭蓋を準備しているあいだやサゴを叩いているあいだずっと歌われていた歌がここで繰り返される。

そしてもう一度、ディソビツの頭蓋が断固とした口調で命じる。この先ずっと全員がこの指示に従わなければならない、と。

いずれにせよ、ヨーロッパ人が接触した時点のアスマットの世界は、西側のあらゆるタブーをそのまま具現化した世界だった。アスマットでは、男は男とも性交した★。自分の妻を他人と共有することもあった。絆を深める儀礼の際には尿を飲み合った★。非常に親密で服従的な行為★をおこなうこともあった。タムボールの男たちは全員が、バシムの首長のペニスを咥えて吸った。彼らは隣人を殺し、人の頭を切り落とし、人の肉を食べた。これはピプや彼の兄弟にとってなにもおかしなことではなかった。森という意味のラテン語「シルヴァ（silva）」は、英単語の「未開人（savage）」のもとになった。あの日、アラフラ海でカヌーを漕いでいたオツジャネップのアスマットの男たちは、ヨーロッパ中世の幻想譚のなかに登場する人物たちと同じだったのかもしれない。歴史家カークパトリック・セールは、そうした人物についてこう書いている。「自分たちの女を誘拐し、子どもたちを食い尽くす怪物や地獄の生き物★がたくさん棲息している森の中に暮らす男たちだ。近くに住む獣のような獰猛《どうもう》な人間を呪っている種族の男たちだ。巨大で力がある毛むくじゃらの人物。木製の棍棒を持ち、大きな性器を剝きだしにして、葉の房を垂らし、言葉を発せず、したがって理性もなく、自然界の秘密を保持し、欲求と情熱のおもむくまま行動し、あちこちの木の間の暗闇に身を隠している。人間が抑圧された暗がりに欲望と不安と恐怖を隠しているように」

しかし、ピプとジェウに住む男たちは獰猛ではなく★複雑で、生物学的に見れば現代的な人々だった。ボーイング747を操縦するのに必要な頭脳も、器用さも敏捷さも備え、とても複雑で十七の時制がある言語を話した。彼らのすべての経験、すべての世界がここにあった。ほかの人間や知識や技術と接することのない、木々と海と川と沼しかない孤絶した世界からなる場所。彼らは生粋の狩猟採集者集団だった。穀物はなく、数日以上保《も》つ食料がなかった。彼らにとっての首狩りとカニバリズムは、人との対話や、敷物の上でメッカに向かって跪《ひざまず》くのと同じく正しいものだった。エンパイア・ステート・ビルディングはなかった。アメリカもシェークスピアもなかった。原子爆弾も、ロケットも、車やラジオやイエス・キリストや電話もなかった。しかし別のシンボルがあった。彼らの世界と場所を秩序づけているものはあった。真っ赤な夕日は、★大がかりな首狩りがどこかでおこなわれていることの証だった。夜毎に月の形が変わるのは、太陽に苦しめられているからだった。夜になるたびに太陽は地下の世界、海の向こうの土地に退くことを彼らは知っていた。自分たちが樹木の末裔であることを知っていた。なぜなら、木も人も、足と脚と腕があり、てっぺんには果実があるからだ。木は人であり、人は木だった。自分たちがオオコウモリやクスクス、オウムと似ていることを知っていた。なぜなら、みな狩りをし、同じもの、つまり果実を食べているからだ。それが木の果実であろうと、人間の果実であろうと。自分たちが野生の豚やワニと似てることを知っていた。野生の豚もワニも、同じように人を殺してその肉を食べるからだ。そしてカマキリと似ていることも知っていた。カマキリはやはり同じように、頭を食べる。まさに再生するための行為として。

アスマットたちは、人の頭をたくさん狩った男が力強く、ほかの男から尊敬され、女から求められることを知っていた。潮の満ち干、あらゆる支流の詳細を知っていた。魚や小エビが捕れる場所や、ジャングルのなかで猟犬を使ってヒクイドリやイノシシを探し出す方法を知っていた。カヌーの作り方、数時間の手作業による家の作り方も知っていたし、木の彫り方、死んだ木の欠片に命を宿す方法も知っていた。形とシンボルから成る言語なら男も女もだれもが読むことができた。結局、そうしたことが彼らを彼らたらしめていた。★最初の男が木から人間を彫りだし、叩いて命を吹き込んだ。太鼓、槍、カヌーの舳先、盾、儀礼柱、歌。そのすべてが彼らの文学だった。
「海の上に一羽の鳥がいる」★オツジャネップの男たちは、カヌーの横腹を櫂で叩きながら歌った。

俺を見ている
ここでボートに乗ってるからだ
大波をよこすな
帰るときまで

海は横腹に波を叩きつけた。左前方に岸が見えてきた。海と空と緑しかなかった。彼らは、カスアリナ海岸に沿って百キロほど進んだところにあるディグル川のワギンへ行くつもりだった。★アスマットにとってこれは長旅で、しかも十二ほどの、どれも敵対している村を通り過ぎていかなければならなかった。
　オツジャネップの戦士たちは、まだ知らなかったが、彼らは罠へとおびき出されていたのだ。★
「騙し」はアスマットでは一般的なことだった。敵を捕まえるには騙さなければならない、サファンの地へきちんと戻すには精霊を騙さなければならない。バランスを保つことがアスマットの生活の基本だった。オツジャネップとオマデセップは敵対していた。何年にもわたって罠をしかけては殺し合ってきた。そしてオツジャネップはたいてい負けていた。しかし二つの村は隣接していたので、死と結婚によって強い繋がりができていた。

たとえば、オマデセップの木彫り名人で家長でもあるファニプタスは、オツジャネップの三人の男と親類関係にあった。長身で、髪にはサゴの葉を編んだ長い紐を入れ、鼻には、彫り物を施されたイノシシの骨が差してあった。その数日前、彼はファレツ川を上っていった。この川は満ち潮になるとカヌーが通れる沼地まで伸びてエウタ川に合流する。そのためオツジャネップへは二時間で行けた。「やあ、兄弟姉妹たち」★と彼はオツジャネップの人々に言った。「攻撃しないでくれ。ワギンへ一緒に行かないか」数年前、オマデセップの何人もの家族がそこに移り住んでいた。「ワギンにはたくさんの犬の歯がある。★あそこに行ったら金持ちになる」

ワギンのそばのジャングルにディグル川の支流があり、そこにある渦巻きが地下世界の入り口になっていることを、アスマットの者なら誰もが知っていた。精霊が住んでいる場所だ。この特別の入り口には守護者★、つまり犬がいて、その井戸からはジュルシス、つまり犬の歯がわき出ていた。アスマットには貨幣がなかったので、犬の歯を弾薬帯のように並べて結んだネックレスが、力と富の象徴だった。犬の歯は、花嫁を得るために使う通貨だ。しかし、バナナの葉で包んだ切ったばかりの首という捧げ物を渦巻きに投げこまなければ、犬の歯は手に入らなかった。オマデセップの男たちはどこでそんな頭蓋を手に入れるのか。ファニプタスとジェウの仲間★には策略があった。オツジャネップの男たちをうまく騙し、渦巻きのところまで連れていき、そこで彼らを殺し、その首を投げ入れればいいのだ。

しかし、事はそんな簡単には運ばなかった。大虐殺が起ころうとしていた。そしてこれが、マイケル・ロックフェラーを死へ追いやることになる複雑に絡み合った一連の出来事の始まりだった。それでピプ、ドムバイ、スー、コカイ、ワワール、パカイはそこへ進んでいったのだ。



## 第六章 二〇一二年二月

トレガナ航空のツイン・オッター〔十九人乗りの小型飛行機〕のエンジンがブーンと唸りを上げた。私は最前列のベンチ・シートにくくりつけられ、足の置き場所がとても狭いために膝を胸に押しつけていた。飛行機はぼろぼろで、床はベニヤ板だった。一万フィートの眼下には、無数の川がジグザグに走っている緑の絨毯が広がり、まるで乱暴なバケット掘削機の運転手用の訓練場のようだった。エンジン音が変わり、飛行機が高度を落として機体を左に傾けると、ジャングルの湿地が口を開けた。わずかな家とトタン屋根があり、緑の草地と泥の滑走路は、第二次世界大戦時代のアルミニウムのマットで覆われていた。飛行機はさらに傾き、川の上すれすれに飛ん

エウェールの空港。アスマットの広大なジャングルと湿地の中にある唯一の空港。

で着陸し、滑走路の一番奥で急停止した。後部の扉が開くと、熱気と湿気が襲いかかってきて、私はじっとりした熱気に包まれた。梯子を二段降りたとたんにエンジンの回転が上がり、飛行機はすぐに飛び立った。私はアスマットの村にひとりで立っていた。

ここにたどり着くまで、九日という長い日数がかかった。

私がどの時点で未開の人々に惹かれたのか、まったくわからない。陳腐すぎるかもしれないが、古い白黒テレビでターザンの映画を見たことは鮮明に覚えている。いちばん初期のテレビの記憶だ。四歳か五歳くらいだったと思う。鬱蒼としたジャングル。太鼓の音。吠える声。火。成長するうちに、取り組むべき課題が立ち現れてきた。私は集団で行動することが苦手だった。

いつも仲間外れになっていたように思う。いじめられていた。喧嘩もした。五年生のときに空手と出会った。伝統的な空手を教えていたのはひとりのアウトサイダーだった。空手は過酷で、身体的にきつい練習を何度も繰り返した。それがたまらなく好きだった。私は小柄だった。キャッチボールができなかった少年が、周囲の者たちを全員倒してしまうほどの足蹴りができるようになった。黒や青や緑の痣ができるまで受けを取ったり傷を負ったりし、鼻が潰れて血まみれになった。こけおどしの男たちを跪かせるようになるまで、長くはかからなかった。

本もたくさん読んだ。ハンモックやポーチにあるブランコに腰を下ろして、夜遅くまで本を読んで過ごした。別世界、違う世界のことを考えるのが好きだった。デイヴィッド・リーン監督の『アラビアのロレンス』を観たときは子どもだったので、T・E・ローレンスの内面の微妙な葛藤を理解できなかったが、そうした葛藤があることやアウトサイダーという存在を理解できるほどには大きかった。

幻想小説が好きだったが、やがて現実の冒険を描くノンフィクションのほうが好きになった。ローレンスの『知恵の七柱』という小説を読んだ。ベドウィン（遊牧民）とともにルブ・アル・ハリ砂漠を横断したウィルフレッド・セシジャーの『アラビアの砂』も。たったひとりで大西洋を渡ったジョシュア・スローカムの作品。フランシス・チチェスターは喜望峰をまわって地球を一周した人だが、彼は騒音を聞いてデッキでよろめいたが、上を見ると飛行機が彼の状態を確認しながら幸運を祈っているのが見えた。その時彼が感じたのは、つかの間の友好的な感覚ではなく、せっかくの孤独を邪魔されたという煩わしさだった。ベルナール・モワテシエは、もしゴール直前で進路を変えて航海を続けていなかったら、世界初の単独セーリング競争である「サンデー・タイムズ」紙主宰の世界一周ヨットレース『ゴールデン・グローブ』で優勝していただろう。しかし彼は停まることに耐えられなかった。それでさらに世界の半分ほど回ってタヒチまで行き、そこの海岸でようやく航海を止めた。

大学を出てから私は旅に出た。カイロの空港に着いたとき、これまで嗅いだことのない匂いを嗅いだ。甘くて苦いような匂い。煙草。塵。腐った果物と排気ガスの混じったような匂い。あまりにも少ない街灯にぼんやりと照らされた町は暗かった。窓にガラスがはまっていないバスは錆びが浮いてぼろぼろで、がらがらと音をたて、灰色のガスを吐き出していた。虫歯だらけの口のうまい男が、私とガールフレンドが向かうつもりでいたホテルは閉鎖されていると言い張った。それで私たちは、タハリール広場のすぐ近くにあるあばら屋のような気安いホテルに泊まった。わたしはエジプトは好きだったが、この広場は好きになれなかった。背後に恐怖を感じた。ルクソールのナイル川の岸辺では、木造帆船《フェラッカ》船の船長との交渉に数時間を費やした。三時間の遊覧ではなく、アスワンまでの五日間の船旅にでかけるために。アスワンはトマト料理とナイルの魚、そして夜になると船の舳先で燃える不思議な火が美しかった。

エジプトを知ってから、世界に飛び込んでいきたくなった。観光で有名なところではなく、汚い場所や世界の裂け目のようなところへ。アメリカはビニールで包まれているみたいな場所だった。すべてが支配されていた。私はあのターザン映画の中のような太鼓と遠吠えと火に憧れていた。祖国から遠く離れた船乗りの恐怖と孤独に憧れていた。セシジャーやローレンスのベドウィンに対する情熱や素晴らしい経験。スーダン。コンゴ。インド。アフガニスタン。北極。シベリア。バングラデシュにマリにインドネシア。私はこの二十年間でさまざまな国に行った。緊迫した雰囲気が好きだった。それに緊張した状況で湧き上がる感情が好きだった。愛憎、暴力、苦悩など、精神的肉体的な体験が。私たちを文明人たらしめているものすべてを、一枚一枚剝がしとっていくという考え方が好きだった。アウトサイダーの私は、帰属することを誰からも期待されない遠い場所、帰属などできるはずもないことがはっきりしている隔絶した場所にいると、疎外されているという気持ちが薄らいだ。

そういうわけで私は、ジャングルに住む未開社会の人々が何らかのルーツを示してくれるかもしれない、と考えるようになった。われわれは何者なのかということを見出せるのではないか、と。現代の人類学者たちはかなり前に、未開社会から文明社会へと続く直線がある、という考えを放棄したが、いまや現代の技術発展した文化のほうがアスマットのような独自の複雑さを持っている社会よりもはるかに文化的であるという考え自体も否定されてきている。読み書きのできない孤絶した部族の芸術が、高い教育を受けた西側の者たちが創り出した作品と同等であることを示したネルソン・ロックフェラーの博物館は、そうした流れを肯定するものだった。しかし少年時代の夢はなかなか消えないものだ。未開人、部族、なんと呼んでもかまわないが、私は聖書以前の、コーラン以前の、キリストの罪と恥辱が入りこむ前の、衣類を着てナイフとフォークで食事するようになる前の人間を見たくてたまらなかった。それどころか、カークパトリック・セールが記述したような世界、中性の野蛮人が住む世界、自然の秘密を知る人々、自然の驚異がいまも支配している場所をこの目でどうしても見たかった。狼の毛皮を身につけた少年が、恐ろしい歯を剝きだして背筋が凍るような吠え声をあげる生き物と踊る世界を。

そんな折りに、アスマットについて書いたトビーアス・シュネエバウムの本を見つけた。世界の果てで暮らし、あらゆる近代的なものと無縁でいる人々は、素朴で理想的な希望を持っていた。そこに、何のフィルターも通していない生の世界があるかもしれない、と私は思った。シュネエバウムはアスマットと泥の中を転げまわり、カヌーに乗って旅をし、男たちと共に寝た。私はゲイではなかったが、それ以外のシュネエバウムの経験に大いに共鳴した。そして彼の本を介して初めて、マイケル・ロックフェラーの話を知ったのだった。

さて、ようやく本題にたどり着いた。

私は何ヶ月にわたってアスマットのことを調べた。オランダの植民地資料や宣教師の記録を読むことに没頭した。思うように進まなかった。ある冬の日の夜、オランダのティルブルフで、ヒューベルタス・フォン・ペエイ神父とともに、彼の描いた地図を囲みながら話を聞いた。また、カナリア諸島のテネリフェ島で、一九六一年当時アスマットに駐屯していて、ロックフェラー事件に深くかかわっていたオランダの警邏《けいら》ウィム・ファン・デ・ワールの話を何時間にもわたって聞いた。ふたりから名前や日付を教えてもらったおかげで、私の雇ったオランダ人調査員と私はこの事件を追跡することができた。この一連の資料はこれまで公にされることがなかったものだが、そこには驚くべき率直さで生き生きとした語りが記録されていた。とはいえ、マイケルの身に起きたことを理解するためには、アスマットのことを詳しく知らなければならなかった。マイケル失踪の謎を解くことは自分と向き合うことでもあった。

現地に行くことは非常に難しかった。さまざまなウェブサイトを訪れれば、いろいろな写真が掲載されていて、情報も小分けに出されているが、いずれもかなり古いものだったり、漠然としすぎていて、使えないものだったりした。グーグル・マップで見ると、緑色の広大な大地があるだけだった。これはもう直接行って確かめるしかなかった。しかし頼りとなるものもなく、具体的な計画も立てられず、あるのは「ミスター・アレックス」という名前だけだった。この男は、アガッツにホテルを所有していて、英語を話し、旅の手助けをしてくれるということだった。

私はワシントン・DCからロンドンに飛び、それからシンガポール、ジャカルタと移動した。そこで一晩過ごして飛行機でジャヤプラ（かつてのオランダ領で、オランダ領ニューギニアの首都だった）に行き、そこでインドネシア領パプア内を旅行する警察署の許可をもらわなければばならなかった。植民地時代の大半の行政官のように、マイケルもジャヤプラを通っていった。私は、この古い植民地時代の建物のなかで大勢の幽霊と交流している姿を思い描いた。しかし、いまにも沸騰しそうなパプア人の辛抱強い独立運動に対するインドネシア政府の取り組みは、インドネシア人をその土地に大勢住まわせることだった。したがって、パプア人たちはいま自分たちの土地において少数派になりつつあった。ジャヤプラはインドネシアの大きな都市であり、バイクと車とミニバンとコンクリートの建物でひしめいていて、ひとりのパプア人も見つけることができなかった。

ティミカという暑くて埃だらけの小さな町に行ったとき、アガッツ行きのボートが見つかるかもしれないと思った。そこにはボートも川もなかった。「港」は五十キロ離れていた。私はアイヌムという名のドライバー（マカッサル出身のインドネシア人）が運転するタクシーでそこに向かった。そして不確かな時刻表で動く木造の小型船と、二週間に一度出発する船を見つけた。飛行機もある、とアイヌムは言った。木曜日と土曜日に運航するが、チケットを手に入れられる場所は一箇所しかないという。空港しかない、と。ティミカはグラスバーグ鉱山の本拠地だ。世界最大の銅山で世界で三番目の金の産地でもある。所有し運営しているのはアメリカの会社フリーポート・マクロランの子会社だ。ティミカの国際空港は真新しくて、近代的で光り輝き、甘い香りがし、どの壁にもフリーポートの環境保全に対する勇ましい誓約が並べられ、時計はジャカルタとロンドン、ニューオーリンズの時刻を示していた。駐車場の反対側にある国内線のターミナルは物置のようだった。コンクリートの床は、吐き出された鮮やかなオレンジ色のビンロウや煙草の吸い殻、プラスチック製のストロー、ヨーグルトの空き容器、ちぎれたビニール袋などで覆われていた。トイレからは水が溢れていた。しかしようやくパプア人たちの姿をこの目で見ることができた。胼胝《たこ》ができている素足に、ぼろぼろのTシャツを着て、体臭がきつくて背の低い、黒色の男や女たちがいた。

木曜日出発の便は売り切れていた。「心配ないよ」とアイヌムは言った。「空港に友だちがいるから、チケットを手に入れてあげる」そして確かに彼は手に入れて、私のホテルまで届けてくれたが、そのチケットには別人の名が書いてあった。私は額面の二倍の金額を支払った。

四日後に国内線の空港に戻ってきたとき、ターミナル内は同じ混沌状態だった。同じように人でごったがえしていた。気温は三十八度。赤と緑色のオウムが二羽、ベンチに鎖で繋がれていた。女性たちは頬に小さくて黒いほくろの刺青を入れていた。男たちは髯を生やしていた。後に、彼らはアスマットでないことを知った。どこに飛行機がいるのか誰にもわからなかった。ましてやいつ出発するかわかる者などいなかった。みんな座って待った。私は疲れていた。熱が出てきて、胃がきりきり痛んだ。三時間後、ようやく飛行機が現れた。われわれはひとまとまりになって機内に押し込められ、四十分後にはアスマットの地にいた。

エウェールの村だった。この数十キロ四方で唯一の乾いた土地であり、飛行機が離着陸できる唯一の場所だった。私はバッグを肩に掛け、ほかの乗客の後からがたがたした板敷きの道《ボードウォーク》を進み、何軒かの木造の家の前を通り過ぎた。大きな長いジェウをようやく見つけた。アスマットの男たちの家だ。男たちはベランダで寛いでいた。私はその様子をカメラにおさめられなかった。あちこちから鉄筋が飛び出しているぼろぼろになったコンクリートの桟橋には、明るい赤や黄色や緑色のガラス繊維のスピードボートが結わえ着けられていた。私は自分のバッグをインドネシア人の男に手渡し、赤いボートに飛び乗った。そしてほかの三人のインドネシア人も乗せてボートは動き出した。

自分がこれから行くところの知識はまったくなく、そこに行くのにどのくらいかかるものかも知らなかった。ボートは、両側を深い森に囲まれた幅四百メートルの川を猛スピードで下っていき、ほかのスピードボートも私たちを追うように走っていた。川が終わると——広大なアラフラ海が眼前に迫ってきた——前方から大型ボートがやって来て、乗客たちが熱狂的に手を上下に動かし、こちらを指さした。その意味がすぐにわかった。河口から出たのだ。波が荒々しく渦巻き、逆巻き、潮の流れができていた。船長は減速したが、われわれは盛大な水飛沫《みずしぶき》を浴びた。乱流をさけて向こう岸に行こうとしてボートは左に曲がり、アサウェッツ川を上った。十五分後にはアガッツに入っていた。

よく知った世界はここで終わった、という感じがした。一・五キロメートルにわたって無数のぼろぼろの桟橋と、支柱の上に載ったあばら屋が建っていて、まわりには水のボトルや空になったラーメン容器、クローブの煙草の箱などが浮かんでいた。何十人もの裸の子どもたちが桟橋から茶色の泡立つ海へ飛び込んでいた。壊れた板敷きの道《ボードウォーク》が斜めになって半分水に浸かっていた。裸足の男が私のバッグをつかんだ。わたしはなにもわからないままその後をついていき、しばらくするとパダ・エロ・ホテルに到着した。川の上に、ベニヤ板で作られた窓のない四つの部屋が、水の入った石油用の樽が並ぶ中庭を囲むようにあり、洗濯紐に洗濯物が掛かっていた。ブルージーンズ姿の若い女性が私の部屋を見せてくれた。二台のシングルベッド、川の上に作られたトイレの穴。水道はない。電気もない。オウムが樽の縁を歩きながら、その黒い濡れぬれとした目で私を見つめていた。

「ミスター・アレックスを探しているんだ」と私は言った。

女性は首を横に振って肩をすくめた。英語がわからなかった。

それから天空に穴が空き、私は倒れた。こちらの想像を超えるどしゃぶりの雨が降り出し、私の熱が一気に上がった。部屋は暗く、息詰まるほど暑かった。蟻の行列がベッドの支柱を上ったり下がったりしていた。屋根からの雨漏りが溜まって、小さな川になって床を流れていった。二日間、雨はトタン屋根に降り続け、私はベッドで寝返りを打ち続けた。私はここで何をしているのだろう。なにを追いかけている？　ここの言語すら話せないのに、なにが出来るというのだろう。

雄鶏の耳障りな声で起きると、ドアや窓や屋根の隙間から明るい光が差し込んでいた。バケツの冷たい水をかぶって、外に出た。苔の生えた壊れた板敷きの道《ボードウォーク》から湯気がのぼり、その下には空《から》のプラスチックのペットボトルが絨毯のように敷き詰められていた。ペットボトルは無数にあった。ダグアウト・カヌー、十八メートルのロングボート、色彩豊かな小さなスピードボートといったさまざまな舟が、川や支流のいたるところに係留してあった。アガッツは人口七千人の町だが、一本の通りも、一台の車もなかった。川岸にボードウォークが設けられ、そこに店が並び、ジャワ人やブギス人、トラジャ人とインドネシアの商売人たち、群島中からやってきた日和見主義者たちで混み合っていた。町の広場やサッカー場は、泥濘《ぬかるみ》の上に板を渡して作られたものだった。ここは成長著しい共和国の最前線、いわばインドネシアにおけるインディアンの辺境の地だった「明白な天命」〔十九世紀アメリカの西部開拓・インディアン虐殺を正当化し、英国系白人の北米支配は天命とする標語〕は、百年前のアメリカと同じように、力強かった。マイケル・ロックフェラーがアガッツに到着したとき、スジュルのアスマットの村の隣にあるオランダ統治センターには、オランダ人神父と修道女、植民地の役人が何人かいて、マイケルはオランダ人知事に歓迎されたのだった。ところがいまや、西洋人の影も形もない。ジャカルタが資金をこの地に投入し、役人にジャワの給料の六倍を与えたので、アガッツは当時より成長していた。

とはいえ、マーケットにはアスマット人が大勢いた。黒褐色で胸板の厚い男たちとほっそりして短髪の女たちが、椰子の葉にくるまれたハマグリやカニ、海から上げられて喘《あえ》いでいる三十センチのサメやエイやフグ、白い奇妙な塊――これはサゴ椰子の髄で、アスマットのいちばん大事な食料だ――を売っていた。私は近づいていった。本物のアスマットの世界がそこにあった。

一時間ほどぶらぶらすると、別のホテルを見つけた。そちらのホテルにはトイレもシーツも、黒い泥の裏庭に向かって開く窓もあり、なかでも最高だったのは、フロント係がわずかながらも英語が話せたことだ。私がガイドについて尋ねると、彼は携帯電話を取り出して電話をかけた。その数分後に、ハルンが入ってきた。

ハルンはアスマット人で、謎めいていて無口だった。ひそひそ声で話し、伏し目がちで、左腕には汚い石膏のギプスをしていた。「俺がガイドだ」と彼は言った。「大勢の旅行者がアスマットに来た」

「何人くらい？」と私は尋ねた。

「今年は四人かな」と彼は言った。

私は、ボートを手に入れて川を探険したいと言った。ロックフェラーのことは話さなかった。私には計画があった。一般的な調査旅行をおこない、マイケルが行った村々、彼の事件の中で重要な役割を果たす村々を通って南へ向かい、最後にオマデセップとオツジャネップに行くのだ。

私はマイケルが二度にわたって旅したルートを記した地図を取り出し、それをハルンに見せた。「一週間かかるか、二週間かかるか、よくわからない。ただ、ここを探険したいんだ」と私は言った。

ハルンは頷いた。「どこへでも連れていく」

私たちは金額について話し合った。腕が痛い、とハルンは言った。彼はある夜、暗いボードウォークから転落して腕を痛めたのだ。これから病院に行くので、数時間後に戻ってくる、と言った。

確かに彼は戻ってきた。ただし、ふたりの男を連れていた。アマテスとウィレムだ。「医者が、腕の具合が悪いから一緒に行くな、と言った。でも、俺の友人があんたを連れていく」

アマテスは緊張し、とても苦しそうだった。汗をだらだらと流し、その体はぶかぶかのプリーツ地のスラックスに包まれ、その口は醜く黒い洞窟のようだった。首に化膿性の瘤があり、ひっきりなしに触っていた。しかも一本の指は半分欠損し、その切り口がまだ膨れあがっていた。ウィレムはアマテスとは好対照だった。アスマットにしては小太りで、ビーチサンダルを履き、運動用の短パンと赤白の縞の入ったサッカーのジャージーを着ていた。どこか尊大なところがあった。アマテスの英語はゆっくりで、なかなか聞き取れなかった。「俺はビワール・ラウトから来た」と彼は言った。「大学に行っていた。英語を教えている。この人はウィレム。ボートの操縦をする」

われわれは値切りの交渉をさらにし、ようやくある数字に落ちつき、交渉が成立した。彼らが食料や燃料やあらゆるものを用意することになった。

われわれが、ジョンソンの十五馬力のエンジンの付いた九メートルのロングボートに乗り込んで桟橋を離れたのは、翌朝六時のことだった。大気は静かで、アサウェッツ川は幅八百メートルほどあった。ボートには五人が乗っていた。アマテスとウィレムと私。それからウィレムの助手のマヌと、アマテスの弟のフィロだ。われわれは二百リットルのガソリンと米の入った袋とラーメンと水を積み上げ、アスマット人全員を癌にできるくらいの煙草の葉の束とクローブ煙草〔丁子（グローブ）の香りを付けた、インドネシア全土で人気の煙草〕も運び込んだ。これらに何百ドルも払った。ボートは左岸に沿って進み、アガッツの隣に作られた元アスマットの村スジュルを通り（いまでは屑とあばら屋とたなびく煙しかない）、左に進路を取り、ファムボレプ川に入った。

しばらくはボートや大きな湾岸貿易船が行き交い、アガッツとスジュルの匂いや喧噪が聞こえていたが、不意に静かになり、水と緑色だけになった。ファムボレプ川の幅は五メートルほどしかなく、蔓や着生植物、苔むしたマングローブに覆われた沈没した世界だった。木々や空や、繁った葉の間から注ぐ陽の筋などが黒い水面に映り、見ているところの内陸はすべて水に覆われていた。鳥が囀り合っていた。その声は美しく軽やかで、かなたから聞こえた。ごみもなければ、人工物もなく、太古の昔はこんな風だったのだろうと思った。

アマテスが、扇状の葉を指さして、「サゴの木！」と言った。「ある日、ここで寝た。ビワールからアガッツの学校に戻ってくるときに」。アマテスは三十二歳で、六人の子どもがいた。彼は非常に聡明だったので、アガッツのキリスト教の寄宿学校に送られた。そしてバリの大学に行った。しかしいまの彼には職がなく、金がなく、強力なロングボートで数時間川を下ったところにあるビワール・ラウトに、この五年間一度も帰っていない。帰るにはあまりにも遠く、金もかかるからだ。

われわれはバンドゥウ川へ入った。「ここはワニがいる」。われわれはジグザグに進み、ジェト川にぶつかると北へ向かった。水路が広くなり、ようやくわかってきた。どうして人々はここにいるのか、なぜわずかな西洋人が、こんな遠いところまでやって来たのか。なぜあれほどに魅せられてしまったのか。アスマットが別世界だったからだ。人の心をつかんで離さなかったからだ。この世界から完全に切り離された奇妙で肥沃《ひよく》な宇宙だった。ジャングルは深いが、川は高速道路のようで、のしかかられるような苦しさはない。水に浸かったエデンそのもので、無数の鳥と魚と豊富な新鮮な水、そして絶えず動きのある広々とした空があった。われわれはいくもの村を通り過ぎたが、村にたどり着く前に煙のにおいがし、子どもたちの笑い声が聞こえた。そして泥の岸を近づいてくる幾艘ものカヌーがあった。並んだカヌーには、櫂を持った男たちが立ち、船尾の石炭からは煙が上がっていた。

四時間後に、アツジに着いた。アガッツ郊外にある村の中でいちばん大きく、発展している村だった。航行中、絶えず微風が吹いていたが、ボートが停まったとたんに太陽が沈んだ。ぼろぼろの柱にボートを結わえつけて、アマテスの姉のものだという、ペンキの塗られていない木造の家に入った。家の前のポーチには、Tシャツに短パン姿の男女が大勢たむろしていた。

ポーチの板は、何年も裸足で歩かれて磨かれ、光っていた。短髪の痩せた女性が走り出てきて、「ああ、ああ、ああ！」と叫んだ。「あああああ」彼女は唸り声を上げるとアマテスの肘と腕をつかみ、ぎゅうっと抱きしめ、前後に体を揺すり、すすり泣き、涙まみれの顔を彼の腕や頬にこすりつけた。ドラマチックな感情の噴出は、始まったときと同じように唐突に終わり、彼女はあっさり踵を返して歩き去った。これが初めて私が垣間見たアスマットの挨拶だった。極端な感情表現と自意識と自尊心こそが、カニバリズムと切っても切れないものだったのだ。私がそれを理解するまで、かなり長い時間がかかることになる。

　アマテスの姉の家には部屋が四つあり、壁は打ちっ放しの板で、ベロア地のソファが二脚あった。入り口のドアには豚の顎がかかっていた。二メートルの長さの弓と分厚い竹の矢が隅の釘からぶら下がり、雨水を溜めるプラスチックの水槽が裏のポーチを縁取っていた。手編みの魚網が壁にかかっていた。その向こうにも部屋があった。暗く窓がなく、煙っていた。泥の炉辺には光る石炭と煤けた鍋が置いてあった。おじたちやいとこたち、姪や甥のことをアスマットは「きょうだい」と呼んだ。そうした人々がいたるところにいて、板敷きの床に横たわったり座ったり、体を屈伸させたりしていた。ひとりはアルビノ〔メラニンの遺伝情報の欠損により生まれつき肌や髪が白い個体のこと〕だった。火のそばの女性が、薄ピンク色したサゴを取り出し、それをこね、バナナの葉で包み、火の中に入れた。数分後に取り出すと、その長方形の焼き菓子をブリキの皿の上に置いた。サゴは温かくて木の実の味がしたが、ぱさぱさで、砂を食べているようだった。これなくして生き延びるなどは想像できないことだった。アツジで暮らしてはいるが、アマテスの家族はビワール・ラウトから来たという。アマテスは「このサゴはビワール・ラウトのジャングルに生えていたものだ。もしアツジのジャングルでサゴを探せば、殴り合いや戦いになってしまう。そうなればとても悪いことになる」と言った。

何時間経ってもだれも身動きせずにいるので、私は時空から隔てられた感じがして不安になった。アツジにはホテルも店もあり、インドネシア人の商人が経営する小さなレストランや、大きなコンクリートの桟橋やモスクもあった。われわれはトタン屋根の家の中で、不釣り合いなベロア地のソファに座っていた。部屋の隅にはテレビが置かれ、恭《うやうや》しげに透明のビニールで覆われている。それなのに、主食はいまだにたき火で調理したサゴであり、いまだに繋がりを断つことのない元の村からそれを調達している。私は世界中を旅行してきた。そしてどこに行っても、とても歓迎されていると感じた。私はたいてい、注目の的になり、人々は興味津々で、私がどこから来たのか、どうしてここに来たのか知りたがった。私は謎めいたアメリカを知るための小さな入口だった。ところがここでは誰も質問をしてこなかった。自分が幽霊にでもなったような気持ちがした。孤独を感じるようになった。アマテス以外だれも英語を話さなかった。みな、ただ座って、ほかの者たちが座って汗をかき、煙草を吸い、話をしているのを見たり、聞いたりしているだけだった。壁を感じた。向こう側に入りこむことも、向こう側を見ることもできない壁。わずかな手がかりだけでは、その壁がなんなのか、その向こうに何があるのかわからなかった。これは、マイケル・ロックフェラーが会ったアスマットではなかった。キリスト教とインドネシアという幾重もの層が加わったアスマットなのだ。それによって彼らはどれほど変わったのか、本当は何者なのか、彼らが何を考えているか、私にはわからなかった。少なくともまだわからなかった。

トイレに行くには、厚板の扉から出て、泥の上に渡された長さ三メートルの板を通り抜け十センチの幅の板に張り綱を渡してある急な坂を下りて別の家に入り（そこも人で溢れ返っていて、床の上で料理をしたり寝そべったりしていた）、そこの扉から外へ出て、穴と小川がある木造の家まで行かなければならなかった。

暗くなってから、フィロが蠟燭を灯して白米とインスタント・ラーメンを苦労して探し出してくると、いきなり空が割れて土砂降りの雨が降ってきた。屋根が雷のように鳴り、庇《ひさし》の下に渦巻く霧を送り込んできた。私は主寝室に避難した。私が寝ることになったその部屋に家具はなく、魚獲り網と斧と弓矢とイエス・キリストのいやに色鮮やかな絵があった。いまにも消えそうな蠟燭の光のなか、私は薄くて平べったいマットレスを広げて横たわった。疲れ果てていた。

# 第七章　一九五七年十二月

オツジャネップとオマデセップの男たち百二十四人は、ワギンを目指して海岸沿いを南下していた。ピプとファニプタスは、あの奇妙な者たちが最近海の向こうからまるで魔法のように出現したことを知っていた。しかし一九五七年には、そうした生き物はまだ、かすかな亡霊でしかなく、彼らの生活に大して衝撃を与えず、白人のことなどいっさい考えてはいなかった。戦士たちは海岸に近づかなかったが★、ディグル川の近くに来ると、天候が変わった。低く垂れ込めた巨大な黒雲が空を覆い、風が波を白く立たせた。大しけになり、海水が短く鋭い波となって浅瀬に押し寄せ、カヌーを転覆させようとした。水がカヌーの縁を越えて入り込んできた。男たちはこれ以上バランスを保てず、先に進むことも、水を追い出すこともできなかった。灰色の重い雲から激しい雨が落ちてきた。打ち寄せる波と砕ける波のなかを、カヌーはエメネの村の岸辺へと押しやられていった。

ニューヨークでは美術評論家たちが、人間が同じであること、愛や遊びや踊りや日没などを共有していることを祝福していた。アスマットでは、間もなくそのうちの何人かは世界一の芸術家だと言われるようになる男たちが、槍と弓矢と斧を手に戦いを繰り広げていた。エメネの人々は、降りしきる冷たい雨のなか★、オマデセップとオツジャネップの男たちと戦っていた。

彼らは雄叫びをあげ、悲鳴をあげ、泥にまみれながら接近戦をしていた。恐ろしいが、栄誉でもあった。なぜなら彼らは戦士なのだから。オマデセップの男のひとりが死に、エメネの男は四人死んだ。★そしてオマデセップの男とオツジャネップの男たちはジャングルの沼地に散っていった。

朝になると、自分たちのカヌーが壊されていた。★ファニプタスは仲間を連れて北に向かった。彼らは泥のなかを重い足取りで歩きながら、敵地のなかを家を目指して進んだ。バイユンでは六人が死んだ。オマデセップの男が三人★とバイユンの男が三人だ。バシムの近くでオマデセップの男たちは、旅の道連れであるオツジャネップの男たち全員を殺そうとした。ピプは金属の斧に腹部を削られて★土の中に倒れ伏した。エヴァリスス・ビロジプツは六歳くらいの小さな子どもだったが、ピプが倒れるのを見た。「お父ちゃん」子どもは死んだ男を見つめ、父親に話しかけた。★「いまピプが目を開けるのを見たよ。死んでないかもしれない」

「いや、死んだよ」ビロジプツの父親は言った。★「心配するな」

ピプは死んではいなかった。★三時間後、彼は立ち上がって自分の傷口の手当をし、エウタ川と自分の家のあるオツジャネップに向けてたったひとりで歩き出した。彼は素早く動いた。ほかの者たちより早かった

どの川の河口も、その上流にある村に属している。エウタ川で、ピプは親類に出会い、★彼らはすぐに村へ舟で帰った。そしてピプはオマデセップの裏切りを伝えた。戦士たちは自分の胸

に×印を描き、脚と腕にオークと黒い灰で輪を描いた。クスクスの毛皮のヘッドバンドを巻き、オウムの羽根を飾り、イノシシの角のように見せるために鼻に曲がった貝を差した。それで彼らは強さと力を与えられた。男たちが残酷に見えれば、敵の心は恐怖に打ち震える。男たちはジャングルに住む獣に、果実を食べる者に、人を喰う者になった。ジェウでは夜中ずっと太鼓が鳴らされ、歌が歌われ★、全員で祈禱がおこなわれ、男たちの胸や腕や脚から汗がしたたり、男たちのにおいがジェウに満ち、そのにおいでさらに男たちは興奮し、猛々しくなった。恐怖心が消えるまで踊り、叫び、吠えた。弓矢と槍を手に踊った。二センチの返しのついた真っ直ぐな槍、六つに先の割れた槍、獲物に突き刺さったら壊れる刃のついた槍などがあった。

左腕にイノシシの牙をつけ、頭にクスクスの毛皮のバンドを巻き、伝統的なアスマットの徴を体につけているコルネリス・ファン・ケッセル神父。

夜明け前に、男たちは盾を集めた。長さ一メートル八十センチの盾には、森と首狩り、オオコウモリ、イノシシの牙、カマキリなどの複雑な形が彫られていた。そしてそのてっぺんからは、人間の姿をしたペニスが突き出ていた。男たちは石灰《ライム》石の粉（男を興奮させる女性を象徴する）を持った。大気中に投げて敵を混乱させるのだ。男たちは、ジャングルから来た野蛮な生き物そっくりだった。二百人の男たちは二十隻のカヌーに分乗し、★夜明けの淡い光の中、静かにエウタ川を下り、狭まった河口で待った。

アスマットが外側の世界に長い間接触せずに来たことは驚きだった。アマゾン川のように何千キロも奥地のジャングルで暮らしていればそういうこともあるだろうが、アスマット人は岸辺で暮らし、川を道路として使い、ヨーロッパ人たちが何世紀にもわたってそこへやってきていた。ポルトガル人たちは一五二六年に、★スペイン人はその数年後にやって来た。一五九五年にオランダが探検隊をモルッカ諸島――アスマットの北西千五百キロのところ――に送り出し、★香辛料の供給源を手に入れ、それから間もなく連合東インド会社を設立した。この会社はインドネシア諸島全体を支配した。しかしニューギニアは壮大な謎のままだった。岸辺は暑く、湿気は高く、島の内部には入り込めない山々や谷が広がっていた。南西の海岸はさらに険しかった。★それどころか、北極は別にして、世界の海岸のなかで、長いあいだ政府による統治ができなかった場所である。アスマットでは、家畜になったり狩りの対象となったりする哺乳類はどれも小さかった。ミネラルを摂取する術がなかった。土地は狭く、潮の満ち干があり、探索もできなかった。手に負えない場所だった。一六二三年にヤン・カルステンツが上陸したとき★、「現地人が警告なしに攻撃をしてきた」と、ニューギニアの歴史の中でギャヴィン・サウターが書いている。「ひとりは切り刻まれ、八人は弓矢と槍で殺され、残りの七人は怪我を負った」と。

一七七〇年に、ジェームズ・クック船長がクック川（現クティ川）の河口で停船し、部下を二艘のボートに乗せて上流に送り出したところ、弓矢と槍で武装し、分厚い白い煙で包まれた（例のライムの粉を撒き散らしたのだ）アスマット人の何艘ものカヌーと遭遇し、クックの部下たちは銃で応戦した。「彼らの武器は、葦のような素材で作られた長さ一・三メートルほどのよくある投げ矢で★、矢先は硬い木で出来ていたが、もっとも不思議だったのは、煙や火を熾《おこ》すものを持っていたことだ。拳銃や火器に類したものを持っているという報告はなかった。この騙しは非常に巧妙で、ボートに乗った者たちは、彼らが火器を持っていると実際に思った」。最初の交戦が終わったとき★、クックの部下二十人と、正確な数はわかっていないがアスマットの男たちが死んだ。そしてクックはここに残る必要はないと考え、ほかの者たちを励まして戻っていった。

一八〇〇年に、オランダ政府は連合東インド会社を解散し、インドネシア諸島の管理権を引き継ぎ、その一世紀後に、パプアの南西海岸の河川流域を急襲するようになったが、アスマット人との接触はなかった。一九〇二年に、島のオランダ領から首狩り族のマリンド戦士によって領土を侵害されていたイギリス政府からの強い要請で、★オランダ政府はメラウケに警察署を置いた。アスマット地域から南東に四百キロメートルほど離れたところだった。オランダ領ニューギニアの首都はホランディアで、北の高い山脈の向こう側、四百八十キロ離れたところにあった。それほど離れていたら、違う惑星のようにしか思われなかった。

アスマット人は自分たちだけの世界に生きている。外部の者はときたま通り過ぎる精霊のようなものだっただろう。第二次世界大戦が太平洋にまで及び、北部海岸で戦いが繰り広げられると、ホランディアの大きなアメリカ軍基地とビアクの島で熾烈な戦闘になった。日本軍が、後にアガッツとなる場所に駐屯地を置き、★一日のうちに二十人の男を殺したが、その事件がアスマット人全体に及ぼした影響はほとんどなかった。

戦後の一九四七年、オランダのキリスト教神父ヘラルト・セーグワールトがミミカに到着した。ミミカはアスマットのいる地区の北西にあり、文化的にも言語的にももっともかけ離れた安定した場所だった。セーグワールトは、一八〇〇年代から太平洋で伝導していた宣教団である「聖心会」に属していた。聖心会の神父は高い教育を受けた敬虔で強靱な男たちだった。自分の背中を結び目のある鞭で打つという自己懲罰を実践していた。さらに、この生粋のオランダ人宣教師たちは、ラテン語、英語、フランス語、ドイツ語を話した。しかも、アリストテレス、トマス・アクィナス、ニーチェの哲学にすっかり傾倒していた。セーグワールトは、この地に到着したとき二十八歳で、不思議なものや興味深いものを感知する人類学的な素質があったため、髯を生やして陽に焼けた姿になるまでに時間はかからなかった。パイプで煙草を吸い、アスマット文化の深部に入り込み、白人がこれまで見たこともなかった儀礼や首狩りに参加し、それを日誌に記した。

急襲はいつでも、どこででも起きた。★多くの村は絶えず変化していた。武力の強い巨大な村がその領域を広げるために小さな村を破壊し、猟場や魚獲りやサゴ集めをするための土地を奪った。戦士同士が実際に面と向かって戦うことはめったになかった。カヌーに乗った交戦中の村の男たちと川で遭遇したとき、男たちは川をあいだに挟んで吠えたり悪態をついたりし、相手の妻や女性たちを貶《おとし》めた。弓を引き、矢を放っても、矢が逸れたり水の中に落ちたりするようにし、ライムの粉を投げ合った。対等な立場では戦う理屈に合わないからだ。

望ましいのは、村で待ち伏して不意を突いたり、★不運にも開けた場所に入り込んでしまって隠れられない男女や子どもをさらったりすることだった。護身のために村全体で、あるいは男の集団でまとまってジャングルで魚を釣り、サゴを集めた。川を上下して現場を見張る戦士もいれば、女たちといっしょにジャングルに分け入ってサゴを収穫する戦士もいた。もちろん、そのような場合、村に残っているのは老人と子どもだけになり、彼らは格好の標的になった。

交戦中であっても、★オマデセップのファニプタスのように、血の繋がりのある者は安全に敵対する村に入ることができ、客人として遇された。子どもを交換したり、結婚したり、殺した人間の名前を引き継いだりして村の間で繋がりが出来ると、人々は旅に出たり交流したりすることができた。しかしアスマットは日和見主義者でトリックスターであったため、そうした客人を寝ている隙に殺すこともあった。あるいはプレゼントを渡し、カヌーに乗せて帰るのを見送ってから殺すこともあった。また、ワギンへの舟旅を誘ったときのように、カモを陥れて殺すこともあった。

村への襲撃は、反対側にある世界の秩序を保つための儀式と大きく関係していた★。六メートルもあるマングローブの木を彫って精緻な儀礼柱「ビス」を作ることもその儀式の一部だった。一本一本の柱には体格の良い祖先の姿が彫られ、地位の高い人物の名前がつけられた。カヌーやヘビ、ワニなどが、柱の基底部に彫られていた。そしててっぺんの九十センチほどの突き出たところには、首狩りの象徴である頭蓋がついていた。この儀礼柱は美しく、生き生きしており、多くは性的な意味合いが含まれている。

アスマットにとって祖先は、彼らの実存のあらゆる局面に深くかかわっている★。彫刻は祖先を偲ぶよすがとなるものであり、生者が死者を忘れていない証であって、死者のために復讐をするという生者の責任がいまも存在し強まっていること、生者は死者の復讐をしないうちは罰せられないことを示すものだった。ビスそれ自体は「死者《ム》の霊《ビ》または魂《ウ》」という言葉に由来し、ビス柱はほかのどの彫刻とは違い、死者そのものをかたどったもので、死者の魂がその中で生きている。柱は死者が存在する象徴であり、復讐する責任を忘れさせないためのものであり、豊饒を表すペニスとヴァギナ双方がついている。死は生のなかにあり、生は死のなかにあり、分かちがたく結びついて離れない。

　西に、祖先の魂が宿る場所「サファン」がある。★人がアスマットで生まれ、そこで生きて死ぬと、この世の二番目の場所（リンボのようなところ）に入る。そこを通ってサファンにたどり着くには、生者の助けが必要だ。死者は、七ヶ月続くビスの祭礼で祝われなければならない。その祭礼では、戦士がジャングルのマングローブの木を、それが人であるかのように攻撃する。怒鳴り、叫び、矢を射、その木を切り倒して村に持ち帰る。その木が戦闘で殺した人間であるかのように。偉い人間だけがそうした祭礼の責任者になれる――たとえば彫刻師たちに食事を振る舞い、祭礼に参加した人全員に出す大量の料理を用意しなければならない。

　柱が完成すると、たいていは新たに村を襲撃することになった。復讐がなされバランスが保たれ、新しい頭蓋を手に入れ――若者たちが成長するための新しい種だ――犠牲者の血を柱に擦りつけた。祭礼とビスの祝福が終わると、柱に宿っている魂は完全な姿となり、生者を助けるために戻ってくる。そして村人は性交し、柱はサゴの畑に腐るまで放置され、サゴを実らせ、自然のサイクルを完成させる。もし忘れ去られ、ビスの祝福もおこなわず、新しい頭蓋もなければ、生命と幸福が祖先の世界から人間界にもたらされることはない。

　襲撃はたいてい夜明け前におこなわれた。★その日の夜、襲撃者たちは三つのグループに分かれた。忠告を与える指導者たち、攻撃を開始する射手たち、実際に殺人をおこなう槍兵と盾持ちたちに。戦士たちはカヌーでできるだけ接近して、それから村を取り囲む。指導者たちはみな老人だが、威厳のある戦士でしんがりをつとめた。射手は前方、川と村とのあいだまで這い進み、槍兵は後方、村とジャングルとのあいだまで行った。アスマットの家には後ろの入り口が必ずあるからだ。

攻撃側のひとりが声をあげる。

「だれだ?」と家のなかにいる者が怒鳴る。

「あんたの夫だよ、スジュルだ!」と攻撃側が、自分たちの村の名前を使って返事をする。

それから大混乱になる。女性と子どもはジャングルへ、あるいはカヌーで逃げようとする。ときには女性や子どもには危害を加えず、攻撃側の村に女性が足りない場合には妻として連れ帰り、子どもを養子にする。犠牲者が押さえ込まれて殴られる。とりわけ頭を。殺す役割の者が「俺の頭、俺の頭を襲撃で勝ち取った!」と叫ぶ。犠牲者の名前がわからない場合にはここではっきりする。もし時間があれば、犠牲者はすぐには殺されずにカヌーまで連れていかれ、柱を抱きしめるような格好で座らされる。

川の合流点や曲がるところにくると、犠牲者の首が落とされ(偉大な首狩り人の妻がさらに偉大になるために首が切り落とされることもある)、次の儀式と祭礼のために村へ帰るまでずっと笛が吹き鳴らされる。

一九四七年にセーグワールトがミミカに到着したときには、アスマットが覚えている限り長いあいだ、こうした儀式がおこなわれていたことになる。一九二八年に十艘のカヌーに乗った百人のアスマットがアトゥカ人が住むミミカ村の岸辺にやってきた。★ミミカはオランダの前哨基地のすぐそばにある。アトゥカ人は逃げだし、アスマットはその村からあらゆるものを奪った。とりわけ鋼で出来たものはすべて盗んだ。学校にあった机やベンチを引きはがし、釘を抜いていった。釘は平らにして彫刻の道具として使うのだ。一九四七年までのアスマット同士の襲撃や戦い★は非常に激しく、六千人ものアスマット人が暴力から逃れるために村を捨てた。それで隣り合ったミミカまで逃げ延びて、そこで初めてセーグワールトはアスマット人に遭遇した。これは難民危機だった。オランダ政府はそれぞれの村へ彼らを強制的に戻し、セーグワールトとオランダ人弁務官〔植民地・保護国などに派遣されて行政を指導する役人〕は、それ以来定期的に村や川にボートで入るようになった。

セーグワールトはいまも変わらず、ヨーロッパ人と最初に継続的に接触した時代の、純粋状態《ピュアレスト・ステート》にあるアスマットについてもっとも優れた本を書いた権威者でもあり、彼の文章には血まみれのアスマットの歴史が描かれている。「われわれには、アスマット文化の暴力に関する噂を過小評価する傾向がある。★政府の役人はアスマット人にまつわる『野蛮な話』を非常に疑わしく思っているようだ。それについて非難するつもりはない。私も、アスマットに差し障りのない状況で遭遇したとき、人なつこいという第一印象を抱いたからである。先にも触れたが、アスマットの人々はなかなかの役者で、好ましい印象を人に与えることに長《た》け、物事は実際にはそれほど悪くはないと思わせる」

　さらにセーグワールトはこう続けている。「アスマット語には、戦う・議論する・喧嘩・殺人・首狩りなどの概念を示す言葉が豊富である。ふたりの人物の間で戦いが始まると、通常それぞれの家族全員を巻き込んでの戦いにエスカレートしていき、やがてその一族を巻き込み、ついには村全体を巻き込んでしまう。親族関係や友好的な関係のある村との抗争は、たいてい大規模な争いに発展する。アスマットの戦いは、棍棒、弓矢、槍、櫂など持ちうるすべての武器を使う。友好的な村や親類のいる村と戦う場合には手を緩めようとするが、親類もなく敵対している村との争いではあらゆる手を使う。第二次世界大戦後のこの時期の戦いの様子を知れば、それがどれほど苛烈だったかがわかるだろう。スジュル村の男ふたりが、煙草と女をめぐって戦い、ジャサコルの矢で殺された。エウェールの男が六人殺され、同じようにスジュル村の女ひとりと男五人が殺された。一九五〇年には、ひとりの女をめぐる争いでふたりの子どもが撲殺された。これはほかの集団に逆襲されたのだった。一九五二年にはジャマシで三人の男が殺され、一九五三年三月にはさらに三人が殺された。この殺人は一九五二年の殺しへの復讐だった。こうした戦いは何時間も続き、休戦することなく何日も続くこともある。もし危害を加えられたと思ったら、その人物は復讐できるときを静かに待つ。つまり殺す機会とその場所を待つのだ。復讐に子どもを巻き添えにすることが、私が人口調査していたときには、アスマットには子どもが非常に少ないことの説明になった。一九五二年エルマで、復讐のために子どもを殺した事件があった。その子が殺されたのは、その子の両親が他人のサゴのある場所でサゴを集めたからだった。その子の両親は復讐として、子どもを殺した男の血縁者でジョニ出身の男を殺した。（たいてい殺人にたどりつく）このような戦いは、（ユダヤ人集団のように）一族が分離したり村が解体したりするときに生じる。ユダヤの歴史の大半は、紛争から始まる」

一九四七年と四八年のスジュルの村で、★セーグワールトは次のように記している。「繰り返される暴力のせいで六十一人が死んだ。そのうち五十六人は首を狩られ、敵に食べられ、死ぬことで自分の名が敵の殺人者の名になった。こうしてスジュルの全人口はこの二年間で六百七十五人から六百十人に減少した。十パーセント減はかなりの割合である。この一年間では四パーセントの減少だった」

セーグワールトがこの二年間におけるスジュル、エウェール、アヤム、アムボレプ、ワルセの各村の平均を計算してみたところ、「一年間で、人口の約二パーセントから三パーセントが暴力によって死んでいる」ことがわかった。これは、これまでのどの地域の殺人率よりも高い。ワシントンDCはアメリカの殺人都市として有名だが、その割合は一パーセントに満たない。

一九五二年にセーグワールトがスジュルに司祭館を開くと、政府もその隣に警察署を建て、そこをアガッツと名付けた。アスマットの平和への取り組みは——結局のところ遅々として進まず、二十年も費やされることになるが——この年に着手された。数人の政府の役人と神父は、カヌーやモーター付きボートで川を遡っては村人たちと接触した。釣り針、斧、煙草などを手段として。この煙草にアスマットはたちまち依存するようになる。森と貝と山から来るわずかな石以外何もない人々にとって、そうした物品は革命的なものだった。主食であるサゴの木を切り倒す、カヌーを刳《く》りぬく、盾や太鼓や器やビス柱に彫刻を施すという、生活に欠かせないことを、これまでは石を使っておこなっていたのだ。鋼は、トラクターのように根本的な変化をもたらした。

　人数こそ少ないが、白人がこの地にもたらした衝撃は相当なものだった。白人たちが到着したのは、見える世界と見えない世界が大きなひとまとまりになった場所であり、その秩序のなかで人々は暮らしていた。その人々の意識は、ジャングルや川、空、泥、自分たちなど、まわりの物質的世界のみで構成されていた。そして大半のアスマットにとって、その世界とはアスマットの村であり、狩猟と採集のできる土地であり、近隣の村であり、交戦地だった。彼らが見ているものが全宇宙だった。その実体のある世界の外側にあるものはすべて★、霊的世界からやってくるものでなければならなかった。それが理解できる唯一の説明だった。そうした霊は遍在していて、生者を絶えず妬ましく思い、戻って厄介事を引き起こしたいと絶えず思っていた。村で死者が出ると、女たちは泥のうえに転がり★、体に泥をなすりつける。そうすれば死者の霊は女たちの匂いに気づけず、見つけられなくなる。飛行機は魂の乗ったカヌー《オプンデッタジ》で★、白人は、どういうわけか海の向こう側の、霊の住む場所からやって来た超存在だった。よそ者たちが来ることは、再生された霊、つまり自分の運命に従えずに絶えず戻りたいと思い、生者を攻撃したがる祖先たちの侵略を意味した。アスマットはそうした霊を恐れおののいて迎え入れたが、たいていは侵略してくる霊を感服させたり脅したりするために槍と弓矢と頭蓋骨を武器にして戦った。霊自身のからっぽになった頭蓋骨を見れば霊は飛び去っていったからだ。

　こうして新しく出現した超存在は、裕福でもあった。釘と鋼の斧の刃には目が飛び出るほど素晴らしい価値があった。アスマットが見てきたなかでも、もっとも不足していてもっとも価値ある資源からできていた。全体が金属でできた舟を見るとは。想像を絶することだ。なんという富！　驚異を身につけた生き物には、たちまち相手を平伏させる力があった。

　アスマットの男たちにとって妻はこのうえなく神聖な存在だった。姦通をきっかけに戦いが起きて村が分断されることもあった。しかしそうでありながら、彼らにはパピシ★――妻を共有することで男同士の深い繋がりができる――があり、これはあまりにも破壊的、悪魔的な行為なので、霊たちを戦《おのの》かせてサファンに帰す力があった。パピシは村に相当な緊張が走るときにおこなわれた。この当時、神父や政府の役人が到着するたびに、ほとんど例外なく、大がかりな妻の交換がおこなわれた。

　一九五五年にセーグワールトはメラウケに戻り、オランダ人神父コルネリス・「キース」・ファン・ケッセルが赴任してきた。ケッセルは長身痩軀で、顔は長細く、癖のある髯をたくわえていた。旅行魔で★、七歳のときから宣教師になるのを夢見ていた。十二歳で修道院に入り、一九四七年にニューギニアに送られた。その八年後、南部にあるアスマットの村アツジにやってきた。そこはもっとも凶暴で、戦いの多い土地だった。

「この任務にはモーター付きボートがなかった」★とケッセルは未出版の回想録に書いている。「そのため、すべての荷物が十艘のカヌーに積み込まれた。ジャングル内の連絡網は非常に早く作用した。シレツジ地区では、アツジのリーダーたち全員が辛抱強く案内してくれた。村に近づくと、アスマットの習慣に従い、カヌーの船隊は特別な編隊を作った。それまで音を立てないように静かに櫂を動かしていたが、村に近づくと、ひとりの歌い手が厳かな歌を歌い出し、それに男たち全員の叫び声が入り込み、村に響き渡った。われわれが家の前まで行くと、女たちがライムの粉を空中に撒いた」

ファン・ケッセル神父は家を建て、カヌーで川を行き来し、積荷を入れられるようにした。もちろん、言語も覚えた。「それぞれの村に、私は斧を一本か二本置いてきた★が、アツジでは何百本も与えた。首狩りから気持ちを逸らすために。私は彼らの渇望感を満たすために、食料や工芸品と引き替えに、毎日のように、ナイフや包丁、剃刀の刃、釣り針、煙草などを渡さなければならなかった！」

ファン・ケッセル神父は類い稀れな男だった。非常に寛大な心を持っていた。慈悲深かった★が、その信仰心を支えていたのは、人は善なるものであり、この世界も人生も美しく驚異に満ち、神は人間の風変わりで未完成なところを我慢してくださる慈愛深き存在だ、という考え方だった。彼は天国の存在を疑ったことがなかった★。葉巻を愛した★。オランダで暮らす家族が、オランダのブランドである「ラ・パス」を絶えず赴任先に送っていた。宗教は強要されるものではないと思っていたので、★改宗をゆっくり進めた。アスマットのことをよく知らなければならないという信念から、彼はアスマットと一緒に話し、食べ、眠り、神の話を持ち出すことを焦らなかった。彼は一度見たら忘れられない風貌をしていた。ひょろひょろした体つきのこの白人は、短パンとスニーカーを身につけ、もじゃもじゃの髯をたくわえ、葉巻を口にくわえていた。胸や腕や脚に白とオークのバンドを巻き、白い羽根を髯に突き差し、ときにはクスクスの毛皮のヘッドバンドすら禿げた頭に巻きつけた。彼の精神は自由で愉快で、それ故にアスマットは彼を愛し、それ故に彼の所属する修道院の上長者たちは彼を信頼しなかった。永遠に反目した。彼は権威者に苛立ち、思っていることをそのまま口にした。聖心修道会の記録ファイルには、上長者たちからの手紙が大量に入っている。自制せず、感情のままに行動するこの幼子《おさなご》のことを心配している手紙だ。ファン・ケッセル神父は、現地の人々にさっさと洗礼を施さないせいで叱責された★。思ったことを何でも言葉にして、オランダの役人からの命令には従わずにいるせいで叱責された。彼はオランダ役人を、この土地のことも文化のこともまったく知らない木偶《でく》だと思っていた。

ファン・ケッセルは司祭だったが、しかるべき理由から、と言っても楽天的なロマンティストだったので当然ともいえる理由だが、その数年後に恋をして聖職を去り、結婚することになる。もっとも、それ以後も教会とは縁を切らず、信仰心が揺らぐことはなかった。ファン・ケッセルと上長者との反目が深刻な影響を及ぼすことになるのは、マイケル・ロックフェラーが消息不明になったときだった。

ゆっくりと時間をかけて、司祭たちはパプア人一般信徒を教理問答教師（洗礼に先立ち、キリスト教の教理を洗礼志願者に教示する人）として各村に入らせようとしていた。教理問答教師は、アスマットにキリスト教とは何かを教え、首狩りの急襲について教会や政府に報告していた。しかし、キリスト教を積極的に受容する村がある一方、オツジャネップの人々はとりわけ臆病だった。そもそもよそ者との最初の遭遇がうまくいかなかった。一九五三年十月に中国系インドネシア人のワニのハンター集団が、★オマデセップの人々を雇い、エウタ川の河口近くで魚獲りをしていたオツジャネップの女たちを襲撃した。中国系のハンターたちが女性六人と子どもふたりを殺したのだ。そのうちの四人は銃で殺された。これがオツジャネップの人々が初めて遭遇した「よそ者」、しかも銃器を持った「よそ者」だった。オランダの弁務官エイブリンク・ヤンセンが一九五五年にオツジャネップを訪問し、中国人たちによる殺人事件（昔からある、文化的な誤解によって生まれた事件）を調べた。ヤンセンはその村を目指して川を遡っていったが、オツジャネップへのこの最初の公式訪問には、武装した警邏《けいら》隊とオマデセップの戦士たちも付き従っていた。オツジャネップの男たちは、白いオランダ人と武器を目にした。しかも、オマデセップの敵までいるのを見て、彼らは異常に興奮した。狭い川で警官たちは、悲鳴を上げてライムを放り上げる数百人の武装した戦士に囲まれた。ヤンセンは引き返し、撤退したほうがいいと判断した。「無差別に殺すこともできただろう」★とヤンセンは翌日ファン・ケッセルに語っている。「しかしそうなれば無辜《むこ》の人々を何十人も撃ってしまっただろう。だから彼らとは接触せずに戻ることにした」

その二ヶ月後、ファン・ケッセル自身がオツジャネップを初めて訪問した。「とても心温かく迎えてくれた。★そのときわれわれは武器を携帯せず、もちろん、警察の随行もなかった」。一九五六年四月十五日に再び行ってみると、「とても歓迎してくれた」ので、教理問答教師をふたり置いてきたが、その翌日ふたりは逃げ帰った。「村人たちは、教師たちの持っている煙草が欲しくて見境なくなった★だけだが、ふたりは恐れをなしてして逃げ出したのだ」

アスマットでの殺人は続いた。一九五六年九月、オマデセップの人々がオツジャネップの四人をまた殺した。★復讐されずにいた死者の数がこれで十人になった。

ファン・ケッセルがアムボレプに旅行したところ、★そこの村が「ジャソコールとカイモの攻撃を撃退したばかりだった。ジャソコールが何か策略を練っていることを知って」彼がジャソコールに急いで行ってみると、村は空っぽで、ふたりの教理問答教師だけがいた。「ふたりが私にぶっきらぼうな口調で『村人たちはダメンに急襲しに出ていったばかりだ』というので、私は急いでダメンに駆けつけたが、遅きに失した。家々はまだ燃えていて、村人たちが死者を悼《いた》んでいるところだった。八人の男と八人の女、そして八人の子どもが殺され、カヌーに乗せられてジャソコールに運ばれていった。そこでカニバリズムの儀礼に使われるのだ」

五月、アジャムの村で、★ジャパエールから訪ねてきていた二十八人の成人男性と少年が殺された。ファン・ケッセル自身もあやうくその暴力の犠牲になりかけた。「アサウェッツ川をアジャムに向かってカヌーを漕いでいたとき、ジェパ《原文ママ》エールの武装集団から矢が私めがけて雨のように降り注いできた。私はアツジの人々と三艘のカヌーで移動していたが、ジパ《原文ママ》エールはわれわれを追いかけてきた。煙草を川に投げ入れて、追っ手の舟の速度を遅らせたりした（煙草の効果は奇跡的だった！）。ようやく彼らが追跡をやめたのは、われわれが強力な警察組織のあるアジャムの近くに来たからだった。私は死を逃れられたが、ジャパエールはいまも誰でもいいから復讐したいと思っている」

ファン・ケッセルは殺された人々のリストを作っていた。★一九五五年の死者は三百人。一九五六年は百二十人で、この中にはオマデセップに殺されたオツジャネップの四人と、バシムに殺されたオツジャネップの二人が入っている。一九五七年は二百人。南部アスマットだけでこの人数である。わかっていない死者がどのくらいか、それを知ることは不可能である。

一九五六年十月に、ファン・ケッセルのところに同僚が加わった。フベルタス・フォン・ペエイ神父だ。彼は二十六歳で、つい最近、ファン・ケッセルと同じように聖職者に任命された。フォン・ペエイも幼い頃に神の呼びかけを聞き、★十二歳のときから聖職者になりたいと思っていた。ブラジルでもフィリピンでも、インドネシアのどこへでも行ける身分だったが、彼が選んだのはニューギニアだった。冒険がしたかった。「ニューギニアの話をいろいろ聞きました。それがとても魅力的だったのです」と彼は言った。メラウケで四ヶ月過ごしてマレー語を身につけ、上司にあたるセーグワールトが彼を赴任先のアジャムまで案内した。「アジャムはとてもひどいところでした」。フォン・ペエイが生存していることを知り、私がオランダのティルブルフまで会いに行ったとき、彼は八十四歳でとても元気だった。「一九四〇年代には復讐のための殺戮がたくさんおこなわれていました。それから十年以上が経っていても、彼らは決して忘れはしませんよ。決して」とフォン・ペエイは言った。

セーグワールトはアジャムの責任者にフォン・ペエイを就任させるとこう言った。「じゃあ、私は帰る」★そして帰っていった。「ラジオも電話もありませんでした。誰とも連絡が取れなかったんですよ」。フォン・ペエイはアジャムに三年間滞在し、それからアツジで二年間を過ごした。彼はファン・ケッセルよりはるかに保守的だった。ファン・ケッセルは、戦闘用の縞模様を体に描き、羽根を髯《ひげ》に突き刺して、ジャングルに住む野蛮人のようだったが、フォン・ペエイは現地人のような格好はせず、彼らしい姿のままだった。つまり、白人の宣教師らしく、いつもさっぱりと髯を剃り、身なりを整え、白い短パンと白いTシャツを身につけていた。自分の教区にあるどの村にも月に一回は訪れようとし、「起きていることを目撃し、必要とあらば政府に報告するために」アスマットではないパプア人の教理問答教師を村に配置した。フォン・ペエイはアスマット語を流暢に話した。そしてファン・ケッセルと同じように、洗礼を受けさせることを急がなかった。「われわれには時間がたっぷりとあった。彼らには理解できなかった」

そして、一九五七年も終わりを迎えようとしているある日、★ オツジャネップの男たちはエウタ川の河口の茂みに隠れ、ドムバイ、スー、コカイ、ワワール、パカイの復讐を果たそうとしていた。この五人の男はその前日にオマデセップの男たちの手で殺されたのだ。オツジャネップの男たちは、超存在たちがこの世界に入ってきたことに気づいていた。ファン・ケッセルとフォン・ペエイのことを知っていた。ときおり村にやってくるふたりを彼らが受け入れていたのは、次第にふたりのことがわかるようになり、煙草や新しい道具が欲しかったからであり、政府の役人や警官たちがふたりを守っていることを知っていたからだが、この当時アスマットの男たちが外部の者を自分たちの生活圏の外縁にいるぼんやりした存在だと見ていたことは、言っておいたほうが良いだろう。オツジャネップのアスマットはいまだに変わっていなかったのだ。彼らの目的意識とこの世界のバランスは、戦争と首狩りと儀式をめぐって作られていた。いまここで、オマデセップの男たちを待ちながら、彼らは雄々しい目的を前に気持ちが昂ぶっていた。攻撃するために。戦うために。二重世界のバランスを維持するために。もしわれわれが彼らの頭の中に入ることができて、彼らが見るものを見、彼らが感じるものを感じ、彼らそのものになることができたら、彼らの欲求の正体が理解できたかもしれない。殺人は彼らの生き方なのだ。それが彼らのすべてを作り、彼らを構築し、アイデンティティを与え、文字通り、精液を流し、サゴを育てることで自らを養ってきたのだ。そして殺人から、盾や槍、太鼓や仮面、ビス柱を創り出した。それは彼らの言語であり、芸術であり、象徴的創造的な表現だった。皮肉なことに、まさにその「芸術」がネルソン・ロックフェラーのような西洋の蒐集家を虜《とりこ》にするようになったのだ。

ワギンでの戦いから戻る途中で、疲れ切ったオマデセップの男たちの最後の一団が★川を渡ると、オツジャネップの男たちは猛攻撃をかけた。カヌーを素早く漕いで突進していった。消耗していたオマデセップの男たちは、自分たちのカヌーがなかったので、攻撃に晒された。オツジャネップの男たちは叫び、怒鳴り、水面にライムを撒き切らし、竹笛を鳴らした。そしてカヌーの側面を櫂で高らかに叩いた。戦士たちは何の躊躇いもなく弓矢と槍でオマデセップの敵を殺した。川は流された血で真っ赤に染まった。捕らえた者たちの頭を叩き、体をカヌーのなかに引き入れ、首が切れるように横木に縛り付けた。数日前にふたつの村からワギンに向かった百二十四人のうち、生きて帰ってこれたのはわずか十一人だった。

ファン・ケッセル神父は、この事件が十二月の終わりに起きたため、「シルベステルの虐殺」と呼んだ。★〔ローマ教皇聖シルベステル一世の祝日が十二月三十一日〕

# 第八章　二〇一二年二月

午前三時に私はウィレムに揺り起こされた。暗闇のなか、居間で体を伸ばして寝入っている人々のあいだを忍び足で進み、ボートに乗り込むと、勢いのいい潮の流れに乗れた。まだ深夜で、向こう岸にはちらちら揺れる黄色いランタンの光が見えたが、空は満天の星で輝いていた。明るい満月に照らされた木々は、幅が二キロ近くある川の上に長い影を作っていた。南十字星、南を示す矢印があった。全員があまりの眠気に黙り込み、コウモリが頭上を飛び交うなか、物思いにふけっていた。アマテスが煙草を全員に配った。

一時間後には空が明るくなり、波が高くなり、ボートは向こう岸に向かって苦労しながら進んでいった。この日の朝は灰色で、太陽は現れなかった。ボートはアラフラ海に入っていった。強風に南へ押し流されながらも、海岸沿いに四百メートルほど進み、ベツジ川の河口を渡った。マイケル・ロックフェラーがあの運命の日にたどったのと同じルートだ。陽が昇り、風と波はさらに強くなり、ボートは揺れ、飛び散る水飛沫《みずしぶき》が舷縁《ふなべり》を濡らした。私は衛星電話のところへ行った。避難するためにエイピング川を急いで上った。

大きな川や支流の河口付近では、小屋がたいてい一軒か二軒建っている。漁師たちが一時的に野営する建物だ。この避難小屋はどこの村のものだろうと私は考えていた。小屋の中で体を乾かしながら、フィロが米用の湯を沸かすあいだ、私は甘いにおいのする椰子の葉で覆われた床に寝そべっていた。アマテスが説明した。ここはオマデセップから分かれた新しい村だ。オマデセップもずいぶん前にビワール・ラウトから分かれたんだ、と。「どうして？」と私は訊いた。

「女をめぐって揉めた」と彼は言った。

ピリエンの元村長コカイ。
頭にアスマットの伝統的なクスクスの毛皮のバンドを巻き、
鼻飾りをつけ、草の袋を下げ、弓矢を持っている。

われわれは食事し、煙草を吸い、少しまどろみ、ハエを叩いて過ごすうちに、ウィレムが、風はもうだいぶ和らいだと言った。それで出発した。ファジト川とバシムの村にたどり着いたのは、午後の早い時間だった。バシムは開けたところで、水際の板敷き《ボードウォーク》の道沿いに店が何軒か並んでいた。

その日は非常に暑く、風がなく、静かだった。いつものようにわれわれは静まり返った桟橋に上がり、ぼろを着た男女や子どもを見つめた。アマテスがなにやら呟いてその場から立ち去ったが、いつの間にかわれわれは小学校の校長の家に行くことになった。小学校の向かいにある木造の家には、剝きだしになった四つの部屋があった。

初めの頃、こうした村々は何かを剝ぎ取られた後のように見えた。まるで空っぽで放っておかれているような感じで、ここに存在する理由が消滅してしまったように思えた。どのジェウもそうだが、バシムのジェウも堂々としてはいても人がおらず崩れかけていた。長くて大きく、釘を一本も使わずに籐で縛って作られていた。しかし彫刻はどこにもなかった。サゴ獲りや魚獲りに出かけていない大人たちが座っていた。物憂げで、呆けていた。ただ、子どもたちは元気に遊びまわり、暴れまわり、声をあげ、椰子の木に登ったり泥だらけになったり、桟橋から茶色の川に飛び込んだりしていた。アスマットの村の音は、人が大勢集まっている遊び場の音そのもので、子どもたちの笑い声や叫び声や遊ぶ声でいっぱいだった。

その夜、われわれが床に腰を下ろしていると、老人がひとり入ってきた。とても痩せていて小柄で、身長百五十センチ、体重六十キロくらいで、顎が飛び出し、鼻が大きく、目が落ちくぼんでいた。静脈が首やこめかみから浮き出ていた。鼻中隔に穴があった。ポリエステルのTシャツには染みがつき、小さな穴がいくつも開いていた。そのTシャツには、鼻に貝殻を通したパプア人の顔が描かれていて、『鼻留め』という言葉がついていた。首から胸に下げてある編んだ袋は、数珠玉《じゅずだま》とオウムの羽根で飾られていた。重要人物だという証だ。彼は素早い視線を投げてから、ガラスの上で砂利を押し潰したような声で早口で喋った。この荒々しさの発散はアスマットで私が見たことのないものだった。「この人はコカイ」とアマテスは紹介した。「私の兄。私の父。ピリエンの首長」。ということは、この人がピリエンの村長なのだ。オツジャネップの数あるジェウのひとつから名前をもらったピリエンは、ロックフェラーが行方不明になってから強制的に分離されて新しい村になった。「彼はバシムに新しい妻がいる。だからここによくいる」とアマテスが言った。コカイが床に座ると、アマテスは煙草と巻紙の入っている小袋を取り出した。これは絶好の機会だ。私はアマテスに、実はオツジャネップとオマデセップの話にとても興味を持っている、と打ち明けた。とりわけ一九五八年にワギンに向かう途中で殺された人々の復讐のために、オランダ人たちが村を襲撃したときのことを。実際に私は当時記録された植民地の文書を持っていて、その文献にはその事件のことが記されていた。

「この人は何歳です?」と私はアマテスに訊いた。

彼らが話し合っているあいだ、私は待っていた。「知らないそうです。でも、おそらく六十代でしょう」とアマテス。

「オランダ人の襲撃の話は覚えていますか。多くの人が殺されました」と私。

アマテスはコカイに話しかけた。そのやりとりに私はすぐに慣れることになる。長くくだくだと続く遠回りなやりとりだ。十語ほどの簡単な質問に十分ほどの説明が要った。アマテスが怪訝《けげん》そうに話し終えると、コカイは私を見た。煙草を紙に巻いた。二枚の紙を使って長い一本の煙草にした。蠟燭がちらちら揺れた。蒸し暑く、私の脚は硬い木の床に座っているせいで痛みだした。その朝三時にエアマットレスから起こされて以来、柔らかな物に座ったことがなかった。するとコカイが話し始めた。

「覚えている、と言ってます」とアマテスが言った。「子どものときに、それを見たそうです」脈絡のない話の断片が蜒々と続き、アマテスは通訳するのを中断した。後に私は、アスマットがテレビも映画もどんな記録媒体もないのに世界で有数の卓越した話者だということを知る。コカイは弓を引く動きをした。太腿と胸と額を叩いてから、両手で頭を撫でるようにして、首の後ろから切り取る様子を示した。目は恐怖を示して見開かれた。両腕と肩を激しく動かして走る真似をした。それからこそこそとジャングルのほうに忍び出ていく動作をした。中指と親指のあいだに煙草をはさみ、人差し指を使って赤く燃えているところをさっと払って灰を落とした。私はオソム、ファラツジャム、アコン、サムット、イピという名前を耳にした。マイケル・ロックフェラーの謎を取り巻く出来事を繋ぐふたつ目の話が、埃だらけのオランダの公文書にあったタイプライターで打たれたページでしかなかった話が、生き生きと動き始めた。

# 第九章　一九五八年二月

一九五八年二月六日、マックス・ラプレは政府の船「エーンドラハト」に乗り込み、オツジャネップに向かった。太陽は頭上で燃え上がり、彼を萎《しぼ》ませるほどだった。「エーンドラハト」は全長九メートルで喫水は浅く、舳先が高く、縁は内側に曲がっていて、船体中央部は低く、水面すれすれだった。舳先には小窓がふたつある小さな船室と、甲板を覆う白い日よけがあった。ラプレは強靱だが、ひどい怪我を負っていた。彼と行動を共にしているのは十一人のパプア人警察官で、カーキ色の軍服に似た制服を着て、モーゼルM98ボルトアクションのライフルを携帯していた。シュマイザーのサブマシンガンも一丁あり、ラプレは自分の武器をベルトに着装していた。

彼は不安だった。アツジの戦士の乗った三艘のカヌーを従えていたが、太陽の下で裸で櫂を操っている彼らを見ていると、自分はちっぽけな存在だという考えが頭から離れなかった。黒い肌をした人々が住む広大で異質な世界の中の白い小さな点に過ぎなかった。しかしこの土地を、このジャングルを、この沼地を、この人々を統治しなければならないのだ。彼の国が統治し、従わせなければならない。彼は、文明の発達した国の力で現地の者に教訓を与えるつもりでいた。

植民地統治の時代は終わりつつあったのかもしれないが、一九五六年にアスマットを征圧した新しい統治者ラプレは、別の時代から来た男だった。マックス・ラプレの身内は★一六〇〇年代からオランダの東インド会社にかかわっていた。彼自身は一九二五年にスマトラ島で生まれた。父親はオランダ王国インド軍の兵士だった。★マックスが三歳になったときに、一家はインドネシア東部にあるセレベス島マランに移った。★マックスはそこの白人入植者だけからなる偏狭な共同体の中で育った。多数派の現地の者に対抗するには団結するしかなく、女王の誕生日に乾杯するような場所だった。というのも、一九三〇年代からずっとこの共同体は、独立を願うインドネシア人たちと太平洋を南下してくる日本軍の脅威に晒されていたからだ。数年後に、マックスは初めて日本兵と遭遇したときのことを、あるインタビューで語っている。「マランの中国人地区に日本人の店があった。★とても長い建物で、ずっと奥まで続いていて、そこに中庭のある生活空間が広がっていた。私は店の奥にどんどん入っていった。すると中庭に日本人たちが集まっていた。制服姿で、刀を椅子に立てかけていた。こちらを見たので、私は急いで戻った。とてもびっくりした」

オランダ人共同体は、一九四二年に日本軍がシンガポールに侵攻してくると大きな衝撃を受けた。ラプレの父親は前線に送られたが、十七歳だった息子は、父親に「日本人に教訓を与えに行くんだね」★と言ったことを決して忘れなかった。

しかし、父親のウィレム・ラプレは地雷を踏み、病院のベッドから捕虜として収容された。

マックス・ラプレの襲撃の頃のオツジャネップと引き潮の状態のエウタ川。

そして一九四六年になるまで戻れなかった。戦争が長引くにつれ、ラプレ家は収入が途絶え、召使いもいなくなり、オランダ人学校は閉鎖された。マックスは押し売りになり、時計や敷物、衣類、小物などを娼婦たちに売った。彼の恋人の父親が処刑された。マックスは一九四四年に日本兵たちにひどく殴られて、労働収容所に入れられた。頭を剃られ、切れの悪い斧で木を切らされた。木造の小屋で寝起きし、朝にはお茶とトウモロコシという粗末な食事で、夜もトウモロコシと生野菜を与えられた。下痢で体力が衰え、いやな夢を見るようになった。心が体から離れて浮遊しているようにあてもなくさまよっていた。

ラプレは下痢に命を救われたのかもしれない。というのも、間もなく彼は病院に移されて収容所から解放され、祖父母と暮らすことになったからだ。しかし戦争が終わっても厄介事は終わらなかった。インドネシア人たちは独立を求めていた。オランダ人の家や車がインドネシアの共和主義者たちに収用された。オランダ人は石を投げられ、棒で殴られた。働くために戻ってきた召使いたちが、ラプレの家から閉め出された。マックスは、今回はマシンガンと剣を持った若いインドネシア人たちの手で再び逮捕され、マランの独房に閉じ込められた。ある日ひとりの囚人がオランダ国家「ヴィルヘルムス」を歌い始めると、囚人全員がそれに加わり、石や棒で叩いて拍子を取った。インドネシア人とヨーロッパ人の混血の人物がやってきて、インドネシアの市民になるよう説得したが、囚人たちは彼を追い払った。

一九四六年六月に解放され、ラプレは、船でオランダに向かった。

そして十年が経ち、彼はインドネシアに戻ってきた。東で最後のオランダ領となった場所で働くことになったのである。こちらでひとり、あちらでひとりというような死者なら見過すこともできたが、近頃のオマデセップとオツジャネップとの無差別の暴力は目に余る状態だった。オランダは文明国家で、ニューギニア島の半分から何かを作ろうとしていた。そして、いよいよそれに着手する時期が来ていた。ラプレはアスマットに敵意を抱いていたのだろうか。後のインタビューで、敵意はなかった、と答えている。[★]しかし彼のこれまでの人生を形成してきたのは、植民地の住人であり、領主側の者であるということだった。しかも何年も虐待され、よく知った世界と引き離されていた。マックス・ラプレはアスマットの文化について何らかの知識があったのだろうか。興味を抱いたのだろうか。彼の日記や記録からは、彼がアスマットに何らかの共感を抱いていた証拠は見つかっていない。どうやら、政府の予定に合わせてこの任務に就いたようだ。彼に会った後のファン・ケッセル神父は、「ラプレはアスマットを暴力でねじ伏せるつもりだ」と嘆いている。★

ラプレがアスマットに到着して間もなく、★アテムバットの村がビワール・ラウトから首を持ってきた。アテムバットの男ふたりと女ふたりが三年前にビワールを訪れた際に殺されたことへの復讐だった。ラプレは村へ急行したが、そこはもぬけの殻だった。しかし教訓を与えなければならない。彼はジェウに火をつけ、カヌーを手当たり次第破壊し、マシンガンを空に向けて撃ちまくった。この行為についてファン・ケッセル神父は「過剰反応」と述べている。★

オマデセップとオツジャネップの戦いのニュースを初めて聞いたとき、ラプレはディアスというインドネシア人とオランダ人の混血で、植民地生まれの警官を派遣しただけだった。ディアスとその部下は一九五八年一月十八日にオマデセップに赴いた。★そして十一人を逮捕し、発見した武器をすべて没収し、多くのカヌーとジェウを少なくとも一軒燃やした。それでもオツジャネップの者たちがいっこうに言うことをきかないという報告が届いた。争いを怖れたラプレは、オランダの国旗と鋼鉄の斧を持った三人のパプア人の警官を村に送った。警官たちはすぐに引き返してきた。オツジャネップは政府とは一切かかわりを持つつもりはなく、★「それをわからせるためなら喜んで暴力を使うつもりだ」と。ラプレは公式な文書に書いている。「オランダ国旗を受け入れようとしなかった」

十日後、ラプレは自ら村へ向かった。初めてアツジで碇泊し、そこの人々に協力を頼んだ。これは興味深いことだ。アツジとオツジャネップはよく知らない間柄だったので、アツジの戦士たちが漕ぐカヌーを見たらオツジャネップの者たちは騒然とするに違いなかったからだ。「彼らは、誰かの首を狩る良い機会だと思ったのかもしれない」★とラプレはアツジの戦士たちのことを述べている。「あのような人々が何を考えているのかは絶対にわからない。彼らが戦いを繰り広げるのは、それが好きだからだ」。再び彼はオランダ国旗を持たせて三人のパプア人を送り出した。そして再び三人は戻ってきて、国旗は拒絶され、オツジャネップの者たちが「すっかり武器を整えて待ち構えていた」と述べた。

後年ラプレは、オツジャネップには「調査をし」、加害者がだれかを知る人物を探しに行っただけだ、と述べることになる。★もしそれが本当なら、事態が落ち着くまで待つこともできたはずだ。武器を持たず、カヌーにフォン・ペエイやファン・ケッセルを同乗させ、煙草を持っていくこともできたのだ。一九五八年までに、アスマット人が白人を攻撃したことは一度もなかった。当時のアスマット人は、村にやってくるよそ者の白人を怖れたり、(ファン・ケッセルのように)武器を持たずにやってきて釣り針や煙草を差し出す数少ない白人に辛抱強くつきあったりしていた。

西洋人と接触した人々は、初めの頃はみな同じ反応を取った。クリストファー・コロンブスが一四九二年に新世界にたどり着いたときのこと、十二月十六日の日誌にこう書いている。

「彼らは世界でいちばん善良な人たちだ。★一番優しい人たちだ。すぐに友人になれたとは驚きだ。（略）彼らは、持っているものは何でも喜んで交換してくれる。私が水を探すためにボートを岸に向けたら、彼らは進んで水のありかを私の部下に教え、しかも水の入った樽をボートまで運んでくれた。とても親切で、邪悪な知識がなく、盗んだり人を殺したりしない。国王陛下もきっと信じてくださるだろうが、この世界で彼らほど善良で優しい人々はいない」

それから四百年後、トビーアス・シュネエバウムは最後の任務地であるペルーのアマゾンに到着した。そこには外部と接触を断っている民族がいて、彼らは敵の頭を強打し、外部からのどんな接触も退ける、と言われていた。しかしシュネエバウムは好奇心旺盛で、現地の人々に強い親近感を抱いていた。だから少しも恐くなかった。任務を解かれたある日、彼はひとりでジャングルの奥地に分け入った。四日間歩き続け、川縁で男たちの集団に出くわした。もしこの状況で武器を携え、恐怖に戦き、緊張していたら、いったいどうなっていただろう。しかし彼はすっかり降伏したのだ。服を脱ぎ捨て、裸になって男たちのなかに入っていった。凶暴な未開人たちはどんな反応をしたのか。★彼らはシュネエバウムを抱き寄せ、彼に触れ、体中にキスをし、彼を讃え、村に連れていった。彼は数ヶ月間村で一緒に暮らした。

避けられないことだが、白人と現地人とのこうした幸福な遭遇は、時を措かずに凶暴なものになっていった。自分の周りの世界しか知らない者と、なにもかも知っていると思いこんでいる者の間で起きる文化的衝突は凄まじく、勢力の不均衡は著しかった。結局のところ彼らは、技術力が違う人々というだけではなく、まったく異なる世界に住む人々だった。白人はいつも必ず、この異質な世界について何の知識もなかった。白人たちは精霊を見ることができず、その存在すら知らず、自分たちがその文化の中に入っていっても、その意味や象徴を見ようとも聞こうとも知ろうともしなかった。

一九三〇年代にいくつかの探検隊が、いまはパプア・ニューギニアとなっている高地へ入っていった。数人の白人と大勢の現地のポーターと警察官たち随行員からなる大がかりな探検隊で、しかもその全員が現代的な火器で武装していた。そしてそれに対する反応はいつも同じだった。パプア人たちは驚愕し、茫然自失となった。白人は亡霊であり、死者の生き霊であると信じた。白い生き物の残した靴跡を見て、足跡を読むのが習慣になっていた★人々は、これは足指が全部切られた生物だと思い、靴底の模様を見て、何かの骸骨だと思った。

こうした生き物は排除するか、追いやるか、芋や豚を捧げて鎮めなければならなかった。この時期、誤解から発生した出来事が多く報告されている。オーストラリア人ジャック・ハイドとジム・オマリーが探検隊を組んで一九三五年に大パプア台地に入ったとき、地元のエトロ人たちには、彼らが異世界からやって来たように見えた。「びっくりして跳び上がった」★とふたりを目撃したあるエトロ人はその時のことを述べている。「これまであんなものを見た者はひとりもいなかったし、あれがなんなのかわからなかった。ソウェロ（ヨーロッパ人）やほかの者たちが着ている服を見て、夢に現れる人のようだと思った。『この人たちは身を隠さずにやってきた生き霊に違いない』と思った」。そこへようやく、弓矢で武装した五十人ほどのエトロ人戦士たちが現れた。彼らは飛び跳ねながら進んできたので、それを止めようとしてハイドは二本の指で口笛を鋭く吹いた。その瞬間、ふたつの世界――実際には、白人の世界、エトロの世界、精霊の世界の三つの世界であり、精霊の世界は、ハイドが見ることのできない、そして存在していることすら知らない四次元世界だった――は衝突した。オーストラリア人にとってみれば、口笛で鋭い音を出したにすぎないが、大きな音は現地人を警戒させる。エトロにとってはそれには別の意味もあった。魔術師が近づいてくるときに立てる音なのだ。文化の誤解による一連の騒動の高まりが鎮まらないうちに、ハイドと彼のポーターがライフルで三発撃ち、エトロ人ふたりを殺した。

マックス・ラプレがエウタ川に入っていったとき、地図は役に立たなかった。エウタ川は狭く、河口付近は満ち潮のときには幅二十二メートルになるが、たちまちその半分の幅になった。上流に三百メートルほど進んだところで、カヌーに乗ったオツジャネップの戦士たちの一団に遭遇した。ラプレによれば、彼らは金切り声をあげ、「泣き喚いた」★が、ラプレが近づいていくと引き返した。彼は男たちをしばらく追跡したが、不安になり、引き返すことにした。

好機を逃したくなかったラプレは、戦力を増強した。二月六日、メラウケにいる機動警察隊をファレツ川河口へ向かわせた。★そこでディアスと十人の警官、さらにアツジの戦士が乗った四艘のカヌーと合流し、エウタ川河口に再び到着した。

午後になり潮が満ちてきたが、川幅は相変わらず狭く、大型船が入れなかった。それで潮が満ちるのを待ったが、午後の熱暑とともに緊張感は高まっていった。夕方になってようやく潮が満ち、ラプレたちは「闇の奥」のようなところへ入っていった。エウタ川の幅は幅九メートルほどの狭さで、六メートルしかないところもあり、すぐそばまで岸辺が迫り、しかもニッパ椰子や葦、マングローブの根などが絡み合って黒い泥から立ち上がっていた。すると雨が降り始め、たちまち熱帯特有の土砂降りになった。ラプレは不安になり、怯えた。かつてファン・ケッセルが地元のカヌーに腰を下ろし、短パンとスニーカー姿でやってきた場所を、ラプレは、モーター付き大型ボートに乗り、しかも銃を携帯して制服を着た警官を詰め込んで遡っていった。さらに悪いことに、ラプレは、オツジャネップの人々にとって天敵とも言えるアツジの戦士の一団を連れていた。どの木の陰にも未開人の戦士が潜んでいると信じていた彼は、どうやってここから出ていくのかと不安になった。エウタ川上流は非常に川幅が狭く、すぐに方向転換することができなかった。

ラプレは舵柄《だへい》を自ら握った。★目的の村に入るまでに一時間ほどかかった。蒸し暑かった。覆い被さるような木々と絡まる蔓類から水滴が落ちてきて、じっとりした。水路は狭く、曲がりくねっていた。エンジンの音が木々の壁に当たって反響した。苦しいほどゆっくりと前線へ向かっていったが、その先には、戦いの染料を体に塗り、羽根と豚の牙と犬の歯のネックレスをし、鼻には貝殻と豚の骨を刺した裸の男たちがいるのだ。囚人になることを厭《いと》わず、あるべき人間とはなにもかもが違っている人々が。

ラプレの不安はさらに増した。一時間後、大きな湾曲部をまわりこむと、開けたところに出た。広場は男たちでごったがえしていた。ラプレは、女性や子どもの姿、犬などを見なかった、「これはいつも悪い事が起こる前兆だ」と記している。村人たちはラプレと同じように怯えていた。いや、ラプレよりももっと怯えていたかもしれない。ジャングルでは噂があっという間に広がった。オマデセップで起きたこと、カヌーが壊されたこと、男たちが逮捕されたことを村人たちは知っていた。そして、銃のことも知っていた。それが死をもたらすことを。しかし、オツシャネップの村人たちは戸惑っていた。ラプレと警官たちが何をするつもりなのか、自分たちがどうすべきなのかわからず、ラプレが何者なのかすらわかっていなかった。オツシャネップの男たちは彼らの世界で誇り高く、独立して生きていた。ラプレが亡霊であってもおかしくない。どうすればいい？

左側から男たち近づいてきていた。★ラプレは彼らが降伏するために来たと思った。ところが右側にいた弓矢と槍と楯を持っている男たちが一斉に立ち上がった。ラプレは左を見て、右を見た。どうしたらいいか自分でも決めかねていた。女や子どもが家の中からぞろぞろと出てきて、ジャングルの中に逃げていった。家の背後からは第三の集団が現れ、ラプレの言う「戦士の踊り」を踊り始めた。ラプレと機動隊は左側の岸に上陸した。ディアスとその部下が右岸に上った。オツジャネップの男たちは茂みに向かって駆け出していき、弓矢で武装した男たちはジャングルの縁に向かって後退した。

「出てこい！」ラプレは通訳を通して言った。「武器を捨てろ！」

数人の男がじりじりと動いて逃げようとしたので、警官たちが取り押さえようとした。

それからは大混乱だった。家の中から手に何かを持った男が現れ、ラプレめがけて走り出した。何を持っている？

拳銃がいたるところから発射された。バン。バン。バン。ファラツジャムというアスマットの男は、頭を撃たれ★て後頭部が吹き飛んだ。四発の弾丸がオソムの体に撃ち込まれた。上腕、両脇の下、腰に。アコンは腹部に、サムットは胸に銃弾を受けた。イピの顎が一瞬にして消えた。こうした衝突が、高地のいたるところで起き、村人たちは銃弾による損傷については些細なことに至るまで記憶に留めることになる。村人たちにとってあまりにも攻撃的なことだった。手を使って戦い、槍や矢で傷を負ってきた人々にとって、銃弾による攻撃はあまりに即効性があり残忍で魔法のようだった。槍や矢ではそう簡単に死ぬようなことはなかった。

アスマットは恐慌をきたし、四方八方へ一斉に走り出し、ジャングルの中に姿を消した。

「撃ち方止め！」ラプレは怒鳴った。★急いで調べると、ふたりが死んでいるのを見つけ、大きなカヌーに火を放った。黄昏直前に、ラプレと部下たちは船に乗り込み、川を下った。

ラプレが自身の行動についてファン・ケッセルに説明したことによれば、★「土砂降りの雨が降っていて、村人たちの行動は奇妙だった」。

ラプレは沖に向かい、★翌日の午前五時半に再びエウタ川に戻ってきた。しかし今度は、川が塞がれていた。一晩かけて、オツジャネップの男たちが樹木を切り倒して川に架け渡したのだ。倒木の数があまりにも多かったので、数キロ先のオツジャネップまで行くのに六時間もかかった。村にはだれもいなかったが、ジャングルから歌う声と太鼓の音が聞こえてきた。ラプレはそこまで追わなかった。

それから数日をかけて、ラプレは近隣の村々を訪れた。オツジャネップとは結婚などで深い繋がりがあるバシムに行ったが、そこももぬけの殻だった。ブエピスは「とてもびくびくしていた」。ファジト川の河口付近で、ベテカムという名の力のある首長と会った。ベテカムは五つの違う村から五人の妻を娶《めと》っていたので、権威と信望を備えているだけでなく、五つの村と自由に行き来することができた。ラプレのせいでオツジャネップでは五人が死に、★ひとりが負傷した、とベテカムが伝えた。「古い習慣と首狩り」をやめたくなかったので村はずっと脅威にさらされてきた、と。さらにベテカムは、村人たちは怖がって村へ戻ろうとしない、とも言った。ラプレは取引を持ちかけた。それを村人に伝えてほしいとベテカムに頼んだ。もし村人たちが村に戻り、オマデセップから奪っていった男たちの首を返すのなら、もうなにもしない、と。

ラプレのところに首が戻ってきた証拠や、彼の作戦によってオツジャネップやアスマットのほかの村で首狩りの習慣が止んだという証拠は残っていない。ラプレは、もしかしたら自分は多くの村をさらに奥地へ、川の上流へと、政府の目の届かないところへと追いやっただけなのかもしれない、と認めている。それから三ヶ月後に彼がオツジャネップに行くと、★多くの住人たちが逃げ惑い、男たちは家の下に隠れ、「事の成り行きを見守っていた」と彼は日誌に書いている。「この事件の経緯は痛ましいものだが、その一方で、首狩りとカニバリズムが、政府機関には評価されていないにもかかわらずそのことを知らなかった彼らに知らしめることになり、これは怪我の功名といえる。いまや村人たちは権威に抗わないほうが賢明だということを理解したように思われる。計画的な抵抗という彼らの姿勢——遭遇時の態度とオランダ国旗への反抗的な姿勢からそれは窺えるが——は、もっと非難されるべきものである。死者を出したことは嘆かわしくはあるが、村が徐々にだが確実にジャングルの奥地へ移動しているにもかかわらず、こちらとしてはなす術もないという事実よりはまだしもましである。奥地に移動したら、政府へのささやかな敬意すらもどこかに消えてしまい、結局は首狩りのための襲撃によってさらなる死者が出たであろう」

この文章は、彼が語っている村人たちのことを考えれば、道理に合わない。ただ、われわれ西洋人には理解できる。政府に反抗する人間に教訓を与える必要がある、ということの率直な分析だ。しかしオランダ国旗？　政府機関？　法の支配？　アスマットの人々にとってみれば、ラプレの襲撃はまったく異なるものだった。非常に不安に駆られる体験であり、合理的な法律を課されることとはまったく違うものだった。いきなり超存在が出現したということなのだ。絶えず彼らの生活の中心にいてなだめたり騙したり追い払ったりしていた精霊が、この世のものとは思われない武器を携えて彼らを殺しにやってきたのだ。キリスト教徒の前に、自分を攻撃する悪魔や天使がいきなり現れたようなことではないか。しかしなぜ攻撃されるのか？

それに、ラプレによって殺された五人の霊はどうなった？　彼らの霊は村の中を歩き回りながら、悪戯をしたり村を呪ったり、人々を病気にしたりするのだ。生きているときと同じように死んでもなお実体のある存在なのだ。中国人のワニのハンターによって八人が殺された。オマデセップの者たちによってさらに四人が殺された。ラプレによって五人が殺された。都合十七人の男女と子どもが死んだのだ。世界の均衡は崩れ、村に開いたそれぞれの傷口からは毎日膿《うみ》が流れ出ている。ましてや、ラプレは白人だった。これがもたらした驚愕は想像を超えている。これをどう説明するか。どう対処すればいいのか。

# 第十章　一九五八年三月

マックス・ラプレは孤立状態で仕事をしていたわけではなかった。アスマットとオツジャネップの世界が不安で揺れていたように、ニューギニアを囲んでいるさらに大きな世界も、やはり不安のなかにいた。ラプレがオツジャネップを襲撃してから間もなく、新しいアメリカ大使がインドネシアに赴任してきた。ウィリアム・パルフレイ・ジョーンズはジャカルタでの就任式で、大使信任状をスカルノ大統領に差し出した。スカルノとジョーンズが、オレンジジュースで満たされたシャンパン・グラス（イスラム教徒のスカルノはアルコールを飲まなかった）を掲げ、スカルノ大統領とアイゼンハワー大統領の健康を祝して乾杯する姿を、無数のカメラが写真におさめた。★ジョーンズはアメリカの立場について繰り返し述べた。インドネシアの国内政治へ干渉することには興味がなく、ようやく独立を勝ち得た国家を支援することに重要な関心がある、と。

ジョーンズのコメントは実際よりずっと明確なものだった。このインドネシア諸島の島々には古くから複雑な文化があり、それはそれは長い間、祖父母や曾祖父母が覚えているくらい長い間、オランダの支配下に置かれていた。一九二八年にスカルノは、独立統一のインドネシアがすべてだ、と宣言した。「王子も貧者も、貴族も労働者も、★イスラム教徒もキリスト教徒も、すべての人々が、たったひとつの目標に向かって闘志を燃やせば団結することができる、とスカルノは考えていた」とジョーンズは記録している。「この目標とは『自由』、つまり『独立《ムルデカ》』で、独立運動のスローガンになった言葉だ」。一九四五年八月十七日、日本の占領支配が弱まり、インドネシア独立主義者たちがインドネシア共和国の独立を宣言した。

しかし、オランダは植民地を取り戻すために戦車と飛行機を投入した。戦争からわずか四年後、国連を介しての交渉の結果、オランダは権利の主張をひっこめた。とはいえ、この交渉のさなか、オランダは西ニューギニア（島のオランダ領）は手放さないと主張した。インドネシアはイスラム教国家で、ニューギニアはメラネシア人と精霊崇拝者《アニミスト》たちの島だった。まったく異なる場所だ。それがオランダの主張だった。

インドネシアのスカルノ大統領。

スカルノはニューギニア問題はいったん棚に上げ、合意文書に署名し、インドネシア共和国が一九五〇年に誕生した。ただし、ニューギニアをめぐる交渉は一年以内におこなうものとする、という条件付きだった。しかし共和国の公式な誕生の際に——何千キロにわたって一億五千百万人が暮らす国だ——オランダは約束を守らず、ニューギニアに関してインドネシアと話し合うという合意を無視し、イギリスとオーストラリアとアメリカ合衆国の支援をとりつけた。ジョーンズは、パプアの独立に関するインドネシアの統治権についてははっきりとした態度を示さず、スカルノ自身のインドネシア共産党（PKI）への態度に関しても慎重な立場を取った。

式典で、スカルノの話す番が来たとき、彼の言葉も同じように厳密に選ばれたものだった。スカルノはインドネシアの独立した外交政策（東西どちら側にも立たない）を強調し、★西イリアン（オランダ領ニューギニアのこと）が返還されてインドネシアの革命は完成することの重要性を強調した。スカルノとインドネシアにとって、パプアの「返還」は独立の土台となる問題だった。彼の考えでは、これを達成しなければインドネシアは分断され、自由を奪われたままだった。

一九五一年から一九五七年のあいだに、インドネシアは国連総会で四つの決議案を提出したが、どれも承認されなかった。その仕返しに、一九五六年にインドネシアはオランダ人の企業を国営化し、オランダ人の住人一万人を国外追放し、二ヶ国間の反目は根深いものになっていった。

オランダがパプアの植民地にこだわるのは、★純粋に感情的な問題だった。そこで価値ある天然資源が見つかったことなどなく、植民地を維持するための出費は、そこで得られるものよりはるかに大きかった。しかしインドネシア軍と共産党は権力支配に固執しており、スカルノ大統領はふたつの勢力の間を行ったり来たりして権力を維持した。西ニューギニアと英国領マレーシアの占拠に対しては、ナショナリストの熱情を駆り立てることで双方の注意を逸らした。オーストラリアの外務大臣パーシー・スペンダーは、★「インドネシアが敵意を抱く攻撃的な隣人」になることを怖れていた。インドネシアは政情不安定で、経済崩壊間近に見えた。共産主義が南東アジアに急激に広がり、インドネシア共産党はその勢力を強め、一九五七年に行われた地方選挙では有効票の二十七パーセントを占めるにいたった。★経済が崩壊すればインドネシア共産党が望むように、「ドミノ倒し」が起きる理論的可能性が現実のものになりうる。ヴェトナム、カンボジア、タイ、インドネシアがドミノの中に入るのだ。共産主義のインドネシア人は手に負えないかもしれないが、もっと手に負えないのは、オーストラリアとはアラフラ海を挟んだだけのニューギニアで共産主義者が足場を固めることだった。

西側の軍隊に援助を求めた際に拒絶されたスカルノは、一九五六年にモスクワと北京を公式訪問し、ソビエト連邦から一億ドルの支援を、中国からはそれなりの額の援助を受けることになった。その間、ボルネオ島に領土を持ち続けていたイギリスは、西ニューギニアがスカルノの管轄になれば、それが先例となってボルネオの領土を奪われるのではないかと怖れた。この問題に関するアメリカ合衆国の公式な立場は中立ということだったが、インドネシア共産党の台頭を抑えつつ、オーストラリアとイギリスを鎮めるという綱渡りをおこなっていた。

オランダは、いつまでも植民地を保有することなどできないことはわかっていたが、あと十年はこの状態を維持する方針でいた。「ニューギニアはずっと、オランダ政府の捨て子でした」★とウィム・ファン・デ・ワールは言っている。彼は一九六一年にオランダ警邏《けいら》隊員としてアスマットに赴任していたが、いまはカナリア諸島で暮らしている。「しかし、そのときはそれでよかったのですが、国内からの政治的圧力が加わり、何かせざるをえなくなりました。オランダ政府はそれについて話し合うつもりはなかったのですが、パプアを独立に向けて指導できることを示すためには、事態を進展させなければならないとわかっていました」。それで帝国の忘れられた片隅にいた宣教師と地方行政官が一九五〇年代を通して、活発に活動するようになったのだ。それでも、スカルノ大統領に向けたジョーンズ大使の言葉にもかかわらず★、一九五七年のアメリカの政策とは、「共産主義主導でインドネシアが西ニューギニアを支配する計画は」、それなりの手段を講じて阻止する、という立場だった。

オランダ政府は島中で地域議会選挙をおこなった。西ニューギニアの独立が正式に認められる一九七〇年までに、国を治められるエリートを育てることを期待してのことだった。「オランダにとって、独立の時期が来たときに、能力のある現地の相当数の人々が地方行政で重要な役割を担えることを確認することが非常に重要だった」★と一九六〇年のオランダの政策文書に書かれている。とはいえ、ホランディアやビアク島にしかいないわずかなエリートは別にして、大半の人々がいまだに石器時代の中で暮らしていることを考えると、独立させることは難しい仕事だった。首狩りのカニバリストがどうやって自らを統治するのか。オツジャネップの村人を殺害したマックス・ラプレが一度も咎められなかったのも、いまも盛んにおこなわれている首狩りを、もうすっかりなくなった、とオランダ政府の役人が繰り返し訪問者に説明していたのも、そのせいだった。オランダが三百五十年にわたってインドネシアを占領し、植民地をなかなか手放さなかったことを考えると、ラプレがエウタ川をオツジャネップに向かって遡っていき、彼らに教訓を与えようとしたことも、容易に理解できる。

一九六一年にマイケル・ロックフェラーがニューギニアに行く準備をしていたとき、スカルノは西側に軽んじられているとますます感じ、ソビエト製の武器を何億ドル分も買い、西ニューギニアを武力で占領すると脅迫していた。アメリカではジョン・F・ケネディが大統領となり、ワシントンの方針が変わった。ケネディ大統領の顧問は、共産主義者をなだめ、スカルノを東側ブロックから遠ざけておくためにはニューギニアをインドネシアに与えたほうがいいと主張し始めた。これはオランダ、イギリス、オーストラリアの方針とは正反対の立場だった。

オランダの外務大臣ヨセフ・ルンスは、★ルンス・プランで後に知られることになる計画を立てた。つまり、オランダはニューギニアから撤退し、統治権を放棄する代わりに、国連理事会と「加盟国研究委員会」がそこの管理を監督し、最終的な立場を決定する選挙を組織し、政治的に西側と協調し、オランダの事業の利益を擁護する独立国家を作る案を打ち出したのだ。アメリカの経済学者でケネディ大統領の国家安全のアドバイザーだったウォルト・ロストウは、この計画に反対した。西ニューギニアをスカルノに返すことは、★インドネシアをソビエト連邦の懐に入らせないための唯一の方法だ、とロストウはケネディに書き送った。そしてさらに、アメリカ合衆国はオランダとは率直な関係を築くべきであり、石器時代のパプアにこだわることには意味がない、とオランダにはっきりと言うべきだ、と書いた。

この紛糾の地へと、マイケル・ロックフェラーはやってきたのである。彼はバックパックを背負った単なる西洋人大学生ではなかった。彼の父親はアメリカ一の大富豪であり、アメリカ政府に絶大な影響力を持つ人物であり、数ヶ月後には大統領選に立候補する人物であり、そしてその一家はかつて国連に土地を寄付していたのである。ルンス・プランは一九六一年九月に国連に正式に提出される予定だった。オランダ側はマイケルとその父親を満足させるためにはどんなことでもするつもりでいた。オランダはどこでなにをするにしてもアメリカとの連携が不可欠だった。マイケルがようやくアスマットの地域に到着したとき、オランダは食料支援をおこない、オランダ領ニューギニア内務省から人類学者をマイケルのもとに送った。こうして支援したことが、マイケルの消息不明の事件に大きな影響を与えることになる。

SAVAGE

# 第二部

HARVEST

# 第十一章 一九六一年三月

「きみには信じられないかもしれないけど、僕はようやくニューギニアに着いた★」マイケル・ロックフェラーは一九六一年三月二十九日、親友のサム・パットナムに手紙を書いている。マイケルはボストンからニューヨーク経由東京行きの飛行機に乗りこんだが、その飛行機は一時間遅れで離陸した。遅れたのはニューヨークのレーダーが故障したからで、そのせいでマイケルは「飛行機が消息不明になることを考えて心臓が止まりそうになった」。東京へ向かう便はほとんど乗客がおらず、マイケルは四人分の席に身を伸ばして眠った。旅行客にはいろいろなタイプがある。たいていは新しい文化にさまざまなやり方で入り込んでいける人たちだ。私の場合、異国の地に着くと、豪勢な食事ができる場所でおおいに楽しむ。これは新しい場所を全身で感じ取る一種の儀礼なのだ。マイケルも同じタイプで、天ぷらなどの「素晴らしい」料理を食べて日本文化を夢中で取り入れた。

そして東京からビアク島へ飛んだ。ビアク島はニューギニアの北海岸近くにある島で、かつてはアメリカ空軍部隊の滑走路があったが、いまはオランダが植民地保護のための飛行部隊を待機させていた。ここでマイケルは、ハーバード大学の人類学専攻の大学院生カール・ヘイダーと落ち合った。ヘイダーはその前日に到着したのだが★、オランダ人の役人たちがぞろぞろ

ダニの男たちはマイケル・ロックフェラーとハーバード大学のピーボディ探検隊のことを覚えていた。2012年、バリエム渓谷にて。

と集まってきて辟易《へきえき》した。彼らはニューヨーク州知事の息子を歓迎しているものと勘違いしていたのだ。ふたりはビアク島の熱暑と湿気のなか、一日中歩き回って過ごした。それからホランディア行きのDC3に搭乗し、出発した。マイケルがコックピットに座り★、ニューギニアの北海岸に流れてゆく、くねくねとうねる茶色の無数の川に驚いていると、パイロットが彼の脇腹を突いて、窓の外を指さした。右のエンジンが止まっていた。マイケルは自分の席まで這い戻り、ヘイダーは大事な書類や持ち物を抱きかかえた。飛行機は無事にビアクに引き返し、翌日再度ホランディアに向けて飛び立った。

マイケルはアスマット地区ではなく、島の高地にあるバリエム渓谷に向かうつもりでいた。彼は長身瘦軀《そうく》で、髯をきちんと剃り、父親似の四角い顎をし、分厚いレンズの入った黒縁の眼鏡をかけていた。マンハッタンのミッドタウンにある一家の別邸で育ち、週末にはニューヨーク州ウェストチェスター郡にあるロックフェラー邸で過ごした。ネルソンは父親のアビーから施された教育★を、息子マイケルにもおこなった。つまり、土曜の午後にマイケルを画商の店に連れていき、父親の趣味を子どもに教えて親子の絆を強める儀礼をおこなったのだ。マイケルの双子の妹メアリーは、ふたりとも父親が美術品を整理するのを見ているのが好きだった、と述べている。そしてマイケルが十一歳の時★、彼の母親は、息子が学校から帰ってくるのが遅い理由を知った。マイケルはマディソン街のオールド・マスターズ画廊の二階の窓から好きな絵を見つけると、呼び鈴を押して画廊のオーナーのハリーヨット・ナクパリアンを呼び出した。するとマイケルは画廊の邪魔にならない限りそこで過ごせるようになった。

　ハーバード大学卒業間近の頃★のマイケルは、サム・パットナムのガールフレンドによれば、「物静かで芸術的精神の持ち主」だった。そしてとても苦しんでいた。美術を愛する気持ちは、生まれたときから育まれてきたが、父親は息子が自分と同じようになることを期待していた。つまり彼は、家業のひとつ、銀行か金融でキャリアを積みながら、芸術的熱情を大切にもする男になることを期待されていたのだ。マイケルはハーバード大学を優等《クム・ラウデ》で卒業し、歴史と経済で文学士の学位を取ったが、ほかの、もっと違う道を歩みたいと思っていた。彼はさまざまなところへ旅行してきた。ひと夏、ベネズエラの父親の農場で働いたこともあれば、一九五七年には日本を旅行したこともある。美術作品だけではなく、プリミティブ・アートにも囲まれて育った。旅への強い思いがどこから生まれたのか、それが内面的なものか、経験からか、本からか、作品に刺激されたからなのか、それはわからない。しかし、マイケルには紛れもなく、プリミティブ・アートに対する強い思いがあった。

父親が集めてきた広範囲にわたる美術品に囲まれ、遠方の土地のことを絶えず聞いて育つことがどういうことか想像してみてほしい。そうした美術品を鑑賞するだけではなく、自分で作品が生まれた場所まで行き、美術品を探し出し、それを家に持ち帰りたいという思いについても想像してほしい。卒業が近づくと、マイケルとパットナムは計画を立てた。ふたりは寄宿制私立学校のフィリップス・エクセター・アカデミー在学中から親友同士だった。マイケルは卒業アルバムの美術監督、サムは編集を担当した。そしてふたりは、サムが医学学校に入る前に、そしてマイケルが実業家としての避けられない人生を歩む前に、大きな冒険の旅に出たい★と思った。「有終の美を飾るために」と、当時のサムのガールフレンドは述べている。サムは映画に手を出したことがあったので、ロバート・ガードナー〔一九二五〜二〇一四、人類学者、ドキュメンタリー映画作家〕を知っていた。ガードナーはハーバード映画研究センターを経営し、★民族誌学的記録として映画に魅せられていた。彼はいまでは接触不可能な新石器時代の人々の映画を撮りたがっていた。「遠く離れたところにいる、現代人と接触していそうもない人々を、思いやりのある観点から描いた芸術映画」を作りたかった。「自分の外側にありながら、自分やその内面をあばいてくれる世界についての映画を」

そんなことを考え始めていた一九五九年に、★ガードナーは遠い親戚からニューギニアの未知の部族の話を聞いた。その文化の基盤には儀礼的戦争がある、と。ガードナーは★、オランダ領ニューギニアの先住民局の責任者ヴィクター・デ・ブリュインと連絡を取った★。デ・ブリュインは、映画そのものに興味を抱いたばかりか、資金調達を支援することもできる、と言ってよこした。ガードナーが相談した相手は、人類学者のマーガレット・ミード、そしてネルソン・ロックフェラーのプリミティブ・アート博物館館長のロバート・ゴールドウォーター、アスマットでの調査研究を始めたばかりのオランダ国立民族博物館の館長代理アドリアン・ゲルブランズだった。デ・ブリュインはガードナーに、バリエム渓谷で生活しているダニの人々をフィルムに収めたらどうか、オランダ政府が五千ドルをその調査に割り当てる、と伝えた★。

ダニは、アスマットよりはるかに長い間世界から孤立した生活をしていた。アスマットの南西海岸沿いでは西側との接触はわずかながらもあり、かなり離れてはいたが、少なくともジャングルと沼地には人が住めるとわかっていた。しかしニューギニアの奥地を見てわかったことはたったひとつだった。それは、標高の高い屹立した山々が、島の脊椎のように縦断している、ということだ。海岸から川を遡っていくと、川はどんどん狭まり、ついには険しい山の壁のあいだを走る急流に変わる。そこから先は人のいない未開の地だ。一九三〇年代に入ると、オーストラリアの探検隊と黄金を探す人々が、オーストラリアに面した側の高地を歩き回るようになった。一九三八年には、リチャード・アーチボルドというアメリカ人が、アメリカ自然史博物館の支援を得て、バリエム渓谷上空を飛行機で飛んで調べた。そして驚愕した。そこには人を寄せつけない高い山々だけでなく、緑の谷があったからである。そこでは大勢の人々が牧歌的に暮らしていた。煙がのどかに上がり、複雑で丁寧に作られた段々畑があり、灌漑水路、石壁、蔦の吊り橋、草木の小屋などが揃った世界だった。草のスカートとペニス覆いをつけただけの裸で暮らす五万人の人々は、自分たちだけがこの世界で唯一の人間だと思っていた。バリエム渓谷のダニの人々は、最後の文明未接触者たちだった。

一九六〇年までこの渓谷は、プロテスタントの宣教師や、偶然入り込んだオランダの役人がいて、飛行場もあったが、ほかにめぼしいものはなかった。アメリカ合衆国とソビエト連邦★が宇宙空間にロケットを飛ばしていたときに、ワメナという「町」の一握りのオランダ人は、水道も電気もない暮らしをしていた。わずかな接触は、谷の南と北の外れでおこなわれた。ダニはアスマットとは違い、首狩りも人肉食もおこなわなかったが、復讐のための戦争を近隣の者たちと定期的に繰り広げているところにガードナーは興味を持った。土着の人々に魅了される人々はみなそうだが★、ガードナーも、彼らを詳細に観察することで、堕落していない状態にある人間とはどういうものかわかるかもしれないと思い、人間に死や暴力へ向かう傾向があることを調べるためにも、数ヶ月彼らを観察してフィルムに収めたいと思った。

ガードナーは、ほかのメディアでこの計画を表現できる作家とカメラマンも仲間に入れようかと思い始めた。ある午後彼は、劇作家リリアン・ヘルマンの故郷マーサズ・ヴィニヤードで昼食をとっているとき、★作家のピーター・マシーセンに会い、一緒にバリエム渓谷に行こうと誘った。「ガードナーは、報酬を払う、と言ったんだよ」とマシーセンは私に言った。「それがなによりも大事なことだった」。ガードナーはマサチューセッツ州ケンブリッジにあるピーボディ考古学・民族学博物館の階段で★よく煙草を吸っていた。そこでカール・ヘイダーと会った。マイケルがやってくると、ガードナーは財政支援を頼めるかもしれないと考え、マイケルに映画の音響技術を担当してくれないかと持ちかけた。

　卒業記念の冒険にはうってつけだった。それでマイケルは、数ヶ月後にサム・パットナムを映画チームに加えた。サムはハーバード大学医学学校の一年目が終わるところだった。マイケルはサウンド・レコーディングに関するすべてを学ぶほどのめりこみ、★一九六〇年の共和党全国大会で調査旅行に使うナグラ社の新しいテープレコーダーを実際に使ってみてもかまわないかとガードナーに尋ねるほどだった。その大会でマイケルの父親は大統領候補に指名されたいと思っていた。しかし、出発前に兵役の問題が持ち上がった。マイケルは合衆国陸軍予備兵として半年徴兵されることになり、テレタイプ端末の修理訓練をするように勧告された。「まず初めに怖いと思いました」★とマイケルはニュージャージー州フォート・ディクソンでの基礎訓練について、ガードナーに手紙を書いている。「それに、オクラホマ州フォート・レナード・ウッドか、ケンタッキー州フォート・ジャクソンから船で出ていく姿を思い描きました」。しかし、上官には「情熱的な」手紙を出し、「推挙された分野において自分がまったくの無能であることを訴えた」。ニューヨーク州知事の息子であることは悪いことでなかった。彼への命令はすぐさま変更され、「暗号通信分析官」としての訓練をおこなうために、ハーバード大学から道を一本隔てたフォート・デヴァンズに移された。「少なくとも、僕のタイプ技術は訓練によって上達するだろう★」。彼は軍隊から「高度に秩序だって日々存在するうえでの利点」を教えられた。「ニューギニアで現地生活をするために役に立つ助言、野営や応急処置の手順、内陸航行といったことすべてを身につけた★。それに僕は、大変良好な健康状態にある」

これが一九六〇年十一月のことだった。ガードナーはマイケルが美術に高い関心を寄せていることを知っていた。そして数週間後には、ニューギニア在住の民族学者アドリアン・ゲルブランズにマイケルを紹介することを約束した。ガードナーによれば、マイケルはゲルブランズがアスマット研究をしているのを知ってとても喜び、「彼はきみに会ってアスマットの居住域に行くことをそれは楽しみにしていたよ」。五月中旬に休暇を取って高地での映画の撮影に行くことができるだろうか、とガードナーはゲルブランズに尋ねている。「マイケルは★自分の面倒は自分で見られるし、全くお荷物にならないだろう」とも書いた。

四月二日、マイケルはとうとうワメナにやってきた。彼は興奮していた。「飛行中にすごい★光景を見たよ」と彼は「サンボ」に手紙を書いている。「上空からセンタニ湖、ジャングル、山脈、内陸の深い沼地、さらなる山々を見て、そしてやっとバリエム渓谷が見えてきたと思ったら、いきなりとてつもなく大きな肥沃《ひよく》な大地のへこみが眼前に広がった。これまでいろんな写真を見ていたせいで、ひどい先入観を抱いてた！　バリエム渓谷は広大な土地で、谷底の緑と周りの山の青に彩られているんだ。その色合いは光が変わるたびに変化する。山はとても高く……三千メートル級の山々が谷を囲んでいるが、山は群れ集まる雲に完全に隠れている。谷底には、バリエム川とその支流や丘や岩山などがあり、ンダニの人々が手で作った土手で、畑がいくつにも区切られている。気候は盛夏のメイン州のようだ。太陽が出てくれたらありがたいのだが」

数日後、一行は数百キロ★の装備をボートで運び、谷の北側までは徒歩で運んだ。北側の壁の下には松の木がまばらに生えたところがあり、そこの小さな支流のそばにキャンプを張った。美しい場所だった。少し高いところだが安全は保たれ、遠出をしてきたダニの家族に邪魔されないほどの距離は充分に保たれていて、なんらかのかかわりを持つためにはちょうどいい近さだった。マシーセンと、「ライフ」誌のカメラマンのエリオット・エリソフォンが間もなく彼らと合流した。マシーセンが抱いたマイケルの第一印象は強烈だった。★「彼は非常に若く、そしていささか甘やかされていた。『パパ』を多用した」

不思議な時間だった。バリエム渓谷はマイケルが描写したように美しく、★雲が流れていくにつれて緑色の無数の色調が移ろい、四方を切り立った山に囲まれている。千八百メートルになると空気は冷えきり、夜は寒く、湿気はなく、蚊もほとんどいない。マイケルが到着したとき、ダニは文明に触れていない状態だった。男たちは、ペニスを覆う長く突き出た筒を身につけ、豚の脂を塗っただけの裸だった。女たちは草の腰巻きをし、上半身は裸で、子どもを入れた網袋や豚を頭や背中に乗せて運んだ。すぐに都会的な同僚がいる居心地のよいキャンプに戻れる状況で、未開の人々に接触できるというのは、ある意味では、ふたつの世界の最良のあり方だった。探検隊は、料理用テントでは文明化された食事――朝食はオムレツ、オレンジ・ジュース、コーヒー――をとり、夜にはハイネケンを飲んだ。集まってきたダニの人たちは、探検隊の衣類や鏡、カメラなどを驚嘆の面持ちで見つめていた。日中、探検隊はそれぞれ、家族中心で構成された村のなかに入っていき、ダニの生活を観察し、記録した。マイケルは、ダニの人たちの「感情表現」を発見し、それを観察することに夢中になった。彼はこう書いている。「戦士のポリックは、長さ四メートル半の槍を持ち、素晴らしい頭飾りを被って気取って歩く。肩まで届く髪で覆われている顔は炭で黒く塗られ、豚の脂は新石器時代の野蛮さそのものだ」

争い事が生じると、彼ら全員が中立地帯の草地に集まり、敵対する村人同士が怒鳴り合ったり、走ったり、脅したり、ときには交戦したりする。ダニの人々は、映画撮影チームの白人の存在に慣れるにつれて免疫ができたらしく、争っている最中でも白人たちに映画を撮らせた。まるで映画製作者たちが怪我ひとつ負わずに、第二次世界大戦の戦闘シーンを現場で目撃することを許されていたかのように。撮影チームが戦闘現場に近づきすぎたために、ある日飛んで来た矢がマイケルの脚に当たった。チームはこれを口外しないようにした。しかし、ほかの文明世界でおこなわれている壊滅的な暴力に比べたら、奇妙な戦いだった。「われわれよりはるかに文明的な規則に従って戦っていた★」とマシーセンは言っている。「ひとりが死ねば充分だった」

マイケルは音や、歌、音楽、戦争の様子を、写真を撮るのと同じくらい丹念に録音した。マイケルはとりわけ写真が好きだった。いろいろなものを「撮影している」と彼は書いている★。マイケルは一日にフィルム十八本を使った、と。あまりにも撮影に夢中になっていたので、ある夜チームはマイケルに不満をぶちまけ、貴重な音源を録音しそこなったと彼を非難した。「マイケルは涙を流してその場から立ち去った★」とマシーセンは言った。その夜以降、マイケルは分別をわきまえ、必死で仕事をした、とマシーセンは言っているが、相変わらず「ずさんで、めちゃくちゃだった。いろいろなことを忘れた」という。

マイケルはカール・ヘイダーとテントを共有していた。ヘイダーはマイケルのことをよく知っていた。「彼はとても物静かで控え目だった★」とヘイダーは当時のことを思い出して述べている。「もっとも彼が何者で父親が誰かをみんなは知っていたけれど。人と距離を取らなかったので、まわりにはすぐに人が集まった。彼は辛抱強かったよ」。ダニの人々はマイケルに心を開いた。専門家のエリソフォンがダニの人々にポーズを取らせて★撮影の準備をするあいだ、マイケルは対象物を静かに観察し、見るものをすべて写真に撮った。ヘイダーが驚いたのは、★チームの中で一番裕福な男が、夜になると古い軍用靴下を繕っていることだった。しかし、マイケルには野心があり、自分が撮った写真について真剣に考えるようになった。四月の下旬、彼は友人のサムに自分の考えを述べている。一緒にダニの本を出そう、と。「僕ときみにとってものすごいチャンスだ★と思うんだ。もし医学校をなんとかできるのならね。写真があれば、ダニの文化を本という形で紹介するエッセイを出すときにものすごい説得力になるからね。確かにこれは、後先を考えない思い上がった考えで、うまくいくかどうかわからないけど。きみの考えを教えてくれないかな」。そして追伸としてこう書いている。「これは秘密だよ。まだきみ以外の人には話していない。確定するまでは誰にも言わないつもりだ」

　蜘蛛の巣がかかる泥だらけの場所で、豚の脂を着けた裸の男たちと一緒にいることなど耐えられない、という人がいるが、マイケル・ロックフェラーはそのタイプではなかった。彼がロックフェラー家の一員であることを気に掛けない人々、その名前の意味するものを知らない人々に囲まれてるいるのはとりわけ楽しかった。ニューギニアで何週間かが過ぎると、故郷が抽象的なものになり始め、その影響力が弱まっていった。豊富に物を持っていることが重要には思えなくなっていった。ひとつの目的に焦点を当ててるだけで自由になった気がした。大事なのはここにいまいるということ。汗と裸体の世界、祭と煙の満ちた小屋の世界、豚と豚の脂の世界。ここに来てようやく彼は、社会的な習慣から解放された。ロックフェラーのひとりであることから解放されたのである。

四月が過ぎて五月に入ると、マイケルはサム・パットナムと一緒にアスマットの地を旅する計画を立て始めた。バリエム渓谷では、ガードナーを中心とするチームのなかで最年少だった。いま初めて、自分ひとりで予定を立てることに没頭するようになった。「父親がマイケルを博物館の評議員にしたんですよ」★とヘイダーが言った。「それにマイケルは、これまでやらなかったようなことをしたい、ニューヨークに素晴らしい美術品を持ち帰りたいと言っていました。だからアスマットに行こうと思ったんですよ」。マイケルの目的は、二週間から四週間、サムと一緒に短い旅行をし、映画の撮影が終わってから長い調査旅行をするというものだった。しかし、彼は理由もなく見知らぬ世界に飛び込むような、単独行動をするタイプではなかった。政府が支援するハーバード卒業旅行の参加者であり、ロックフェラー家の一員であり、言うまでもなくプリミティブ・アート博物館の評議員だった。バリエム渓谷の外では、どこに行こうとVIPの扱いを受けた。

マイケルはロバート・ゴールドウォーターに計画中の旅のことを手紙に書き、オーストラリア領ニューギニアのセピック川沿いを行けば美術品が見つかる可能性がある、と述べている。それに対してゴールドウォーターは「セピック川に沿って作品を集めること★については……熟考し議論する必要があります」と返事を書いている。「ご存じのように、この数年そこへは何度か美術品探索に行きました。そのときに持ち帰った作品から判断するに、そこは収穫が得られる場所ではないようです」

ところがゴールドウォーターは、オーストラリアの役人をマイケルに紹介し、推薦状まで与え、「あなたが素晴らしい工芸品と共に戻ってくることを楽しみに待っています」と書き送った。そしてオランダ領ニューギニアの先住民局は、案内役兼相談役としてひとりの人類学者をマイケルに紹介した。その人類学者ルネ・ワッシングは三十四歳で、鬚《あごひげ》を綺麗に刈り込み、ふくらはぎには鋼《はがね》のような筋肉がついていた。ワッシングはホランディアの島を踏破していたが、アスマットには入ったことがなかった。ふたりは首都で落ち合い、六月二十日にメラウケに飛んだ。そこで、政府の高官でこの地域の弁務官F・R・J・エイブリンク・ヤンセン、そしてオランダ人知事と議長と昼食を共にした。午後、地元の中国人の店で調達した食料を船に乗せ、夕方五時には政府の大型船「タスマン」が海岸沿いに北上していった。ワッシングは、荒れた海だったと日誌に書いている。

二十二日の早朝、一行はピリマプンの公営郵便局に到着した。そこで彼らは初めてアスマットの人々とそのカヌーを見た。繊細な彫刻の施された舳先が泥の中からせり上がっていた。その開拓地にはたいしたものはなかった。桟橋とわずかな草葺《くさぶ》きの小屋が数軒あるだけだった。そこにはウィム・ファン・デ・ワールが住んでいた。彼はほっそりしたブロンドの、二十一歳のオランダ人で、仮設の滑走路の建設を監視する警官だった。プロテスタント宣教師で医者でもあるケン・ドレッサーと、パプア人警察官も数人住んでいた。

ファン・デ・ワールはラプレとは正反対だった。他の人より遅く二十歳で高校を卒業すると、大学に入る前に二年間の兵役を務めなければならなかった。それは時間の無駄に思えた。親友の兄がニューギニアで警邏に就いているのを知り、兵役に就くよりはるかに面白そうだと思った。異国の匂いがした。

植民地警邏隊の三百人のなかから選ばれた十七人の中にファン・デ・ワールがいた。彼は一九五九年の終わりにオランダからニューギニアへ赴いた。ホランディアでの九ヶ月に及ぶ訓練中にマレー語を学び、植民地政策の講義を受け、その後一九六〇年十月にピリマプンに派遣された。「そこは『探検地区』で、ニューギニアのなかでも最大の未開地区のひとつでした」とファン・デ・ワールは述べている。予備知識がまったくなかった。「とにかく『接触しろ』と言われたんですよ。『そうすれば、少しずつでも、彼らは政府の信頼を得るようになる』とね」。彼は滑走路を作ることになっていた。ピリマプンにしか乾いた土地がなかったからだ。だがなんの道具もなかった。手押し車一台すらなかった。一ヶ月働いてもらうために、アスマットの働き手に斧やナイフ、釣り竿や釣り針を渡した。一ヶ月に一度、供給船がやってきた。無線機と発電機はあった。それは毎日二回、生存していることを報告するために使われた。

ファン・デ・ワールはそこでの暮らしを愛していた。滑走路のために「砂を少し動かす」ことと、カヌーで近所を周遊する以外、することはたいしてなかった。郵便局長として、おかしな消印——一九六〇年九月三十五日という消印——のついた手紙を本国に送った。二ヶ月ほど過ぎたときに、メラウケの大工を呼び、二艘のカヌーを繋げてその上に草葺きの小屋を乗せた双胴船《カタマラン》を作らせた。その船外にモータを取り付け、ようやくファン・デ・ワールは自由になった。どこへでも行くことができ、その船の中で眠った。自分の担当区域をくまなく調べ、川を上り下りし、現地の人々と接触した。公式見解では、首狩りはもうおこなわれていなかった。マイケル・ロックフェラーはそう聞いていたし、その一年後に彼の父親と妹がやってきたときも、同じ説明がなされた。外部から来た者に対してはひとり残らず、首狩りはおこなわれていないと言わなければならなかったのである。パプアの政治的立場とオランダの要求を考えれば、独立に向けての態勢を整えてきたわけだから、国際的コミュニティにおける生産的なメンバーとして独立を指導できることを示さなければならなかった。「ところが首狩りはまだおこなわれていたのです」とファン・デ・ワールは言った。「ときどき、大がかりな襲撃もありました」。そうした襲撃が止むことはなかった。一九七〇年のこと、★アメリカ人宣教師フランク・トレンケンシューがソゴポとティの村に到着したのは、そこの戦士たちが五人の男女を殺した日の翌日だった。一九八〇年代の初めにも、シュネエバウムは、★アスマット地区のかなり奥まったところで首狩りのための襲撃と殺人が起きた、という話を聞いた。

それでも、ファン・デ・ワールは護衛の警官を付けず、料理人と船を操る少年ひとりを連れて旅に出た。★ピリマプンには数人のパプア人警官がいたが、その五人を連れていくことはしなかった。リボルバーは携帯していたが、箱から取り出したことはなかった。ファン・デ・ワールやゲルブランズ、セーグワールトやファン・ケッセル、フォン・ペエイといった男たちは、獰猛で好戦的な人々の中を平気で旅行し、彼らと一緒に暮らすことさえできた。それはどうしてなのか。アスマットにとって、あらゆる交換品が彼らの利益になったからだ。煙草を知ったアスマットはたちまち中毒になったので、煙草は欠かせない嗜好品だったし、鋼鉄の斧と釣り針、釣り糸はなくてはならないものだった。アスマットが、オーストラリアの探検隊とニューギニアの高地で初めて遭遇したの★は一九三〇年代のことだ。コイアリ人の男はこう言っている。

「あの生き物たちがどこからやってきたのかわれわれは知らなかった。彼らがやって来たのは空からなのか、地下からなのか、海の中からなのか、不思議に思った。彼らはきっと『精霊《レモ》』なのだと思ったが、それまでレモを見たことはなかった。とても怖かった。きっと精霊たちが戻ってきてわれわれを連れ去るつもりなのだと思った。でも、それと同時に、彼らが持ってきてくれるもの、マッチやナイフといった良い物がわれわれはとても気に入った」

西洋の品物に対するアスマットの執着の強さは、銃に対する恐怖心の強さに匹敵した。武装した西洋人と現地人のあいだの戦いで、いつも銃の威力を思い知らされてきた。アスマットは戦場では獰猛で無慈悲な戦士だが、彼らの武器である竹の矢や木の槍は銃の威力の前では玩具同然だった。ニューギニアで武装した白人と遭遇することは、アメリカに入ってきたときのスペイン人征服者《コンキスタドール》との遭遇とたいして変わらない。『銃・病原菌・鉄』の著者ジャレド・ダイアモンドによれば、一五三二年十一月十六日にペルーの高地カジャマルカでフランシスコ・ピサロがインカ帝国皇帝アタワルパに会ったとき、★ピサロの百六十八人の兵士は敵陣の真ん中にいて、インカ帝国の武装した兵士八万人に取り囲まれていた。戦闘はあっさり決まった。数分のうちに皇帝は捕らえられ、数千人のインカ人が死んだが、スペイン人はひとりも負傷しなかった。イギリス人チャーリー・サヴェッジが一八〇八年にフィジー島に到着したとき、★「彼はカヌーを操って川を遡り、カサヴという村に行き、射程距離内の柵のところで止まり、攻撃しないフィジー人たちに銃弾を浴びせた。彼が殺した村人の数は膨大で、生き延びた村人は死体を運んで山積みにし、その陰に隠れて避難した。銃を持たない現地の人々に対して銃の威力は絶対的だった」とダイアモンドは書いている。

それどころか、ストリックランド＝プラリ警邏隊（オーストラリア領ニューギニアの高地に入っていった政府出資の警邏隊）の一九三五年の調査★によれば、「警邏隊が現地人に向けて発砲したのは少なくとも九件」で、五十四人の男がライフルで殺されたが、「小競り合いで死んだり重症を負ったりした隊員はひとりもいなかった」。現地の者たちはすぐに学んだのだ、銃の威力の前ではわれわれは事実上無力である、と。

アスマットは必死になって西洋人をなだめ、彼らのために仕事をした。アスマットの全宇宙は復讐の戦いで成立していて、その戦いには、人対人、村対村の場合に加え、人対精霊もあった。人間は強い復讐心に燃えているというわけではないが、精霊は違った。もし精霊の復讐が果たされなければ、精霊は人間の敵と同じように村を徹底的に襲い、男も女も子どもも病気にした。確かにヨーロッパ人が接触してきた初期の頃には、あるいはもしかしたらそれ以降も長い間そうだったかもしれないが、アスマットはこの白い侵入者が何者なのかまったく理解していなかった。精霊か、人間か。白人を襲うことは、マックス・ラプレのときのような物理的な報復を受けるだけでなく、もっと恐ろしい精霊の報復が起きる危険性があった。

一九五〇年代中頃に川をひとりで遡っていった白人のセーグワールトは、襲撃の直後に村に不意に現れたのだった。時間が経つうちに、アスマットは賢くなり、牧師や植民地の役人が顔をしかめるような行為を隠すようになった。ラプレが日誌に書いているように、アスマットはジャングルの奥に行って儀式をおこなうようになった。その儀式が彼らの世界には不可欠なものだったからだ。われわれは共通する人間性――結局のところ、誰も彼も、愛し、願い、怖れ、感じ、夢を見、嘆き悲しむ人間にすぎない――をいともあっさりと寿《ことほ》ぎ、差異を軽視する。その差異こそが自分たちが世界を、人間を、生きる場所を見るうえでの力となり基本となっている点を忘れている。アスマットもわれわれも握手する。微笑み合う。共に食べ、笑い、同じ川を見、同じ椰子の木を見て、排尿するためにジャングルに姿を隠す。しかし、アスマットやわれわれが受け止めているもの、信じているもの、重要に思われるものは決定的に違っていると考えられる。アスマットの文化はすべて、応酬が基本だ。★ラプレはオランダの法律にこだわり、政府の力は絶対だと主張したが、エウタ川でのオマデセップとオツジャネップの壮絶な戦いの後、ファニプタスは講和を結ぶために自分の子どものひとりをドムバイに与えた。アスマットのビス柱の威力や歌の意味、頭蓋の神聖性、サゴをジェウや長老たちに贈る重要性について、われわれが知ることは不可能に近い。それでも、ウィム・ファン・デ・ワールとマイケル・ロックフェラーのような人々は、アスマット文化を探し、集め、写真に撮り、アスマットと共に旅をし、村の深部まで行くことができた。互いの世界と、実際には見えない世界の次元の違いを知らないままで。

ファン・デ・ワールは、マイケルとルネ・ワッシングにピリマプンの狭い支配地を数時間ほどかけて見せてまわり、★当時そこに家を建築中のファン・ケッセルを紹介した。ファン・ケッセルとマイケルは二、三、言葉を交わした。そのときの会話でマイケルはにわかに奮い立ち、これが後の彼の短い人生を決定することになる。この数日後、マイケルはゴールドウォーター宛ての手紙に、ファン・ケッセルはカスアリナ海岸の南アスマット地域を最初に探険した「白人」だった、と書いている。アスマットで多様な経験をしてきたので、ファン・ケッセルはマイケルに南に注目せよと助言した。「いくつかの理由から、彼は僕がアスマットと接触するときに立ち会ってくれると思います。プリミティブ・アート博物館のコレクションのために喜んで力を貸してくれるでしょう。彼は、この地区の現地人が信頼を寄せているとても重要な人物です。ですから私より彼のほうが良い作品を見つけられるかもしれません」。マイケルはゴールドウォーターに頼んでファン・ケッセルに手紙を書いてもらい、マイケルが博物館の関係者であることを請《う》け合ってもらった。ファン・ケッセルはマイケルがまさに必要としている人物だった。この宣教師は事を円滑に進める方法を知っていたし、アスマット語が話せた。そしてアスマットが神聖視する世界の力を知っていた。ふたりが一緒に旅をしていたら、マイケルの運命はかなり違ったものになったかもしれない。だが、マイケルが消息を絶ったのは、ファン・ケッセルに会いに行く途中のことだった。

マイケルとワッシングは正午に出発し、アガッツには夕方に到着した。マイケルはその夜を、オランダ人の役人の居心地のいい家で過ごした。翌朝ふたりは、五十年後に私が通ることになる道を進み、ワルセを過ぎてアツジに着いた。夜も遅くなっていた。今回は地元のカヌーを借り、漕ぎ手も雇った。フォン・ペエイ神父は留守だったので、一行は郵便局で眠った。一行はそれぞれの漕ぎ手に、一日あたり葉煙草の塊ひとつと、一定の長さのナイロンの釣り糸を渡した。

朝、一行はアマナムカイに向かって漕ぎ出した。その村にはイェール大学出身の人類学者デイヴィッド・エイデとゲルブランズが暮らしていた。そこでアスマットの人々は一行を歓迎した。ゲルブランズが一行をアマンのジェウに連れていった。そのジェウは再建されたばかりで、家を囲んで完成を祝っているところだった。「バリエム渓谷に最初にぼくが到着したときには謎めいた雰囲気があった。★そして、ここアスマットも同じだ」マイケルは日誌に書いている。「両方ではともに、偶然にも、重要な儀式の最中だった」。ジェウは巨大で、長さが三十メートル以上あった。奥の壁に沿って十六基の暖炉が並んでいた。そのひとつひとつがそれぞれの家族集団に属し、どれにも彫刻の施された柱がついていた。床は触れるとひんやりし、弾力があり、サゴ椰子の剝《は》いだ幹が敷き詰めてあった。内部の明かりは幻想的だった——陽光を取り入れる孔《あな》があったが、充満した煙のせいで薄暗かった。ジェウには汗まみれの男たちがひしめき、立ったり座ったりしている太鼓担当の者たちが中央の炉辺を囲んでいた。その炉辺は村全体のもので、ヒクイドリに似た動きで踊る男たちが取り囲み、リズムに合わせて飛び上がり、膝を前後に波のように揺らした。ひとりの男が悲しみに満ちた美しい声で歌い出すと、それに男たちの声が加わった。催眠的で、原始的で、力強く、超自然的で、時間やテクノロジーとは無縁のもうひとつの世界が現れた。理想化され畏怖された世界が。マイケルの父親の博物館にある、つややかで滅菌された展示ケースのなかにはその世界へのわずかな手がかりしかない。いまこそ、マイケルが探険し、見つけ出し、収穫を得る時が来たのだ。

踊りと太鼓は昼も夜もずっと続いた。オマデセップの男たちが乗ったカヌーが伝言を運んで来た、とワッシングは書いている。オツジャネップが「この地域を危険に晒している。緊張状態だ」、と。これは「厄介な」知らせだった。というのも、マイケルとワッシングはオマデセップとオツジャネップに行くつもりで、漕ぎ手を探していたからだ。漕ぎ手は先に進むのを渋っていた。しかしゲルブランズとエイデのおかげで★——ふたりのイェール大学の博士論文のテーマは、首狩りと戦争だった——マイケルは踊りと儀礼を大いに楽しみ、ビス柱が「復讐する人の姿であり、それが置かれているのは数日前に首狩りが行われたという意味であること、そしてその柱は首を狩られてしまい、これから復讐を遂げる人々を表していることに気づいた」。これから会う者たちの復讐の思いを、まさか自分が満足させることになろうとは、このときマイケルは思いもしなかった。

翌日は、雷を伴って午後中降り続く土砂降りの雨が上がるのを待ちながら過ごした。マイケルはジェウのベランダから、激しい雨や男たち、通り過ぎるカヌーなどの写真を撮った。その翌日、金を支払って、攻撃を再現してほしいと頼んだ。犬の歯のネックレスを身につけ、石灰で顔を白くした何百人もの戦士が、何十艘ものカヌーに分乗してアウォル川を漕いでいく様子にマイケルは心の底から魅了された★。カヌーはふた手に分かれ、熱に浮かされたように突進していき、ライムの粉を投げたり、マイケルとワッシングを乗せたカヌーの周りを「つむじ風のように旋回したりした。叫び声と吠え声、さらに角笛の大きな音がそれに加わった」。マイケルは写真を撮り、「櫂の動きの優美さ、その強さとスピード、その人数、それぞれのカヌーのリズム、アスマットの壮観さにすっかり圧倒された」。

一行は二日後の午後三時に三艘のカヌーに分乗して村を後にした★。オマデセップとオツジャネップとの緊張が高まっていたために漕ぎ手が不足していた。ワッシング、ゲルブランズ、パットナムとマイケルが真ん中のカヌーに乗り、裸の男たちがその前後のカヌーに乗った。「アウォル川をゆっくり下っていくときは静かだった★」とマイケルは書いている。「漕ぎ手は苦もなく櫂を操り、潮の流れにカヌーを乗せることができた。あるいはこれは、一生固有の動きをおこなってきた人を見ると必ず感じる美しさがもたらした僕の想像に過ぎなかったのかもしれない」。マイケルはなるべくフィルムを使わずにすませたかったが、「素晴らしい瞬間が次々に訪れるので、写真を撮らないわけにはいかなかった。漕ぎ手の動きを、とりわけルネのカヌーの後手を務める漕ぎ手を何時間でも見つめていられた。カヌーの列には興味が尽きなかった。櫂を押しやっては引きながら、岸辺に生い茂っている植物や塔のように高い木々のあいだを進んでいく。陽の光の反射、激しい雨、眩しい夕焼け、満月の夜の群青の空。何度でもシャッターを切らないわけにはいかなかった。

海岸に沿って並ぶ木々に止まったスズメの群れの囀りを録音できたらどんなにいいだろう★。何千羽もの小さな茶色い鳥が狂ったように木から木へと飛び移っていくが、なんのためにそうしているのか知りようもない。ぼんやりした群れが枝の間を素早く動き、最初は一本の枝が、それから別の枝が、しばし羽根を休める無数の鳥の重みでたわむ。大気は羽ばたきの音と、一斉に囀る無数の鳥の声で埋め尽くされる」。赤とオレンジ色に空を染めていた日が落ちると、大きな輝く満月が上ってくる。その中を一行は静かに櫂を漕いでいった。聞こえてくるのはカヌーに当たる水音と、時折舳先からの注意を促す声だけ。

七時間後、一行は野営する場所にたどり着いた★。そこはファレツ川の河口付近で、アマテスが私を連れていったところとそう変わりがなかった。ムクドリの群れがボートのまわりに集まり、羽ばたきの音と囀りで夜の大気を満たした。一行は、お茶、残り物の米、ニシンをなんとか腹におさめ、夜を過ごした。朝、さらに三時間ほどファレツ川をカヌーで進むと、オマデセップに着いた。最初マイケルはがっかりした。学校があった。しかも授業中だ！　彫刻した作品を見たいと頼むと★、見せられたものに「嫌悪に近いものを感じた」。それは「白人の貪欲さ珍品好きに刺激されて、おざなりに作った工芸品だった」。マイケルはそうした物が「売り物であり、実用品ではない」ことがすぐにわかった。彼が盾や太鼓はないのかと尋ねると、「ゆっくりと、静かに、面白い物が出てきた。まずは盾だ。壊れてはいたが、古くて美しい。それから太鼓がひとつ、またひとつと出てきた。興味深い彫刻が取っ手に施されていた。これを見て僕の落胆は消え、たちまち興奮状態になったが、それは性急に事を運べば災いを招くとわかっているからこそ湧いてくる興奮だった」。もちろん、彼はあまりにも若すぎて、経験がなさすぎて、そして裕福すぎて、そうした興奮と性急さを抑えることができなかった。そして悲しむべきことに、自分の言葉遣いに気をつけなかった。とりわけ、ベツジ川の河口を渡った日は。彼が新しい宝物を破格の安値で買っているあいだ、パットナムはそれを作った人の名を聞き出し、日誌に記入していた。

学校の前で、一行は四本のビス柱を発見した。その柱は六メートルの高さがあり、マングローブの幹を彫って作られたもので、てっぺんには一メートル二十センチほどの斜めにとび出た格子柄のペニス状の彫刻があった。アスマットの彫刻は、太鼓、盾、槍、弓、櫂のどれをとってもみな美しく複雑な図柄だが、ビス柱ほど素晴らしいものはなかった。その三次元的な表現、手足や顔のダイナミックな線が、祈る姿のカマキリやサイチョウ、ワニ（アスマットと同じく、果実と肉を食べるもの）と絡まっている姿は、力と呪いの美だ。どの柱も下描きなしに彫られていて、しかも同じものがふたつとなかった。しかしマイケルがしようとしたように、この柱をその場とその文化から引き離せば、重要な意味やアスマットの生命にこめられた深い意義が剝奪されて、プリミティブ・アート博物館の慧眼のパトロンたち、本来の目的を少しも理解していない者たちに消費されるだけの、異国の展示物でしかなくなる。

マイケル・ロックフェラーとゲルブランズは四本のビス柱を見て、素晴らしいと讃えた。皮肉でもなんでもなく、マイケルはこう書いている。「これは、アスマット芸術が西側のコマーシャリズムに侵されていないことを表す、神聖な作品に思われた。★」僕はただちにファニプタスが作った一本を買うことにした」。ファニプタスとは、オツジャネップのピプとその仲間にファニプタスを掛けてワギンまでおびきよせた人物だ。しかしゲルブランズは、四本買うように言った。儀礼が完璧におこなえる四本で一揃いとなる柱が揃っているのは滅多にないチャンスだから、見過ごすには惜しい、と（現在、この柱はニューヨークのメトロポリタン美術館所蔵）。そのとき、マイケルはふと思った。「この柱すべてをジェウの前にたてかけられたらどんなに素晴らしいだろう。その目的のためにこの柱は彫られたのだから」。ゲルブランズはさらに説得し、間もなく交渉は成立した。四本の柱はジェウの前に立てられ、「そうなれば儀式を正確に再現できる」ことになる。

アスマットの儀礼生活の多くの部分が、いくつかに区分される。ある種の歌は非常に力強くて特別なものなので、その村で暮らす女性や子どもに教えないでおく。アスマットは教えるものもあるし、教えないものもある。よそ者から強く乞われると、その者たちを満足させるために嘘の話を作ることもある。

オマデセップの男たちがビス柱を使ってどんな儀礼をしていたのか、正確なところはわからない。マイケルの要請に従い、ジェウの前に柱を立て、歌を歌い、太鼓を叩き、その周りで踊った。しかし驚くに値しないが、マイケルはその儀礼に「極めて失望し」、ほとんど写真を撮らなかった。「このような柱には呪術的なものが含まれておらず、供物もなく、宗教的配慮もなかった。だから、簡単にアスマットに儀礼を再現させるように仕向けることができたのだろう。神を怒らせたり儀礼のやり方を誤ったりする危険がないので、村人たちは喜んでおこなったに違いない」

マイケルの言う通りだった——彼らが何をしていたのか誰にもわからない——が、この文章からは彼の性格のひずみ、不遜さが図らずも露呈している。親切、優しい、勤勉、偽りない性格と決まって評されるが、マイケル・ロックフェラーはこのとき二十三歳の若者に過ぎなかった。若く、裕福だった。欲しいものを手に入れることに慣れていたために、自分が現地の経済を歪め、村の儀礼を破壊していることに、あるいは自分の事業の矛盾した姿に気づいていなかったらしい。この世界でもっとも裕福な家の跡取りは、聖なる物を格安の値段で奪ったのである。世界でもっとも恵まれたこの男は、辺境の地でちょっかいをかけてみたのだ。いわば、トーテムポールの最下部の男（学生）が。安く売られている品にがっかりしたが、マイケルはその品物を買うためにこの村へ来たのだ。この文化と芸術作品を買うことで商品化しようとした。この後四ヶ月の間に、マイケルは莫大な金額を使うことになるが、そのせいでゲルブランズが寡黙になり敵意を抱くようになったのではないか、と彼は思っていた。マイケルはゲルブランズのことを「とらえどころのない性格★で、貝のように世界を遮断している」と述べている。マイケルはゲルブランズに「ロックフェラー」ではなく「マイク」と呼ばせるのに三日かかった。そしてゲルブランズはマイケルのひっきりなしの質問に悩まされるようになり、素っ気ない答えを言うか、知らないと言うだけになった。しかし、マイケルに比べたらはるかに貧しいサム・パットナムには、ゲルブランズがマイケルのことをどこからともなく現れた二十三歳の若造だと思っていることがわかっていた。

「この旅行が終わるころになって、ぼくはアドリ［ゲルブランズの愛称］の閉鎖的で人と距離を置く性質というのは、野心が満たされないことで生まれる一種の幻滅を押さえ込んでいるからかもしれないと思うようになった」とマイケルは書いている。「ニューギニアにいたとき彼は、たとえば日本で買ったレンズの具合が悪いとか、フィルムが足りないとか、テープレコーダーが届かない、いろいろな場所に行くための漕ぎ手が足りないといったようなことでひっきりなしに腹を立てていた。もしかしたらサムの指摘したとおりで、アドリのような人は少しばかり恨みがましく思っているのかもしれない。僕たちのようなどちらかといえば成り上がり者が、上等なカメラを持っていたり、フィルムが潤沢にあったり、僕自身には支払能力なんかないのにビス柱やほかの品物を買うだけの金があったりするわけだからね。しかも、モーター付きのボートに乗って品物を集める旅にまた行く話までしている。彼にはやりたくてもできなかったことだから」

この午後の購入を伝えるマイケルの文章からは、最初のどうしても手に入れたい衝動が芽を出した様子がうかがえる。ギヴィンという名の男がマイケルのところに槍を持ってきた。マイケルはすぐにそれを買った。「古くて美しい槍で、決して手に入らないだろうと思っていた作品だ。★なぜか僕は、ボブから言われて、これまでアスマットを破壊してきた大勢のコレクターの末尾に僕がいると信じ込まされてきた。しかしいま、これはどういうことだろうと思っている。美術品はもうないと信じて落胆していたのに、ほんの短い滞在期間に非常に多くの美術品を見ることになった。いま、僕はとても自信に溢れている、というか興奮している。どの村で呼びかけても、売れるとわかると人々のあいだですごい反応の連鎖を生み出す。村中の家の隅から、槍が後から後から出てくるのだ。僕は四本のみごとな槍を買った」

どんな宝探しであろうと、旅がうまくいって想像力とリアリティが混じり合うとき、こういう瞬間が訪れる。旅とは、想像力から生まれる。未知の場所を思い描き、道を探し出し、それをたどって行くことから生まれる。マイケルは自分が異国の文化に入っていく姿を思い描いて、それを分厚いコートのように身に纏《まと》い、そしていまここにたどり着いたのだ。夢が現実のものになっていた。その瞬間が来たとき、自分がやり遂げたと思ったとき、もっと深く探求していきたいと思うようになる。そして私自身、アスマットの世界に入り、マイケルの日誌を読めば読むほど、その思いを深く理解できるようになった。美術品を探すことと、その出来事を追いかけることは同じことなのだ。雨、暑さ、寒さ、危険——未開の地では、成功の前にはあらゆる苦難が控えているが、宝物が手に入りそうになればなるほど、その苦難をすすんで引き受けたいと思うようになる。これほど陶酔感に浸れるものはない。そうすることで自分には力があり、最強だと思うようになる。

マイケルはアスマットの美術品を求めていたが、どんなものでもいいというわけではなかった。本物、世界に対する試金石となる物、すでに文明人が失ってしまった遠い過去と自身の姿を思い起こさせる物がほしかった。しかしその品物が真性であればあるほど、力を持っていればいるほど、そうした品物を売買することで彼は新しい別の世界の入り口へと押しやられていった。ビス柱を買うことは、村人たちの魂、人を病気にし、殺すこともあり得る精霊を買うことだということを、マイケルにはまったくわかっていなかった。彼はいくらでも金を使える身分で仕事をしていた。たいていの人々は金によって生き方を制限され、邪魔され、友情をあてにし、助け合いをおこない、他者に我慢することを強いられる。それに友人と金目当ての人々とは大きな隔たりがある。もしマイケルがそれほど金を持っていなかったら、おそらく彼はもっと時間をかけて行動し、村にもっと長く滞在し、交渉したり、関係を深めたり、知り合おうと努力したりしただろう。ところが、各村での彼の滞在平均日数は一日か二日で、到着、購入、移動の繰り返しだった。

オマデセップとオツジャネップの村は平行して流れるファレツ川とエウタ川沿いにあり、そのふたつの川は、人が行き来できる沼地で蹄鉄の輪の部分のように繋がっていた。公式見解では首狩りはなくなったことになっていたかもしれないが、ゲルブランズやワッシング、マイケルには、そのふたつの村の間で緊張感が高まっていることがわかっていた。アスマット間の忠誠心がもつれている状態のなかで、★タツジという男を見つけた。彼は「オツジャネップと親戚関係にあり、乱暴ではないので」エスコート役として使える、とワッシングは書いている。すると突然、オマデセップのほかの者たちも大勢、行きたいと言い出した。六月三十日午前十一時に、カヌーの艦隊がファレツ川を上ってオツジャネップを目指した。ファニプタスもそこにいた。もっともマイケルやワッシングが、ファニプタスが彫刻師以上の存在であることを知っていたかどうかはわからない。ワギンへの散々な旅行の後、それから三年間にわたって戦いが続き、ファニプタスはオツジャネップのドムバイに自分の娘を与え、★それによって平和を築いたのだ。「みごとな櫂《かい》さばきで上流へと向かっていった★」とマイケルは書いている。「木を刳《く》りぬいて作った大量のカヌーにオマデセップの戦士たちが同乗した。僕たちの旅の護衛という格好の機会を利用し、最大の敵にして昔からの恐ろしいライバルであるオツジャネップと和平協定を結ぼうとしていた」

川は何度も曲がり、どんどん狭くなり★、一行は灼熱の太陽のもと、木が鬱蒼と茂ったり、倒れたりしている場所を通っていった。さらに川は狭まり、小川のようなところに入り込み、沼地と人の背丈ほどもある手強い木のあいだを通った。エウタ川の水源近くになり、沼地から水が出ているところで、打ち棄てられたワルカイの村を通り過ぎた。攻撃されたばかりの村があったり攻撃した側の村があったりすることは、アスマットではよくある光景だった。政府の介入が増えるにつれて、村人たちは森の奥に隠れ、そこで人を解体して食べたりしていた。

オツジャネップの領域に入ると、漕ぎ手たちが警戒するようになった。「どの木も、どの川の湾曲部も充分注意して検分された」とワッシングは書いている。彼らがたどり着いたところには、九メートルの柱に守られた何軒もの家があった。オツジャネップの人々が最近建てた一時避難の場所だった。しかし、これはまた、戦争と首狩りとがいまもまだ健在であることを示していた。タツジが抑揚のある長い声を出した★。自分たちが何者で、どこから、なんのために来たのかを伝え、自分たちと一緒にいるのが政府の役人でも、警官でも、宣教師でもないことを伝えた。そして静まり返った。静寂。漕ぎ手が今度は一緒に声を出した。全員が、自分たちの到着を告げて声を出した。すると、ジャングルのいたるところから角笛が響き渡った。男と女が茂みから歌を歌いながら出てきた。その男たちがカヌーに乗り込んでこちらに向かって漕いでくると、緊張は高まった。彼らは抱擁し、握手をした。そしてサゴやタロイモを煙草や果実に、夢中で交換し始めた。

バリエム渓谷のダニは未開のままで文明に触れていなかったが、ここは違っていた。ダニ同士は互いに戦っても、死者が出ることは稀れだったし、それにダニは農耕民だ。彼らの作るサトイモが、時の流れという感覚を、ものは移ろうという意識を芽生えさせた。そしてもっとも大事なことは、ダニには豊富で確かな食材があったことだ。マイケルと行動を共にしたアスマットは純粋な狩猟採集集団で、人肉を食べた。ダニよりはるかに不可解な文化を持ち、マイケルにはそれが感じられた。「ここは野蛮で、僕がこれまで見てきたどの場所よりはるか遠くに来た感じがする」と彼は書いている。男たちの中に、白人を見たことのない、別の村から来た男たちがいた。彼らは、ゲルブランズが与えた釣り針やナイロンの釣り糸を見たことがなかった。マイケルによれば、彼らは白人に会ったことを祝福して夜通し歌を歌った。しかし、本当に祝福してのことだったのか、それとも別のもっと複雑な意味があったのか。外の世界から来た奇妙な超存在、肉体を持った祖先かもしれない者と遭遇するという、とてつもなく不安な経験をなんとか理解しようとしてのことなのか。

朝になってマイケルは、仮の避難所から先へ進み、川上にある本来の村へ向かった。★ オツジャネップの漕ぎ手たちは、仮の避難所に残してきた自分たちの女がオマデセップの男たちに攻撃されるかもしれない、と気が気ではなかった。一行がようやく本来のオツジャネップに到着すると、そこにはこれまで見たこともない大きな村があり、立派な家が五軒も建っていた。成人した男や男の子たちが一行のまわりに群がり、何十艘ものカヌーが現れ、こちらに泳いでくる男たちもいるので、先に進めなくなった。マイケルはニコンのカメラをつかみ、気が狂ったように撮った。そしてその村のジェウで十七本のビス柱を見つけた。★その彫刻はこれまで見たことのないものだった。中の一本のポールの上部から飛び出したペニスの部分には、二匹のカマキリが向かい合う姿が彫ってあった。マイケルはすでにオマデセップで柱を買っていたが、その柱が彫られることになった儀礼は終わっていて、柱の中にあった魂はサファンに戻っていた。そのため、サゴの生えた湿地に放棄されて腐りかけてい柱を、村の教師が持ち帰ってきたのだった。ところがオツジャネップの柱はまだジェウにあり、ジャングルに捨てられていなかった。つまり、それらには、まだ復讐を遂げていない死者の魂が入っているのだ。柱は、秩序を正し、その死の復讐をするという契約であり、誓約だ。マイケルとワッシングが三年半前のマックス・ラプレの襲撃について知らなかったということも考えられるが、マイケルは、この柱が一九五九年（ラプレの襲撃のちょうど一年後）におこなわれた祭礼用に作られたらしい、と書いている。★

その事件はかなり前の出来事のように思えるが、そうではなかった。アスマットたちは時計も腕時計も持っていないが、正確に記憶する能力を持っていた。オツジャネップは、マイケルが書いているように、かなり奥まったところにあり、アスマットの中でも独自の習慣を持ち、珍しい柱の彫り方をしていた。

煙草と交換するために、★村の人々は川に面したジェウの前に竹の足場を作った。そこに柱を載せるのだが、これはオツジャネップならではの珍しい習慣だった。男たちは太鼓を叩き、歌を歌い、マイケルは七本の柱を買おうと申し出た。それぞれに煙草の塊と斧、さらに漕ぎ手にはナイロンの釣り糸を与えるのを条件に。オツジャネップの男たちはそれに同意した。マイケルは代金の一部を彼らに渡し、★男たちは、三、四日後にベツジ川の東河岸の合流地点に柱を持っていくと言った。それからその柱をアガッツまで運び、そこでマイケルから追加の斧やナイフや煙草をもらうことになった。マイケルは盾も十二枚買った。

マイケル、ワッシング、パットナム、ゲルブランズは七月三日にオツジャネップを後にし、さらに別の村をいくつか回り、ベツジ川河口を渡った。彼の日誌の内容は、この四ヶ月後に彼の身に起きることを考えると、瞠目に値する。「ビワールに行く途中で、僕たちはベツジ川の河口域を渡らなければならなかった。★ここの幅は何キロもあった。強烈なモンスーンのせいで、はるか遠くのアラフラ海から大波が打ち寄せてきた。アスマットの丸太のカヌーで渡るのは危険極まりない企てだった。河口域に着くと波は荒れていたが、アスマットの漕ぎ手たちは、空や波の様子をその鋭い目で測ってから、これなら渡っても大丈夫、と決断した」

三日後、一行は合流地点に行き、★そこでキャンプをしながら二日間待った。しかしオツジャネップの男たちがビス柱を運んでくることはなかった。アマナムカイの漕ぎ手たちが、オツジャネップの男たちは女や子どもを村に置き去りにするのを怖れたのではないか、と言った。そういう説明もあり得るかもしれない。しかし、オツジャネップの男たちは、マイケル一行を仮設の避難所から本拠地である村へ案内したときに、すでにそういう危険を冒していた。別の理由があるとすれば、次のようなものだ。ビス柱が表している死者が報いられていなかったのだ。柱はまだ生きていた。マックス・ラプレによって殺されたオソム、ファラツジャム、アコン、サムット、イピはまだ柱に住み着いていた。もしそうなら、オツジャネップの男たちはどんなに高額の金をもらっても、大量の煙草を与えられても、決して柱を渡そうとはしなかっただろう。

## 第十二章　二〇一二年三月

マイケル・ロックフェラーがビス柱のまわりで踊るオマデセップの男たちの写真を撮ってから五十年後に、私は同じ場所に立った。ファレツ川は泥の河岸より一メートル半ほど下のところを流れていた。川と直角を成すように、三十メートルほどの長さのジェウが建ち、大きな柱とサゴヤシの茎《ガバガバ》が、刻み目がある丸太で支えられている大きなベランダの前にあった。川を渡ると、木々の密集するジャングルの壁（ニッパ椰子やココナッツや緑の蔦）に突き当たる。ジェウの隣には泥の地面から突き出している柱の迷路があった。新しいジェウを作るための基礎だ。私は運がよかった。われわれがオマデセップに着いたとき、ちょうど男たちによる棟上げ式が始まったところだった。アマテスが、もうじき祭礼が始まる、と言った。

これまで一週間にわたって、アマテスとウィレムと共に川や村を探索してきた。夢のようだった。夜の闇の中や夜明け前や夕方に移動した。潮の状態でそうするしかなかった。土砂降りの中——雨粒が大きく、冷たく、痛かった——や照りつける太陽の下を進んでいった。三週間前にアガッツに到着してから一度も湯を浴びたことがなかった。アツジのアマテスの姉の家にあったソファを除いて、椅子やソファを見たことがなかった。三食とも米とラーメンで、そのほかにわずかなカニやエビ、魚、サゴなどで補充した。油も脂もアルコールもなく、フィロがインスタント・コーヒーに入れるのを除けば、砂糖もなかった。私の体重はたちまち落ちた。

ベツジェウ村で、ようやく学校の床の上で眠れた。この学校には教師がひとりしかおらず、ひとりで生徒八十人を見なければならなかったが、その半数しか登校していなかった。「来てない生徒たちは魚釣りをしたりジャングルでサゴを集めたりしているんですよ。だから無理強いはできません」と教師は言った。アツジでまた一晩を過ごした。土砂降りの雨が滝のように

新しいジェウの建築を祝福するオマデセップの男たち。

降っているあいだ、男たちはベランダに集まり、夜明けまでずっと太鼓を叩いたり歌ったり、唱和したりしていた。「彼らが歌っているのは男女の話です」とアマテスが言った。いつも不完全な説明しかできない自分に腹を立てているようだった。「バイユンの者たちに男が殺されたんです。恋の物語」

ビワール・ラウトのアマテスの村で、われわれはまるまる一日を過ごした。この村は何年も前から、オマデセップと敵対関係にある、とアマテスが言い、その話をした。「オマデセップから来た何人かの女が魚を捕っていたときに、五艘のカヌーがファレツ川にやってきて、その男たちに女が犯された」アマテスは、われわれがアラフラ海からビワール・ラウトへと川を遡っていくときにこの話をした。「女たちの夫がそれを知ってビワールを攻撃し、ビウィリピツを殺した。ビワールはオマデセップを襲い、エスチャメを殺した。私の祖父がこの話をしてくれた」シラサギが頭上を飛んでいった。一艘のカヌーに乗っている男たちがわれわれを見て、「アテス！」とアマテスの愛称を叫んだ。桟橋に着くと、大勢が出迎えに出て来て、アマテスの姉が現れた。Tシャツを着たひどく痩せた女性だった。アマテスを見たとたんに叫び出し、すすり泣いた。古い木造の家にアマテスの父親がいた。小柄で痩せていたが、筋肉はあり、白髪を短く刈りこんでいた。彼もすすり泣いてアマテスの体を撫でた。

われわれがアマテスの姉の家のポーチで休んでいると、ウィレムが私の両手ほどもある大きなカニをたくさん持ってやって来た。カニはヤシの葉に包んであった。それを無造作にたき火に投げ込んだ。そこへ染みの付いたぼろぼろのサンドレスに身を包んだ女性がやってきた。耳に茎や紐が刺さっていた。彼女もいきなり泣いたり喚いたりアマテスにすがりついたりし、頭を抱えて床にどさりと倒れ伏した。そして呻きながら体を揺すった。起き上がると、酔っ払いのように足をよろよろさせながら外に出ていった。感情があまりにも高ぶっていて歩くことができなかったのだ。板敷きの道を歩きながら十五分も叫んでいた。「私の母の伯母です」とアマテスが説明した。

ビワールを出て、ジャングルの奥に向かう支流に入った。幅が一メートル半しかなく浅かったので、櫂で川底を挿すようにしなければならなかった。太陽も空もまったく見えなかった。泥の河岸はぎらぎら光り、脚がオレンジ色をした白いカニと、原始のオタマジャクシに似たサイレン――頭が大きくて尻尾が長く、前脚二本しかない――でいっぱいだった。頭上で繁茂する木々や蔦のあいだを首をすくめるようにして進み、古代の巨人の指のように見えるマングローブの根のあいだを通り過ぎた。蝶が頭上でふわふわと舞った。一時間後に、ようやくスレツ川に入った。川幅が一キロ半以上はあった。

ボウ川岸にあるウィレムの村オウスで夜を過ごした。ウィレムは、妻と三人の子どもを紹介してからすぐに姿を消した。午後も夜もずっと雨が降りやまず、われわれは蠟燭の明かりのなか、蚊と蠅を叩き続けた。「知ってるか？　ウィレムには家族がふたつあって、ここに妻がふたりいるんだ」とアマテスが言った。アスマットはいまでは自分たちはキリスト教徒だと考えているが、こうしたことはよくあった。

オウスを出ると、ブギスの商人が操る長さ十八メートルの舟に遭遇した。供給物を積んでいた。われわれは停まれの合図をして、クローブ煙草を仕入れ、先に進んだ。別の川では釣り人に挨拶し、一メートルほどのナマズを買った。後にそれをフィロが細かく切り、油で揚げた。初のタンパク質といってよかった。

さらに奥へ進んでいったが、私には乗り越えられない壁があった。不安な気持ちをいつも感じていた。ほかの場所ではこんな不安な気持ちになったことがなかった。ゆっくりと不安が入り込んできた。振り落とすことも、理解することも、その理由もわからないもの。それはカニバリズムだった。

首狩りと人肉食と、そのふたつが関係する儀礼——要するに、アスマット文化のすべて——が変わり始めたのは、ほんの一世代前のことだ。アマテスの父親や、四十歳以上の親の世代は、人間の肉を食べていたのである。しかも、われわれがステーキを食べるように、エアコンの効いた大型スーパーマーケットでビニール袋に包まれた肉を買ってきて食べていたのではなく、男や女や子どもの体を解体し、頭部を切断し、脳味噌と内臓を摘出して食べていたのだ。どれほど大量の血が流れるか考えてみてほしい。殺戮だ。ばらばらになった手足。もしかしたこれは私の単なる想像、人体や死に対するアメリカ人の潔癖さなのかもしれないが、アスマットにとってそれが普通のことだったとは、しかもほんの数年前におこなわれていたことだったとは、私には信じがたかった。草葺き小屋に住み、食料を狩ったり集めたりし、精霊と呪術と戦争を信じている人々。われわれの日常といかにかけ離れていることか。われわれは、かつては裸で暮らしていたがいまは服を身につけている。かつてはヤシの葉の小屋に住んでいたが、いまでは木造の家に住んでいる。かつては呪術や精霊を信じていたが、いまではキリストや聖霊を信じている。なんという違いだろう。かけ離れすぎている。しかし昔からよくある狩猟採集民であっても、アスマットが定期的におこなっていたのは、人類の歴史の中の異常という一線を越えてしまうことだったのだ。われわれが考え得る中でもっとも恐ろしくおぞましい行為が日常の中心にあった。私はその事実を、アスマットの人々といるときに片時も忘れたことがなかった。忘れようとしても忘れられなかった。宣教師や政府によってその行為が止められて四十年が経っていても。

もし誰彼かまわず人肉食について尋ねたら、彼らはきっと認めるだろう。ああ、昔は人間を食べていたよ。でも、いまは食べない、と。彼らはそれについては話したがらない。いまもまだ、複数の妻を娶《めと》ったり、カトリックの神が登場しない儀礼をおこなったり、精霊の世界を信じたりする人々がいるが、みなカトリックだ。教会の影響で学校に通い、過去におこなっていたのは悪いことだと思い込まされている。そしてせめて西洋人と話すときには、その行為を恥だと思っていると言うように教えられている。西洋人がいないところで彼らがどう思っているのかは知りようがない。結局、彼らの歌の多くが過去のおこないを思い出させるものであり、習慣的な生活全体はその行為を基盤としているわけだから、人肉食は意識のなかにしっかりと根付いているのだ。

アスマットと一緒に過ごす時間が長くなるにつれて、そうした大きなギャップがあるのをますます感じるようになった。かつてあったものといまあるもの、彼らが率直に語っていることとひそかに考えていること、西洋人が人肉食に対して抱いている幻想（私自身のも含む）と実際の行為、そういったことのあいだにあるギャップを。マイケル・ロックフェラーがアスマットの村を歩き回っていたとき、首狩りと殺人と人肉食は実際にまだ広くおこなわれていた。あらゆる美術品はそれを基盤にしたものであり、彼が奥地の村で会ったアスマットの人々はみな、人肉を食べていた。そして彼が集めたどの作品も、いまニューヨークのメトロポリタン美術館に展示されているものですら、人肉食を物語るものなのだ。メトロポリタン美術館のマイケル・C・ロックフェラー棟に展示されているビス柱は、死者の復讐をするために作られ、殺した者の血がなすりつけられていたのだ。しかしマイケルは首狩りや人肉食を見たことがなかった。見た者は、セーグワールトのほか、ほんのわずかだ。マイケルが人間が殺されたり食べられたりするところを実際に見たかどうか、非常に疑わしい。私はこう思った。もしあの一行が実際にそれを見ていたらどうだっただろう。私が見たらどうだっただろう。その光景を目の当りにしたら、どうしただろう。「芸術」への見方が変わっただろうか。もし私のまわりで人体が解体され、人肉食がおこなわれたら、私はどうするだろう、どんなふうに感じるだろう。

研究ノートにも、日誌にも、手紙にも、マイケルは繰り返し、首狩りと自分が集めている美術品との関連性について述べている。ところが、首狩りは遠いもののように考え、一度もその事実を直視することはなかった。学問的、歴史的な関心しかなかったのだ。それが私の感じている壁だ。私は首狩りや食人がどのようなものか、どんな気持ちがするか知りたかった。他人の子の、あるいは他人の妻の首を切断し、粗末な道具や手でその体を解体するとき、彼らはどんなことを考え、何を感じたのか。彼らはそうやって人を殺して食べてきたのだから、みなそのことを知っていた。アスマットの人々はみな知っていたのだ。アガッツにある美術館は、首狩りの文化があったから建てられた。それなのに、彼らは誰ひとりそのことについては話さない。トビーアス・シュネエバウムは、一緒に暮らしたアマゾンのインディアンについて甘い幻想を抱いていたが★、それも、彼らが別の村を襲い、棍棒で敵をむごたらしく殺すのを目の当たりにした日で終わった。シュネエバウムは彼らと一緒に行動し、そのすべてを目撃し、すでに死んでいる男の胸に槍を突き入れた。それで恐怖に囚われた。そのとき、殺された者の心臓を、血まみれの生の心臓をともに食した。その体験があまりにも強烈だったため、彼はその直後に逃亡した。そんなことになったら、マイケルだって逃亡しただろうし、私もきっとそうするだろう。私とまわりにいるアスマットとの間には根本的で大きな文化の相違があり、その相違は、マイケルと、彼が写真を撮ったり書いたり交渉したりした人々との間にもあったのだ。人肉食という発想に魅了されるのは、われわれがそれを絶対に見ることができないからだ。しかしそのことこそが、彼らと共にいる間ずっと、彼らと私とを隔てているものだった。

　オマデセップに行くまでに、アガッツから支流へ入り、さらに奥地の川へと分け入る旅をした。アツジ、アヤム、ベチェウといったどの村にも店があり、桟橋があり、西洋の消費物がごみとして捨てられ、数台の発電機が夜になると唸り声をあげた。オマデセップには一軒の店もなければ、ごみひとつなかった。何もなかった。鍋、やかん、銛、釣り糸といったわずかな手作りの道具しかなく、海やジャングルからやって来たもののほかになかった。

　平坦な白い空の下、泳げるのではないかと思われるほどの湿気のなか、私は叫び声を聞いた。野生の吠え声。リズミカルなカチカチという音。アマテスが私の手をつかみ、私を桟橋の先の、裸足の子どもたちがひしめいているところへ引っ張っていった。裸の子もいれば、ぼろぼろの染みのあるTシャツを着ている子、短パンをはいている子もいた。川を下ってくるのは一塊になった十二艘のカヌーで、それぞれに十人から十二人の男が乗っていた。全員が短パンをはいていたが、体には戦闘用の装飾が施され、犬の歯の帯を肩から掛け、オウムの羽根で飾った槍を持っていた。体にはチョークでXが描かれ、腕と脚にはバンドが巻いてあった。顔に黒い油を塗り、目には怒れるオウムの王のように赤く縁取りが施されていた。そしてオウムの羽根飾りのついたクスクスの毛皮の帽子を被っていた。彼らは水の上で生まれ、不安定なカヌーの上にたちまち立てるようになり、カヌーの片側を櫂で叩くようになった。ひとつの太く通る声が歌を歌い始めると、全員で「ホ、ホ、ホ、ホ」と唸り声をあげ、しわがれた声を出し、その合間に高音の遠吠えのような声が入ってきた。歌は呻《うめ》くような、旋律のある哀歌のようだった。それからブーブーという声に合わせて櫂でカヌーを叩き始めた。男たちは飛びはね、角笛を吹いた。その音は私が小さなときにロードアイランド州ニューポートにいる祖父母のところで聞いた霧笛によく似ていた。彼らを包み込むように白い煙が――ライムだ――立ちこめ、カヌーはゆっくり岸辺に向かった。押し合いへしあいの騒ぎが終わると、十人から十五人の男が二メートル五十センチほどの円柱を運んできた。サゴ椰子の幹だ。素晴らしい緑色のサゴの葉で覆われていた。サゴは女性なので、スカートを着けている。サゴは、子どもが女性から生まれるように木の中から出てくるからだ。彼らは着飾ったサゴの丸太をジェウの中に運び入れた。

ジェウの中は暗かったが、椰子でできた壁や屋根の隙間から陽光が筋状に差し込んできた。五人の男が中央暖炉の炉床の前の、弾力ある床にあぐらをかいて座り、膝の上にそれぞれ長細い、彫刻の施された太鼓を置いた。ここ、ジェウの中央は、アスマットの宇宙の中心でもある。生者の世界と死者の世界が出会うところであり、ふたつの世界が同時に存在していた。男たちは、果実を食べる獣のような衣装を身に着けていた。首狩り人だ。籐の腕輪には、ヒクイドリの太腿の骨から作った長くて鋭い短剣が差してある。この同じ短剣が、ビウィリピツとデソイピツの物語では、犠牲者の頭を刺し貫いた。太鼓がいっせいに叩かれ、唱和が始まる。ひとりの男が歌い始めると、ほかの男たちはすぐにそれに唱和し、声は高くなったり低くなったりし、その間に一瞬沈黙が入る。ひとりひとり自分の歌うパートがわかっていた。「おおおおおお」という歌が始まり、低い引き伸ばされた声が続き、それから話があり、さらに「おおおおおお」という声を出す。アマテスが説明した。「彼は、ビワール・ラウトでずいぶん前にオマデセップの男たちに殺された人物の名を歌っています」無数の蠅が飛び交っていた。男たちは煙草をふかした。歌った。太鼓を叩いた。唱和した。それがやむことなく何時間も続いた。ほかの男たちはゆっくりと入ったり出たりし、とうとう五十人が、白く光って蠅に覆われたサゴの茎を囲むように座った。

どんな合図があったのか私にはわからなかったが、斧を持ったひとりの男が、斧を振りかぶりながら太い茎を縦に薄く切り取り、三センチずつサゴを切り離していった。椰子の芯のように剝《む》かれていく。何度も切っていくと、茎はどんどん細くなり、とうとう釣り竿くらいの細さになった。茎の先は小さな塊になるまで何度もそぎ落とされた。男たちは太鼓を火のそばに持って行き、イグアナの皮から作った打面を温めて強く張り、掌でその表面を撫で、打面にチューインガムのようにくっついている蜜蠟の塊をひっきりなしに動かして音を調整した。闇と煙と熱と絶え間なく続く太鼓の音と唱和の中で私は時間の流れを見失った。唱和で語られているのは、死と首狩りと昔から続く何世代にもわたる戦いのことだ。アマテスによれば、祖先とその精霊とを思い起こしているということだった。

煙草休憩のあいだ私はアマテスに、一九五七年に起きたワギンへの旅について男たちに尋ねてほしい、と頼んだ。マックス・ラプレの報告書に、彼の行動理由が書いてあったが、詳細は省かれていた。アマテスが再び男たちに長い説明をした。みなで煙草を吸った。男たちは頷いた。私を見た。覚えているのだ。すべてのことを、昨日のことのように。そして私は、ピプ、ドムバイ、スー、コカイ、ワワール、パカイという名を聞いた。それから、エヴェリスス・ビロジプツという男が話し始めた。その男は上半身裸で、飾りはつけていなかった。かなりの老齢だったが、その胸はがっしりして分厚く、筋肉が張っていた。髪は短く、髯はむさくるしかった。その当時彼は少年で、その遠出には父親と一緒に行った。話が進むにつれて、彼は生き生きとしてきた。犬の歯を探しに行くための遠出だった。バイユンとバシムとエメネで、雨の中で戦った。彼の恐怖。

二十年以上、私は世界中のさまざまな話をたくさん取材してきたが、この話はまったく異なっているように思った。マイケルの消息不明は長い間噂話にすぎなかった。ともかく遠い島で起きたことだったので、不可解な神話のようなものだった。マイケルの家族はこれまで、公に発表した溺死というマイケルの死因に拘泥《こうでい》していた。彼の身に起きたことを調査する方法が見つからなかったため、謎のままにしておくほうが気持ちが楽であり、謎を解くより、彼が手の届かないジャングルと沼地に呑み込まれたという物語のほうが受け入れやすかった。ここでは、ある地点を越えたら、ロックフェラー家の威光は届かなかった。どれほど多くの捜索隊を雇おうと、どれほど大勢の弁護士を投入しようと、太刀打ちできなかった。法律や裁判所が主張することや、権力者をどれほど知っているかといったことなど関係なかった。裕福で恵まれた人々の持つ手段は、ここではなんの役にも立たなかった。アスマットはそうした者に気を遣ったりしなかった。だれが来ようと平気だった。

とはいえ、マイケルの身に起きたことは現実のことだった。アスマットは現実なのだ。そして不思議に思えることではあるが、精霊たちも現実に生きていたのだ。それで私は、マイケルは消息を絶ってこの精霊の世界に行ったのではないかと思うようになった。このアスマットの文化に深く根付いた土地で、何かが起きた。私は、アスマットの村で毎日を過ごすうちに、物語と現実が手に触れられるように融合していく様子がわかってきた。アスマット文化を知れば知るほど、マイケルの行方不明の謎をアスマット側の視点から見られるようになった。マイケルがサファンに行くことのできなかった精霊ででもあるかのように。アスマットは儀礼を通して、すなわち相手を殺すことで、あらゆる環を閉ざしてきた。ところが、マイケルはいまだにふらふら漂っていた。もしかしたら私の旅（実際にアスマットの中に入っていくこと、資料を漁ること）では、この謎を解くことなどできるわけがなく、それどころか、彼の魂を安らかにすることすらできないに違いなかった。

ビロジプツの話では、最初にオツジャネップの六人の男がオマデセップの男たちを襲った、ということだった。だが、私がそれを疑わしく思ったのは、オツジャネップのほうが人数が少ないと思っていたからだった。しかしエウタ川に行ってみると、疑う余地はなかった。「オツジャネップの男たちが大勢、俺たちを待っていた。俺たちはすっかり疲れ果てていたので、座って休んだ。オツジャネップの者たちがやってきて、俺たちを矢で殺した。俺の父親、俺の後ろにいた者たち全員が死んだ」とビロジプツは言った。「オマデセップに戻れたのはほんのわずかだった。それほど多くの者が殺されたんだ」

夕方までに、ジェウのなかは百人ほどの男たちでいっぱいになった。ほかの男たちが、切ったばかりの三メートルの長さのサゴ椰子の葉をたくさん持ってきて、中央をカーテンで囲むようにしてその葉を吊り下げた。精霊がサゴの葉に住み着くので、ここには精霊がいるという印だった。サゴの茎がなくなり、削いだものは細かな欠片にされ、みなに分配された。「われわれは行かなければならない」とアマテスが言った。「端の方なら立っていてもいいんだ」すぐに男たちはふたつの集団に分かれて、ジェウの端と端で向かい合う格好になった。雄叫びと悲鳴がわき起こり、それぞれがサゴの小さな塊を力一杯投げ合った。炉辺に集まっている太鼓を持った老人たちが太鼓の胴のところを叩いた。投げている者たちが鋭く叫んだ。遠吠えのような声をあげた。犬が吠えているような、豚が鳴いているような声だった。塊が飛び交い、雪合戦ならぬサゴ合戦のようだった。それが終わると、太鼓が叩かれて歌が歌われ、男たちは取り憑かれたようにヒクイドリの踊りを踊りだし、踵を上下に動かし、熱狂的に膝を出したり引っ込めたりした。ジェウが揺れ、床は上がったり下がったりし、踏み続ける足から大量の埃が霧のように舞い上がった。ひとりの男が短パンを下ろし、脱我状態で気を失った。

その夜、私たちの滞在している家に二十人ほどの男がやってきた。まだ暑かった。息苦しかった。電気がないので、光といえば床に直接突き刺さって揺れている蠟燭の火だけだった。みんなで煙草を回した。私は耳を傾け、観察した。煙が部屋に充満した。青白いトカゲが壁を伝っていた。外ではコオロギが鳴いていた。ひとり、またひとりと――私には名前がわからなかったが――少しずつ少しずつ、襲撃の後にラプレがやってきて男たちを逮捕したことを話し出した。いつものようにこうした村では、時は移ろわず、世代を分かつことがない。つまり、村はひとつであり、父親の世代に起きたことは自分たちに起きたことなのだ。「俺たちは怖かった」と彼らは言った。文化の衝突を感じた瞬間だった。彼らは目の前で起きていることをどう受け止めていいかわからず、ラプレという男を知らず、しかも拳銃を知らず、白い人たちにいきなり暴力をふるわれたのだ。私には彼らの不安がわかる。超存在かもしれない、自分たちの祖先かもしれない異界の者たちが、拳銃を持ち、ボートに乗って、突然村に現れたのだ。

その翌朝、われわれはマイケルがしたように、オマデセップを後にしてオツジャネップに向かった。しかし川の水量が足らず、海を通るルートを選ばなければならなかった。エウタ川の河口は狭く、海岸からはその入り口がわかりようがなかった。川の上を覆うように川岸から密集した緑色のマングローブが迫ってきていて、緑のトンネルは変化なく続いていた。ゆっくりとボートは進んだ。マックス・ラプレが激しい胸の動悸を感じながら、木や木立の陰に潜む戦士たちを探し、武器を手にアスマットとの邂逅《かいこう》に備えた様子を私は思い描いた。そしてアスマットの人々が、大きなボートに乗って銃を手にしたラプレや奇妙な人々が来るのを見た瞬間の様子を思い描いた。ひっきりなしにすれ違うカヌーは海を目指していった。女や子どもが乗っているカヌーもあった。男たちが立ったまま櫂を水に入れては絶妙なタイミングで漕いでいるカヌーもあった。ぼろぼろのTシャツと短パンを身につけた彼らは浮浪者のように見え、裸のほうがよかったのに、と私は勝手なことを思ったが、それは、私が裸族の中にいる異国ならではの珍しい体験をしたかったからかもしれない。川はくねくねと曲がり、三十分後には、覆っていた木々がなくなり、草葺きの家が左側の岸辺に現れた。これまで私が見てきたどの場所より広く感じた。桟橋はなく、ただ泥の岸にカヌーが一列に並び、その岸に私たちは上がり、泥地に渡してある丸太や柱の上を歩いていった。男たちがこちらを見つめていた。アマテスとウィレムが彼らと話をし、私たちは二部屋ある木造の家に案内された。その壁は煤《すす》で黒くなっていた。

これがピリエンだった。オッジャネップの隣にあり、マイケルが消息を絶った直後にオッジャネップの五つのジェウが分裂してできた村だった。われわれが家の中に入ると、男たちが現れた。ひとり、ふたり、五人。間もなく、四十人ほどがわれわれのいる、家具のない部屋の中に入ってきた。ぎゅうぎゅう詰めになったので、少年たちは窓から覗き込んでいた。みな床に座った。見渡せば、顔と汗まみれの体と蠅ばかり。彼らはこちらをじっと見つめて待っていた。アマテスが煙草を取り出し、その袋と巻紙を年長者たちに渡すと、彼らは袋を開けてみなに配り、部屋中に茶色の草の小山ができた。間もなく煙の雲に包まれた。アマテスが話し、男たちは頷いた。自己紹介する人もいた。ドムバイの息子ベルは、ピリエンのジェウの元家長だった。ペプの息子タペプは、六〇年代の首長でラプレに殺された男のひとりであるオソムの未亡人と結婚していた。彼らがどうして私たちのいる家に来たのか、どういうつもりなのか私にはわからなかった。彼らは私になにも尋ねなかったが、私に会いたかったようだった。私が持ってきた煙草が欲しかったということもあるだろうが、アマテスがどんなことを話しているのかまったくわからなかった。

オッジャネップが分裂した事情を訊いた。するとみんなが口々に喋りだし、アマテスが話を中継した。要約すると、オツジャネップにはジェウが五つあり、その中のピリエン・ジェウの家長だったドムバイには三人の妻がいた。ある朝の五時に、オツジャネップ・ジェウの家長がドムバイに、ジャングルに行ってサゴを集めてくれと言った。そのあいだドムバイの三人の妻は、カヌーに乗って魚を捕っていた。ドムバイは怪しいと思い、仲間たちに、三人の妻を見張っていてくれと頼んだ。結局、ドムバイのスパイは、妻たちがファック（アマテスはこの言葉を使った）しているのを見つけた。相手はオツジャネップ・ジェウの三人の男だった。ジェウの家長もその中に入っていた。

三人の女がピリエンに戻ると、厄介なことになった。ドムバイは三人を糾弾した。女たちはスカートをまくり上げて、そうよ、あの人たちとファックした、ほかのオツジャネップの大勢の男たちともね、と言った。男たちは火を作って女たちの服を焼いた。それでおしまいにした。問題ない、とドムバイは言った。もうこれでお終わりだ、と。

しかし、ドムバイは忘れなかった。一年後、ピリエン・ジェウの男たちは復讐のためにオツジャネップのビファク、ポル、フィン、アジムの四人を殺した。そして自分たちの妻と子どもたちを八百メートル下流の場所に移し、ピリエン・ジェウが独立したピリエンになった。ジェウに属するひとりの男の身に起きたことは、全員の男に起きたことだった。ここでは個というものがない。「私」という概念がない。蓄積された罪は深くその場所に留まる。その場所で、男たちが恋人や兄弟としてほかの男を受け入れ、ときには自分たちの妻を提供し、だれもが親類となる。ビス柱に彫られた男たちは、立ったままほかの男たちと繋がっているのだ。

大勢が泣いた。子どもたちは悲しみに暮れた。オツジャネップの男たちは平和を求めていた。それでひとりの娘をピリエンに贈った。ピリエンとオツジャネップの男たちは互いの尿を飲んだ。服従と結束の行為だった。

私がラプレの襲撃のことを尋ねると、男たちは黙り込んだ。するとアマテスが、ちょっと休憩して、オツジャネップの方まで行ってみたらどうか、と言った。川は曲がりくねっていた。八百メートルほど遡っていくと、木々が切られた広場があった。そこがオツジャネップだった。左側の川岸には、木造の家ではなく草葺きの小屋、泥と煙、バナナの木が数本とココナッツ林があり、大勢の人々がポーチに座ってわれわれの到着を眺めていた。女性の中にはシャツを着ていない人もいて、長い平板な乳房が腹のところまで垂れ下がっていた。われわれはボートを岸に上げ、並んだカヌーを乗り越え、枝や丸太でできた道を通っていった。歩きながらアマテスが、眺めている人々に説明した。子どもたちが集まってきてかなり近くまでやってきた。小屋の後ろには広い空き地があった。そのそばのどこかに、ラプレが襲撃した本来の村、マイケルが訪れた村があったのだ。

雰囲気がおかしいように感じた。暗かった。村の上に何かが覆い被さっているような、威圧的な感じがした。またあの壁だ。もっとも今度は肉眼でそれとわかった。だれも微動だにしなかった。もし私が猫なら、全身の毛を逆立てていただろう。私は村人たちを見、彼らは見返していたが、わかっている様子も、歓迎している様子もなく、近づきがたかった。誰も握手をしようとしなかった。家の中に招き入れる人もいなかった。とっかかりがないような感じだった。私はアマテスに、ラプレを知っている人はいないか、ラプレの襲撃を知っている人、その出来事を目撃した人はいないか、訊いてくれ、と頼んだ。アマテスが話しかけたが、彼が外国語を話しているかのような反応しか返ってこなかった。無表情で、感情がなにひとつなかった。数人が何か言った。「なにも覚えていないそうです」とアマテスが言った。「なんにも知らない、と言っています」いつものように、私にはアマテスがすべて正直に伝えているのかどうか、聞いたすべてを話しているのか、私に伝えないことがあるのか、私に聞かせたくないことがあるのかどうか、わかりようがなかった。

村に行って話せば、人々が心を開いてくれるなどと思っていたわけではない。まったく見も知らずの、しかも白人と、打ち解けられるはずもない。私もラプレやマイケルと同じ轍を踏んだのだろうか。間違った人々と共に、誤った動機でここに来たのだろうか。私は確かに何かを求めていた。彼らが何かを進んで見せてくれるだけでなく、大きな秘密を、彼らがかかわった出来事のことを教えてくれるかもしれないと期待していた。私の同胞であり同じ種族であり同国人を殺してその肉を食べた可能性のある出来事のことを。彼らがそのことを話し、当時のことを振り返り、彼の頭蓋骨や大腿骨を進んで見せてくれ、彼らの一部となっている残虐性や凶暴さを教えてくれるものと思っていた。彼らはそうした属性を誇りにしていると思っていたのだ。どうして私は、彼らが自分たちのしたことを話したがっているなどと思い込んでいたのだろう。アメリカでは、人々は最良の自分を見せたいと願う。自分がしたことを人に話すのが好きだし、記事にしてくれるなら何でも話す。雑誌記事の中に自分の名前を見ると満足を得られる。私が訊いているのは五十年前に起きた、彼らの父親や祖父たちがかかわっていた出来事だ。彼らが直接かかわったことではない。だから、その出来事はそれほど喫緊の問題でもないし、危険なことでもないと私は思っていた。しかし、オツジャネップの人々は石のように無表情で黙りこくっていた。

何の成果も得られず、拒絶されているのを感じたので、われわれはボートに戻り、川を下ってピリエンの木造の家に戻った。夕方になっていた。大きな黒い豚が家の下の泥のところを鼻でほじくっていた。訪問客はもういなかった。犬が吠えて喧嘩していた。子どもたちは板敷きの道で遊んでいたが、大人たちはどこにもいなかった。顔や目や鼻に蠅が寄ってきてうるさかった。もういい加減、蠅にはうんざりしていた。

「彼らはとても怖がっている」とアマテスが出し抜けに口を開いた。

「怖い？　何が？」私は訊いた。

「ここで死んだ旅行客がいた」と彼は言った。「アメリカ人の旅行客で、名前は……」彼が口にしたその名前が聞き取れなかった。理解できなかった。初めて聞く言葉だった。アスマットでアメリカ人旅行客が死んだという話を、私は読んだことも聞いたこともなかった。

「いつのこと？　その人の名前は？」と私は言った。

アマテスの英語はとてもゆっくりで、口にする単語を理解するのが難しかった。もう一度彼が名前を言った。そしてもう一度、もっとゆっくりと。アスマットには発音するのが難しい名前だった。しかし今度は間違いようがなかった。「マイケル・ロックフェラー」と言った。

信じられなかった。私はこれまでマイケルの名をアスマットの前で口にしたことはなかった。一度たりとも。私が言ったのは、私がアスマットのことを調べているジャーナリストで、アスマットの歴史と、ワギンへの旅行と、マックス・ラプレの襲撃に関心がある、ということだけだった。

「マイケル・ロックフェラー？」私は知らないふりをして訊いた。

「そうだ、マイケル・ロックフェラーだ。アメリカ人だった。オツジャネップのここにいた。彼らはとてもとても怖がっている。そのことを話したくないのだ」

「その名前がどうして出てきたんだ？」私は尋ねた。

「彼らから聞いた。今日、話し合っているときに、あなたがここに来たのはマイケル・ロックフェラーのことを訊きたいからじゃないか、と言っていた。それでとても怖れている。怖がっている」

「どうして？」

「オツジャネップの男たちが彼を殺したからだ。みんな知っている。私が小さいときにおじいさんが話してくれた」

## 第十三章　一九六一年九月

「いま何時で、僕はどこにいるんだろう。★コオロギがうるさいほど鳴いているから、夜だ。僕はホランディアに戻ってきたのだ」マイケルは一九六一年九月にこう書いている。「今日、くたびれ果てて到着したら、明朝八時四十分に出発することがわかった。ルネと僕はメラウケに飛んで、午後六時に出るアスマット行きのボートに乗らなければならない。これから十週間、僕の周りにあるのはわずかな現実だけだ。いろいろなカメラと録音機のせいでいろんなものが散らかり放題だし、僕の心もざわついている」

七月、最初のアスマット旅行から戻った直後に、マイケルはプリミティブ・アート博物館館長のゴールドウォーターに長い手紙を書いている。「アスマットへの最初の旅は成功したと自信を持ってお伝えできると思います」★と。そして集めてきた品々を得意そうに述べている。彼とゴールドウォーターは、アスマットの人々は「とっくに文化的な暮らしをしている」と聞かされていた。確かにアガッツ周辺ではその通りで、「だれもがモーターボートに乗って目まぐるしく遠出をして」いた。「しかし、アスマットにはまったく知られていない場所が二箇所あります。北西の端と、カスアリナス海岸です。ここはようやく警邏隊が入ったところで、宣教師のファン・ケッセルしか知りません」。さらにマイケルは、「首狩りは終わっている」というのは本当でした、とも書いている。彼がオマデセップとオツジャネップの間のぎらぎらした緊張状態を見ていたことや、首狩りを元にして作られた美術品を探していたことから考えると、これは奇妙な発言だ。「西洋の発想がアスマットの精神を損なってはいません」。首狩りと繋がっていた美術品や儀式は、大半の村では健全なものに変わった、と彼はさらに書いている。大きな成功は、オツジャネップのビス柱を手に入れたことだ、とも言っている。もっとも、その柱の交渉は済んだのにいまだに送られてきていなかった。「有名なビスの儀礼に使われたもので（略）、オチャネプ《原文ママ》村の柱は、彫られた人物の手足すべてに模様があります。これはカスアリネン《原文ママ》海岸独自の様式です。ゲルブランズ博士は、ヨーロッパにはこの柱は一本もないと言っていました。村人たちに儀礼の一部をおこなうよう再度頼むことはできるでしょう。儀礼には十二本の柱が使われます。柱は立たせるのではなく、木製の枠に預けられる格好で、川の上に乗り出すように置かれます。全部で三軒あるジェウの前に置かれるのです」。ここでも、奇妙なほど首狩りとは引き離して語っていて、ほとんど否定しているようにも受け取れる。もし首狩りの文化が続いていたとすれば、西洋の発想がアスマットの精神を損なっていないとするのなら、首狩りは、そしてそれに伴う人肉食は、廃れずにおこなわれていた、ということになる。もちろん、おこなわれていたのだ。それどころか、その当月に、アツジの戦士サンパイがオツジャネップの祭礼に招待されていた。一九五八年にラブレに同行した人物だ。村人たちは彼を罠に掛けるつもりでいた。「彼がオツジャネップに到着すると、ただちに矢を撃ち込まれ★、殺され、食べられた」とフォン・ペエイは書いている。これは深部で共鳴する精霊の世界が生きていることの証左である。だが、マイケルの手紙や日誌を読むと、彼がその事実からできるだけ遠ざかろうとしているかに見える。

オマデセップとオツジャネップの人々から
マイケル・ロックフェラーが集めたビス柱。
メトロポリタン美術館収蔵。

それよりもマイケルは、手に入れられる作品、その作品の処遇、もっと優れた作品を手に入れられる方法、などについて考えていた。ビス柱を購入するチャンスは、アメリカ合衆国にとって「またとないもの」★で、とても幸先のいい滑り出しだ、と彼は言っている。彼はオーストラリア領ニューギニアのことは忘れ、アスマットのことだけを考えることにした。

ゴールドウォーターはマイケ

ルの要請に応じ、ファン・ケッセル神父に手紙を書いた★。「ロックフェラー氏は、ご存じの通り★、プリミティブ・アート博物館の創設者のご子息ですし、氏ご自身がわが評議会の重要なメンバーでもあります。貴君が氏の真摯な熱情と科学的背景、芸術への造詣を重んじていただくことを切に願っています。博物館にいるわれわれは、氏が博物館のために持ち帰るコレクションを心から楽しみにしています。そのコレクションが照査され記録されることがわかっているからです。しかし氏は若く、この分野においては新参者です。氏に対して貴君がおこなうどのような指導や支援に対しても、わが評議会および館員たちは大いに感謝いたします。ひいては、そうした作品を鑑賞して理解と洞察を深める市民たちも、貴君の支援に感謝することになります。この私も、貴君の思いやり溢れるご協力に心より感謝していることをここに付け加えます」

マイケルがファン・ケッセルに宛てた手紙には、オツジャネップにとりわけ関心があるのは、「ゲソー氏の訪問の後なので望み薄ではあるけれど、文化変容を遂げていないからです★」と書いている。この内容の文章は、彼の手紙や日誌のなかでは唯一ここでしか見られないものとして注目に値するが、気味が悪いほど予見的な文章でもあった。この唯一の文言は、その地に騒乱があることを彼が知っていて、その騒乱の中に彼自身が入っていくことを示唆している。ゲソーはフランス人映画監督で、一九五九年にニューギニアに入り、オツジャネップから旅を始めて、「上は空、下は泥」という映画を作った。村に入ったのはラプレの襲撃から一年後のことで、スタッフは多数のビス柱を目撃している。もしかしたら、マイケルが見て買おうとした柱も入っていたかもしれない。ゲソーは村人たちが実演しているところ、すなわち太鼓を叩き、歌を歌い、カヌーを漕いでいるところを何度もフィルムに収めることができたが、★ゲソーを案内したオランダ人警察官は、村人たちに動揺が広がっているのを察して命の危険を感じ、映画撮影で数日を過ごした直後に、強引にスタッフをオツジャネップから引き上げさせた。マイケルもファン・ケッセルに、「西洋の思想に毒されていない、同じような才能ある彫刻家がいる」★別の村を知らないかと尋ねている。

ファン・ケッセル神父は、喜んで支援すると応じた。そして、最初にアスマットの北西部に行くことをマイケルに勧め、それから南下してバシムにいる自分と合流し、それから一緒に行動しようと提案した。そこで三つの場所を挙げているが、「オツジャネップを除外するわけにはいきません」★と書いている。

もしガードナーの映画に参加するというマイケルの最初の動機が浮かれ騒ぎ、つまり大人の社会に入るまえの最後の気晴らしだったとしても、いまではそれどころではなくなっていた。最初の旅行でマイケルが書いた記録や手紙からは、コレクションを手に入れることにかなり真剣に取り組んでいることがうかがえる。彼の撮った写真は光と影と形を直観的に捉えている。実地調査記録にはアスマットのシンボルを細かなところまで描いた絵が何百枚も入っている。二回目の調査のために、「目標、調査のテーマ、★様式変化の基準」を設けている。彼は「地域内での人間関係を深め、いろいろな種類の作品の分布を調べ」ようとした。彼はロックフェラー家の一員、大きな達成のために真面目に働く一族の一員だった。ロックフェラー家は博愛主義者であり、鑑定家であり、アメリカ合衆国の大統領に三回も立候補するほど野心的だった。マイケルは、これまでにないほど大量のアスマット芸術が掲載された本を出版したいと思っていた。父親と一家を喜ばせるためには、ロックフェラー・プラザのテナント管理業からキャリアを始めるなどというわけにはいかなかった。

ハーバードの研究チームの仕事が八月に終わり、ホランディアで祝賀会を開いているとき、マイケルのところに家から面白くない報《しら》せが届いた。父親が母親と離婚し、フィラデルフィアの有名人であり選挙顧問であるマーガリータ・〝ハッピー〟・マーフィーという女性と再婚するというのだ。しかもこの事実は二ヶ月後まで公表してはならない、と。マイケルは直ちにニューヨークに戻った。五ヶ月にわたって原始的な生活をしてきた。その間、家族や友人に会うこともなく、気分の悪くならないような料理を食べることもなく、テレビも見ていなかった。半年近くもそうした生活を送った。それで何の問題もなかった。ほかの人々が自宅での快適さを満喫したり、演じられている温もりのある家族円満ドラマに浸かっているあいだ、マイケルはもっと意義のあることをしていたのだ。彼は家族やサム・パットナムと会い、博物館でゴールドウォーターと話し合うと、すぐにニューギニアに引き返した。

ホランディアで数日過ごした後、★ワッシングと共にメラウケに飛び、同じ日にアガッツに行くボートを捕まえた。戻ることができてほっとしていた。世界中のどこであろうと、二度目に同じ場所に行くとまるで違って見える。馴染んでいるからだ。ボートを見つけるのに格好の場所や、金の払い方がわかっている。食事にありつける場所もわかっている。戻っていくと、その人々からこれまでと違った目で見られる。

赤道近くでは瞬く間に闇が降り、マイケルは、家具も電気機器も水道もない木造りの部屋の床に嬉しそうに座った。ようやく日誌を開き、灯油ランプの光のほうに傾けた。「僕がアスマットに惹きつけられる理由★は、あの木彫にある。村人が作るあの彫刻はこの未開の地のもっとも傑出した作品だ。芸術品としても同じように素晴らしいのは、あれを生みだした文化がまったく損なわれていないからだ。遠くの地域ではまだ首狩りがおこなわれている。ほんの五年前にはあらゆる村で首狩りがおこなわれていた」

ゴールドウォーターに出した手紙の内容とは違い、マイケルは首狩りがおこなわれていることを知っていたことを示す記述である。彼は楽しくてならず、気持ちが昂ぶるのを感じていた。ようやく宝探しの道へと進み始めたような気がした。この世界は豊かで、未知なことが多く、生命力に溢れている。大半の人はそのことを怖れるが、彼はそれを味わい、隔絶した場所や深い裂け目まで旅することのできる自信があった。「ここの夜は本当に愉快だ★。バリエム渓谷で聞いた歯ぎしりのようなものだ。壁や天井を走る鼠の足音がリズムを刻み、コオロギとカエルが対位法のように音を出す。好奇心が強いのに不安なのか、雄鶏が夜にもかかわらず時を告げ始めた。昨夜は地震があって、僕たちは揺れながら眠りに就いた」

マイケルは、遠くまで速く探険に行けるモーターボートを探し出そうとしたが、ごく普通のアスマットの使うカヌーしかなかった。カヌーでは、わずかな交換物資しか乗せられず、集める予定の美術品も大量に運べず、しかもカヌーには漕ぎ手が要った。目的の場所に行くには、漕ぎ手用の食料と費用も用意しなければならず、行ける場所も限られていた。町には政府の船が一艘あったが★、警邏は二ヶ月間もマイケル・ロックフェラーお抱えの運転手になるのは真っ平だと思っていた。アスマットへ行く最大の難問は移動手段だった。ボートがなければ移動できないので、アガッツにいても、行きたい川や村から百万キロも離れている気持ちになった。

偶然にも、アガッツから八十キロほど離れたピリマプンに、暇を持て余していらいらしている警邏のウィム・ファン・デ・ワールがいた。以前彼は、担当区域の外に出たことがなかったので、白人の仲間に会って話がしたかった。それで自分の双胴船《カタマラン》でアガッツの海岸までよく出かけていった。一九六一年のアガッツには、西洋人の役人や宣教師が二十五人ほど住んでいた。双胴船は川では威力を発揮するが★、アラフラ海に出るとそれほどでもなかった。几帳面で慎重なファン・デ・ワールは試行錯誤を繰り返しながら、浸水しないようにするには波に対して直角にボートを進めればいいということを発見した。「船縁は水面から十センチか十五センチほどしか上に出ていませんでした★。私は何ヶ月もかけて実験を繰り返したんです」と彼は言っている。「海が荒れたら、海に出てはいけないんです。とりわけ潮が満ちているときには」。しかし彼はこれまでさしたる問題がなかったので、こう考えた。「アガッツぐらいまでは行けるんじゃないか」

　そのアガッツで彼はマイケルと出会い、ふたりでぬるいビールを飲んだ。大冒険への熱情に駆られたふたりの若者は、ある意味ではよく似ていた。「彼、マイケル・ロックフェラーは、ボートが手に入らないので行き詰まり、次の手が打てずにいました★」とファン・デ・ワールは言っている。

「ピリマプンからどうやって来たんだい？」とマイケルが訊いた。

「自分の双胴船で来たんだ★」とファン・デ・ワールは答えた。

　翌朝、彼はマイケルに船を見せた。それを見た瞬間、マイケルは手に入れたいと思った。夢のような船だった。『トム・ソーヤーの冒険』の中に出てくるような、長さ十二メートルで、二つ並んだ船体に草葺きの家が乗っていた。大きくて安定しているために、大量の交換物資も、集めた工芸作品も運ぶことができた。それにワッシングも彼も、煙の充満した騒がしいジェウよりこの船で眠るほうがよかった。

「これを売ってくれないかな★」とマイケルは言った。

　ファン・デ・ワールはためらった。売らないと言うつもりはなかったが、あと数日は船が必要であり、別の船を作ってくれる大工と自分とをなんらかの方法でピリマプンへ戻してくれるという確約がほしかった。「マイケルは気の良い男でしたよ」とファン・デ・ワールは言っている。「でも、これまで欲しいものは必ず手に入れてきたことがわかりましたよ。しかもかなり強引にやってきたということもね」ファン・デ・ワールがアガッツの警邏に話をしたところ、その人物はすぐに、準備が整ったら「タスマン」で彼をピリマプンに送り届けると約束してくれた。「マイケルは喜んでいましたよ。移動に困らなくなったんですからね。『おいおい、すごいぞ、問題が解決できた』と言っていました」。交渉が成立し、ファン・デ・ワールは自分の船を四百オランダ・ニューギニア・ギルダー、つまり約二百ドルでマイケルに売った。

「マイクは何をするにも大きくて素早いことを重視していましたよ」とファン・デ・ワールは言った。四十五馬力の船外機付きボートをカタリナ航空でホランディアから運んで来たがっていた★が、ファン・デ・ワールは反対した。あまりにも力が強すぎるし、巨大で重量もありすぎる、と。ファン・デ・ワールは十馬力のモーターのボートしか使ったことがなかった。それでマイケルは、十五馬力のジョンソン〔船外機つきエンジン〕に決め、ホランディアで千ドルで購入した。地元の中国系の雑貨屋で斧★を四十本と、煙草三百ドル分と、釣り糸と釣り針と衣服という交換物資を手に入れた。行方不明になるときまでに、彼は地球上のいちばん離れた場所で、七千ドル以上を使っていたことになる（現在の価値に換算すると、およそ五万三千ドルに相当する）。ところが、無線は買わなかった。「買うべきでした」ファン・デ・ワールは言っている。「危険を過小評価しすぎていた気がしますね。アスマットから攻撃されることだけではなく、自然がもたらす危険を。河口や水量は桁外れに大きいですし、ワッシングはただの官僚でしたしね」

十月七日に、マイケルはファン・ケッセルに手紙を書いている。とうとう双胴船を手に入れた、と述べ、ワッシングとファン・ケッセルと共にカスアリナ海岸を二週間ほど探索し、それから村で二、三週間過ごして、作業中の彫刻家をフィルムに収める予定だ、と。神父に目的にかなう村を教えてもらい、その手はずを整えてもらいたいと思っていた。「ルネ・ワッシングと僕★は、十一月に合流するのをとても楽しみにしています」と、ファン・ケッセルが最後に受け取った手紙にはそう記されていた。

十月十日、マイケルとワッシング、そして近隣のスジュル村出身のふたりの少年シモンとレオの四人は、双胴船に乗り込んでアガッツを出発した。ここでマイケルは非常に深刻な過ちを犯した。地元の熟練の漕ぎ手——天候や川の状態、潮の満ち干、村々のリズムや村同士の連携や敵対関係をよく知る男たち——が一緒にいれば、マイケルの身は安全だった。シモンとレオはアスマットではあるものの、首狩りの武勇や年齢を重んじる文化の中では十代の取るに足らない子どもに過ぎなかった。このふたりが潮の流れを読めたとしても、マイケルに対して異を唱えることはできなかっただろう。ワッシングもロックフェラーも年長者であり、財布の紐を握っていたのだから。しかも村の中では、ふたりは何者でもなかった。なんの力もなかった。マイケルは自分のボートで好きなときに村に出入りしていたが、よそ者のように来ては去っていき、物々交換以外にはだれともなんの繋がりも持たなかった。そのせいでひどく脆弱《ぜいじゃく》な状況にあった。風や潮や波や、アスマットの人々に対しても。

一行はまず南にあるペルの村へ向かった。★マイケルがその村に興味をいだいたのは、そこが小さな村で独自の芸術様式があり、どの作品もチナサピッチというひとりの彫刻家の手によるものだったからだ。マイケルがその村に到着すると、彫刻家は美しいカヌーの舳先を彫り終えたばかりだったが、それを売るのを拒んだ。だが結局彫刻家は、装飾の施された舳先だけではなく、カヌー一艘まるごと売ることに同意する。この幸先のよさに、マイケルは興奮した。外の世界に出ていき、物事を成功させたのだ。その夜のことを彼は書いている。「その夜は澄んだ大気に満ち★、太陽が沈む前にポル川の河口に着いた。新月が出て、家とカヌー用の竿が、すみれ色とばら色の空と海を背景にくっきりと浮かびあがっていた」

一行はアマナムカイにいるゲルブランズとデイヴィッド・エイデのところを訪ね、まるで凱旋した英雄のような迎えられ方をした。村長は興奮のあまり我を忘れ、村人たちはカヌーで一行を迎えるために一斉に飛び出してきて、泥の中で飛び跳ね、双胴船を川から引き上げて村へと運んだ。「アスマットには独特な叫び方があり★、一斉に大勢の男たちが声を上げるのは、歓迎の時に使われる。村人が全員川岸に一列に並び、僕たちが上流へゆっくりと進んで行くあいだずっと何度も声を上げていた」

その後の三週間で、マイケルとワッシングは★北にある十三の村を訪ねまわった。マイケルはいたるところで大量の美術品を集め、太鼓、サゴの器、竹笛、槍、櫂、盾など、さらには装飾された祖先の髑髏までも舟に積み込んだ。村や芸術家によるデザインや様式の違いを詳細にノートに描き記し★、仕事中の彫刻家の姿をフィルムや写真におさめた。彼は気力が湧いてくるのがわかった。ひっきりなしに興奮を覚え、蒐集家として探検家としてますます気持ちが大きくなり、自信に満ちてきた。いまやアスマット芸術に関して右に出る者のない大家のひとりになったのだ。野心家で有名な政治家である父親は、美術商から欲しいと思うプリミティブな作品を買っているが、マイケルは現地に来て、首狩りと人肉食の地域の川を旅しているのだ。「マーク・トウェインと僕たちとの唯一の違い★は、彼の作品の登場人物はいつでも竿を使っているが、僕たちはたいていエンジンを使い、ときたま竿を使っているという点だ」とマイケルは書いている。「満潮でも干潮でもない中間のときでも、出ていって泥の中を進んでいくことができる。この船を、もっとも優れた芸術家の名をとって『チナサピッチ』と名付けた。ときおり『フォフォ』とも呼ぶ。アマナムカイで手に入れたサイチョウの名前だ」

十一月の第一週の終わりには、一行はアガッツに戻ってきた。マイケルは非常に浮かれていた。何百もの品物を集めたのだ。目録を作成し、整理し、ニューヨークに輸送する手はずを整え始める頃には、アガッツにすっかり馴染んでいた。アガッツの隅から隅までを知っていた。どこに行けば煙草や釣り針や、夜には生温かいビールが手に入るか知っていた。朝になれば蚊帳の下でのんびりと過ごし、「現代的なアガッツに大きな貢献をしている『シスターズ』を利用した★。つまり昼食の配達サービスだ。一時になると毎日、七皿が届く。それぞれに美味しい珍味が入っている」。

彼は知的にも刺激を受けた。「アスマットは、多様な儀式と芸術様式がひとつひとつのピースになって出来ている巨大なパズルのようなものだ。★ この旅行のおかげで、この大きなパズルの姿を理解できるようになった。そしていま、僕はこう思っている。この旅行のおかげで、ここでおこなわれるはずの人類学のすべての研究のおかげで、そしてオランダの三つの博物館に収められている膨大なアスマットの作品を注意深く研究することで、アスマットの芸術に見合った大規模な展示会を組織することができる、と。アスマット社会における芸術家の役割を示し、アスマット文化における芸術の機能を説明し、品物の並べ方によって、この地域全体に散らばっている多様な様式の存在を示すことができる。単一民族の未開人に対してこれほど見事な取り組み方はない。こうした途方もない夢を夢見て、アスマット芸術の姿についてのものすごい仮説を創り出してきた僕が、いまどれほど愉しんでいるか」

しかしこの日記の中には、アスマット芸術を読み解く努力の中には、欠けているものがあった。彼が知りたかったのは、芸術家がどのように作品を創り出すか、象徴をどう彫るのか、村の違いをどう表現するのか、文化の中の芸術の役割をどう説明するかということだった。そして欠落しているのは、人間としてのアスマットを知りたいという思い、つまり、どうしてマイケル・ロックフェラーが彼らの芸術に興味を持ち、そうした芸術が彼にとって学術的な問題を超えてどのような意味を持つのか、といった問いの答えになるものだった。彼のノートは分析的だ。そこには個人的な欲求も、焦がれる情熱もない。彼が未開の地にいるのが好きなことは明白だが、自分がその経験の一部であることを忘れているようにも思える。彼はアスマットの誰ひとりとも友情を育もうとしなかった。品物を欲しがっただけだ。アスマットの上等な美しい古美術を求めていたが、アスマットの人々には興味を示さなかった。芸術を物そのものと考え、より大きな存在が生みだした物こそ芸術だとは考えていなかった。彼は首狩りとカニバリズムがいまもおこなわれていることを否定し続けた。

もしかしたら、彼はあまりにも幼かったのかもしれない。自分がなぜここにいるのか理解できるほど成熟してはいなかったのかもしれない。経験を知的に分析することはできても、その経験を自分のものにすることはできなかった。もし今日、彼がここにわれわれと共にいたら、自分が何を求めていたのか、何が自分を駆り立てたのかを正確に述べることができたかもしれない。無名な人間でいたかったから。家族の大きな庇護から逃れたかったから。、西洋の文化とあまりにも違う文化があることを、そしてどの文化も美しく理解可能であることを世界に知らしめたかったからだ、と。

アスマットの歴史の中でも重要な瞬間だった。一九五〇年代を通して、ニューギニアにやってくる宣教師や政府の役人の数は増えていたが、アスマット文化のかなりの部分がいまだに西洋の影響を受けずに残っていた。オマデセップとオツジャネップの人々が、一九五七年にワギンに向けて出発したときには、この沼地と川に囲まれた数千平方キロメートル内にいる白人は三十人に満たなかった。しかもその大半はアガッツにいて、この世界はまだアスマットのものだった。それからちょうど三年半後に、このバランスが崩れた。ピリマプン、アガッツ、アツジ、アジャムの各村に警察の駐在所ができ、アガッツ、アツジ、バシム、ピリマプンに宣教師がやってきた。アスマットではないパプア人の教理問答教師もほかの多くの村にやってきていた。言うまでもなく、アマナムカイにはアドリアン・ゲルブランズとデイヴィッド・エイデがいた。西洋人はアスマットの生活圏の周縁や不可思議な霊の行き来する場所にいるだけでなく、ひっきりなしに変化を強制する巨大な文化的勢力になっていた。アスマット社会と文化はまだそこにあり、さまざまな習慣は守られてはいたが、動揺は始まっていた。アスマットがいる場所に力のある男たちがやってきて、太鼓や盾や槍や髑髏やビス柱を欲しがり、いまやほかでは手に入らないのでアスマット自身が手許に置いておきたいと思うような物を金で買っていった。白人たちはアスマットの儀礼に魅せられていたが、たえず邪魔をした。そして力のある白人は銃や暴力という武器を後ろだてにして行動した。そうした武器にたちうちできないことをアスマットの人々はわかっていた。村の間での戦いが激しくなるたびに、宣教師や警官や役人が飛び込んできて、男としてやらねばならぬ行為、村の男や女たちが敬意を示す行為を妨害した。

ある日アツジで、フォン・ペエイ神父は、ふたりの少年★がアマナムカイの者たちに殺されて食べられたらしい、という噂を聞いた。彼が外に出ると、六十艘のカヌーが集まっていて、いまにもアマナムカイに向けて漕ぎ出そうとしているところだった。神父は自分のボートに飛び乗り、戦士の乗ったカヌーの集団にボートを押し入れて、共に進んでいった。彼は死ぬほど怯えていたが、戦士の乗ったカヌーをなんとかばらばらに分散させようとした。戦士たちは怒鳴り、叫び、彼の周りで矢を射たり槍を突き立てたりしたが、彼に当てようとはしなかった。神父は白い男の神であり、その力がどれほどか、その神を殺したらどんなことになるかわかっていたからだ。「戦士たちは激怒していて、私は怖かったが、やらなければならなかった」。こうした破壊的な出来事は、アガッツ近辺の中央アスマットのあらゆる場所で起きていた。そしてかなり離れた南部や北西部でも、そういった衝突は増えていたのだ。

もちろん、彼らは動揺することなく改宗に応じた。ほかの村の人々より先を急いで改宗する人々がいた。アガッツに近い村であればあるほど、そしてそばを流れる川が大きければ大きいほど、白人や政府の役人との接触が多かった。

マイケルとワッシングが旅をしていたのは、そういった宗教的変化が起きて揺らいでいる場所であり、マイケルはそこに呑み込まれようとしていた。ニューヨークのプリミティブ・アート博物館が開館した一九五七年のその日に、父親はマイケルのために扉を開けてしまったのだ。オツジャネップとオマデセップとの間で壮絶な殺し合いがあり——一回の戦いであれほど大勢の戦士が殺されたことはそれ以降二度となかったが——それでラプレの襲撃が起きたが、そのとき殺されたオソムやほかの村人たちの死の復讐はなされなかった。マイケルがアスマット地区の川をアスマットの大人を伴わずに単独で行き来していたまさにそのとき、ヨセフ・ルンスは国連総会で、オランダ領ニューギニアを維持するという提案への賛同を得ようとして説得を重ねていた。世界の大半の人々が存在をかろうじて知っているあの不気味で異質な島をそのまま留めておくために。

十一月十五日水曜日午後五時、★マイケルは司祭館で宣教師たちとお茶を飲んでいた。その中にはセーグワールトやフォン・ペエイもいた。外は静かで穏やかだった。アガッツは、獰猛で焼け付くような野生の地の端にある、文明化された唯一の小さなオアシスだった。彼らは居心地のいい木造の家で椅子に座り、紅茶を飲みながら★旅行の計画について話し合っていた。フォン・ペエイとマイケルは金曜日に南に向かった。ベツジ川の河口を過ぎれば二つのルートがあった。短いルートはアラフラ海に出て行くもので、長いルートは様々な川や抜け道を出入りしながら行くものだった。「私は金曜の午前五時にアツジに向かいますよ★」とフォン・ペエイ神父はマイケルに言った。「シレジ川とベツジ川の間にあるムバジル川を通り、潮が満ちたらアツジに入ります。海側のルートを取ってはいけません。川を行く私と一緒に来なさい。十一月だから海は荒れていて危険です」と。

「それは無理ですね」とマイケルは言った。「初めにペルに行かなければならないんです。★でもその後で、アツジとアマナムカイであなたと合流しますよ」。その夏に買ったオツジャネップの七本のビス柱のうち三本が、アマナムカイに届けられていた。

フォン・ペエイ神父はその五十年後に初めて、当時の会話を思い出しながらマイケルのことを語った。フォン・ペエイ神父は、オランダのティルブルフにある引退した聖職者専用のアパートメントの狭い部屋で暮らしていた。そこにはアスマットの彫刻が、わずかだが飾られていた。緑色のウールのベストに白いシャツを身につけた彼は、きれい好きで几帳面な人だった。「五十年前のことですよ」と彼は言った。生涯この重荷を背負っていくことに疲れきっていた。「もう話してもかまわないでしょうね」

ふたりの男はアツジで数日後に再会することを約束して別れた。そこからマイケルはバシムに行き、ファン・ケッセルと落ち合い、南部アスマットとカスアリナ海岸の村を探険するつもりでいた。

# 第十四章

## 二〇一二年二月

川に出てから九日が経っていた。私の両脚全体がみみず腫れになり、体重は凄まじいダイエットをしたかのように激しく落ちた。そして私はアスマットの英会話のレベルに不満を抱いていた。私はもっと奥地まで行きたかったが、ウィレムとアマテスが金額をめぐって争いを続け、煙草と燃料を無駄に使ってしまい、マイケルと同じようにわれわれもアガッツに引き返すことにした。

早朝の満ち潮のエウタ川に浮かんでいると、引っ張り上げられるような感じがした。泡立つ川の水は苦味の強い紅茶のような色をしていた。微風が蠅を追い払った。われわれはひとつの場所からだけでなく、ひとつの意識からも遠ざかっていった。つまり、「私」というのはアスマットにとってはまったく違う意味合いを持つ。それは集団であり、一族であり、家族のことであり、見えない繋がりを意味していた。アメリカ人の私にとって、「私」とはいちばん大きな、いちばん重要な単位だ。アメリカ人にとって自由は何ものにも代えがたい。私たちは親類や村や親に束縛されず、思い通りに行動する権利がある。自分の意志で三千キロ離れた場所に移動し、家に電話をかけたり、電子メールを送ったり、スカイプで話したりできる。自分を変えることができる。教会や宗教を変え、離婚や再婚もでき、祝うのはクリスマスかクワンザ〔一九六六年に作られた、アフリカ系アメリカ人の祭り。十二月二十六日から一月一日まで〕か、あるいは両方祝うかを決められる。しかしオツジャネップの男たちは、互いにしっかり結びついている。自分たちの村やジャングル、川や海としっかり結びついている。大半の者はほかのものを見ようともせず、ほかのことを知ろうとしない。私はずっと、自分もマイケルのように罪深いのだろうか、人の土地に勝手に入っていき、そこを手に入れ、支配さえしようとする西洋の傲慢さが自分にもあるのだろうか、と思っていた。

丸木舟を漕ぐアスマット。1960年代。

アスマットの人々は私に秘密を打ち明けてくれるだろうか。これまで打ち明けたことがあったのだろうか。そんなことすべきなのか。

彼らは精霊の世界と、つまり私にはその存在が見えない、力に満ちたその場所とも強く結びついていた。その力と精霊は、科学者にとってのブラックホールの縁のようなものだ。直接見ることはできないが、その影響だけが現象として測定できる。想像の場所。どの地図にも載っていない場所。人工衛星もGPSもその位置を正確に示すことができない。アスマットには桟橋や月や川と同じように、それは現実的な形而上学的な場所としてある。彼らはその場所の一部であり、精霊は彼らの一部であり、現実にあるものと同じように力を持っている。いや、もっと大きな力だ。なぜなら、想像力を凌ぐような大きな力はほかにないからだ。彼らがキリスト教を信仰することで、首狩りと人肉食はすたれ、ビス柱を彫る行為は祖先への敬意を表すものに変わり、祖先の死は物理的な復讐をしなくてもいいものになった。しかし、過去の精霊の世界はいまも点在していた。泡立つ水が動いていき、中央に魚獲り用の網が重なっているカヌーに乗った女性たちが通り過ぎていく。精霊の世界にはどうやって入るのだろう。どこにその入り口があるのだろう。

初めて飛行機から降りたとき、アガッツが世界の終わりのように感じられたものだったが、いまではパリのように感じられる。携帯電話が通じた。ホテルには電気が満足に来ておらず、体を洗うのに冷たい水の入ったバケツひとつしかなかったが、少なくともベッドと椅子はあった。アメリカ合衆国にいる友人がいろいろ電話をかけてくれ、ヘナー・ジョクと連絡が取れた。彼女は、父親がインドネシア領パプア出身で、母親はパプア・ニューギニア出身の元ジャーナリストで、完璧な英語を話し、しかも幸いにもちょうどジャヤプラの山にいるということだった。ヘナー・ジョクは、できるだけ早くそちらに飛んで通訳を務めると言ってくれた。とはいえ、あと数日はかかることになる。

ファン・ケッセルやフォン・ペエイやほかの白人たちは、バシムやアツジ、アマナムカイで何十年も暮らしてきた。しかし、私はいつも、ボートから下りると、自分がこの村にやって来た初めての白人ではないかと思った。アガッツでは白人は私だけで、人々はじっと私を見つめた。カトリックの司祭で、アメリカ人でもあったアルフォンス・ソワダが一九六一年から二〇〇一年までここで暮らしていたにもかかわらず。

そしてある夜、私は野球帽と長ズボンを身につけただけの幽霊のような姿を見た。ヴィンス・コールだ。コール司祭はアスマットにいた最後のアメリカ人宣教師だった。彼はサワ・エルマという二対の村に三十七年間も住み、この時はアガッツに二日間の会合のためにやってきていた。彼は私を酒に招待してくれた。アスマットにはアルコールはないし、ひと月も酒を飲んでいなかったので、素晴らしい提案に聞こえた。「ミサ用のワインを飲みましょう」と彼は言った。

その夜八時、私は暗い中を充分に注意しながら曲がった板敷きの道を歩いて（板がなくなっている場所もかなりあった）ヴィンス司祭が滞在している木造の家まで行った。私を迎え入れてくれた彼は裸足でチノパンをはき、手にはワインのボトルを持っていた。六十七歳だったが、十歳は若く見えた。体が大きく強靭で、眉毛は長い灰色をし、二本の前歯のあいだの隙間がかなり広かった。ワインは温かく、甘かった。裸電球が部屋を照らしていた。ありふれたソファと椅子が二脚置いてあった。

ヴィンスは昔ながらの人だったが、私は彼が好きだった。両親はデトロイトの労働者階級の出身で、彼はモントリオールのマッギル大学でイスラム教とウルドゥ語を学び、メリノール会の司祭になった。もともとパキスタンに行く計画を立てていたが実現せず、一九六七年にジャカルタにたどり着き、そこで初めてセーグワールトとソワダに出会った。ふたりの働きかけの仕方に惹かれた。「ふたりとも福音主義ではありませんでした」とヴィンスはグラスを傾けながら言った。「私たちの意見はまったく一致していました。私たちの役割とは、人々の権利を守ることなのです。そしてアスマットは、そういう考えを持つ者には来るべき場所でしたね」

ヴィンスにとって、アスマットが直面している大きな問題とは、インドネシア人やパプア人がどんどん流入してくることだった。インドネシア人はなにもかも管理し、消耗品を持ち込み、売春やHIVまでも持ち込んできた。村にある店はどれも、インドネシア人が経営していた。インドネシア人商人は、川のいちばん離れた場所まで品物を積んだ舟を行き来させた。短剣《パラン》や釣り針も売れたが、インスタント・ラーメンも売れた。「村の人々は彼らを招いて店を開けさせ、丸太を切らせたんですよ」とヴィンスは言った。「村人たちは近所の村より遠くへ行ったことがありませんでした。だから自分たちにどのような運命が待ち受けているかなど、知りようがなかった。彼らは自分たちの木を切り倒してしまった。自分たちをその膝から切り落としたんですよ」。アスマットは石炭や石油、金があり、その気があれば金持ちになれた。それは昔の話だった。アマゾンやその他の多くの場所と同じように、アスマットも同じだった。村人たちは世の中のことを知らなかった。他者の侵入に対して無防備だった。「簡単に、いともあっさりと、外部の者たちの影響を受けます。私はアガッツにいるのは好きじゃないんですが、村の人たちはここに来るチャンスがあるとすぐに飛びつく。明るい光を見たくてね」

アスマットと山岳地方のあいだには、ニューギニアの中心を貫くように聳《そび》える大きな壁のような山脈の麓が広がっていて、その山麓地帯に、インドネシアは新たなカブパテン（県）を作った。石炭と鉱物の鉱脈があるという噂だった。つい最近、政府の役人からヴィンスは、現地の人たちとの話し合いに力を貸してほしい、彼らの土地の鉱物の権利を手に入れたい、と頼まれた。彼は、村々に長い期間をかけて利益を配分するというやり方をするなら協力する、と答えた。「しかし、政府はすぐにでも手に入れたがっていました。それで文字通り、ある日突然やって来て村に現金二十万ドルをばらまいたんですよ。それで男たちはこぞって川を下って煙草と中古のモーターボートを本来の価値の倍の値段で買って、それでお金はみな消えてしまいました」

モモゴの山麓地方に通じる道は、山岳地方を抜けて山脈の反対側のジャヤプラと繋がるように作られていた。地図を見ると、西パプア中に曲がりくねった道が通っていて、それがみなアガッツに通じているのがわかる。何キロにもわたって沼地と泥と潮の土地だということを考えると、これは想像することが難しい。しかし世界を見れば、もっとひどい土地にも道路は作られている。かなり上流の村ではアスマットたちと土建業者たちとの交流があり、ヴィンスによれば、つい最近ハンセン病の発症を確認したという。彼はアガッツにある政府の衛生行政官に緊急の要請をおこなったが、返答はいまだになかった。役人たちは多忙で、しかも現地は遠すぎた。アスマットではアルコールは禁じられているが、そうしようと思えば酒は買える状況にあり、酒の提供者は、インドネシア軍だという報告が上がっていた。

ヴィンス司祭は長い間この地で暮らしていたが、理解できないことがたくさんあった。「タブーがたくさんあるんですよ」。サワに着いたとき、彼はそこで過ごしたことのあるオーストラリア人の教授の論文を持参していた。「祖先祭祀について書かれたその論文を読み、そして私もようやくその祭礼を見ることができたので、疑問に思っていたことをいくつか尋ねました。すると、私が得た答えは教授の論文とはことごとく違っていたんですよ。とうとう私は、『この教授の言っていることは、あなた方が話してくれたこととまったく違う』とアスマットの人々に言いました。すると彼らは、『教授がしつこく言い張るし、彼を怒らせたくなかったから、作り話をしただけだ』と言うんです。いまでは彼らとのあいだでは合意ができています。もし彼らが私に知らせたくないことがあれば、そうちゃんと伝えるだけでいい、という合意がね。そうすれば作り話をしないですみますからね。

あらゆるものが公にはできないことであり、精霊の世界に繋がっているのです。精霊の世界が彼らの生活に悪影響を及ぼすこともあります。彼らにしかわからない歌や物語があって、その秘密を外部の人間に話したら、病気になったり死んだりしかねない状況になるのです」

アスマットの儀式は数ヶ月続くこともあり、始まった後の予定は決まっていない。「サワ・エルマの男たちがある日、祭礼をおこなうと公言したんです」とヴィンスは言った。「私は彼らに言いました。『なんでまた、いまから?』すると彼らは、『村の男がジャングルに入っていったら、祖先に、精霊に出会った。祖先たちがいまがその時だと彼に告げたからだ』と言うんですよ。彼らは、祖先や動物などから何らかのメッセージを受け取っています。われわれにはわからないだけで」

一度ヴィンス司祭は、村人がジパエの仮面祭礼をおこなっていた、と言った。仮面を作るということは、全身の衣装も作るということで、これは女子どもには教えない秘密なのだ。ヴィンスが、ジェウで男たちが作っている仮面の写真を撮ってもかまわないかと尋ねると、男たちは、女や子どもに見せないのであれば「撮ってもいい」と言ったので、ヴィンスはびっくりした。彼は少し奇妙だなと思いながら写真をたくさん撮ったが、数週間後に現像したところ、すべてのフィルムが真っ黒になっていた。何も写っていなかったのだ。

ヴィンスは黙った。

それからまた別の話を始めた。サワ・エルマ近くの人間を食べ始めた凶暴なワニの話だ。

「人々はこのワニは邪悪な霊だと考えたんですよ。あらゆる村の人々が犠牲になりましたが、ある村だけは犠牲者が出ませんでした。その村にはみながワニだと考えている男が住んでいました。ある日、ひとりの男が弓矢を持って歩いていると、ワニがいたので矢を放ちました。するとその矢がワニの目に当たり、ワニは泥岸の中に逃げ込みました。村人たちは斧と槍を使ってワニを殺し、三日間祭礼をおこないました。ワニが死んだその日に、ワニだと思われていた男も死にました」

彼も私も押し黙った。静けさ、コオロギの声、ヤモリの鳴き声。その静けさのなかで、その偶然について考え、感じ、想像せざるをえなかった。本当に偶然なのか？　だれもが精霊を信じている場所で、信じない者になるのは難しかった。そしてそれこそが揺るぎない信念の働き方だった。もし何がタブーであるかを知っていて、そのタブーを侵して病気になったら、それは偶然だと誰が言えるだろう。西ヨーロッパでは、暗黒の中世世界から啓蒙時代を経て理性の時代になるまで千年もかかった。それでも人々はいまだに超自然的なものと格闘している。それとは対照的に、アスマットはほんの五十年前までは石器時代以前の文化の中にいたのだ。

「アガッツに初めて来たとき、村の端から端まで十分で歩けましたし、だれもが顔見知りでした。私にはこの変化が早すぎるように感じられますね。彼らがこの変化をどう見ているのか想像できないんですよ。彼らの頭の中に入り込んでどう感じているか知ることができたらどんなにいいか。どこまで話すかをどうやって決めているのか、話をするのにどれくらい躊躇っているのか。それを知るのは本当に難しい。絶対に入り込めない部分があるんですよ。彼らはそこへは絶対に立ち入らせてくれない。だから、彼らの身になって考えるしかないのですが、その考え方が自分の文化的背景が基盤になっていないとは誰にもわからないでしょう。半年経って、本を書けるようになりましたが、でも、いまでもどこから書き始めていいかわからないんですよ。

彼らは、夢の中で見たことと現実で見たことの区別をつけないんです。夢は、現実にその目で見たことと同じ有効性を持っています」。しかしアスマットは完全に精霊の言いなりになっていたわけではない。自分たちの必要に応じて解釈を変えたりしていた。「サワ・エルマの上流では、紐の付いた木片を回転させて音を出す『うなり板』を使う人々がいました。それで出る音が精霊の声だったのです。ある日、私が参加したある祭礼で、彼らがその板を回して、良いことが起きるか、野豚を捕まえられるかどうか確かめました。彼らがうなり板で音を出すと、みんな悲しそうな顔になった。『どうしました？ イノシシはうまくいかないのですか』と私は言いました。すると彼らはうなり板を削り出した。出す音を変えるために形を変えたんです。そうしてまたうなり板を回転させると、今度は全員が嬉しそうな顔になった。その日は狩りにうってつけの日になったわけです」

エデンの園と創世記について私はずっと考えてきた。というのも、アスマット人がときどき聖書に出てくるような存在に思えたからだ。白人がやってくる前の不思議な楽園のようなものに。それについてヴィンスに尋ねると、彼はこう言った。「楽園は神話です。事実ではありません。しかし必死で手に入れたいと思うものです。調和、平和。創世記で述べられているあらゆるものを人間が破壊してしまったからです。聖書は、人間であるとは何かという深い問いへと人を導いていきます。そして神は不可知です。答えに対してではなく、問いに対して」

われわれはワインを飲み、コオロギの音と犬の吠える声に耳を澄ました。不思議な感覚だった。ヴィンスは司祭であり、セーグワールトやファン・ケッセル、フォン・ペエイの系統に列なり、彼ら全員と会ったこともがあるのだ。その男たちはアスマットに早期からかかわり、アスマットの変化を最も近くで目撃してきた。セーグワールトはめちゃくちゃ頑丈だった、とヴィンスは言った。一度、ヴィンスがセーグワールトに会いに行くと、セーグワールトが男を建物の外に投げとばしているところに遭遇した。「私が階段を上っていくと、大騒ぎしている声が聞こえてきて、いきなり扉が開いたと思ったら、セーグワールトが男を放り投げたんですよ。片手で男のベルトをつかみ、片手でシャツをつかんでね。本当に男をオフィスから投げとばしたんです」そしてヴィンスはシュネエバウムとも知り合いで、彼をトビーと呼んでいたという。ふたりは、白人男性をこれまで見たことがない人たちのいる場所へ一緒に旅をしたそうだ。「彼は裏表のない人でした。なんでもよく喋って、自分の同性愛傾向をうまく表に出していました。それが本来の姿だったのです。実によく観察し理解し上手に表現していて、それが私には驚きでしたね」しかしヴィンスはこう言った。いちばん重要だったのは、アスマットにその独自の文化の真価を、ものすごい速度で突進してきている世界などものともせずに認めさせることだった、と。「彼らの持っている文化には価値があることを信じ、その価値を受け入れる勇気を持つこととです。キリスト教は多くの損害を与えかねない。彼らがその文化を失っても、それがどういうものだったかキリスト教側には少しもわからないんですよ」

ヴィンスはマイケル・ロックフェラーが消息不明になった事情については何も知らなかった。彼がアスマットに来たのは一九七〇年代で、サワ・エルマは中央アスマットにあり、オツジャネップからかなり離れていた。「でも、オツジャネップの人々は凶暴だと思われていました。

サワ・エルマも同じように凶暴でしたよ。私はそこに惹かれたんです。お前が行っても何もできない、とみんなは言いました。戦争になると残忍になる。なぜなのか？ どうしてそんな特性を持つに至ったのか。役人や司祭の話を聞かないのはなぜか。いまでも私にはわかりません」

## 第十五章 一九六一年十一月

十一月十七日金曜日、朝日が上る頃にフォン・ペエイ神父はアガッツを発った。マイケル・ロックフェラーとルネ・ワッシングはすぐにその後を追った。双胴船には荷物が一杯に詰め込まれていた。★ガソリン。斧や釣り針やナイロンの釣り糸の入ったたくさんの箱。米とチョコレート・バー、十六ミリの映写機、マイケルのニコンのカメラ、ノート、日誌、小さな携帯用タイプライター。このすべてが必要になるときもあるが、今回は南アスマットのカスアリナ海岸に沿って行く予定だった。一行は青い銀色のアサウェッツ川を下っていった。スジュルのたくさんのカヌーや小屋の前を通り、精霊が住む沼地だらけの地獄のような場所に入っていった。アガッツに引き返すといつも気分がよくなり、アガッツを出ていくときも決まって気分がよくなった。マイケルはオツジャネップと海岸付近のアスマットの地を再び見るのを待ちわびていた。この辺りは西洋と接触したことがなく、今回、この辺りの村や人々をよく知っていると思われるファン・ケッセルと共に探険できるのだ。マイケルとワッシングと共に行動するのはスジュルから来た若者シモンとレオだった。ふたりに操縦を任せていたのでマイケルはとりとめもないことを考えていた。南アスマットには、北部の仲間のデザイン模様の意味がわかるのだろうか、どれくらいの規模の美術展示会を開けるだろう。これまで集めた美術品すべてを父親とゴールドウォーターに見せるときのことを思い描くのが好きだった。ふたりはびっくり仰天し、興味津々だ。父親は息子の偉業をひとつひとつ知りたがり、その勇敢さを称えるだろう。

フォン・ペエイ神父は金曜日の正午までにアツジに到着し、マイケルとワッシングは同じ時刻にペルに到着して、カヌーを彫っているチナサピッチの進捗状態をチェックした。素晴らしいものだった。十四メートルもある木の幹を刳《く》りぬき、赤と白の縞模様に塗り、サゴの房が両側に結わえてあった。このカヌーは現在、ニューヨークのメトロポリタン美術館に展示されている。

一行はそこで一晩を過ごし、★翌朝十一月十八日の土曜日に出発した。ベツジ川の河口まで来たとき、マイケルはすでにこの川が、特に十一月と十二月にはまったく信頼できないことを知っていた。この時期、南西から強い卓越風が吹き、水流も強まる。川幅五キロあるベツジ川に潮流が入り込んで風や波が荒れるばかりか、河口に泥の溜まりが続いた。アラフラ海は、穏やかなときは微風しか吹かず、凪《な》いでいればスイミング・プールのように波一つ立たない。しかし満ち潮になれば、波は荒れ騒ぎ、逆流を伴う厄介な場所になった。マイケルはそこがどれほど危険な場所か、そしてアスマットがベツジ川河口を進むときにはどれほど神経を尖らせていたか知っていた。フォン・ペエイ神父が、ここは怖いところだ、と言うのをマイケルは聞いた。しかし彼は、内陸のルートを取ろうというフォン・ペエイの忠告を退け、ほかのルートを取ろうというシモンとレオの助言も聞き入れなかった。

アスマットのカヌーを漕ぐマイケル・ロックフェラー。
この後、彼は首を狩られた。

荒波と強風という苦難を乗り越えるには、自然の流れを読み、この先に何が待ち受けているかを知る、経験を積んだ観察眼が求められる。太陽はぎらぎらと輝き、空には大きな白い雲が浮かんでいた。マイケルとワッシングは、嵐の雲ではないから心配するにあたらないと思った。それで河口を渡ることにした。ワッシングがスロットルを握った。★初め、波は小さく、船の横手から寄せてくる程度だった。双胴船は悠々と上下していた。さらに速度を上げると、風が強くなった。調子はよかった。冷たく、清々しかった。

船旅ではたちまち状況が変化する。いったん厄介事に巻き込まれでもしたら、何をすべきかを知り、ただちに行動に移さなければ、そこから抜け出すことは難しい。ある瞬間に優しく穏やかな水面であっても、次の瞬間には船が激しく突き動かされた。波間の谷に入るたびに飛沫が絶えず右舷から襲ってきた。波間の谷がどんどん深く、予想できないほどになり、大きくうねった波に船は大きく傾いた。速度が落ち、制御できなくなり、プロペラが海面より上に出る度にエンジンは悲鳴を上げた。双胴船は思いもよらない音を出した。ひび割れたような唸り声で、木材が激しく軋《きし》み、釘は釘孔のなかで動いた。マイケルとワッシングは波に向けて角度をつけようとしたが、波を強く叩くだけだった。船がばらばらになりそうだった。低い波の壁に横向きに当たると、平坦な船は転覆しそうになった。しかし一行はまだ恐怖にとらわれていなかった。ベツジ川の大きな河口の両側の岸辺が見えていた。

ところが事態はさらに深刻で制御不能なものになった。船がガタガタと震えだし、水が中に入り込んできて、動きもいっそう鈍くなった。もう、内陸へと向きを変えるしかない。出ていく潮に逆らい、波に押されるようにして川を遡っていくのだ。ワッシングは船の向きを変えた。波に押し上げられ、船は前方に傾き、舳先が下がった。サーフボードがテイクオフするように。そして波の力で前に進み出した。あまりにも速くなり、ワッシングはスロットルを戻したが★、波がさらに追いかけてきた。舷側が沈みこみ、そこへまた波が襲いかかり、船はつんのめった。

音が消えた。モーターが水に浸かって駄目になったのだ。ワッシング、マイケル、シモン、レオはエンジンを回転させようと、紐を何度も強く引っ張ったが、無駄だった。一行はまだ河口付近にいた。岸は八百メートルほど先にあり、ベッジ川の流れが船を海へと押しやっていく。ふたりの少年は川に飛び込んで岸まで泳ごうと言った。さあ、飛び込もう。岸まで泳がなければ。流されて沖に出てしまったら、見つけられることはない★。だめだ、とマイケルは言った。カメラやノートや交換物資を残していくことはできない、と。それに私は泳ぎがうまくない、とワッシングが言った。ふたりは怖れていなかった★。解決すべき問題に取り組むだけでいい、と思っていた。

ふたりの少年は川で生まれ育った。アスマットは両生類だ。事態を解決するのは簡単だった。シモンとレオは川に飛び込み、泳ぎ始めた。マイケルとワッシングは、自分たちの運命がふたりの少年の肩に掛かっていると思いながら見つめていた。できる限り波間を、祈るような気持ちで見つめていたが、少年たちが岸に着いたかどうかわからなかった。

双胴船には水がさらに入り込んできた。マイケルとワッシングは集められるものをできるだけ集めて★小さなキャビンの屋根の上に移し、それから自分たちも屋根に上がった。しかしエンジンが使えないというのは、荒れた海に出る船に起こり得る最悪な事態だ。船は、海流や波や風にただ弄ばれるだけの木屑、漂流物となる。浸水した船を波がすっかり覆うまでそう時間はかからなかった★。ふたりはできる限りのもの、わずかな食料と水と燃料、マイケルのバックパックを救い出し、★転覆した船体の上によじ登った。他のものすべてが消えてしまった。水浸しになっていた。ぎらつく太陽と青空の下、まだ陸地は見えていた。海は穏やかで、ふたりは動きの激しい河口から遠ざかっていた。悪夢の中にいるようだった。できることといえば、ふたりの少年が岸に泳ぎ着き、人の助けを呼んでくれるのを祈ることだけだった。

　ふたりの少年はそうした。シモンとレオが泥の中から岸辺に上がったのは午後三時前後だった。ふたりは北へ向かったが、泥の中を歩いていくので時間がかかった。しかしその泥の景色はよく知っているものだった。アガッツに着いたのが夜の十時半だった。★十九日の午前一時に、無線が鳴った。★ただちにアガッツにあるオランダ政府は政府専用船「エーンドラハト」を発進させ、★ワッシングとマイケルを探すために川を下っていった。しかしその船は前日点検をおこなった★際に、予備の燃料缶を桟橋の上に置いていたのだ。暗闇の中で急いで出発したせいで、その燃料缶に気づけなかった。船は、双胴船のところまであと十六キロメートルという地点で燃料が尽きた。そして無線が使えなかった。★

　その間、マイケルとワッシングは、転覆した船体の上で長い涼しい夜を過ごしていた。頭上の星々が広大にひろがっていた。はるかな地平線のところで稲妻がときどき走った。船体に当たる水音さえなければ静かで、海も穏やかだった。甲板の床から板を二枚外して★櫂の代わりにしてみたが、なんの足しにもならなかった。ふたりは話をし、眠ろうとした。マイケルは空《から》になったガソリン缶を自分の腰に結びつけた。★救出されたらどうするか話し合った。月が出て沈むのを見ていた。ふたりは少しばかり眠った。ほんの十六キロほど離れたところで、自分たちを探しに来た船が、ガス欠で浮かんでいることなど知るよしもなかった。午前四時に最初の紫色の朝日が射すのを見た。五時には太陽が昇った。自分たちがどこにいるのかわからなかったが、潮流が船を南の海の方へ押しやり、また陸地の方へと戻していることはわかっていた。北にある陸地が、まだぼんやりと遠くの影のように見えていた。ワッシングは、岸までは五キロくらいだ、と思っていたが★、もっと離れていることもありえた。ふたりの少年はどうしただろう。岸辺までたどり着き、スジュルに戻ってしまい、ふたりの白人を見捨てたのだろうか。

午前五時半になってマイケルは言った。「もう一度漕いでみよう」★ふたりは板を使って漕いだが、転覆した船はとても大きく、重く、水浸しになっていて、ふたりの男の力と細い板ではどうにもならなかった。

「海岸まで泳いでいったほうがいいと思う」とマイケルは言った。

だめだ、とワッシングが言った。ぼくは泳げないんだ。岸まで行かないうちに溺れてしまう。それに、船から離れてはいけない。航海するうえで一番大事なルールだ。船が浮かんでいる限り、僕たちは生きられるし、救助側からもよく見える。行くな、とワッシングは言った。そのうち発見されるに決まっているよ、と。

いや、泳いでいく、とマイケルは言った。水は温かい。僕がすべきことは泳ぎ続けるだけでいいんだ。ここからさらに流されたら、もう二度と見つからない。それにいまは満ち潮だ。この瞬間にも陸地に近づいている。

マイケルは決意した。それが若さだったのかもしれない。ロックフェラーの一員だから、何でもできると思ったのかもしれない。物事はいつも完遂されるわけではないと考えた経験がなかったのかもしれない。ワッシングはマイケルを説得できなかった。「きみが泳いでいけるのなら、僕は泳がない」★とワッシングは言った。「きみのやることにぼくは責任を取れないよ」

マイケルはすでにガソリン缶を腰に結びつけていた★。缶がもう一つ、ひっくり返った船体の下にあるのを見つけ出し、それを空にし、もう一度蓋を閉め、ベルトにくくりつけた。そしてズボンと靴を脱ぎ、屈んで水の中に身を入れた。十一月十九日の午前八時のことだった★。最初は引き潮に逆らうようにして泳いだ★が、すっかり消耗しきった午後四時頃には潮の流れが変わり、陸地に向かって押しやられるようになった。海は温かく、熱いとすら言ってよかった。マイケルはガソリン缶を抱えながら言った。「これならうまくいきそうだ」★。ワッシングは、マイケルが泳ぎ続け、その輪郭が薄れ、三つの斑点になって★ついに視野から消えるまで、ずっと見つめていた。

# 第十六章　一九六一年十一月

マイケルとワッシングが南を目指してアガッツを出発した翌日、オツジャネップの男たちも同じようにアガッツを出た。ゆっくりと、のろのろと、近代的な世界に引き寄せられていた。ピリマプンの政府専用仮設滑走路の工事は終わり、駐屯地は広がった。ファン・ケッセルはいまもたいていはバシムで暮らしていたが、ピリマプンにも家があった。カナダ人宣教師ケン・ドレッサーは飛行機のパイロットであり医師でもあったが、妻と幼子と小さなセスナ機と共に駐屯地に引っ越してきた。地元のパプア人警察官十数人も加わって、いまではピリマプンは繁栄する小都市になっていた。

ドムバイの息子のベル。ピリエンの村長。

ファン・デ・ワールは近隣の村人たちにとっては、建築の材料、つまりいちばんよく使われる建築材料の籐、ジャングルの木、ガバガバ〔サゴ椰子の枝〕、サゴ椰子の茎などを村人から嬉しそうに買い取ってくれる人物として有名だった。彼は、欲しいものがあると言葉で人々に伝えたが、約束の日にその素材を手に入れるのは難しかった。というのも、アスマットには暦がなく、数は片手の指の数、つまり五までしか数えられず、それ以上は「たくさん」あるいは「いっぱい」となった。現実の時間を示すものは潮の満ち干と満月だけだった。つまり、アスマットの人々は行きたくなったときに建築材料を持ってくることがよくあり、ファン・デ・ワールは彼らが持ってきたものを必要になるまで置いておいた。支払はもちろん、金ではなく煙草や釣り道具や斧だった。彼が何も必要としていないとき、村人たちは何日でも彼の家の前に腰を下ろし、彼の気持ちが変わるのを待った。

そういうわけで、十一月十八日の夕方★、オツジャネップの男たちの乗った八艘のカヌーが、ガバガバをいっぱい積み込んでピリマプンを目指していた。彼らが進んでいったルートは、四年前にワギンとディグル川へ向かっていったルートとまったく同じだった。カヌーの中にはオツジャネップでもっとも精鋭な男たちがいた。アジムは短躯だが頑健★で、気性は荒く短気で、頭髪の巻き毛を固めていた。多くの人間を殺し、多くの首を持っていたので、オツジャネップでいちばん権力のある男だと認められていた。白人たちは彼のことを、信頼の置けない厄介者と思っていた。彼は左手首と二の腕に十五センチ幅の籐のブレスレットをはめていたが★、これは弓の紐の反動で怪我をするのを防ぐためだった。フィンとペプとドムバイ、フォムとベセとジャネもいた。★大半の男が複数の妻と、自分たちの名を付けた髑髏を持っていた。そして彼らの全員が、マックス・ラプレに殺された男たちと、何らかの縁があった。

彼らは午後五時頃に潮がゆっくり動いているエウタ川を下り、★海岸線に沿って南に向かい、アラフラ海の沖合に留まっていた。海が穏やかな夜のうちに移動した。彼らはいまだに一九五七年の出来事を覚えていたので、海岸沿いに通り過ぎる村を怖れていた。彼らはいつものように槍と弓矢をカヌーに積み込んでいて、各カヌーの船尾には煙った石炭の山があった。波乱のない旅だった。彼らは十九日の朝にピリマプンに到着し、★ファン・デ・ワールは彼らのガバガバを買い取った。男たちは駐屯地のまわりでたむろし、うとうとし、おかしな積荷をちらっと見てから、夜中移動するために夕方そこを発った。海岸沿いにエウタ川の河口に戻ったのは夜明け頃で、潮が静かに満ちてきていた。

## 第十七章　一九六一年十一月

シモンとレオがアガッツにたどり着いた朝、オランダ政府の役人は熱心に救助隊を組織した。十九日の日曜日午前九時★に、メラウケのオランダ人弁務官F・R・J・エイブリンク・ヤンセンが、オランダ領ニューギニアの知事P・J・プラテエルに電話をかけ、シモンとレオから聞いた話を伝えた。ルネ・ワッシングとマイケル・ロックフェラーが海で漂流している、と。これはただの宣教師や旅行客などではなく、マイケル・ロックフェラーなのだ、と。それだけでは足りないとばかりに、さらに悪いことがあった。その翌日は、オランダの外務大臣ヨセフ・ルンスがニューヨークの国連総会で、オランダ植民地の将来に向けての計画を発表することになっていた。

テレックスが内務大臣テオ・ボットとオランダ大使館、オーストラリアとアメリカ合衆国のあいだでやりとりされた。アメリカ合衆国国務省は、ネルソン・ロックフェラーのもとに「ご子息が海で行方不明」というテレックスを送った。

五百キロメートル北に位置するビアク島では、オランダ王国空軍のロッキードP2ネプチューン十二機からなる飛行中隊が待機していた。この航空機は当初、海上パトロール、検査、対潜哨戒機として設計されたものであり、飛行中隊はビアク島に常駐し、オランダ領に侵犯してくるインドネシア機を偵察するためにニューギニアの海上をパトロールしていた。ファン・デ・ワールのような、奥地にいるオランダ植民地の警官は無線のない木造の小屋に住んでいたかもしれないが、インドネシア軍の脅威は深刻だったので、ビアク島の飛行中隊は現代的で殺傷能力に優れていた。ネプチューンは六千キロメートルを射程距離とし、最新鋭のレーダーは海に浮かんでいるココナッツも感知できるほど性能がよかった。

マイケルが消息不明になった数日後、ネルソン・ロックフェラーとマイケルの双子の妹メアリーをピリマプン周辺に案内するオランダ警邏員ウィム・ファン・デ・ワール。

ルドルフ・イゼルダがこの中隊を指揮していた。イゼルダは三十八歳の元戦闘パイロット★で、これまで二度もパラシュートによる緊急脱出を経験し、生還していた。一回目は第二次世界大戦で、自身が乗っていたシー・フュリーが日本軍に撃墜されたとき、二回目は合衆国での訓練中、フロリダ海岸沖でハリケーンに遭遇し、きりもみ状態になったときだ。彼はその後少将になる。十一月十九日の朝遅く★、飛行中隊は連絡を受けた。最初に飛び立ったのはイゼルダのネプチューンだった。午後一時三十分だ。

フォン・ペエイはアツジとアマナムカイでマイケルが来るのを待っていた★が、午後四時頃、海の方で飛行機が旋回している音を聞いた。

さらに海岸近くで★、やはりマイケルを待っていたファン・ケッセルも、飛行機の音を聞き、機影を目にした。

三時間後、イゼルダのナビゲーター★は、レーダーの接触を拾い上げ、午後四時十分、転覆して半分沈んだ双胴船を確認した。ふたりの少年が船を降りたところから南西に二十五キロも流されていた。ルネ・ワッシングは飛行機を目視した★瞬間、自分の幸運が信じられなかった。彼は、ネプチューンが日課のパトロールで、偶然に自分を見つけてくれたのだと思った。イゼルダが爆弾倉の扉を開け、海面から三十メートルほど上空を飛んだ。乗組員が緊急用ゴムボートをネプチューンから落とした。ゴムボートはワッシングのそばの海面に落ち、平らに広がった。

イゼルダは船の位置を確認するとすぐに★無線で基地の同僚に知らせた。闇が広がってきていたので、彼は照明弾を落とした。夜の空がフットボール競技場のように明るくなった。イゼルダはマイケルも船に乗っているものと信じていた。船を離れて泳いで陸に向かったとは思いもよらなかった。ピリマプンでは、ファン・デ・ワールが無線の呼び出しを受け★て、ケン・ドレッサーと一緒にドレッサーのアルミニウム製小型モーターボートに乗り込んで出発した。暗く、海は静まり返っていた★。イゼルダは無線でワッシングのいる方向を指示した。しかし燃料がなくなり、ビアク島に戻らなければならなかった。暗闇の中、ファン・デ・ワールとドレッサーは何も見えず、結局ふたりも戻っていった。

その夜、ピリマプンからカヌーで北に数時間ほど行ったところで、オランダ人宣教師のベン・ファン・オアスが海岸沿いの小さな村を訪ねていた。ジェウで眠っていると★、凄まじい悲鳴が聞こえてきて飛び起きた。ジェウから飛び出すと、男たちが乗っている二艘のカヌーが泥岸に引っ張り上げられていた。男たちは興奮状態だった。体を震わせていた。まるで死から逃れてきたかのように。「天国から火が降ってきた」★と男たちはベン・ファン・オアスに言った。「ピリマプンの近くの海にたくさんの火が浮かんでいる」。インドネシア軍がとうとう侵攻してきたのかもしれない、とファン・オアスは思った。彼はカヌーに飛び乗り、五人ほどの漕ぎ手を連れてピリマプンを目指し、夜明け直前に村に到着した。ケン・ドレッサーは自分の小型飛行機に燃料を入れていた。そしてパトロール船タスマンが沖合に向かっていくのが見えた。

タスマンに乗っていたのはウィム・ファン・デ・ワールだった。★そして午前九時七分、ゴムボートの姿をとらえた。ゴムボートはひっくり返っていた。ワッシングはその底に横たわっていたが、沈み込みそうになっていた。ボートの床はただの一枚のゴムだったので、堅さが足りなかったのだ。ワッシングは日に焼け、脱水状態だったが、それ以外に問題はなかった。ファン・デ・ワールがワッシングを引っ張り上げた。「マイクがいなくなった」とワッシングは言った。★「泳いでいったんだ。ぼくは行くなと言ったんだけれど、引き止められなかった」

ニューヨークは日曜日の朝で、ニューギニアの時間に十時間遅れていた。ロックフェラーニューヨーク州知事はほんの数日前に、自らの離婚と、ハッピー・マーフィーとの新たな結婚について報告したばかりだった。もっともメアリーとは二ヶ月前に離婚していた。日曜日のニューヨーク州ポカンティコ・ヒルズの一家の邸宅には全員が揃っていた。★子どもたち――ロッドマン、アン、スティーヴン、そしてマイケルの双子の妹メアリー――は母親のそばから離れなかった。母親は用心深く、警戒怠りなかった。★「どうしてあの人がここに来たの？　どうしてみんなをここに呼び集めたの？」と思っていた。

州知事は海底電信の紙を持っていた。★「悲しい知らせだ」とネルソン・ロックフェラーは言った。彼は内務省と話をしたばかりだった。「ニューギニアのオランダ政府から電報が来た。詳しいことはまだわからないそうだが、マイケルが行方不明だ」

それから数時間後、ネルソンと娘のメアリー、エリオット・エリソフォン（「ライフ」誌のカメラマンで、バリエムでおこなわれたハーバード・ピーボディ研究調査にマイケルと参加していた）、ロバート・ガードナーと数人の信頼のおける側近、ニューヨークの地元記者たちなどが、急遽サンフランシスコ行きの飛行機に乗り込んだ。当時のニューヨーク国際空港で、飛行機に乗り込む直前にネルソンはホランディアから無線電話を受けた。★通話は聞き取りにくく、言葉の一部しかわからなかった。つまり、マイケルのボートに問題が生じて、マイケルはボートから泳いでいった、というものだった。

一歩進むたびに、カメラマンや記者たちが知事とメアリーを取り囲み、さらに大勢の人々がそのまわりに集まってきて、飛行機が空港に停まるたびにその群衆は増えるばかりだった。「現地に向かうつもりだ」とネルソンはニューヨークで記者たちに語っている。★「われわれが現地に到着するまでに、オランダ政府が息子を見つけ出していることを願っているが、少なくともわれわれが到着すれば見つかるだろう。それに私にできることがあればなんでもする」

サンフランシスコで、ネルソンはケネディ大統領から電報を受け取った。「ご子息のことを聞き、とても心を痛めています」★とそこには書いてあった。「政府関係者は誰もが、可能な限りの支援をおこなうつもりです。国防省やほかの省庁もでき得る限りの支援を行う用意があります」

「もし息子が厄介事に巻き込まれたのなら、私はそこにいるべきなのです」ネルソンは記者に述べている。「もし無事なら、喜びに満ちた再会になることでしょう」

「ミスター・ロックフェラーは、マイケルの臨機応変に行動する能力とスタミナに絶大なる信頼を寄せている、と記者たちに語っている」世界中の新聞にロックフェラー失踪の記事が載ったとき、「ニューヨーク・タイムズ」のホーマー・ビッガードが書いている。「ミスター・ロックフェラーは、息子は遠泳ができるし、どのような困難も乗り越えられる、と側近に語っている」

「『幸運を祈っていてください』と知事は何度も言って、交差した指を掲げて勇ましく微笑んだ」

ロックフェラー知事の一行の中で、アスマットに行ったことのある人物はガードナーだけだった。「タイム」誌はこう書いている。「ガードナーは、あの海岸のアスマットたちは十年前まで首狩りの習慣があったが、いまではその地区は『安全』であると強調した。現地の人々は服を身につけ、白人との商取引に熱心だ、と」

一行は、サンフランシスコからホノルルに飛び、そこで知事はパンナムのボーイング707を三万八千ドルでチャーターし、ビアク島に飛んだ。途中、ウェイク・アイランドに給油のために立ち寄った。チャーター機は午前一時三十分に休憩を取らずに飛び立った。記者たちはその飛行機に殺到した。メアリーは、父親が知事になってからというもの家族の周りにいつも報道関係者がいることに慣れてはいたが、今回のことには圧倒され、怒りを感じた。「わたしたちは、人をじろじろ見つめる奇妙な集団にいつの間にか囲まれていました。それに、わたしたちが前方の大きな客室の席に座ると、わたしたちの耳に入ってくる会話の喧噪は、期待に満ちた沈黙に変わり、その沈黙が通路中を満たしていきました。

わたしはあえて父に、どうしてこんな大きなチャーター機を用意しなくてはならなかったのか、どんどん増えているこの報道関係者の接待役をどうして果たす必要性があるのか、とわざわざ尋ねたりはしませんでした。

そのとき父に対して感じていた怒りを記者たちに向けなければ気が済まなかったのだと思います。いつの間にかわたしは、ある意味では前後の経緯がわからない状況の中にいて、とても理解できませんでした。父の強さ、家族の運命を支配し、こうした不幸の影の中にあっても勝利をつかむ能力に頼りきっていました。父の傍らに座って、父の手を握ろうとしました。わたし自身はひどく怯えていましたし、息子を探すというおとぎ話のような任務が色あせてばらばらになっていくように思えたからです。この報道集団はマイケルがどこにいると思っているのだろう。あまりにも危険で答えにたどり着くことができませんでした」

# 第十八章　一九六一年十一月

これまで外部世界は、ニューギニアの南西部にかろうじて届いていたとすれば、今回は村が味わったこともないような、想像すらできなかったような猛烈な勢いで押し寄せてきたのである。

ネルソン・ロックフェラーと彼の報道集団が島に突進してくると、一九五七年の寒い日にネルソンがこじ開けた表玄関は大きく開け放たれ、世界中の報道記者が先を争ってニューギニアに行き、その現場に加わろうとした。オランダの外務大臣ヨセフ・ルンスはニューヨークの国連総会でおこなう提案文を作成しているところだった。オランダ駐米大使のヤン・ヘルマン・ファン・ロイイェンは外務大臣に電報を送り、その電報がさらにホランディアのプラテエル知事のところに送られた。「あえて指摘するまでもないが、これは大々的に発表されることになるだろう。★しかも、国連に対してオランダがおこなう提案の、いままでは好意的に受け取られつつある流れに注目が集まっている。ロックフェラーと随行記者たちにオランダ海軍の施設や設備をできるかぎり提供することが最重要課題である」。彼はその日のうちに軍隊と政府の文民に対し、陸上海上にかかわらず、できる限りのことをするよう緊急指令を出している。「ネルソン・ロックフェラーと随行記者たちに、行方不明者の発見がおろそかにされているという印象を抱かれないようにすることが重要である」〔オランダ領ニューギニア島西部を独立させたいオランダと、合併したいインドネシアは長らく紛争状態にあった。六二年から国連暫定統治機構が暫定統治することになる〕

続いて、その同じ日に驚くべき電報が届いた。オランダ内務大臣テオ・ボットがファン・ロイイェン駐米大使とルンス外務大臣とプラテエル知事に宛てたものだった。マイケルの失踪は「天与の糧」、完璧な好機であり、オランダはそのチャンスを見逃すわけにはいかなかった。「ロックフェラー・ジュニアの行方不明という痛ましい出来事が起きた結果★、国際的報道機関は（中略）国連におけるニューギニア協議会とオランダの提案の開始がもたらすものよりも、オランダ領ニューギニアに注目している」とボットは書いている。「国連におけるオランダ側の提案の成功を視野に入れつつも、本件をできる限り当方の利点へと転換すべきである。とりわけ、いま私が考えているのは――一、オランダ領ニューギニアの将来に関してはできる限りニューギニア評議会のメンバーを統一させる見解。二、オランダの役人が外国旅行者に対して冷静で、忠誠を示す限り、ヘイスティングズ〔ヘイスティングズはオランダを批判しているオーストラリア記者〕の経験の繰り返しは防げるはずである。三、南海岸と内陸部の未開の美しさではなく、オランダ領ニューギニアの近代的発展の部分を強調すべきこと。四、オランダが提案するように評議会などを送ることで国連が統治する機会を与えるならば、オランダ領ニューギニアの未来に関しては、『形成途上の国家』という発想と、その実現の可能性を強調すること。もちろん、上記の実現方法は貴君らの見識に喜んで任せることとする」

地政学的作戦行動の、驚くべき瞬間だった。世界の目はいまやネルソン・ロックフェラーを含むニューギニアに注がれていたため、オランダにとっては、この植民地はケネディ大統領の補佐官たちが述べていたような単なる首狩り族だらけのたまり場ではなく、物事を前に進める効率のよい政府の協力のもとで形成途上にある国家であることを、世界中に示す好機であった。オランダの役人にしてみれば、マイケルの捜索は大きな戦略の一部となった。カヌーを一艘残らず底まで調べ、どの海域も徹底して調査し、ネルソン・ロックフェラーがアメリカに帰るときには、ルンス計画を直接的に賞讃せずとも、せめてニューギニアにおけるオランダ政府は素晴らしかったという言質を取りたかった。国際報道機関も同じ思

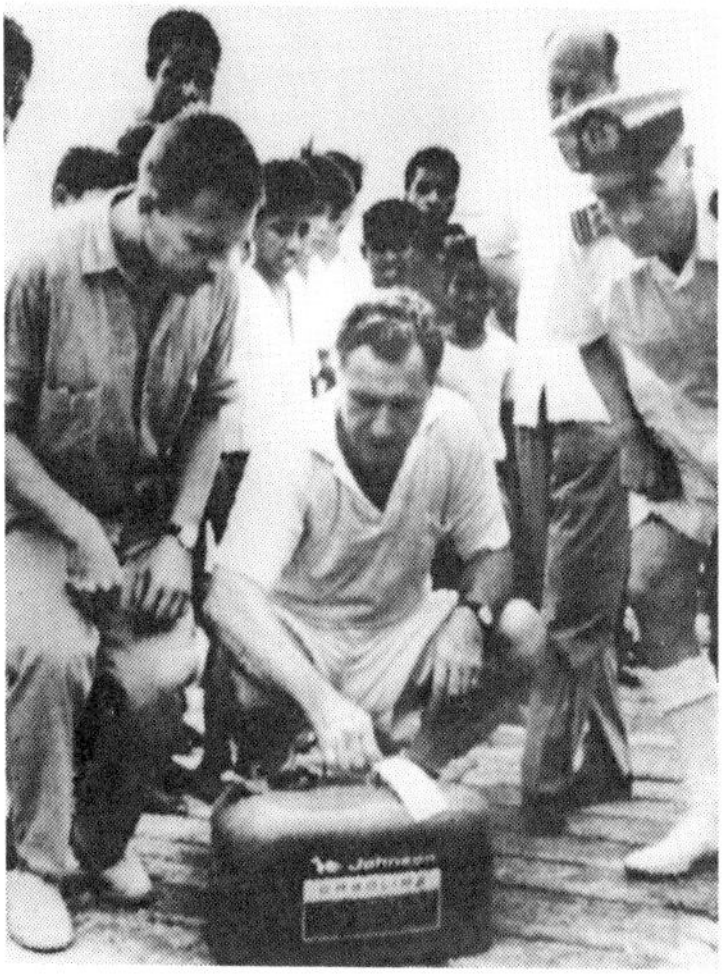

ネルソン・ロックフェラー(中央)とルネ・ワッシング(左)が調べているのは、オランダ空軍が捜索したマイケルが使っていたらしいガソリン缶。

いだった。マイケルが死んでいるのか生きているのかはっきりさせたかった。

ネルソンとメアリーが太平洋を飛んでいるあいだに、捜索はさらに入念なものになっていった。十一月二十日月曜日、オランダ空軍のデ・ハビランド・ビーバーとネプチューンは引き続き海上と海岸を隅から隅まで調べていた。PBYカタリナ対潜哨戒機は、オーストラリア領ニューギニアのラエから運びこまれた。ケン・ドレッサーと宣教師でパイロットのベティ・グリーンがセスナ機で海岸を徹底的に調べていた。オランダ警邏隊のボート「タスマン」「エーンドラハト」「スネリウス」が海を探索していた。カヌーに乗ったアスマットたちは、川の探索を依頼された。ビアク島ではひとりのオランダ海兵が、燃料缶を腰に結わえて水泳用プールに飛び込み、「海で意識不明になってどちらに向かっているかわからない」状態でも、「かなりの速度で泳げることを示した」。試しに、海軍は燃料缶を海に投下してみたところ、ネプチューンのレーダーにはちゃんと探知できることがわかった。オーストラリアのキャンベラにいるニューギニア問題担当のオランダ大使館員は、途方に暮れているという電報を打った。マイケルの消息不明によって大使館のほかの業務すべてが停滞し、記者たちに電話を占領されている、彼らを搭乗させる飛行機をチャーターするためのジャーナリスト用ヴィザと上陸許可証を発行している、と。

ネルソンとメアリーはビアク島に到着し、★オランダ軍司令官L・E・H・リーザーと会い、燃料缶のテストを含む今日までの調査活動について報告を受けた。三十分後にはDC3に乗り込み、八ヶ月前にマイケルがそうしたようにホランディアに向かった。そこでふたりはさらに軍人たちと短い会合を持った。「私と娘のメアリーは、★力の限りを尽くしてあらゆることをおこなっている政府にとても満足し、心から感謝している」★とネルソンは言い、アスマットから見ると南東部にあたるメラウケにすぐに向かった。

到着するまでその地のことは誰にもわからないし、理解し得ない、というのは自明の理だった。思い描いたり想像したりすることができたとしても、それは抽象的なものにすぎない。マイケルが数ヶ月にわたってアスマットの地で何をし、何を見、どう感じていたのかということについて、彼らがどんなことを想像していたにせよ、実際にアスマットの上空を飛び、その沼地の広がりを双眼鏡で眺め、メラウケに到着し、その地の現実に衝撃を受けたことは確実である。その広漠。猛暑と湿気。完璧なる原始の地。メラウケはオランダ植民地の南西海岸における行政の中心部であったかもしれないが、「平坦で醜悪な狭い植民地」★だった。この発言をしたのは、長年にわたってインドネシアとニューギニアについて取材を重ねてきたオーストラリア人記者ピーター・ヘイスティングズで、彼はマイケルとバリエム渓谷で会ったことがあり、ホランディアでは一緒に映画を見に行ったことさえあった。ヘイスティングズはメラウケを「わずかなアスファルト道路、ホテルのようなもの、巨大で扱いにくい川、乾期にオーストラリア領境まで続いていく泥道」しかないと述べている。

この淀んだ入り江の町に十一月二十三日の午後、百人の記者と共にネルソン・ロックフェラーとメアリー、そして彼らの側近たちが降り立った。悲しき狂騒、狂乱だった。広大で接近不可能なアスマットは北に二百四十キロほど行ったところにあり、オランダ軍が行きたいと思うような場所ではなかった。ネルソンとメアリーは千六百キロを旅したが、ニューヨークにいるときのようには敏捷に動けなかった。

記者たちも同じだった。ニューギニアに来てはみたものの、見るべきものも、すべきこともなく、記事になるものもなかった。目の前にある光景以外は。目の前にある光景とは、ロックフェラー父娘だった。悲しみに暮れ、疲弊しきり、途方に暮れた父娘が、世界でもっとも広大な沼地の隅にいた。「われわれが到着して記事にするのは、★マイケルの捜索のはずだった」とヘイスティングズは書いている。「ところが、実際に書いたのは不愉快で悲惨で押しつけがましいことに、ロックフェラー知事とマイケルの双子の妹ミセス・メアリー・ストローブリッジの公私にまつわる苦しみについて触れた短い記事だった」

オランダ政府に同行していた人類学者ヤン・ブルクハイゼは、ガードナーの映画プロジェクトを担当していた人物だ。彼は急いでメラウケに飛び、ネルソン・ロックフェラーに会った。当時のことをこの人類学者はこう言っている。「彼は傷つき打ちひしがれた男だった」★

それは公開鞭打ち、晒しの刑に似ていた。世界で最も力のある男が、地理にも文化にも無力であることを晒してしまったのだ。メアリーはこう書いている。「人生で初めてのことでした★。父の額に心配そうな皺が寄るのを見たり、父がぼんやりと宙を見つめているときがあるのを知ったりしたのは」

エリオット・エリソフォンは一日中カタリナで捜索していた。ピリマプンに航空用ガソリンのドラム缶が届けられ、それでようやく調査が始まった。三十分おきに八時間をかけて空を飛び、カタリナの窓際から見下ろして、マイケルに関係するものを探し続けた。アスマットは恐ろしい場所だった。「ここの海岸線は陰鬱だ★。汚い沼地は平坦な泥の中で海と繋がっているように見え、しかもその沼は、プラスチックの人体模型の静脈のように南海岸を縦横に走る無数の川によって運ばれた巨大な熱帯の木々の下半分を埋もれさせるのに充分なほど深かった。大きなオニイトマキエイ、シュモクザメ、ヘビ、ネズミイルカ、無数の鳥を見た。われわれは海岸線だけではなく（そこにはなにもないので、浜辺とはとても呼べなかった）、海までも調べた。もし彼が海岸までたどり着いたとしても、ここの泥濘《でいねい》を通り過ぎることなどできず、どんなに健康であろうと、何の助けも得られない状況でこの沼地を越えていくことはできないだろう。私は、この泥土の中に落ちた男が手助けされずに抜け出せたためしはないと聞いていた。そしてマイクは手助けなど得られなかったのだ」

捜索はだらだらと続いた。ネルソン・ロックフェラーは記者会見を開き、教会のミサに出かけた。ルネ・ワッシング★はマイケルとの最後の数時間を話すことを強いられて駆け回り★、「マイケルは短気な性格だったので、漂流しているだけの状況に耐えられなかったんです」と説明した。

メアリはその様子をこう記している。「彼はとても神経質になっていて、わたし自身の不安をそこに見るかのようだった。★ それは、わたしが望みをかけているこの場所がどんなところかを物語っていた。話しているあいだずっと、彼の目がひとりのオランダの役人からもうひとりへと忙《せわ》しなく行ったり来たりしていた。彼は今回のことに責任を感じていて、マイケルの身に何が起きたか案じている父とわたしと三人だけで会うことはできそうになかった」

十一月二十三日、アメリカ合衆国太平洋艦隊がオランダ領ニューギニアの司令官に電報を打った。「当方、パトロール機、★ ヘリコプター付き航空母艦、水上輸送船などを提供できます。★ 協力できることがあればどのような支援でもおこないますので、ご遠慮なくお知らせください。できる限り最高のものを喜んで提供いたします。ネルソン・ロックフェラー知事にお伝えください」

司令官はこう返事をした。「ご親切な申し出を検討しているところです」★

インドネシアは反撥した。そしてそれを切り札にした。「インドネシアの外務大臣は金曜日、オランダがマイケル・ロックフェラーの失踪事件をインドネシアとアメリカ合衆国間の不和をもたらすための手段として使おうとしている、と言い出している」★ とロイターは報じた。「オランダ国防省の広報官が、アメリカの第七艦隊は捜索のための航空母艦を提供する準備ができていると言ったことについてコメントを求められると、インドネシア国防省の広報官は捜索目的のために航空母艦が必要とされる理由がわからない、と答えた。『われわれは、ひとりの父親が息子の失踪に対してどのような心情でいるか理解している。だれもが捜索の支援をする心構えがあるのは、人として当然のことである。だが、それに航空母艦が何故《なにゆえ》に必要とされるのかはまったく理解できない』」

さらにインドネシアの広報官はこう言った。アメリカ合衆国が航空母艦を出すというのが本当であれば、オランダ植民地当局が自らの義務を果たすことができないということだ、と。

政治は白熱していた。十一月二十四日に、オランダはアメリカからの申し出を却下した。「ネルソン・ロックフェラー知事と協議した後★われわれは、オーストラリアの航空機とヘリコプターを含む十分な手段があればこの領域の捜索を続けることができるとの結論に達した。したがって、追加の艦隊は必要ではない。そちらのご親切な言葉と迅速なお申し出は、大変困難かつ悲嘆の多い業務において大いなる助けになった」

ロックフェラー家側は生きているという希望を述べたが、オランダ政府はますます、マイケルが海岸にたどり着く前に溺死したと考えるようになった。あるいは、オランダ政府はそう信じたかったのだろう。AP通信は、ホランディアの政府機関は「すべての希望を捨てた」★と発表し、「ニューヨーク・タイムズ」はオランダの内務大臣テオ・ボットの言葉を引用した。「生存しているマイケル・ロックフェラーを発見するという希望はもはやない。★ここにいるわれわれは、絶望的な状況だと理解している」。この時点でマイケルが生きているという可能性は、もちろんゼロだったが、ロックフェラー父娘は、マイケルが海岸にたどり着いたかもしれないという考えにしがみついた。「私は現実主義者だ」とネルソン・ロックフェラーは言った。★「もしマイケルが内陸部に入っていたとしたら、彼の生存がわかるまでにはかなり時間がかかるだろう」

メラウケの弁務官エイブリンク・ヤンセンは、ネルソンの発言を裏付けた。「もしマイケルが海岸までたどり着いていたら、★生存している可能性はある。現地人たちは、文明化してはいないものの、とても親切で、必ず手助けしてくれる。彼らがマイケルを小屋に連れていった可能性は高い」

ネルソン・ロックフェラー知事はメラウケを出るのを拒んだ。もっと長くその場に留まり、捜索を続けたかった。そして「タイムズ」誌によれば、「オランダ政府がパプア人からこれほどの忠誠心と愛情を引き出してくれたからこそ、★現地の人々が捜索のために志願してくれた」と政府を褒め称えた。もちろん、これこそがオランダがネルソン・ロックフェラーに言ってもらいたかったことだった。そして（ボットから、マイケルの失踪をオランダの有利な立場へとうまく転換せよと指導されていた）プラテエルは、デン・ハーグにいるボットに電報を送った。「ロックフェラーはオランダ政府の救助活動★と支援について心から感謝している。★記者会見では、政府当局と軍隊に対する深謝の意を繰り返し述べている。協力しようという政府の呼びかけに応えた住民たちの協力的な姿勢に非常に感銘を受けている。ロックフェラーはこれをパプア人とオランダ政府との関係が良好であることの証拠だと見ている。ロックフェラーのスピーチはテレビと記者によって記録された。特派員たちは、ロックフェラーがニューギニア政府を公の場で賞讃したことで私を誉め、私が無条件の惜しみない支援をしたことを知事に個人的に伝えた」

ネルソン・ロックフェラーの長きにわたる滞在はうまくいった。十一月二十四日には、オーストラリア軍ベル47G2-Aヘリコプター★がオーストラリアからC-130Aヘルクレスによって運ばれてきて、メラウケで組み立てられた。ピリマプンに貯蔵されていた燃料を使って、村々や川を捜索し、海岸沿いに百五十キロを飛び、内陸を十キロにわたって探索した★。アスマットに入ってきたあらゆるよそ者と同じように、パイロットのひとりディック・ナイト大尉は、「灼熱の、敵意に満ちた荒野」★しか見えず、「まるで禁断の地にでも入り込んでしまったようだった。ジャングルを覗き込みながら正確に操縦するには、『低空で減速して』飛ぶ必要があった。各航空機には、七・六二ミリの自動装填式ライフルが装備してあり、各パイロットは九ミリ口径のピストルを携帯していた」

オランダ軍のフリゲートから飛んできた三機目のヘリコプターがオーストラリア軍に加わった。十一月二十四日、その同じ日に、それが起きた。ジョンソンの船外機用の赤いガソリン缶★を、パトロール船「スネリウス」が拾い上げたのだ。カタリナとネプチューンはすぐさまその海域に入った。その缶がワッシングに見せられた。★それはあの缶かもしれないが、断定はできない、とワッシングは言った。

捜索は新しい局面を迎えた。メアリーとネルソンはエイブリンク・ヤンセンと共に、カタリナに乗って数時間飛び、ピリマプンに行った。そこで白い制服を着たファン・デ・ワールが三人を案内した。ネルソンは白いVネックのTシャツ、白い半ズボン、白い靴下、白いバックスキン製の靴といういでたちで、カントリークラブにいるかのようだった。★ファン・デ・ワールが自分の住んでいるガバガバで作られた小屋にネルソンを招待した。「これがあなたの家ですか?」★ネルソンは信じられないという口調でファン・デ・ワールに尋ねた。ふたりは桟橋に佇み、海を眺めた。ほかに何ができただろう。

一行はカタリナに乗ってアマナムカイ村に近い川に碇泊し、★何人かと握手し、それからメラウケに戻った。彼らは待った。記者会見を開いた。希望を持ち続けた。しかし、アスマットの地は手強かった。寄せ付けなかった。ヘリコプター、航空機、船舶、オランダ軍と記者の集団、そして何よりも、四角い顎をした知事、ニューヨークにプリミティブ・アートをもたらした当事者。すべてが敗れ去った。

十一月二十八日の朝、マイケルがゴムボートから泳ぎ去ってから九日後に、ネルソンはホランディアまで飛び、そこからビアク島にいき、東京を経てアメリカに帰った。

# 第十九章　一九六一年十一月

マイケルの捜索の様子を捕らえた瞬間があるとすれば、それはカタリナに乗って数時間ほど飛んだエリオット・エリソフォンが記述したものだろう。彼は実際にはアスマットには入っていないが、その上空を飛びながら、アルミニウムの機内から最悪な禁断の地のように見える場所を見下ろしていた。彼の文章を読むことは簡単にできる。こんなところでどうやって人が暮らしていけるのかと思う、と書いてある。住めるようなところには思えない。海はサメだらけだ。岸辺の泥濘《でいねい》は深く、倒れ込んだら起き上がれそうにない。しかし記者や報道関係者たちはアスマットのどこにも行くことはなかった。アガッツにすら行かなかった。ネルソンとメアリーは一晩たりともそこで過ごすことがなかったのだ。

メラウケやホランディア、アムステルダムに駐在していたオランダ政府の役人にとって、そしてロックフェラー父娘や、マイケルが広大な沼地で姿を消したという悲劇を追いかけている報道記者たちにとって、現地はあまりにも敵意に満ち、あまりにも遠かったために、誰もがたちまち両手を挙げて降参してしまった。マイケルはただ消えてしまった。彼らは泥濘を見、沼地やジャングルを見て、自分たちがどこにも繋がりを持っていないことに絶望した。こんな状況で生き延びられる者などひとりもいない、と。アスマットが何世代にもわたってこの泥濘の地で生きてきたことを気にかける者はいなかった。アスマットの人々は泥の中を歩き、泥の中で転がり、泥を全身に塗りたくった。海を受け入れ、サメを受け入れた。アスマットであり続ける限り、人々は泥の中を泳ぎ、ボートで動きまわってきた。そのことを気にかける者はいなかった。マイケルはサメに呑み込まれたか、泳ぎ疲れて溺れてしまったに違いないと考えられ、それが彼の死因の公式見解になった。マイケル・ロックフェラーはサメに喰われたか、溺れたかした。いかにもすっきりした見解だ。これは、西洋人の世界の見方に一致する。オランダ政府にも好都合だった。彼らは、ニューギニアは人を食べる石器時代の首狩り族ではなく、未来のある熱心な市民で溢れていることを外の世界に知らしめたかった。

しかし、その死因を疑うべき大きな理由があった。そもそも、サメは滅多に人間を襲うことはないということだ。★もしマイケルがサメの犠牲になった可能性があるならば、どうして私はアスマットでサメに殺された人の話を一度も聞くことがなかったのか。サメはアスマットの彫刻や象徴には滅多に登場しない。マイケルはガソリン缶を二個、ロープで自分の腰に結わえつけていたが、そのロープは見つかっていなかった。二百四十キロ離れた場所で発見されたガソリン缶にはロープの結び目も端切れもなかった。ネプチューンは、マイケルが泳ぎ去った日の翌朝には捜索を始めていたが、なにも発見しなかった。人間の肉片ひとつ残されていなかった。缶もなかった。

マイケルが泳ぎ疲れて溺れただけだという説にしても、よく浮かぶガソリン缶があればそのようなことは起こり得ないし、缶はネプチューンのレーダーで簡単に探知できることが証明されている。サメに食べられてしまったから見つからない、というのも不可解だ。体をまるごと食べられることはあり得ない。もっと重要なのは、その仮定のどれをとっても、そんな目覚ましい速さで起きるとは考えられないということだ。ネプチューンのレーダーならマイケルを、あるいはその一部や缶を、探知できたはずだ。

結局のところ、彼がサメに襲われて全部食べられたために、彼もロープもベルトももうひとつのガソリン缶も見つからなかったという見方は、まったく非現実的だ。

マイケル・ロックフェラーを探索するためニューギニアに到着したオーストラリア軍のヘリコプター。

陸地から見ると、何もかもが違って見えた。マイケルが行方不明になった日、ファン・ケッセルとフォン・ペエイはふたりとも彼を待っていた。フォン・ペエイはアツジで、ファン・ケッセルはバシムの南で。十一月十九日に、ふたりとも、アスマットでは珍しいことだったが、エンジン音を聞き、空を見上げるとネプチューンが弧を描いているのが見えた。ふたりともその翌日無線から、ロックフェラーが行方不明になったという知らせを受けた。ファン・ケッセルはすぐさま自分のアシスタントで、★洗礼を受けてからずっと共に暮らしているアスマット人のガブリエルを送りだした。★ガブリエルはカヌーで海岸部に沿って北に向かい、エウタ川に入り、オツジャネップ——教区の中でいちばん遠方の北にある——に行き、村人たちに警戒を怠るなと警告した。ガブリエルはいつもどおりの日常が営まれているのを見た。★若い男がふたりエウタ川の河口にいた。

ファン・ケッセルはガブリエルの後を追い、★十一月二十日の午後四時にエウタ川に到着した。オツジャネップはそこから内陸に五キロほど入ったところにある。オツジャネップの人々は河口付近で魚を捕るために、エウタ川をひっきりなしに上り下りしていた。しかしその午後、太陽が傾き、先史時代のようなニッパ椰子の緑色と、空の青さと川の銀茶色の中に、人の姿はなかった。いつもなら活気づいている川に、人気《ひとけ》がなかった。ファン・ケッセルはその夜はファレツ川の河口で野営した。

オランダの役人たちはアスマット一帯を隈なく調べていた。さまざまな村から来たアスマットの人々は扇状に広がるような態勢を組んで、川や岸辺を歩き回った。ファン・ケッセルは「タスマン」と連携していた。★「タスマン」の司令官はＨＰＢの名で知られ、海岸線を徹底的に捜索していた。その頃、ガブリエルはエウタ川と、バシムがあるファジト川の南の岸辺を探して丸一日を過ごしていた。★大勢の村人が捜索に加わっていたが、ファン・ケッセルはオツジャネップの者を誰ひとり見かけなかった。

この気も狂わんばかりの捜索をアスマットの人々がどう思っていたのか。それはわからないが、これまでに見たことのないものだったことだけは確かだ。たくさんの船、たくさんの飛行機。大勢の白人。あの失踪者がロックフェラーの一員であり、世界一の金持ちでいちばんの権力者の息子であることは、彼らにとってなんの意味もなかった。彼らが知っていたのは、失踪者が白人であったということだけだ。

日が過ぎ、捜索する手段が大きくなり、ヘリコプターが到着した。アスマット地区のだれもそんなものを見たことがなかった。空高く飛ぶ飛行機を見た者はいた。ピリマプンやアガッツやアマナムカイのわずかな人は、カタリナが川に着陸するのを見たことがあったが、大半の人はそんなおかしな格好をしたカヌーを間近で見たことはなかった。浮きが付いたオーストラリアの軍人パイロットが操縦するヘリコプターが大空のどこからともなくやってきて、村のそばにある川に着水し、ローターの回る騒音と八十ノットの突風が吹いて、水面から小枝や切片を巻き込んで雲のような飛沫があがった。村人たちは恐怖に戦《おのの》いて悲鳴をあげながらジャングルの中へ逃げていった。★アスマットが外部の人間に対して寡黙であり用心深いということを考えると、ヘリコプターのパイロットが何も発見できず、何も聞かなかったというのは不思議でも何でもない。十一月二十七日、ネルソンがメラウケで過ごした最後の日に、ファン・ケッセルのアシスタントのガブリエルは、ヘリコプターに乗ってオツジャネップに向かっていた。そしていつものように、ヘリコプターが現れたとたんに、村から人はいなくなった。★ガブリエルが村の裏の木立の中を進んでいくと、ようやくアジムとフィンが現れた。ふたりは、マイケルのことは何も知らない、と言った。★しかしガブリエルは、オツジャネップの人々がひとりもマイケルの捜索の手伝いに行かなかったことに気づいていた。

アツジではフォン・ペエイが、船やヘリコプターが次々にやってくるのを見ていた。★

そしてアスマットは静まり返った。ヘリコプターは元の場所に戻っていった。ネプチューンは旋回するのをやめた。「タスマン」と「エーンドラハト」はいつものパトロールに戻っていった。アツジではフォン・ペエイが、村人がサゴを集めにジャングルに入るのを一週間待たせて、★見回りをさせた。最初に出向いたのはジョウだった。そこでは何もかもがいつも通りだった。

翌日、フォン・ペエイはカヌーに乗り、内陸部の支流や迂回路を経て、長い時間かけてオマデセップまで行った。その日は暑かったが、アツジを出てほっとしていた。ロックフェラーの捜索から逃れて嬉しかった。いつもの日課に戻れたことがありがたかった。彼は正午頃にオツジャネップに到着した。

「あなたに会いたがっている男たちがいます」★教理問答教師が言った。「あなた宛の伝言を持っています」

「連れてきなさい」とフォン・ペエイは言った。★

# 第二十章　一九六一年十一月

バシムで、ファン・ケッセルは不可解な矛盾する噂を耳にするようになった。★心騒ぐことが海で目撃されたとのこと。オツジャネップの上流にあるワルカイの村が、白人の男を殺して食べたのはオツジャネップの者たちだ、と言っているというのだ。誰もが何かを知っているようだった。十二月三日に、ファン・ケッセルはガブリエルをオツジャネップに向かわせた。★そして煙草を吹かしながら話をし、耳を傾けた。噂が広まっている、とガブリエルは各ジェウの男たちに話した。この村のベレという名の男が、白人の男が殺されたとオマデセップの人々に話をした、と。「俺たちは海にどでかい獰猛なヘビがいるのを見ただけだ！」★とウォティムが言ったが、それだけだった。ほかに何も知らないと彼らは言った。しかし、ベレは荒れ狂い、★叫び、悲鳴をあげ、俺は何も言っていないと叫びながら村を走り抜けてジャングルの中へ姿を消した。ファン・ケッセルは村人に話を聞くためにバシムからオツジャネップにカヌーを送り、★ベレと三人の男をバシムに連れてきた。十二月五日にファン・ケッセルはひとりひとりに質問した。

「作り話をしただけだ」とベレは言った。

「見たのはヘビじゃなかった。ただの木っ端だった」とウォティムは言った。

「海に大きなワニがいた」とアイトゥルが言った。

「顔のついた何かを見たけど、ただの木の幹だった」とエコブは言った。

ファン・ケッセルは全員に、どうしてアイトゥルはワニを殺さなかったんだ、と訊いた。

「武器がひとつもなかったからだ」とアイトゥルは答えた。

ファン・ケッセルはもう一度ウォティムを呼んだが、ウォティムはジャングルに逃げてしまった。

十二月八日、彼はガブリエルをオツジャネップにもう一度送った。今回は煙草を大量に持って行った。村人たちはジェウに集まり、腰を下ろして煙草を吸った。「オツジャネップの男たちよ」ガブリエルは村人たちに言った。★「もうすでに質問された者が何人かいる。だから、どうして白人たちが、アメリカから来た白人を探しているのか知っている。彼らは死体が近くの海岸にあがって、お前たちがそれを見つけたに違いないと思っている。でも、その死体がどうなったのかはわかっていない。政府はお前たちが悪行に手を染めているのではないかと疑っている。その白人の下着をよこせ。それを政府の白人たちに見せれば、もうこれ以上捜索しないだろう」

これは、殺人やそれらしい行為について一切触れずに、彼らに死体を持っていることを認めさせるために練られた戦略的な説明だった。しかし何かを知っている者はひとりもいなかった。ところがペプが人間の骨から作った新しい短剣を持っていた。★それで古い短剣をガブリエルに

マイケル・ロックフェラーが消息不明になった直後にバジムのファン・ケッセル神父が撮ったアジム（裸体）の姿。

差し出した。アジムの姿はなかった。ガブリエルは、彼らの態度におかしなところがあるような気がした。「彼らは演じていたのだ★。村人たちは大袈裟に驚いてみせ、非常に慎重に答えた」とファン・ケッセルは報告書に書いている。「ガブリエルに声が届かないところで囁きあっていて、非常に神経過敏になっていた」

ファン・ケッセルは確信は持てなかった★ものの、マイケル・ロックフェラーは海岸まで泳いできてオツジャネップの男たちに殺された、と考えるようになった。

十二月九日、フォン・ペエイがオマデセップに到着した★。この村は彼の教区の南端にあった。彼が教理問答教師の家にたどり着いたときには太陽は沈んでいた。壁はガバガバで、屋根はヤシの葉で出来ていて、支柱の上に作られた地元ならではの狭い部屋だが、テーブルとベッド、食器棚もあった。フォン・ペエイは不安だった。★新たな知らせを聞く心の準備ができていなかった。ガスランプが辺りを照らし、そのそばの壁には白い目をしたヤモリがたくさんへばりつき、太い尻尾に吸盤のある足でバランスを取りながら、明かりに誘われてくる昆虫を待っていた。体長はほんの十センチほどしかないが、大きな鳴き声をたてた。家の外ではコオロギが集《すだ》き、犬が二匹、はがされた魚の皮をめぐって喧嘩していた。

フォン・ペエイが待っていると、四人の男が入ってきた。★ベレとブメスはオツジャネップの者で、ンブジとタツジはオマデセップ出身だった。タツジは六月にマイケルとワッシング、それにゲルブランズをオマデセップからオツジャネップへカヌーで案内した男たちのひとりで、オツジャネップに親類がいた。四人は神父のところに来るために短パンをはいていた★が、鼻の中隔に貝殻や彫刻を施した豚の骨を挿していた。

「さあ、きみたちが知っていることを話してくれ」とフォン・ペエイは言った。★

少しずつ、少しずつ、打ち明けられていった。★十一月十七日の金曜日、オツジャネップの男たちは、ピリマプンにいるファン・デ・ワールが建材を求めているという話を耳にした。それで日曜日の午後遅くに五十人の男たちが村を出発し、月曜日の朝にはエウタ川河口で休んでいた。自分たちの縄張りなので安全だった。そこは煙草をふかし、サゴを食べるのにちょうどよい場所だった。海の中で何かが動いた。ワニだと思った。アスマット語では「エウ」という。

いや、違う。あれはワニではなく、白人だ。白人の男が仰向けになって泳いでいた。その男はこちらを見て手を振った。四人のうちのひとりが話した。「オツジャネップの男たちは、いつも白人の首を狩ることを話しているんだ。それで、すごいチャンスだと思った」言い合いが起きた。ピリエン・ジェウの長であるドムバイは、殺すべきではないと思った。アジムとフィンは殺すべきだと思った。男をカヌーに引き上げようとしているときに、ペプが槍で男を突いた。それだけでは死ななかった。男たちは白人を海岸まで運び、ジャウォル川に入った。そこで殺して、大きな火を熾《おこ》した。

「その男は眼鏡をかけていたか?」★とフォン・ペエイは訊いた。「どんな服を着ていた?」

彼らの応答はフォン・ペエイの記憶に焼き付いた。★その詳細は決して忘れられないものだった。白人は短パンをはいていたが、それはこれまで見たこともないような、アガッツの店でも買えないような代物で、裾が足の付け根のところにあり、ポケットがなかった、という。下着姿だったのだ。

フォン・ペエイは耳を傾けた。何度も頷いた。「それで、その男の首はどこにある?」

「フィンの家に吊してある」★と彼らは言った。「とても小さくて、子どもの頭みたいだ」

「太腿骨はどうした?」★とフォン・ペエイは訊いた。アスマットが太腿の骨を短剣にすることを知っていた。

「頚骨は?」頚骨は魚用の槍先として使われた。

ペプが大腿骨の一本を持っていた。アジムがもう一本を持っていた。ジャネが頸骨の一本を、ワサンがもう一本を持っていた。ワサンはマイケルの左上腕の骨を、カカールは右上腕骨を持っていた。アカイアガップが右前腕の骨を、アカイシミットが左前腕の骨を持っていた。ベセ、エレム、フォムは肋骨を一本ずつ取った。アイナポルは短パンを取った。短くてポケットもないあのおかしな短パンだ。眼鏡はドムバイかベセが取った。

「どうしてその白人を殺した？」とフォン・ペエイは訊いた。

オツジャネップで殺しがおこなわれたのは四年前のことだ、と彼らは言った。

フォン・ペエイは途方に暮れた。詳細に語られたこと、とりわけマイケルの下着の描写は、あまりにも具体的で信用しないわけにはいかなかった。フォン・ペエイはアスマットに六年近くいた。アスマット語も流暢に話し、これまでやってきたどのヨーロッパ人よりアスマットの人々やその文化に親しみを抱いていた。彼は打ちひしがれた。しかしその話の内容を疑っているふりをした。何も言わなかった。

翌朝、彼はジョウに戻ると、料理人をジェウに行かせた。数時間後に料理人が戻ってきた。同じ話がいまやジョウの村中を駆け巡っていた。誰もがすべてを知った。

フォン・ペエイはアマテスの出身地ビワール・ラウトまで足を伸ばした。大勢の男たちが集まっていた。興奮していた。煙草を求めていた。「煙草を吸わなければならない！」と口々に言った。

「煙草が欲しければ、私のためにやってもらいたいことがあるんだ。この手紙をすぐにアガッツに運んでくれないか」フォン・ペエイは言った。

「役所にか？」彼らの熱狂が静まった。彼らは行きたくなかった。アガッツには行きたくなかったのだ。政府関係の場所には行くつもりはなかった。彼らは怖れていた。

「わかった。じゃあ、煙草はあげられないな」とフォン・ペエイは言った。「この手紙の宛先は役所ではなく、明日にでもここに立ち寄る予定の神父さんに宛てたものだ。だからきみたちに行ってもらわなくちゃならない」。潮は引いていて、川の流れは速い。遠くまで行くのであればすぐに出発しなければならなかった。

彼らは行くことを承知した。フォン・ペエイは簡単な文章を急いで書いた。★「こういうことをするつもりはなかったが偶然にも情報を手に入れたので知らせないわけにはいかなくなった。マイケル・ロックフェラーはオツジャネップの男たちに見つかり、そして殺された。ジョウ、ビワール、オマデセップの各村の者たち全員が明らかにこのことを知っている」

彼はそのメモを封筒に入れて封をし、アガッツの主任司祭デ・ブルーワーの宛名を書いたが、メモの紙に書かれた宛名はアガッツの政府の役人コー・ニジョフのものだった。

フォン・ペエイはその翌日アガッツに戻った。

十二月十二日、ファン・ケッセルはニジョフと話をするためにアガッツに到着した。★ニジョフはフォン・ペエイのメモを渡した。「決定的なことが書かれた小さなメモだった」。ファン・

ケッセルは直ちにアツジに戻り、同僚たちに話した。

　十二月十五日、バシムに戻ったファン・ケッセル★は、ニジョフに長い報告書を書いた。「フォン・ペエイ神父と話をした後、私が抱いていた一パーセントの疑惑は払拭された。今回得た情報は非常に詳しく、私の記録や調査と合致していたからだ。**マイケル・ロックフェラーがオツジャネップの男たちに殺されて食べられたことは明らかだ**」ファン・ケッセルはこの一文をすべて大文字で記した。「これは四年前の射殺事件への報復だった。アスマットの中でもスジエル《原文ママ》の者たちだけがオツジャネップの男たちの勇敢な行為について話しているが、どの村もこのことは知っている」ファン・ケッセルはすべてを書いていた。その名前。誰がどの部分の骨を持っているか。オマデセップとオツジャネップのあいだを自由に行き来していたタツジがオツジャネップに着いてみると、村人たちはビスの歌を歌っていて、ペプは新しい大腿骨の短剣を持っていた。オツジャネップ全体が騒然とした感じで、政府から調査にやってくるかもしれない者を「受け入れる準備」をしていた。川は荒れて風も強いなかで、ガブリエルはその夜、ピリマプンにいるニジョフに手紙を書いた★。ガブリエルのカヌーは三度も転覆したので、到着したときは体調を崩し、疲弊しきっていた。肺炎でもう少しで死ぬところだった。

　五日後の十二月二十日、アジム、フィン★と数人のオツジャネップの男たちがバシムにやってきた。バシムに住む親類が死んだからだ。彼らはファン・ケッセルの家には近づかないようにしていたが、ファン・ケッセルから彼らのところに伝言が届いた。マイケルの頭蓋を持ってきたら金属製の斧三本、大腿骨なら斧二本払う、と。オツジャネップのアジムとフィンはこれを拒絶した。「**ふたりは殺人を否定しなかった**」とファン・ケッセルは書いている。★「しかしタツジの言うことはおかしいとも言った」と。ファン・ケッセルはふたりの男を見つけてその写真を撮った。「後に誰かが（必要ならば）主犯を特定するときのために」

　ファン・ケッセルの長い報告書にはその証拠が書いてあった。報告書がニジョフのところに送られた日から六日後の十二月二十一日に、オランダ領ニューギニア知事P・J・プラテエルが内務大臣テオ・ボットに電報を送った。その電報は「秘密」とされ「廃棄」と記されていた。確かにその電報の一部は廃棄されていたが、記録保管所に一部は残されていた。もっとも、そこには手書き文字で、「配布禁止」とあった。

「メラウケの弁務官（エイブリンク・ヤンセン）はアガッツの役人（ニジョフ）を通して★ファン・ケッセル神父からの手紙を受け取った★が、それにはこの手紙はロックフェラーがオカネップ《原文ママ》の住人たちに殺されて食べられたことがはっきりと書かれていた。彼の情報は、よその村で人々と接触して得られたもので、ファン・ペイ《原文ママ》神父を通して得られた情報と似ていることには同意できる。この情報によれば、当日の朝、多くのカヌーが海でロックフェラーを目撃しているはずで、当のロックフェラーはカヌーに引き上げられるときに槍で刺されたと考えられる。浜辺で殺されて食べられたはずだ。頭蓋骨、骨、衣類はそれぞれ名のある人物のところにあると言われている。メラウケのあたりではすでにこの噂でもちきりで、本件が外部の報道関係者に知られずにいることは考えにくい。私としては、もう少し様子を見るのがいいように思える。まだ確たる証拠は見つかっておらず、従って確実なことはひとつもない。このことを考えると、現時点では報道関係者やネルソン・ロックフェラーに情報を提供することが適切だとは思われない。もし何らかの問い合わせがあったら、そのときは、われわれのところにもその噂は届いていて、調査をおこなうつもりである旨を伝えることで対処できる。そうすればわれわれも時間が稼げ、本件が事実だとわかったときにこちらに都合のよいタイミングを見計らって情報を発表することできる。メラウケの弁務官は、本件が終結を迎えるためにどのように行動するのが適切かをいまも考えているところだ」

## 第二十一章

二〇一二年三月

アマテスとウィレム、フィロ、マヌ、そして私は、朝六時にロングボートに乗り込み、オツジャネップに再度向かった。一回目にオツジャネップを訪れる前に、ファン・ケッセルとフォ

私の一回目のピリエン訪問のときに集まってきたオツジャネップとピリエンの男たち。
中央の男が、ドムバイの息子ベル。その右にいるのがペプの息子のタペプ。

ン・ペエイの報告書をすべて読み、フォン・ペエイ神父からはある程度の話は聞いていたが、事を急《せ》くことはしたくないと思っていた。

ようやくアマテスとウィレムにすべてを話したとき、ふたりとも驚きはしなかった。

「オツジャネップの男たちがあの白人を殺したことは、アスマットの者なら全員知っている」とアマテスは言った。「われわれがなにもかもはっきりさせる。心配するな、ミステル・カルル」

今回は、オツジャネップとピリエンに戻り、そこで何日か過ごし、男たちに直接マイケル・ロックフェラーのことを尋ねたいと思っていた。パプア・ニューギニアとジャヤプラ郊外のセンタニ湖で育った小柄で落ち着いた女性ヘナー・ジョクがわれわれに同行してくれることになった。彼女の父親は、インドネシア領パプアで、初期のパプア人独立運動を指揮していた人物だった。私はアガッツで彼女の到着を待って五日間過ごした。そしてようやく彼女はやってきた。彼女は英語もインドネシア語も完璧に話せた。アマテスが通訳してくれても理解できなかった空白を彼女が埋めてくれることを私は願った。

私たちは正午過ぎにピリエンの泥岸に到着した。村は暑く、静かだった。桟橋がなかったのでわれわれは三艘のカヌーから這い降りて、泥の中を歩くために敷かれたぼろぼろに腐った丸太の上に足を置いた。以前滞在した家の前に行くと怒鳴り声がした。

「チ、チ、チ」と頭を横に振りながらウィレムが言った。

アマテスも厳しい顔つきになった。「ここには泊まれないな」と彼は言った。

その家は空っぽだったが、その家の隣りに家の所有者の一家が住んでいた。その家族にアマテスが金を払っていたのだ。ところが村長がわれわれの滞在を許そうとしなかった。「人々は村長に怒っているんですよ」とアマテスが言った。「妬みです。こちらへ」

われわれはピリエンの中心にある板敷きの道を歩いていった。沼地より一メートル五十センチほど高くなっている。刻み目のある丸太の道を下って六メートルほど行くと、黒い泥の上六十センチほどの高さにツーバイフォーの家が建っていた。三部屋と狭いベランダがついていた。アマテスが何か言うと、なんと、中にいた一家はニッパ椰子の寝具用マットとわずかな衣類をかき集め、奥の台所の方に姿を消したのだ。その台所は泥の炉辺がついた六メートル四方の藁葺きの部屋だった。床は直径三センチの枝が、それぞれ五センチずつ離れるようにして敷いてあった。庇《ひさし》からは真っ黒な瓶が吊り下がり、その中には擦り切れた衣類や椰子の葉の袋、弓矢、魚獲り用の網などが山ほど入っていた。

われわれの入った三部屋の中には何もなく、壁は煤と泥で真っ黒だった。われわれは床に腰を下ろした。フィロが、火口がひとつだけの携帯用コンロで昼食を作った。白米とフリーズドライのラーメンに、缶詰のイワシを少し混ぜたものだ。いまや私は誰が重要人物なのかはっきりとわかった。ここは、ファン・ケッセルがマイケルの眼鏡を持っていると言った男、ドムバイの息子のひとりの家なのだ。ドムバイは四人の妻を娶《めと》り、十四人の子どもがいたが、イノシシの牙に刺されて死んだ。バシムで会ってラプレの襲撃の話をしてくれたコカイは、ドムバイと血縁関係にあった。ペプ、フィン、アジムの三人はみな死んでいたが、ペプとアジムの息子たちは健在で、この村に住んでいた。

「さあ、オツジャネップに行こう」食事が終わるとアマテスが言った。

われわれはまた、板敷きの道をそろそろと歩いていった。そろそろと歩いているのは私だけで、アマテスやウィレム、赤ん坊を背負ったアスマットの人たちはとても狭い丸太や板の上を駆け回っていて、まるで幅が一メートルはある板の上を歩いているかのようだった。ロングボートに乗り込んで八百メートルほど上流へ向かった。ジャングルが開かれ、オツジャネップが現れた。低い桟橋にボートを繋ぐと、右側の岸を上った。沼地の上を板敷きの道が延び、広い空き地に、藁と椰子と木でできた家が点在していた。あたりは静かで、煙草と湿気のにおいがした。どのポーチにも、どの戸口にも、いたるところに人々がいて、こちらを見ていた。男と少年たちの集団が私たちの後をついてきた。ひとりの子どもが私を見て悲鳴をあげ、激しく震え出した。悲しそうな顔をし、水の溜まった用水路に飛び込み、なんとか逃げて隠れようとした。

アマテスが笑った。「あの子はあなたを怖がっている。あなたを幽霊だと思ってる」

板敷きの道が終わり、泥の中の丸太を渡り、広いポーチのある、荒廃して捨てられた木造の家に案内された。背中を入り口のほうに向けて床に腰を下ろすと、男たちが集まり始めた。五人、十人、三十人。間もなく五十人の男たちがわれわれを囲むように座った。待っている。その一番前にいるのが、ペプの息子タペプだ。オツジャネップの村長だった。

アマテスは煙草の葉の入った袋を取り出し、それを車座の真ん中に押しやった。ウィレムも煙草の葉の袋を出して同じことをした。タペプとほかの男たちがその袋を手にし、茶色の葉を指で摘まみ、ほかの者たちに分け与えた。

どこからともなく、いきなり、なんの合図もなく、男の叫び声がし、アスマットの歌が始まった。長く音を引き伸ばす、悲しみに満ちた歌だった。それにほかの男たちも加わった。「やあ！　やあ！」と声を揃えて叫び、四十人の男たちがひとつの声で完璧なハーモニーを奏でた。力強かった。心が騒いだ。美しかった。

アマテスは話し始めた。さらに話した。時にはインドネシア語で、時にはアスマット語で。話し終わると、沈黙が広がった。するとまったく別の悲鳴が聞こえてきた。ヒステリカルで、尾を引くような声だ。村中に太鼓が響き渡った。男たちは一斉に首を巡らせ、話し、立ち上がり、出て行き始めた。悲鳴のする方に向かってみな歩き出した。

「だれかが死んだ」とアマテスは立ち上がりながら言った。「女性ですね。われわれは帰ったほうがいい。また午後に来ましょう」

また午後に行くと、同じ男たちが集まってきた。再び煙草を提供し、アマテスが再び話をし、私はヘナーに助けられながら何が話されているのか必死で理解しようとした。

アマテスはこう言っていた。「われわれはみな同じだ、アメリカ人もアスマット人も。われわれアスマット人は、誇るべき歴史がある。それを恥じることはなにひとつない。いまでは聖書が来たために、まったく違うことをしている。しかし、われわれの過去はわれわれの姿であり、話すべきものだ。アメリカの人々はアスマットに興味を抱いている。われわれのことを知りたがっている。アメリカにいる者はみな、マイケル・ロックフェラーに何が起きたのかとっくに知っている。だから怖れることはなにもない。それは昔に起きたことだ。ミステル・カルルは遠いところからここに来て、その昔の話を聞きたがっている」それからアマテスは続けた。「われわれはペプがマイケル・ロックフェラーを殺したことを知っている」

集団の中にさざ波が立った。もじもじした。ペプの息子のタペプが言った。「ここで起きたことはずいぶん昔のことだ。過去のこと。だれも覚えていない」

「狙撃手」という文字が正面に書いてあるTシャツを着たひとりの老人が口を開いた。「オッジャネップの者はみな若い。いまの話にみな驚いている。その話を俺は聞いたことがあるが、まだ小さな子どもだったのでよくわからない」

私はタペプを見つめた。彼は喉をゴクリと鳴らして私を見返し、それからアマテスを見た。彼とほかの男たちはアスマット語で話を始めた。静かな話し合いが続いた。「彼らは心配している」とアマテスが言った。「怖がっている」

緑と茶色の迷彩服模様のTシャツを着た男が言った。「父親からその話を聞いたことがある」それから次に彼が話したのは、「セーグワールト神父という白人」のことだった。アスマットに聖書を持ち込んだ人物だ。「それしか覚えていない」と彼は言った。

沈黙。それ以上誰も何も言わなかった。われわれは見つめ合いながら座っていた。彼らが本当のことを話しているのか否か、まったくわからなかった。彼らが引っ込み思案だなどと私は想像していただろうか。彼らがセーグワールト神父のことに話を逸らすと想像していただろうか。

「行こう」とアマテスが言った。「今日はこれで充分だ」

その夜、灯油の入った二個のブリキ缶の、ちらちらする光を囲んで座っていた。黒い煙の柱が暗闇の中に消えていく。影が汚い壁に映って踊っていた。雨が落ちてきた。アスマットならではの降り方だ。凄まじい音と勢いで連打するような猛攻撃。ピリエンの男たちも同じ家にいて、少なくとも十数人の女や子どもが台所にいた。われわれは煙草を吸った。それから顔を見合わせた。手も足も出ない感じがした。

「今日、彼らは本当のことを言っていたと思うか？」と私はアマテスに訊いた。

「ふたりの男が『この話は知っているが、話すのが怖い』と言ってましたよ」とヘナーが言った。

「なんだって？　いつそんなことを言った？　どうして通訳してくれなかったんです？」私は言った。

ヘナーは肩をすくめた。

「ああ」とアマテスが言った。「彼らは知っている。でも、怖がっている」

「アメリカを怖れているんだ」ウィレムが言った。「アメリカ軍を怖れてる。明日、バシムへ煙草と砂糖を買いに行く男たちがいる。アマテスと俺もいっしょに行って、その男たちとこっそり話してみる」

暗闇と踊る影の中で、アマテスとウィレムは私のそばににじり寄って囁いた。「マヌがずっと聞き耳をたてている。人々は話しているのを見られるのが嫌なんだ。だから、明日の夜出ていって、話をしてくるよ」

それからアマテスが言った。「眼鏡はここにある。ドムバイの息子が、眼鏡を見たことがある、と言っている。彼の家族が持っているんだ。ドムバイがイノシシの牙で殺されたとき、息子はまだ幼かった」アマテスは息を整えた。「俺が彼らの先生だったら、きっと怒りまくっただろう。彼らは質問に質問で答えるんだ。なんにも喋らない！」

私は床の隅でいつの間にか眠っていた。目が覚めたのは、唱和と太鼓の音が聞こえてきたからだ。すぐ近くで聞こえた。起き上がって忍び足で、床に横たわっている十人の体――ドムバイの息子とその家族全員が、椰子の葉のマットにまとまって横になり、赤ん坊と子どもはひと塊になっていた――を跨いで外に出た。雨があがってからだいぶ経っているようだったが、月は見えなかった。黒炭のような闇だった。暖かかった。静かだった。唱和と太鼓の音はすぐそばにあった。家の真ん前にいるのに、なにも見えなかった。地平線で稲妻が走った。すると、十メートルほど離れたところに十数人の男たちが輪になっているのが見えた。太鼓の音は激しく低く、誰かが歌い出すと、ほかの者もそれに加わり、歌声が大地の真ん中から湧き上がってくるようだった。私はその場で身動きが取れなくなってしゃがみこんだ。どうしてこんなことがここで起きているのだ？　私の家の前で。彼らのところに行きたかったが、そうすべきかどうかわからなかった。音が私を貫く間ずっと、私は空を見あげていた。頭上には天の川が、無数の星々が広がっていた。どのくらい長い間そこに座って聞いていたのかわからない。一時間。二時間か。音は次々に続き、ときおり静まり、低い声で始まり、太鼓がまた鳴り、私が眠りに戻ろうとしてもたくさんの声が響いていた。

アマテスとウィレムは午前四時に姿を消し、私はその日一日ポーチに座ったり、村を歩いたりして過ごした。子どもたちはあらゆるところを勢いよく走り回っていた。椰子の木に登り、川に飛び込み、泥の中で転げ回った。子どもたちの集団が手を繋いで歩いてきて、乾いた白い泥を体に塗った。わずかな鶏と巨大な黒豚が沼地を歩いていた。蠅がひっきりなしに私の両手両脚、目や口にとまった。午後になるとみな昼寝をした。村全体が動きをとめた。

アマテスが昼近くになって戻ってきた。彼は怒っていた。ひどく苛立っていた。「なにも言わない」とアマテスは言った。「あいつらは、知っているけれど言うのが怖いって言ってるんだ。『たぶん明日には』って言う。でも、しばらくしたらオツジャネップにまた行こう。バシムまで一緒に行った男は、年長者が怒り狂うのを怖れている。われわれの歴史にかかわる問題だ。それを話すことは問題ではないが、年長者はそれを望んでいない、と男は言ってる」

正午になって、ひとりの老人が家に入ってきた。老人がアマテスに何か囁くと、アマテスは老人を別の部屋に連れて行った。ふたりは床に座って煙草を吹かしながら囁き合っていた。それほど大きくて根の深い秘密なのだ。遠い昔に起きたことだが、誰もがそのことを知っている。しかし、誰も話したくないのだ。その理由というのは複雑だ。若者は、それがひどく恥ずかしい過去と繋がっていると感じていた。彼らはインドネシア政府とアメリカ政府が激怒することを怖れていた。そして、もしかしたらカトリック教会と神自身の怒りを招くことを怖れていたのかもしれない。もし彼らがマイケルを殺したのなら、それがとてつもなく反逆的な行為であり、前例のないことであり、それがばれたら白人の領主と今後うまくやっていけないことを知っていた。しかし、それ以上の何かが、法的な結果やキリスト教徒の怒りを心配するよりもっと別の何かがあるのではないか、と私は疑っていた。マイケルがオツジャネップの男たちに殺されたのなら、西側の感覚の復讐心というような単純なことではない。精霊に、神聖なものに、支配力を再構築することにかかわることなのだ。それに、もしかしたらあまりにも深い問題で、精霊の世界それ自体からの影響なしには共有できない原理があるのかもしれない。アスマットの中のバランスは、その反対勢力を根拠としているためにまったく当てにならなかった。もし彼らがマイケルを殺したのなら、彼らはその反応をずっと待っているはずだ。ありのままかつ抽象的な反応を。

アマテスと男が別の部屋から現れると、アマテスが、ちょっとオツジャネップに戻ったほうがいいと言った。この男の家に。彼なら覚えていることを話してくれるはずだ、と。

その家は時間のない場所だった。枝と藁と火を焚く場所があった。煙が炉床から立ち上り、床は樹皮でできていて、甘い匂いのする椰子の葉に覆われていた。われわれは人目を引かずに通り過ぎることができなかった。ボートから家に向かって歩いていると、人々が寄ってきて、その数がどんどん増えていき、椰子の床に腰を下ろしたときには二十人になっていた。しかもひっきりなしに人がやってきた。この家の男は神経質そうにしていた。彼は背が高く、痩せていて、片耳と鼻中隔に穴を開けていた。灰色のしっかりした巻き毛をしていた。「彼は、自分がその話をする、と言ってる。しかしわれわれは行かなければならない、ここには大勢の人がいるから、と」アマテスが言った。

われわれはまた、打ち棄てられた家の前のベランダに移動した。そこにまた大勢の男たちが集まった。われわれは煙草の葉を渡した。みんな、巻き煙草にした。われわれは待った。ペプの息子のタペプがやってきた。過去の話をするとわれわれに言った男は、立ち上がってほかの数人の男と家の中に入った。低い声が聞こえてきた。その男は出てくると、そのまま歩き去った。

タペプが引き継いだ。「われわれはマイケル・ロックフェラーにまつわる話は知っている」と彼は言った。「彼はボートに乗っていた。そしてオツジャネップを訪れるためにやってきた。そしてボートがひっくり返って、姿が見えなくなった。われわれが知っているのはそれだけだ。たとえそれ以外のことを知っていたとしても、怖くてとても言葉にできない」

「怖いのはどうしてだ?」と私は訊いた。

「怖くはない」と彼は言った。「その話を知らないのだ」われわれはどこにもたどり着けなかった。あるいは、どこかにたどりつけたのかもしれない。彼は昨日話したことより多くのことを語ったのだから。

「もう行かなければ」アマテスがまた言った。聞き飽きた言葉だ。それで出ていくことにした。すると別の老人が私のところに来て、手を差し出した。私は握手をし、「ありがとう」とアスマット語で言った。老人は私の目を見たまま、手を放そうとしなかった。手を握ったまま。目を見つめたまま。私の思いすごしだろうか。老人は私に何か伝えようとしていたのではないか。

その夜、床に挿した蠟燭を囲んでいると、マヌが言った。「マイケル・ロックフェラーを刺した槍を引き抜いて、深い池に投げ込んだと言った男と話をしたよ。彼らはそのことを怖れている」

アマテスとウィレムが話し合った。「話をしてくれる人を見つけに行くつもりだ。暗いうちに。あなたがいないところで」とアマテスが言った。

一時間後に、アマテスは戻ってきた。ウィレムはまだ外のどこかにいた。「フィンとペプが髑髏を取って隠したんだ。ふたりはエウタ川の支流に行って、どこかの木のところに隠した。サケットという男が教えてくれた。それについて話すのを怖がっている。オツジャネップの人たちと親類関係にある場合は」

もう四日も過ぎていて、これ以上は滞在できなかった。彼らは、空白を埋め、私の好奇心を満たすためだけに話をしているのだろうか。それは本当の話だろうか。わからない。しかし、サケットがアマテスに話したことには注意を引かれた。頭蓋はフィンの家からはるか上流のジャングルの奥の木に移された、というフォン・ペエイの発言と一致していたからだ。「その頭蓋はアスマット人の頭蓋ではなかった。だから怖かった。村の人々はものすごく怖かったんだ」アマテスが言った。

次に何をすべきかわからなかった。これ以上長く留まる理由がないように思えた。翌日にはだれも家にやってこなかった。われわれだけで放っておかれ、遠くで集まっている声が無意味なものに思われた。アマテスは相変わらず、ドムバイの家族が眼鏡を持っていると言っていた。じゃあ、それを百ドルで買うよと私は言った。かなりの額に思われたが、なんの反応もなかった。アガッツに戻るしかなかった。家を離れるとき、六人の男が川岸に立って、何も言わずわれわれの出発を見ていた。別れの手を振ることもなかった。

アガッツのホテルに戻ると、アマテスとの会話に引きずり込まれた。彼はマイケルの眼鏡を絶対に見つけ出せると確信しているようだった。骨はアスマットの村の至る所にある。だから誰もが、これがマイケルの頭蓋や大腿骨だと嘘をつくことができた。DNA鑑定ができないので、私には誰の骨なのか知りようもない。しかし眼鏡は、マイケルが海岸に上がって殺されたことの動かしがたい証拠だ。アマテスはひとりでピリエンに戻るつもりだと言った。そこでドムバイの息子と話をし、眼鏡があるかどうか確かめてくる、と。それには千ドルが必要だ、とアマテスは言った。大金だった。それで私は嫌な気持ちがした。しかし私は疲れ果て、体重も十キロは落ちていた。湯のシャワーを浴びて一休みしたかった。眼鏡が本物なら、それだけの価値はあるだろう。もしその眼鏡が本物であれば。私はアマテスに旅行資金として三百ドルを渡し、私自身はバリエム渓谷に向かった。そこで数日間、マイケルがかつて歩いた場所を調べてから、休養を取るためにバリ島へ向かった。

バリ島に来て二日後に、アマテスから連絡が来た。バシムでわれわれが会ったピリエンの老人、ラプレ襲撃の目撃者のコカイは、ドムバイの親類筋に当たり、眼鏡を持っている、とアマテスは言った。そして、二百ドルをくれたら、もう一度ピリエンに行って眼鏡とコカイを連れて金曜日にはアガッツに戻る、と。話がうますぎる気がした。しかし確かめなければならない。私はバリ島のデンパサールを気が違ったように駆け回って、インドネシアの郵便局から電信で二百ドルをアマテスに送り（それが唯一アガッツに金を送る手段だった）、ティミカにいる知り合いのタクシー運転手アイヌムに連絡し、木曜にアガッツへ飛ぶ飛行機のチケットを取ってくれるように頼んだ。午前一時に私はティミカ行きの深夜便に乗り込んだ。アイヌムは誰かのチケットを手に私を待っていてくれた。三時間後に再び私はアスマットの地に到着した。

木曜日は一日中、そして金曜日の午前中、私はそわそわしていた。ようやく金曜の午後に電話が鳴った。アマテスからだった。携帯への着信にいま気づいたという。「ボートに乗っていて、もうすぐアガッツに着く。コカイが一緒だ。眼鏡は手に入った。コカイはなにもかも話すと言っている」

三十分後にアマテスが私のホテルの部屋に入ってきた。ひとりだった。「コカイはどこに？」と私は訊いた。

「家だ。彼は疲れている。ここに六時半に連れてくる」

「眼鏡は？」

「持ってるよ！」

私はアマテスに、眼鏡を掛けたマイケルの写真をあえて見せずにいた。アスマットの人々は誰ひとりとして眼鏡を掛けておらず、マイケルのは大きな黒いフレームで、レンズの分厚い一九六〇年代特有の眼鏡だったが、アマテスが同じような眼鏡を見つけてくる可能性を与えたくなかったのだ。

「どんな眼鏡だ？」

「大きい！　そして分厚い！」と彼は言った。

心臓が高鳴った。信じられなかった。すごい証拠だ。マイケルの運命を示す初めての堅牢な証拠だ。彼とこの村とを結ぶ証拠。

その夕方アマテスがやって来た。コカイと、さらにベアトゥス・ウサインという老人とアマテスの兄のひとりも一緒だった。コカイはバシムでは野性的に見えたが、アガッツではコウモリのような野生の生き物に見えた。着ているものは汚く、汗と煙と湿気のにおいがした。胸の前にオウムの羽根が差してある袋をぶら下げていた。

私は彼らが好きなランピオンの煙草の箱を開け、みんなに回した。われわれは紙巻きにしてそれをふかし、見つめ合った。「それで、話してほしいんだが。マイケル・ロックフェラーはどうやって死んだんだ?」

コカイは無表情に私を見た。ざらついた声で話し始めた。「アメリカ人旅行客はオツジャネップにやって来た。そして三日間滞在した。ここに大きなポストを建てると約束した。そして、アガッツに行ってから戻ってくると言った。戻る途中で彼の乗ったボートがひっくり返り、それっきり見えなくなった。セーグワールトが聖書と一緒にやってきた。それでわれわれはいまやキリスト教徒だ。マイケルに会ったことは覚えている。おれの頭を撫でて、学校に行かなければならない、と言った」

それは、前にも聞いた陳腐で使い古された話だった。目新しいものはひとつもなく、いつもすぐに聖書のことに話が移っていく。アマテスがいきなり怒った。「彼らはおれに話を聞かせてやると言った。だからその話をしろ、この話じゃなく!」。過去は過ぎ去ったことだ、なにも悪ことは起こらない、アスマットはいまやアメリカと友人だ、などなどアマテスは言い募ったが、コカイは座ったまま私を睨むだけだった。汗をかき、喉を鳴らしていたが、何も言わなかった。

ようやく私は眼鏡のことを尋ねた。コカイは袋の中に手を入れて汚い布に包まれたものを取り出した。私はそれを開いた。

一九九〇年代に生産された、プラスチック製の広角型のサングラスだった。

「違う！」私は言った。「これじゃない。これは最近のものだ。彼の眼鏡じゃない」

室内の緊張感が高まり、まるで恐怖映画のようだった。われわれ全員が紙巻き煙草を何度も吸い込んだ。雨がトタン屋根を激しく叩いた。部屋は息詰まるようで、われわれは大量の汗をかいていた。

コカイの横にいた老人ベアトゥス・ウサインが話した。「私は教師だ。コカイはピリエンの教理問答教師だ。われわれはいまやキリスト教徒だ」彼はそこで言葉を切り、私が理解したかどうか確かめようとした。その男の髪は短く、がっしりした顎をし、頬骨が高く、硬貨の塊でも詰まっているかのようだった。彼は勇敢で、しっかりした顔つきをしていた。「ペプとフィンはエウタ川の河口にいた。『おい、ワニだ』とペプは言った」男はそこで黙った。アマテスが翻訳するのを待った。初めて聞く話だった。「しかしそれはワニではなかった。男だった。仰向けになって泳いでいた。その男はこちらを見て立ち上がり、叫んだ。『助けてくれ、頼む！　助けてくれ！』。ペプがその脇腹に槍を突き刺した。そしてその男をカリ・ジャウォールに連れていった」

「だれがその話をあんたにした？」と私は訊いた。

「ペプは俺の伯父だ」と彼は言った。「ペプは俺にそっくりだった」

私は、誰が一緒にいた？　と訊いた。アジムと頭蓋のことを尋ねた。しかし彼はそれ以上話そうとしなかった。コカイは動かず、喋らず、彫像のように座ったまま、煙草を吹かしていた。みな立ち去りたがっていた。

私は彼らに礼を言い、明日になったら私たちはもっと詳しい話ができるかもしれないな、と言った。彼らは出ていった。

すべてが作り話だったのか。眼鏡は手っ取り早く金を手に入れるための大胆な嘘だった。眼鏡のことはコカイではなくアマテスの発案だったのかもしれないとも思う。しかしそうではなさそうだ。アマテスはとても驚いていたし、私と同じように激怒していた。コカイはなにも持たない。アスマットの者たち全員がそうだ。非常に貧しい。私は大金を申し出た。コカイは本物の眼鏡を持っていなかったのか、それともあまりに怯えていて――あるいはひどくびっくりして――金をいくら積まれてもその話には乗れないと思ったのか。老人の話に関しては、詳しい内容ではなかったが、もっとも本質的な点でファン・ケッセルとフォン・ペエイの元の記録と一致していた。

翌朝早くアマテスが戻ってきたときも私はずっと考えていた。アマテスは細かな部分を聞いてきた。彼らがマイケルを殺して食べたのはカリ・ジャウォール川で、何本かの骨を竹やぶの下に埋めた、とアマテスは言った。頭蓋は、エウタ川上流にある木の洞《うろ》に置いた。コカイに犬の歯のネックレスと石斧をあげるべきだ、そうすればコカイはもっと話すかもしれない、と。

「コカイは金よりもそっちのほうがいいのか?」私は訊いた。

「そうだ」とアマテスが言った。「カリ・ジャウォール川に行って確かめよう。俺は、みんなでコカイを探しに行ったときにそこまで行った。川の上流に竹が生えている」

私は、この決して終わらない追いかけっこに乗ってしまうのは危険だと感じていた。ボート用のガソリンは一ガロン十ドルで、ボートの賃料とアマテスとウィレムへの礼金、そして全員の食料と煙草が必要だった。カリ・ジャウォール川に行くにはさらに数百ドルはかかる。

とにかくも五十年前のことだ。アスマットの泥の中にある骨を見つけ出せるわけがない。五十年にわたって雨と潮とに晒されながら成長した竹やぶの中になど。犬の歯のネックレスも数百ドルはする。しかも石斧だって同じだ。永遠に終わらない気がした。その情報が正確かどうか、マイケル・ロックフェラーをだしにした金儲けを続けようと彼らが思ったのかどうか、私にはわからなかった。ジャングルの中で迷子になったような気がした。情報と神話と過去の物語からなるジャングルで。

アメリカに帰る潮時だった。

## 第二十二章　一九六二年一月、二月、三月

公には、当局はすばやく動いてマイケル・ロックフェラー失踪事件を鎮めようとしていた。一九六一年十二月二十日、マイケルの失踪から一月後のこと。★オランダ領ニューギニアの裁判所は、彼の死を記載する旨を発表した。翌日、ニューギニア知事プラテエルは内密裡に内務大臣ボットに電報を打ち、マイケルが海岸まで泳いでいってそこで殺されたことが記載されたファン・ケッセルとフォン・ペエイの報告書があることを伝えた。それにもかかわらず、その同日にプラテエルは正式にマイケルの公開探索を終了し、ネルソン・ロックフェラーに電報を送った。「この地域全体は、地元の人々による協力からなるさまざまな集団によって広域にわたって捜索されてきました。★あらゆる噂も丹念に調査してきました。全報告を精査した結果、もうこれ以上打つ手がないためにこの捜索を打ち切るしかないという私どもの結論を、誠に残念ながらお伝えしなければなりません」

ネルソン・ロックフェラーはすぐに記者会見を開き、プラテエルの決定を伝え、自分の意見を述べた。「わが家族全員は、隅から隅まで時間をかけた捜索をしてくださったオランダ政府に、心からの謝意を捧げるつもりです。★オランダ政府のみなさんは義務感による働き以上のことをしてくださり、私どもはこれ以上探すところは残されていないことを知って、この先も慰

マックス・ラプレに殺されたサムットの息子にしてジサールのジェウの長サウアー(左)が、
マイケル・ロックフェラーがピリエンの未完成のジェウで撮った写真を見ている。

められることでしょう」

しかし実際には、マイケルの新たな捜索が、しぶしぶながらも始まったばかりだった。ファン・ケッセルの報告書が政府に送られ、さらに教会の代理司教のヘルマン・ティレマンズ（当時オランダ領ニューギニアにおける最高位の教会職員だった）のところに届いた。そこに記載されていたのは、誰もがもっとも知りたくないことだった。ファン・ケッセルとフォン・ペエイは、マイケルの体の骨を持っている人物の名を十五人挙げ、★殺人の現場にいた三十五人の名も書いていた。どの人物も、南部アスマット最大の村の政治機構においては重要な存在だった。もし彼らがマイケル・ロックフェラーを殺したとしたら、そしてそのような行為がなされたことをロックフェラー家が知ったとしたら？　どうなる？

植民地政策が順調におこなわれていたとき、ベルギー領コンゴや英国領インド、オランダ領ニューギニアといった場所では、白人を殺した場合の応対は極めてシンプルなものだった。武器による襲撃、村の焼き討ちがおこなわれ、男たちは引ったてられ、裁判にかけられないまま不可思議な死に方をした。迅速で非情な暴力による報復は、マックス・ラプレが言ったように、教訓を与えるためには妥当なものだった。

しかし時代は変わった。一九五八年のラプレ襲撃がたった四年まえであっても。オランダ政府はアメリカ合衆国と国連に対して、オランダ領ニューギニアは機能している政府の傘下にあり、秩序が守られている地域であり、オランダ政府自体は有能で賢明な統治者であると信じ込ませようとしていた。そしてマイケル・ロックフェラーはただの普通の白人ではなかった。もし彼が殺されてしまったなら、しかも、ファン・ケッセルとフォン・ペエイの報告通りに食べられてしまったなら、不道徳なおこないをした罪深い男をひとりかふたり特定し、逮捕すれば済むような、そんな単純なものではなかった。村全体が村独自の文化に従ってその行為をおこなったのだ。その文化から生まれた作品がネルソン・ロックフェラーのような人々と新しい博物館によって祝福されていた時に、その文化そのものは外側からの圧力によって変化を余儀なくされていたのだ。

名前の判明している十五人を逮捕するのか？　そこにいた五十人全員を逮捕するのか？　も

し抵抗したらどうする？　きっと抵抗するだろう。村全体が男たちの引き渡しを拒んだらどうする？　警察と軍隊にどれだけの人が要るだろう。どれくらいの人が死ぬだろう。近代兵器で武装した男たちの手で人々は一掃されてしまうだろう。そしてもし、政府が誰かひとりでも逮捕しようとした場合はどうなる？　文字がなく、裸で暮らす石器時代の戦士の集団を、彼らにはまったく理解できない道徳基準と行政上の手続きに従わせて、そのあいだもオランダ政府はアスマットはもはや首狩りや人肉食などおこなっていないと主張するつもりなのか。もしかしたら一番大事なことは、殺人の動機をどう説明するかではないのか。この事件のそもそものきっかけは、オランダ行政官たち、つまりオランダの警邏隊員が五人のアスマットを残虐に殺したことだとどうやって認めるのか。

解《ほど》けない縺《もつ》れだった。いまオランダは国連で提案をおこなっているところで、かかわった男たちを逮捕すれば、行政と教会双方から（全アスマット人ではないにしても）村全体が疎外され、非情な殺戮にも発展しかねない。ルンス計画がばかげたものだということが暴かれる危険もある。そうなればオランダはアメリカ合衆国を敵に回し、植民地統治を維持するうえで必要なアメリカからの支援が得られなくなる。

ファン・ケッセルはオランダへ帰郷するように求められ、★教会も一刻も早く彼を離任させたがっていた。彼は長年アスマットで暮らしてきてアスマット語も堪能だったが、ならず者、つまり上長の者の言うことを決して聞こうとしない男だ、と思われていた。教会はできる限り早く彼の代わりのアントン・ファン・デ・ワウを着任させたがった。代理司教のティレマンズはファン・ケッセルに手紙を書いている。「きみがミスター・ロックフェラーについて書いたものを見てもよいという同意をニューギニア知事から得た★。きみがこれについて私に従わないというのは少々尋常ではないときみも認めざるをえないだろう。ともあれ、きみが注意を怠らないことを祈る。そうすればきみやファン・デ・ワウ神父が今回の件で厄介なことに巻き込まれることはないはずであり、この任務が住民たちの不道徳なおこないをもたらすこともないだろう」

一九六二年一月の終わりに、ティレマンズは報告書の詳細についてファン・ケッセルに尋ね、それからフォン・ペエイとファン・ケッセルに一連の手紙を送った。私が二〇一二年にティルブルフでフォン・ペエイに会ったとき、彼はこの事件については上長の者たちに対する忠誠心から沈黙を守る、と言った。「私が司教（ティレマンズ）に手紙を書いたところ★、司教はこの話を喋ることを私に禁じました。オランダ政府は面目を失ったので、司教は沈黙に同意し、それで政府はずっと沈黙を保っていました。それで私は何も話しませんでした。けれども、あれは事実だと思っています。私はアスマットに六年間もいて、メラウケには一九九一年までいたんです。ですから確信しています」

当時の、代理司教のレターヘッドのある手紙が彼の言葉を裏付けている。「ミスター・ロックフェラーの事件で★私が早急にきみに要求したいことは、充分に注意せよ、ということだ」

ティレマンズは再度ファン・ケッセルとフォン・ペエイに書いている。「ファン・ケッセルから届いた手紙には、それが公然の秘密になっているとある。しかし新聞にはそのことについて何も発表されていない。そのことをこの世界に最初に告げる発言が万が一神父からもたらされでもしたら、私はとても残念に思う。それ故にふたりには、この件で知り得たことや考えたことを公にしないことを求める。このスクープはほかの者に話してはならない。時が来れば、明らかになるはずだ」

オランダ領ニューギニアの弁務官エイブリンク・ヤンセンのために、ティレマンズはアメリカ人司教のアルフォンス・ソワダからの報告を求めた（ソワダは一九六九年に、新しく作られたカトリック・アガッツ教区の司教になる）。ソワダはこう書いている。「私がいちばん頭を悩ませているのは、★アスマットがマイケル・ロックフェラーを殺して食べたという思い込みです。私の知る限り、過去の歴史の中でアスマットが白人を殺したことはなく、ましてやその体を食べることなどあり得ませんでした。過去においてそういうことをする機会が豊富にあったときもいまも、そんなことをする必然性がありません。今日も、アスマットの村では西洋人との接触に強い緊張を感じているものの、白人は村人に多くの利益をもたらすために来た祖先の霊だということは広く知れわたっています。私は幾度となく『ンブジ』と呼ばれました。精霊の世界から来た生き物という意味です。しかし、アスマットの人々が白人を殺したいと願ったり、あまつさえ、殺す勇気を持っていたりすることは、この村が初期の発展段階であってもあり得ないように思われます」

しかしソワダは着任したばかりだった。彼はアスマットに半年しか滞在していなかった。フォン・ペエイとファン・ケッセルはアスマット語を流暢に話し、さまざまな村に入って活動していたが、ソワダは南部アスマットには行ったことがなく、オツジャネップやオマデセップにも行かなかった。そしてフォン・ペエイとファン・ケッセルはマイケルがオツジャネップの男たちに殺され、そして食べられたことを確信していた。

ファン・ケッセルよりはるかに保守的だったフォン・ペエイは、自分の身の安全を案じていた。彼は政府からの返事を求めていた。それで二月三日にティレマンズに手紙を書いている。「この件についてのあなたからの手紙を受け取り、★(沈黙せよという)忠告に従います。彼らがこのことを秘密にしておきたいということは理解できます。しかし、こんなことは起こらなかった、と私にちゃんと説明できた人はひとりもいません」。もし政府が「こんなことは絶対に起きなかったという態度を取るのであれば、それは犯罪に関与しているということです。これは私の素直な信念です。ンダニムは、ひどい教理問答教師にとても満足している人々のいる村ですが、ひどいというのは、その教師は自分の鶏を犬が噛み殺したというだけでその犬を撃ち殺したのです……。ともかく、その村人たちは彼にこう言ったそうです。『いいか、気をつけろよ。アメリカから来た白人がオツジャネップで殺された。誰もその報復をしなかった……』だから、外部世界と関係なく、アスマットでは何かが起きなければおかしい。私が怖れているのは、もしそのような殺人を大目に見ているようであれば、ロックフェラーの身に起きたことが、私や教理問答教師の身にも起きるのではないかということです」

セーグワールトはフォン・ペエイの意見に賛同した。二月十四日に彼はエイブリンク・ヤンセン弁務官に手紙を書いている。「ロックフェラーの息子はオツジャネップの人々に殺されたと、いたるところで考えられています。★これに対してどのような罰も、どのような復讐もないために、彼らは自由を味わっていて、罰せられることなくあらゆる状況で好き放題ができるわけです」

ファン・ケッセルはマイケルの家族と連絡を取り、アメリカまで行って自分の知っていることをひそかに伝えたいとさえ思った。メラウケにいるティレマンズは譲らなかった。一九六二年二月二十八日、ティレマンズはファン・ケッセルの上司の修道院長に手紙を書いた。「ファン・ケッセル神父にははっきりと仰っていただきたいのです。★ロックフェラーの事件に関してはいくら慎重になっても足りないくらいである、と。この残虐な有色人種の話を世界に知らしめても、誰の利益にもなりません。彼が証明できるものは何もないのです。この件については、詳細な報告を受け、ファン・ケッセルよりはるかに事情に通じているプラテエル知事に任せるのが賢明です。あるいは、彼の考えていることは、私を通して表明するようにするか。

アメリカに行くという彼の計画は却下し、承諾するつもりはまったくありません。それにミスター・ロックフェラーと連絡を取り合うことは、そのつもりがあるにしろないにしろ、禁止しなければなりません。この件は彼が関与するにはあまりにも不確かなことが多いのです。メラウケの知事と弁務官の双方はファン・ケッセル神父の無責任な行動に懸念を表明しています。この地での職務が不愉快なものにならないといいのですが。彼は、この殺人にかかわっていたと思われる村に対して寛大な処置を求めています。ファン・ペイ《原文ママ》神父はその村やらなにやらを直ちに調査するよう要請しています。今回の件に関して責任を持っている人々に対して彼が忠誠心を抱くように仕向けることです。これをファン・ケッセル神父に任せてはなりません」

その三日後、ティレマンズはもう一通修道院長に送った。「ファン・ケッセルにアメリカ行きを禁じてくださったことと思います★。どのような状況であれ彼がロックフェラー一族と連絡を取ることも禁じなければなりません」

ティレマンズの手紙は、まるで小児性愛者の神父たちを弁護するものと同じようにも読める。あるいは、フットボール・コーチのジェリー・サンダスキー〔少年たちに性的虐待をおこなっていた〕の告発に対するペンシルベニア州立大学の反応によく似ている。**「どうしてこんなことができたのか？ 証拠がない。この噂はわれわれの評判を台無しにしかねない。何も言わないほうがいい」**。もちろん、教会が守りの態勢に入ること自体、この手の手続きをおこなう上でごく普通のことだ。二〇一一年十二月におこなわれたオランダ司教協議会とオランダ修道会議会の報告で★明らかになったことだが、一九四五年から二〇一〇年までの六十五年間にオランダ人司教や平信徒が犯した子どもたちへの虐待件数は二万件以上にのぼる。教会がこうした申し立てを調査することはめったになく、調査したとしても、一般的な懲罰は黙って転任させることだった★。ニューギニアでは、一月の終わりにファン・ケッセルはオランダに戻され、後任にファン・デ・ワウが任命された。

　正式に否定していたにもかかわらず、オランダ政府はファン・ケッセルとフォン・ペエイの報告書を真剣に受け止めた。政府はロックフェラー家に対して、隅から隅まで捜索した結果、この件は終了すると伝えたが、エイブリンク・ヤンセン弁務官は調査するためにオランダ警邏隊員ウィム・ファン・デ・ワールをオツジャネップに派遣し、武器を持ったパプア人警察官九人を随行させることにした。三月四日、ファン・デ・ワウ神父は家を建てるという名目でガブリエル（ファン・ケッセル神父の助手であったがこの時はファン・デ・ワウ神父のために働いていた）をオツジャネップに送ったが★、実際はロックフェラーのことでより詳しいことが聞けるかもしれないと思ってのことだった。また、ファン・デ・ワールと警官たちがやって来ることを村人に教えて心構えをさせるためでもあった。

　三月二十三日、ファン・デ・ワウ神父はティレマンズに手紙を書いた。「ガブリエルはオセネプ《原文ママ》でM・Rの殺害を意味することは何も聞けませんでした★。殺害がなかった、ということも聞けませんでした」そしてその翌週、ファン・デ・ワールと警官たちがやってくることになっていた。

ティレマンズは、ファン・デ・ワウ神父に忠告する旨の返事を書いた。「ロックフェラーのことで新しい情報をつかんだら、充分に注意するように。なぜならこの件はガラスの飾り棚のようなものだからだ。もちろん、証拠が挙がらない限り、何も知らないと白を切り続けるのが正しい態度だ。もし何らかの証拠を見つけたら、そのことを誰にも漏らしてはならない！　どうかまずは私に伝えてほしい。オランダのほかの神父やファン・ケッセルには伝えてはならない。アガッツでも沈黙し続けること。この件はくれぐれも内密にし、手紙は二重封筒にし、内側の封筒には「秘密」という言葉を書くこと」

しかし、この秘密は外部に漏れてしまった。一九六二年一月十三日、アスマットで働いているひとりのオランダ人神父W・ヘクマンがアルンヘムに住む両親に宛てた手紙に、品のない内容を事細かに書き綴ったのである。マイケル・ロックフェラーがオツジャネップの人々に槍で刺されて食べられた、しかもそれは、数年前に警官が村の男たちを射殺したことへの復讐だった、と。ロックフェラーの骨をいまも持っている男たちの名はわかっている。アメリカ人女性も食べられたことがあった（これは本当のことではなかった）。誰もその村へは行かれない。行ったりしたら殺されて食べられてしまいかねない。両親はこの手紙の内容を外部へ漏らした。アメリカの連合通信社は三月の第三週の間ずっと電報を打ち続けた。三月二十七日にオランダの駐米大使ヤン・ヘルマン・ファン・ロイイェンはオランダ外務省に電報を送った。「オランダからの報道では、オランダ人宣教師が家族に送ったという手紙について触れています。

（略）マイケル・ロックフェラーが実際はニューギニアの海岸にたどり着いたが、その場で地元の人間に食べられ、頭蓋骨と骨は保存されているはずだ、と。ロックフェラー知事のために――知事から大使館にこのことで連絡がありました――この報道の情報源と内容について知らせてくれるとありがたいということでした」

その翌日、外務大臣のヨセフ・ルンスはファン・ロイイェンに返事を書いた。「同じような噂がオランダ領ニューギニアの狭い社会でも以前から吹き荒れていました★。こうした噂はメラウケの代理司教（ティレマンズ）がまったくの事実無根だと述べたこととは正反対のことです。どのような噂であれ、ニューギニアの弁務官F・R・J・エイブリンク・ヤンセンによって徹底的に調べられ、まったくのデマであることが判明しています」。昔からよく使われる政府による否定の文章だった。実際には、代理司教ティレマンズはこの件を調査することに何の興味も示さず、この事件に関与していない人々の意見を尊重し、どの白人よりも長い間現地に滞在してアスマットのことを誰よりもよく知るふたりの神父、フォン・ペエイとファン・ケッセルを黙らせることに全力を傾けただけだった。政府の調査に関していえば、エイブリンク・ヤンセンは、この記事は重大だと感じ、新聞に記事が載ったその週にファン・デ・ワールと警官の集団をオツジャネップに送ったが、まだ調査は始まってはいなかった。

それでも否定は功を奏した★。翌日、世界中の新聞は、この噂は真実ではなかった、と報じた。しかしファン・デ・ワールはオツジャネップに駐在所を作り、そこに移った。彼は子どもたちに石鹸を与え、男たちには煙草を渡し、泥地や沼地に板敷きの道を作る手伝いをしながら、時間をかけて村に入り込んでいった。「村人たちにとっては奇異なことだったに違いありません」とファン・デ・ワールは後に私に語っている。一九六八年からずっと暮らしているスペイン領テネリフェ島の、ダイニングルームのテーブルに向かい合って座りながら。

七十三歳のファン・デ・ワールは頑健で、灰色の顎髭に紺色の目をしていた。自分に満足し、異国の場所に満足していた――スペイン人女性と結婚して何十年も経っていた。そして落ち着いた自信に満ち、足取りはしっかりしていた。だからこそ、アスマットのようなところに勤務することができたのだろう。彼はこの事件について、この五十年間というもの、一言も話さなかった。しかしこの事件のことを、そして若き日の彼がアスマットにいた時期のことを忘れたことはなかった。彼はオリジナルの文書が入ったルーズリーフ型のバインダーを何冊も見せてくれたが、そこには細部のことまでが克明に書かれていた。双胴船を売ったときにルネ・ワッシングからもらった領収書、自身やアスマットの写真、ピリマプンでのネルソンとメアリーの写真なども入っていた。「オツジャネップのアスマットたちは、私がどうして村にいるのかわからなかったんですよ。複雑な村でした。事件がらみのことを話すと災いがもたらされると思っていたんです。それで私は煙草を一緒にふかしたり、贈り物を渡したりして少しずつ馴染んでいかなければなりませんでした。ようやく古い殺人のことや首狩りのこと、誰が殺したのかを話せるようになり、私が村人たちに事件のことを話すと、彼らは『そうだ、その通りだよ』と言いました」

彼はピリエンがもっとも穏健な村だと思っていたので、そこに行って、自由に話をしてくれと頼んだ。もし話してくれたら非難などしない、と。ようやくファン・デ・ワールは、マイケル・ロックフェラーを殺したのはだれか尋ねた。「その答えは」とファン・デ・ワウ神父は一九六二年五月初旬にティレマンズ宛の手紙に書いている。★「彼らの口からこぼれるように出てきた」

「これまでの情報は、ファン・ケッセル神父の報告とはまったく一致していません。海岸でM・Rを殺した人物はアジムだということです（ファン・ケッセルの報告では、カヌーから魚獲り用の槍で刺してマイケルを殺したのはペプだった）。しかも、頭蓋骨と骨の分配も、報告と一致していません。下着は、カリ・ジャウォール川の泥の中に埋められたようですが、M・Rは食べられ、そしてアジムが脳髄を食べたということです。

A・A（ファン・デ・ワール）とHPB（警官）がオタネプ《原文ママ》に初めてやってきたときに、アジムが犯罪の証拠を全部集めて、それを粉々にし、家の後ろに撒いてしまったのです。

どうやら上記の情報はすでにアガッツのHPB経由で知事に送られていたようです。しかし、この調査はまだ終わっていない、と私はあえて繰り返します。

しかし、A・Aは、実際の証拠（下着、頭蓋骨や歯など）が渡されないうちは知事は仲介しないだろうという意見でした。この事件がラプレの襲撃によってもたらされたことは疑いようがありません。というのも、この事件に関与したオタネプ《原文ママ》の男が、ラプレに撃ち殺された仲間の復讐のためにおこなった殺人だ、と述べたからです。

最後に、若きA・Aの平和的なやり方に私は心からの敬意を抱いていることを付け加えなければなりません。彼がいなければこの事件の真相は解明されなかったでしょう。

ファン・ケッセル神父は、アジムがこの事件と、これまであった多くの殺人の煽動者であることや、オタネプ《原文ママ》の人々がこの感心しない人物（ペプやほかの指導者たちに比べると、外見も感心しない人物）の逮捕を受け入れようとしないことを看破していました。これもまた、A・Aの調査によって明らかになったことです」

ファン・デ・ワウもまた、オツジャネップが恥知らずにも首狩りの習慣をいまだに続けていることや、五月の初旬に、オツジャネップとオマデセップの間にあるワルカイという小村から来た女性と娘が、オツジャネップの男たちに殺され、別のふたりに怪我をさせたことを報告していた。★

オツジャネップで三ヶ月を過ごしたファン・デ・ワールは、男たちにマイケルの物を渡してくれと頼んだ。「証拠が必要なんだ。名前ではなく」★と彼は言った。男たちはファン・デ・ワールをジャングルに連れていき、泥濘《でいねい》を掘り、頭蓋骨と骨を取り出した。頭蓋骨には下顎がなく、右こめかみに穴がひとつ開いていた。これは、首を狩って脳髄を食べるために穴をあけた痕だった。「アスマットには骨がたくさんあるので、眼鏡のことを尋ねたかったんですよ」

ファン・デ・ワールは私に言った。「しかし、それはあまりにも危険でした」彼はメラウケのエイブリンク・ヤンセン弁務官に無線連絡をした。「新しい無線機を持っていました。スクランブルをかけたので、だれにも聴かれませんでした。わたしは弁務官に残骸のことを報告しました。すると彼が、その頭蓋骨を受け取るために人を送る、と言いました」

間もなく、新しくアガッツに赴任してきたオランダ人警邏隊員ルディ・デ・イオンがやって来た。ファン・デ・ワールは布袋に入れた頭蓋骨を渡した。「彼は非常に怖がっていました。★パトロール用の船にマシンガンを持った警察官を山ほど乗せてやって来たんですよ。

それでその話は終わりました。私はもう二週間ほど村に滞在しました。エイブリンク・ヤンセンが、そこを出てピリマプンに戻っていい、と言ったので、命令に従いました」

彼が、骨やマイケル・ロックフェラーにかかわる話を聞くことは二度となかった。ただ、骨を集めるためにデ・イオンについてきたオランダ人のテツボク商人から話を聞いた。テツボク商人は、残骸はエイブリンク・ヤンセンに渡ったとファン・デ・ワールに語った。ヤンセンはオランダのユトレヒトに送る前にメラウケの歯科医にそれを渡した。一九六二年六月のことだ。「政治的状況はぎくしゃくしたものになっていました」ファン・デ・ワールは言った。国連に圧力をかけてオランダ政府を撤退させるために、六月の最後にインドネシア空挺部隊員がメラウケに上陸した。それで女性や子どもはみな、オランダに帰された。

西パプアの統治をめぐる戦いは終わりを迎えていた。オランダは降伏しつつあり、ファン・

デ・ワールは間もなくメラウケに送られた。「オツジャネップで過ごした時間について報告書を作れ、とは言われませんでした」ファン・デ・ワールは言った。エイブリンク・ヤンセンと会ったときも、「私の調査のことが話題にのぼることはありませんでした」

今日もなお、オランダ政府の公文書には、ファン・デ・ワールのオツジャネップでの任務について、そこでの期間や、彼が発見した骨については何の記録も残っていない。唯一文章として残っているものは、ファン・デ・ワウの手紙と、デ・イオンが一九九〇年代に出版したオランダの植民地史に、異様に誇張して書いた文章があるだけである。

ファン・デ・ワールはこう言った。「どうして政府の記録がないのでしょうね。もし証拠がないのなら、事実を伝えることもないと思ったのでしょうか。われわれはオツジャネップで三ヶ月過ごし、真実を探ろうとしたことは事実なんです。しかし、政府は何もしなかった。というのも、その事実がオランダにとって非常に都合の悪いものだったからでしょう。だからそれを秘密にしたかったのです」

一九六二年九月、国連はニューヨーク合意を批准し、オランダ領ニューギニアは国連暫定行政権に移行し、その八ヶ月後にインドネシアが統治した。オランダは植民地を失い、ファン・デ・ワールは祖国に帰った。「この話を人前でしたことはありませんでした」彼はテネリフェ島で、肩をすくめ、オウムの骨の短剣を手にしながら私に言った。「いまこの話をしても、それで傷つく人はひとりもいないと思います」と。

SAVAGE

# 第三部

HARVEST

# 第二十三章　二〇一二年十一月

群衆が殺到してきた。無数の熱い体が灼熱の太陽の下で手すりに押しつけられる。「タタマイラウ号」はアサウェッツ川を難なく上がってアガッツの桟橋に向かっていた。午後五時。川と空とジャングル、そしてアガッツの傾いたあばら屋でさえ、夕陽の光で柔らかく輝いていた。ロングボートとカヌーとスピードボートが、インドネシア領パプアの海岸に月に二度通ってくる大型船を見ようと集まってきていた。この船はここの住人が外の世界と繋がる唯一の手段だ。人々は金切り声をあげ、叫び、指をさし、手を振った。私が旅行に出てすでに一週間が経っていた。ティミカから出発する飛行機の席が取れなかったために、午前三時に出発する全長百二十メートルのタタマイラウ号に乗船せざるをえず、アスマットまで十四時間の行程になった。

私はアメリカから何度もアマテスとウィレムに連絡を取ろうとしたが、一度もうまくいかなかった。私がティミカに到着したときにようやく、あれから七ヶ月になるがアスマットにまた向かっている、と何度も送った私の電子メールの一本がウィレムに届いた。彼は、船で会おうと言ってきた。

桟橋までまだ百五十メートルはあり、じりじりと近づき始めたとき、誰かの手が肩に置かれた。ウィレムだった。裸足でにこやかに笑っていた。ボートから動いている船に飛び乗って私

ピリエンの村。ジサールの新しいジェウの屋根を皆で作っているところ。

を見つけ出したのだ。「ミステル・カロ！」と彼は言って私を抱きしめた。「お帰り。しかもあなた、インドネシア語を話す！」

アスマットを去ってから七ヶ月の間に、私はいくつかの疑問に悩まされ続けた。

私が発見したパズルの数片はとてもうまくおさまった。マイケル・ロックフェラーは、一九六一年十一月十九日の朝に、体に浮きを二個くくりつけて、双胴船から陸地を目指して泳いでいった。ルネ・ワッシングがそのときのことを証言した。ワッシングは、かすかではあったが、海岸が見えるほど陸地に近づいていた、と述べている。大地の湾曲率は海上用対地平線距離表で簡単に調べられる。もし平坦な海岸にある木々の高さが十五メートルなら、ワッシングとマイケルは岸からおよそ十五キロほど離れていたことになる。かなり離れてはいるが、水温が高く穏やかな海で、簡易浮き袋のある健康で決意に満ちた二十三歳の若者なら、泳げない距離ではない。距離はもっと近かったかもしれない。

　オツジャネップには昔から暴力をふるう伝統があり、その伝統を放棄するのを渋っていた。村の男たちは、十九日の午後にピリマプンから戻る途中だった。ウィム・ファン・デ・ワールがピリマプンにいる彼らを見、彼らが去っていくのを見た。どのような計算をしても、彼らがエウタ川河口にかかるのは二十日の朝早くになる。十八日にマイケルとワッシングのボートが操縦不能になったところからほんの二キロほどしか離れていない。十九日にワッシング★が最初に発見され、翌日の朝に彼が救助された場所の経度★と緯度がわかったので、マイケルがどのあたりで双胴船から泳ぎだしたかが判明した。マイケルが一時間に八百メートル泳ぐと仮定すると、エウタ川の河口には二十日の朝にはたどり着く。その朝の海岸の潮見表を見れば、エウタ川付近の満潮は午前八時。ということは、彼がいちばん疲れていたときに潮が岸へと押し出してくれたのだ。

　同じ時刻にそこにいたとされるオツジャネップの男たちは——どうしてそうなったのか私にはよくわからないのだが——ほんの三年前の一九五八年に、マックス・ラプレに殺された者たちの親類縁者だった。そして殺された者たちはいまだに報いられていなかった。この十年でオツジャネップでは子どもを含む男女十七人が殺されていた。八人はワニ狩りに来た中国系インドネシア人（アスマットから見たら白人だ）によって、五人はラプレによって。そしてマイケルは村のジェウにビス柱が十七本あるのを見ていた。アスマットは便宜主義者で、殺すときはたいてい単独で無防備でいる相手をねらう。マイケルは彼らがこれまで会った白人の中でもひどく疲れ果て、弱っている状態にあったに違いない。しかも彼は村に来たこともあり、男たちは彼を見知っていて、名前も覚えていたはずだ。相手の名前を知っていることは誰の首を狩るか決める上で重要な要素だった。

マイケルが殺されたと確信していたふたりの司祭、つまりファン・ケッセルとフォン・ペエイは、共にアスマット語を話し、アスマットの村人たちと親しく、誰よりもアスマット文化がどのようなものか熟知していた。フォン・ペエイ神父は私にあらゆることを話してくれた。彼とファン・ケッセル神父が政府と代理司教に報告書を送ったこと、その報告書の内容を話すことを禁じられたこと、村の男たちの名前を記した名簿を持っていたこと、マックス・ラプレが、オツジャネップとオマデセップとの殺し合いの報復として武器を使って襲撃したことなどもその中に入っていた。それで私はオランダ政府や聖心修道会（ファン・ケッセルとフォン・ペエイが所属する派）の文献室で公文書や書簡をあさり、村人たちからも話を聞いた。異常なものは何ひとつ見つけられなかった。アスマット文化の論理で説明できないものはなにひとつなかった。そして生存者からほら話や間違った話も聞かなかった。

しかし、ファン・ケッセルとフォン・ペエイの話は信憑性が高いものの、又聞きの情報だ。ふたりの神父に直接告白した被疑者はひとりもおらず、ふたりとも動かしがたい物理的な証拠を見てはいない。アスマットは白人を殺したことがないという、上司であるソワダ司教の意見は簡単には退けられるものではなかった。それが喉に刺さった棘のように私を苦しめた。白人を殺すなどということができるものだろうか。ファン・デ・ワールは渡された頭蓋骨の写真を撮っていたが、その写真を法医学の専門家に見せたところ、「ヨーロッパ起源のものではない可能性が高い」という結論だった。アスマットのことを知れば知るほど私は、オツジャネップの男たちがマイケルを殺したとすれば、頭蓋骨と骨は聖なる品となり、西洋人に決して渡したりはしないと思うようになった。それに、私が千ドルの値を付けた——アスマットには一財産だ——眼鏡は偽物だった。マイケル・ロックフェラーの頭蓋骨や骨がオランダの博物館の棚の引き出しに入っていることはない、と確信した。

それに、信頼性という問題があった。アスマットは大嘘つきだ。彼らは敵より優位な立場を得るために、あるいは精霊をなだめたり追い出したりするために、騙すという技を繰り出す。白人たちが聞きたいと思っていることを言うくらいいくらでもする。カニバリズムは他者性の極地であり、最大の逸脱であり、人を人間以下にする行為だ。だからこそ宣教師たちは、アスマットはマイケルを殺して食べたと信じたかったのかもしれない。それによって、彼らをキリスト教に改宗させる宣教師側の信念が強固になったに違いない。

もしかしたら私も、信じたかったのかもしれない。もしかしたらそれがわれわれ全員の求める解答だったのかもしれない。脅威的で異国情緒のあるアスマットのイメージを強め、それがわれわれにも投影され、自分が勇猛果敢になったように思わせられた。俺たちは食人種と一緒に浮かれ騒いだんだ！　という具合に。これこそ人類学者のガナナス・オベーセーカラが「カニバル・トーク」と言っていることだ★。人肉を食べる人々が存在し、自分たちが彼らと共にいたと信じたいという欲求だ。マイケルが金持ちで彼の家族が絶大な権力を持っていればなおさらだったはずだ。逆に、アメリカの権力者の息子が殺されただけでなく、正反対の者たち――権力も資産も影響力もなにもない野蛮な男たち――によって調理され消化され排泄されてしまったということは、人間に平等な機会を与えているように思われた。ふたりの神父が不審に思った事柄すべては、彼らが想像したことであり、彼ら自身の偏見と渇望を投影したものだったのかもしれないし、ほかの村から来たアスマットが物語を作っただけなのかもしれない。

フォン・ペエイの最初の報告は、オツジャネップとは長い間敵対しているオマデセップの人々が話したことが基になっていた。オツジャネップを厄介事に巻き込むために作り出した嘘だったのかもしれない。岸まで泳いだという説にしても、実行可能ではあるが、非常なる困難を伴う。岸までたどり着くには、二十四時間で十キロから十五キロを泳がなければならない。しかも強力な潮の流れがあり、沖にはサメが泳いでいるという条件だった。泳ぎ切ることはできるだろうが、それには強靱な意志の力と頑健な肉体、そして運がなければ不可能だ。

結局、オツジャネップとピリエンで男たちは、面と向かって、知らないと言い続けた。しかし、オツジャネップがかかわっていなかった、とは決して言わなかった。直接そのことを否定することはなかったが、それについては何も知らないと言い張った。ただ、アマテスとボートの漕ぎ手と夜の暗がりで話したときは否定しなかった。彼らは私に嘘をついているのだろうか。今となっては、あの事件は過去のことであり、関係者はひとりも生存していないのだから。コカイ、タペプ、ふたりの息子はどうしてその出来事を認めようとしないのだろう。

こうした疑問やカニバリズムの文化理論と格闘した私は、ペギー・リーヴズ・サンデイに助言を求めた。彼女は人類学者でありペンシルヴェニア大学の名誉教授で、カニバリズムについて書かれた重要な本『聖なる飢餓』〔中山元訳、青弓社、一九九五年刊〕の著者だった。彼女の家が私の家から車で一時間ほどの距離にあることがわかったので、何日も一緒に過ごし、報告書や証拠、私のノート、アスマットにかかわる民族誌学的および人類学的な文献などをつぶさに調べた。サンデイも、アスマットはこれまで白人を殺したことがない、というソワダの意見に心乱された。しかし、ふたりにとって明確で議論の余地のないことがひとつだけあった。それは、アスマットの人々全員が、オツジャネップの人々がマイケル・ロックフェラーを殺したという話を「知っていた」という点である。そしてオツジャネップとピリエンの男たち自身が、さまざまな折に、宣教師たちに動揺して嘘をついたときですら（彼らは私にそのことを否定したが）自分たちがマイケルを殺した、あるいはその朝海で巨大なヘビかワニを見た、と言っていたことだ。

もしマイケルが海で溺れたり、サメに食べられたりして岸までたどり着けなかったのなら、そんな細かなところまで話を作る必要はなかっただろう。もしオツジャネップの男たちが十一月二十日の朝にマイケルを見なかったのなら、フォン・ペエイやファン・ケッセルとの会話、話の詳細な内容はすべて嘘、つまり創作だったことになる。細かな部分は違っていても、話の大まかな筋はこの五十年ずっと変わっていなかった。フィン、ペプ、アジムが事件にかかわっていたこと、槍で刺したこと、今日でも聖なる力が宿るとされている静かな隠れた場所ジャウォール川で殺したことなどは変わらなかった。下着の話、その細部の描写はとりわけ際立っている。フィンが頭蓋を持っているという特異性。フォン・ペエイとファン・ケッセルの後の報告では、頭蓋はジャングルに置かれていたとあり、その五十年後にアマテスがひそひそ声で教えてくれたことによれば、頭蓋はジャングルの木の中に置かれていた。

すべて話をこしらえて五十年間その嘘を守り続けるのは、単純で嘘のない話を伝えていくよりはるかに難しいし、筋の通らないものになっていきそうだ。マイケルが岸辺まで泳ぎ着き、オツジャネップの男たちに遭遇し、ラプレが生みだした混沌を鎮めるために殺されたという話のほうがはるかに簡単だ。そして偽りの糸で編まれたアスマット生活の布からは別の疑問が浮かび上がってくる。もしオツジャネップの男たちがマイケルを殺したなら、これは大きな逸脱であり、アスマットがこれまでに経験したことのない出来事であり、まったく信じられないことだった。ファン・デ・ワールから私が聞いたのは、オツジャネップやその外部にいる人々で、確固とした証拠、たとえば骨や身体の部分や頭蓋骨などを見ないままその話を信じるような者はひとりもいない、ということだった。

サンデイは、ファン・ケッセルが質問したときに男たち全員が、その朝海で大きな物、いつもと違う物を見た、と言っていることは重要だと感じた。そしてもうひとつの可能性を挙げた。アスマットで、アスマット自身の中でその話が長い間語られてきたことが重要だ、と。

彼女は「アスマットは私たちに何かを伝えようとしている」と言った。彼女が重要だと考えるのは、マイケル・ロックフェラーが殺されて食べられたことではなく、人々がそれをしたのが自分たちだとほのめかしている点だった。彼らがマイケルを殺して食べなかったとしても、そうしようと思えばできたはずで、本当はそうしたいと思っていたのかもしれない。だから長年ずっと、白人を殺すことを考えてきた、と。彼らがファン・ケッセルにその日神話に出てくるような大きなヘビあるいはワニを見たと説明している点も重要かもしれない、と彼女は言った。どうしてワニかヘビなのか。どの話でも、マイケルは最初ワニに間違えられている。アスマットでは象徴として重要な動物だ。ワニは人を食べる存在であり、たいていのビス柱の基部に彫られている。

サンデイはさらに、彼らがマイケルに会うことがなければ、話をうまく作れたはずがない、と確信していた。彼らは、マイケルがワニかサメに殺されたところを近くで見ていたのかもしれない。あるいはマイケルが海で死に、その遺体が海岸に上がったのかもしれない。村のなかで話すうちに、事実と虚構、身体的なものと精神的なものが混ざってしまったのだろう。アスマットではよくあることだ。サンデイの意見では、なぜ彼らが白人を殺せたのかという疑問を解いてくれるのが身体論だという。それは、人々がかつての力や影響力、地位を取り戻すために白人を求めているという現地のシナリオと一致する、と。白人たちがアスマット文化を弄《もてあそ》んでいる世界で、アジムやフィンといった力のある男たちが村の中でその力を強めるには、単に死体を見つけただけでなく、白人を殺して食べ、首を狩ったと主張することが大事だった。

五十年にわたって宣教師たちは、アスマットのさまざまな村でカルトのようなものが勃発した例を記録していた。超能力が備わり、煙草や金持ちの白人が持っている物を作り出せると言い張る男たちや、近代的な世界と接触することで奇妙に歪んでいった伝統的な考え方などが記されている。もっとも衝撃的なのは、★一九六六年にエウェールの二十七歳の青年が司祭の倉庫に押し入って、煙草と布、金を盗んだ事件だった。エウェールの人々に品物を渡しながら彼は、これはトゥアン・タナー、つまり「大地の神」からもらったもので、その神は大地の穴を開けることのできる秘密の鍵を与えてくれたと説明した。「大地の神」を信じる者たちは、その品物で白くなり、金持ちになると言った。司祭がその盗人をつまかえるまで、その人物と仲間は村で一番権力のある人物になっていた。マイケル殺しは土地の人々の物語であり、その物語が急速に変化する世界で数人の男が自分たちの地位と力とを強めるために広めたものだったのか。

私は、マイケルの家族についても考え続けてきた。マイケルが溺死しなかったかもしれないという噂が流れたとき、彼の家族はこの噂を封じ込めようとした。マイケルが消息を断ってから数ヶ月も経たずに彼の死亡を宣言するための法的手続きを始めた。プリミティブ・アート博物館を通し、マイケルが集めた作品をすべて船に積み込み、急いでニューヨークに送った。これは全部で五百点を優に数える作品群で、一九六二年八月に掛けた保険金の総額★は二十八万五千五百二十ドルに上った。文盲で金のない才能ある数多くの工芸家から、わずかな釣り針や釣り糸や斧や煙草と交換して得た作品の価値は、二十五万ドルというとてつもない金額だった。メトロポリタン美術館の現在のマイケル・C・ロックフェラー棟の主要展示品となっているそれらの作品を観に来る人々は膨大な数に上り、財政支援も莫大なものになっている。また、それらの作品を美術館に寄贈したことでネルソン・ロックフェラーとその家族は金に換算できない貯蔵庫を手に入れたことになる。二〇一二年にメトロポリタン美術館には六百万人の来館者があり★、推奨される入場料は二十五ドルだったので〔二〇一八年二月まで入場料は任意の額だった〕、ひとり平均十五ドルを払ったとして計算すると、入場料だけで九千万ドルが美術館の収入となる。その一方で、マイケルがアスマットの中でもっとも素晴らしい芸術家と褒め称えたチナサピッチ、美術館の目玉となっている見事に彫られたカヌー★の作者チナサピッチの孫息子は、アガッツのアスマット美術館の床を素足のままで掃除していた。私が話をするまで、その孫息子は祖父のカヌーがどうなったのかまったく知らなかった。とても貴重な土地や何百万ドルもの価値のある鉱山権利を、文盲の村人たちにわずかな煙草の葉や曲がった針と交換するようにして手に入れたのなら、それは不当行為だ、自分たちがどんな交渉をしているのか理解できなかった人々に正当な補償がなされるべきだ、と訴えてもよかったのだ。

一九六二年九月、マイケルが双胴船から泳ぎ出した日から一年も経たずに、ニューヨークのプリミティブ・アート博物館では、特別に博物館の真向かいに作られたパビリオンで大々的な展示がおこなわれた。報道関係者に配られた書類によれば、「アスマットの精霊を呼び起こす」ため★だった。

　工芸品のなかでも出色だったのは、マイケルが集めたビス柱だった。「アスマットの戦士が敵の村人によって殺されると、★ビスという、死者を讃え、復讐の感情を呼び覚ます儀式をおこなう」。その復讐がどのようにおこなわれるのか。その詳細は、説明文から割愛されている。「数日続く儀式の後、高さ六メートル以上ある、人の形を模した見事なデザインのビス柱が彫られる。（略）戦争の太鼓の音、歌声、戦いを模した踊りのなか、ビス柱は儀式をおこなう家の前に立てられる。数日後に、柱は村の周りにあるサゴの森の中に横たえられる。柔らかな木はたちまち腐敗し、アスマットの言い伝えによれば、犠牲者の魂はサゴの葉のなかへ入り、それによってサゴを食べた人々の中へと入っていく」。公の説明では、実際の復讐や報復、殺人、食人については一切触れられていなかった。

　この展示はとてつもない成功を収めた。博物館の理事会、広告、出版物によれば、一九六三年二月までにこの展示にまつわる記事が六百本以上の新聞と雑誌に掲載され、「三千万人の読者が読んだことになる。これほど全国的に過剰に報道された展示は初めてのことだった」。

　展示の前に作品がどういうものか確認するために博物館は、まさにファン・デ・ワールが調査中だった一九六二年五月に、ピリマプンにいたファン・ケッセル宛てに手紙を書いている。その手紙は、オランダに戻ったファン・ケッセルの元には届かず、その代わりに赴任していたファン・デ・ワウ神父の手に渡り、その返事を六月に出している。★奇妙な手紙だった。警邏隊員ファン・デ・ワールは、ファン・デ・ワウの協力を得て、オツジャネップで生活しながら公式な調査をおこなっていたが、ファン・デ・ワウはそのことに一切言及していない。そしてファン・ケッセル自身が一九七四年に博物館に宛てて書いた手紙★も奇妙だった。そこで彼は、博物館が一九六七年に出版した書籍『アスマット　マイケル・C・ロックフェラーの日誌』を一冊送ってもらいたいと述べている。彼はマイケルの消息不明をとても残念に思い、「悲しい思い出」について書いているが、マイケルが殺され食べられたと確信していることには触れていない。少なくとも彼は、ロックフェラー家に対してこの殺人を秘密にしたまま、話し合うことはなかった。

しかしロックフェラー家がひそかに何を突きとめていたかは謎である。オランダ政府の公文書館には、ネルソン・ロックフェラーの電報や手紙から多様な公式文書にいたるまで保存されていて、政府の努力には頭が下がる。アメリカにいるオランダ大使から、マイケルが殺されたという噂について政府関係者に問い合わせる電報もあれば、外務大臣ヨセフ・ルンスの返事──「それらの噂について完全に調査が終わっており、それが真実ではないことが判明している」──もある。ロックフェラーの代理人とオランダ政府とのあいだでやりとりされた手紙★もある。アメリカの裁判所がマイケルの溺死を法的に宣言するためにオランダ政府に調査結果の概要を尋ねているものだ。結局一九六四年二月一日に判決が出て、マイケルの資産は六十六万ドルと評価された。★ファン・デ・ワールがオツジャネップに入って調査している間に、オランダ政府とファン・ケッセル、フォン・ペエイ、教会の四者間で激しい書簡のやりとりがされていたその同じ時期に、ロックフェラーとオランダ政府が連絡を取り合っていた内容はかなり現実離れしている。ミルバンク・ツイード・ホープ・ハドレー法律事務所とニューヨークのオランダ総領事、ロックフェラーの弁護士ウィリアム・ジャクソンとのあいだで交わされた手紙には次のようなことが書いてある。「マイケル・ロックフェラー捜索のためにニューギニアでおこなわれたさまざまな調査の開始、進展、結果に関連してオランダ政府が公式に作成した正真正銘の報告書のコピーを当方に分けていただけたら、大変助かります★」と。しかし、オツジャネップで彼が殺されたことや、いままさに公式に調査中だということに関し、オランダ政府やロックフェラー家、その代理人の間でやりとりされた手紙は一通もない。オランダ政府とカトリック教会は、公私にわたって沈黙を守っているようだったが、マイケルの遺族とは活発に連絡を取っていた。少なくとも、一九六〇年代を通して、マイケルが溺死したことをネルソンが疑う理由はなかったのかもしれない。

一九七二年、ニューヨークの雑誌編集者ミルト・マックリンは、『首狩りと精霊の島——ロックフェラー四世失踪の謎』〔水口志計夫訳、日本リーダーズダイジェスト社、一九七三年刊〕という本を出版した。この本はほとんど「見込みのないものを求める」話である。六〇年代後半のある日、マックリンのオフィスに謎めいたオーストラリア人が来訪した。その男は密輸業者で、オセアニアの離島で働いていたという。そして生きているマイケルを見かけた、と言った。アスマットから千六百キロ離れたトロブリアンド諸島で現地人の人質になっていた、と。内容の大半は、マックリンの実りのない調査の詳細を羅列しているだけだ。彼は一九六九年から調査を始め、本書の終わりに至って、一九六二年に新聞などに流れていた元々の噂をつかみ、オランダにいるファン・ケッセルを見つけ、ファン・ケッセルがマックリンに話をしたことになっている。それでマックリンは、名を明かしていないアシスタントをアスマットに派遣し、大勢にインタビューさせた。失踪事件からまだ間もなかったせいか、それともただ見なかっただけなのか、マックリンはオランダ政府やカトリック教会の関連文書を一度も見ていない。ラプレの報告書も、フォン・ペエイやファン・デ・ワールの報告書も調べておらず、ファン・ケッセルのオリジナルのノートすら見ていない。マイケルが海岸にたどり着いて殺されたという説は、ならず者の神父による雑な考察だと片付けている。だがマックリンの本には、事件の詳細についても文書についても言及していないので、信じることのできるような内容ではなさそうだ。それでも、自分が発見したことをロックフェラー家に宛てた手紙で説明していた。★ロックフェラー家の弁護士は、上っ面で陳腐なお礼の言葉をマックリンに送っている。

副大統領になった直後のネルソン・ロックフェラーは、ホワイトハウスでオーストラリア首相ゴフ・ホイットラムとの会談中、オーストラリアがマイケルの探索に協力してくれたことに礼を述べた。「ニューヨーク・タイムズ」紙によれば、「ホイットラム首相が、行方不明事件は解決されないままになっています、と言ったところ、★副大統領は、『疑問の余地などないと私は信じていますよ。潮流に逆らって二十キロ泳げる者などおりません』と答えた」

フランク・モンテの文章もある。このオーストラリアの私立調査員は、『スパイ・ゲーム』という回想録の中でこう書いている。「一九七九年にネルソンが亡くなると、すぐにマイケルの母親メアリー・トドハンター・クラーク・ロックフェラーから、元夫に長い間禁じられてきたが、マイケルが殺されたという噂を調査してほしい、という依頼が来た」。有名人の名前を使っては自分の成功を追い求める私立探偵は、ロックフェラーが決して依頼してはいけない人物に見える。彼の本は、事実と虚構がないまぜになったわざとらしいものだ。この事件に関して彼のような見方ができるかもしれないが（何種類かの文書や新聞を見つけ出し、ワッシングの救助についての詳細なデータを引用しているだけだ）、彼はこう書いている。重要な書類を探しているうちに、「奇妙なことを発見した。★記録が消えていたのだ。ロックフェラーはその幅広い交友関係と強力な繋がりを駆使して、行方不明になった息子について書かれたり出版されたりしたものをことごとく破壊してきた。彼は人を雇って息子の失踪に関するあらゆるものを探し出し、排除してきた」。

これはもちろん、正しくない。私は数え切れないほどの電報や手紙を発見することができた。

モンテはさらに、マイケルを殺した村への野蛮な旅行を、血に飢えたインドネシア軍奇襲部隊と一緒におこなったと述べている。その部隊はオツジャネップ出身のガイドと共に、森の奥地へ向かった『闇の奥』〔ジョゼフ・コンラッドの小説〕のクルツのように、死体の山を築きながら進んで行く。どれも理解できないことばかりだ。川の名前と地図が間違っているし、ペニスケースを着けている男たち（アスマットは着けない）の村について書いているし、沼地を渡るために何日もゴムボートを引っ張っていくと書いている。こうした記述から、彼がアスマットではなくコロワイの地域のどこかに行ったことがわかる。コロワイは工芸品を作らず、もっと上流で暮らしていて、マイケルが訪れたことがなかった。しかもモンテの出した結論は、マイケルが殺されたのは、頭蓋骨で飾られた神聖な「トーテム・ポール」（ビス柱には頭蓋骨はない）を盗もうとして捕まり、その夜、同性愛の関係にあった首長の息子と一緒にいたのを見つかって殺され、その事実を隠蔽するためだけにワッシングと双胴船《カタマラン》の転覆を使った、というもので、でたらめである。さらにモンテは、三体の髑髏を持ち帰ってメアリーに渡し、それで十万ドルを受け取り、謎めいたロックフェラーの仲介人が、その中の一体はマイケルの頭蓋骨の可能性があると言った、と述べている。

アスマットへの最初の旅から帰った後私は、マイケルの双子の妹メアリー・ロックフェラー・モルガン（かつてのメアリー・ロックフェラー・ストローブリッジ）に連絡を取ろうとした。友人を介し、ロックフェラー家の一員と結婚した女性と手紙のやりとりを始めた。メアリーに紹介してもらえるかもしれないと思ってのことだった。その女性はニューヨークで私と昼食を一緒にすることに同意してくれた。手紙のやりとりの中では熱心だったが、いざ会ってみると彼女は夫とひっきりなしに喋り、肝心の話をするつもりはないようだった。家族ではその話はしない、少なくとも人のいるところではしないらしかった。二〇一二年五月、メアリーは『終わりと共に始まって――双子の喪失と治癒の回想録』という本を自費出版した。双子の兄の死を乗り越えるための長い努力について書かれた、悲しみに満ちた、そして上品な本である。タイトルにあるように、アスマットでのマイケルの消息不明は、この本の始まりに過ぎない。彼女は書いている。「マイケルが岸辺までたどり着いた――そこで首狩り族のアスマットに見つかって捕らえられ、殺された――という噂話や作り話★がこの四十年間ずっと幅をきかせていました。今日になっても、こうした噂は想像力をかきたて、小説家や戯曲家、映画製作者、冒険好き旅行客斡旋業者などの私腹を肥やす手伝いをしています。この話はこれまで、揺るぎない証拠によって立証されたことがありません。一九五四年からオランダ政府は、部族間の戦いと部族の重要人物が殺されたことへの復讐としておこなわれる首狩りを禁じていると公表しています。一九六一年には、部族間の戦いと首狩りは完全に消滅していたわけではないものの、めったに見られなくなったと言われていました。沖合の強力な潮流、満潮、沖へと向かう水の流れ、さらにはマイケルが海岸までの距離をあらかじめ十六キロで計算して泳ぎ始めたことなど、すべての事実を総合してみると、マイケルが海岸にたどり着く前に溺れたという広く知れ渡った説が裏付けられるのです」

私はメアリーに宛てた手紙の中で、調査したことを伝えたいと申し出たのだが、返事が来ることはなかった。メアリーと親しく彼女の本に推薦文を寄せたライターのピーター・マシーセンは、「あの家族は、彼が溺れた話以外のことを信じようとはしない」★と私に語った。

私の持っている文献資料はどれも公になっている。私がその文献を見つけ出せたのだから、ロックフェラー家もその気になれば探し出せただろうし、この件を調べている者なら誰もが探し出せる。私はロックフェラー家がフォン・ペエイやファン・デ・ワールに話を聞かなかったことを知っている。このふたりを探し出すのは難しくなかったが、ロックフェラー家は探そうとすらしなかった。

メアリーも彼女の一家も、大事なことを知っていたのに、それを公にしなかった。あるいは、彼女もその父親も、メラウケを去ってからそのことを振り返りもしなかったのだろう。この出来事が悲劇であることにしがみつき、事実をはっきりさせることなどどうでもいいと思ったのだろう。いずれにせよ、自分の子なり兄が行方不明になった後に殺されたという噂がたったら私でもするようなことを、彼らは一度もやろうとしなかった。明快な謎の解明へ至る方法——言語を身につけ、その場に行き、個人的に犯罪現場を調べる——を取らなかった。この莫大な富と人の繋がりを持った家族は、マイケルの死の謎を解こうと努力する者を嘲笑《あざわら》い、家名を利用して利益を得ていると非難したが、噂や記事を真に受けなかったために他の者が彼らに代わって調査せざるを得なくなったとは、なんとも皮肉なことだった。私はアスマットについて知れば知るほど、アスマットの宇宙の中にいるマイケルの姿を想像しないわけにはいかなくなった。彼は、一族の者たちがなにもしてくれなかったために、その精霊がサファンの世界に、海の向こうの地に送り出されなかった人々のひとりと同じだったのだ。あらゆる憶測が止まないのは、彼の家族がこの事件に終止符を打てなかったからであり、ほかの誰ひとりとして大事な情報を集めようとしなかったからだ。ロックフェラー一族はひとりもアスマットに行かなかった。ただ、父と妹がオランダ代表団と共にＰＢＹカタリナに乗って、役人たちに囲まれながら数時間アスマットの地に降り立っただけだ。これには、本当に唖然とした。

どこまでも追いかけてくる謎を解くためには、再び現地に戻らなければならない、と私も思っていた。一回目のアスマット旅行には二ヶ月を要したが、それは乗り換えに無駄な時間を費やし、アガッツで支度が整うのを待ったり、現場やその地区の全体を理解するために川を遡ったり下ったりしたからだ。オツジャネップとピリエンに二度にわたって行った。しかし一度目は二十四時間、二度目は四日間しか滞在できなかった。アマテスがそのときコカイをアガッツにまで連れてきたが、緊張した会話を無理矢理交しただけだった。コカイと一緒に来たベアトゥス・ウサインは――最後にペプがマイケルを殺したことを話してくれた人物――ペプの甥に当たる人だった。ベアトゥスの父親、つまりペプの弟は、ビワール・ラウトの女性と結婚し、ベアトゥスはそこで成長した。彼がロックフェラーのことを話せたのは、オツジャネップの出身ではなかったからだ。つまり、私がオツジャネップの人間からはそういった打ち明け話を聞いたことは一度もなかった。

私はアスマットの人々に囲まれ、共に旅をしてきた。アマテスとヘナーは通訳し、ウィレムと彼の助手は食料や日用品などを用意したり宿泊所を手配してくれたりした。彼らを通してしか話を聞いていなかった。アスマットの人々が本当は何の話をしているのか、私が何を聞き漏らしたのか、何をわかっていないのか知りようがなかったし、私の質問がきちんと通訳されているのかどうかさえわからなかった。私はマイケルとロックフェラー家を批判したが、その批判の原因となった同じ罪を、私も犯していたのだった。生意気にも私は、アスマットの人々に質問すれば、彼らの秘密が簡単に聞き出せると思い込み、新しい疑問が出てきても村に戻ることをせず、アスマットをさっさと通り過ぎただけだった。つまるところ、マイケル・ロックフェラーの出来事は、ありふれた話などではなかった。殺人の話であり、忌まわしい血まみれの犯罪の話だった。彼らは殺しただけではなく、カニバリズムというとてつもないタブーを実践した。アスマットたちにも西洋人がカニバリズムをとんでもなく悪い行為だと見ていることがわかっていた。それは、自分たちの地にこれまで目にしたこともなかった船や飛行機やヘリコプターや警官たちを呼び込んでしまった行為だった。そして五十年後の今、彼らはキリスト教徒になって初めてわかったのだが、司教や司祭たちから恥ずべきものと見られていた行為だったのだ。もし本当にその行為をしてしまったのなら、その秘密はどこまでも深いところに隠されているはずだ。殺人をしたとされる男たちの息子は怖れていた。精霊たちを、神を、インドネシア軍と警官を、アメリカを。ロックフェラー一族を。一家は、アスマットの考え方によれば、マイケルの死に復讐する義務があるからだ。

マイケル・ロックフェラーの謎を解きたければ、アスマットのことをよく知らなければならなかった。通訳やガイドや料理人の仲介なしに、私自身が彼らの言葉を話さなければならなかった。川で数週間過ごしたり村で数日過ごしたり、アスマット文化について書かれた本を読んだりするだけではなく、もっと深くアスマットの生活について理解しなければならなかった。

私の計画では、オツジャネップかピリエンのどちらかに行き、一月ほど滞在させてくれる家族を探し出すことが肝心だった。理想を言えば、ファン・ケッセルが名前を挙げた男たち、年長で力のある男たちの息子の家族と過ごしたかった。オツジャネップのペプの息子のタペプが一番ふさわしいのだが、彼は話したがらないし、彼が姿を現すとほかの者は堅く口を閉ざしてしまう。あるいは、マイケルが消息不明になったときは幼くて、ラプレ襲撃も目撃し、そのことを喜んで話してくれたコカイがいいかもしれない。アマテスによればコカイは村の長だったこともあり、ファン・ケッセルの報告書で、眼鏡を持っていった男として名前が上がったドムバイの親類筋にあたった。私の壮大な夢というのは、数週間私と一緒に過ごすうちに彼らがいろいろ話してくれるようになり、ジャングルに連れていって、その頭蓋骨を見せてくれるというものだった。そうなれば何もかも明らかになる。しかし、そうならないのなら、せめて村の様子をもっと詳しく知りたかった。誰と誰とがどういう関係にあり、ラプレが殺した男たちとはどういう人物だったのか、ファン・ケッセルとフォン・ペエイの報告書にある名前の男たちとはどういう関係にあったのか。それに、私は彼らの話と歌を聞きたかった。ヘビとワニとサメは彼らの象徴としてどのような意味を持つのか、もっと詳しく知りたかった。それから、ニューヨークのメトロポリタン美術館の記録保管室から、マイケルが初めてオツジャネップに行ったときに撮った写真のコピーも手に入れていた。白黒の美しい写真で、犬や豚の歯を首から飾った裸の男たちが、彫刻や大事なビス柱（マイケルが購入した）とともにポーズを取ったり、大集団でカヌーを漕いだり、家で太鼓を叩いたりしていた。マイケルは自分を殺すことになる男たちと会っていたのだろうか。彼らの写真を撮っていたのだろうか。私は村の人々にそうした写真を見せたかった。そしてファン・ケッセルの記録にある名前の男たちがそこに映っているのか、そしてできれば、ビス柱が作られたのは誰のためだったのか、知りたかった。

その話が意味のないものになるのか、さらに強力なものになるのか、どうしても知らなければならなかった。

だからここに戻ってきたのだ。大型船が桟橋に着くと、ウィレムは私のバッグをつかんで、私を引っ張って群衆の中を縫うように歩き、道板を下り、私はとうとう彼のロングボートに乗り込んだ。これまでとは状況がすっかり変わっていた。これまでは、ウィレムは英語を十語くらいしか話さないし、前回の旅では私もインドネシア語をそのくらいしか知らなかった。しかもインドネシア語はたちまちのうちに現地アスマット語に置き換えられていた。ずっと一緒にいたにもかかわらず、ウィレムと私はわずかな言葉と身振り手振りとで意志を伝えるしかなかったのだ。しかし今回は違った。私はワシントンDCでインドネシア語の教師を探しだし、週三回会って話して覚えた。これほど必死で学習した言語は初めてだった。そして言語の中ではインドネシア語は比較的簡単な部類に入った。アスマットに向けて出発するときまでには、流暢《りゅうちょう》とは言えないまでも、かなり話せるようになっていたことに、我ながら驚いていた。ウィレムと私は三日間、電子メールでやりとりをしていた。それで彼がエンジンをかけて町の中心部に向かって速度を上げたときには、私たちは通訳など介さずに旧友のように喋っていた。まるで重いヴェールが取り払われたかのようだった。

ウィレムと私はアガッツのがたがたの板敷きの道《ボードウォーク》を歩いてホテルに向かった。何もかもが同じだったが、違っていることもあった。人々が私を覚えていて、手を振ったり、「やあ、戻ってきたんだね!」と言ったりし、私も今回は彼らの言語で返事ができた。七ヶ月が経っていたが、ホテルのフロント係も私を覚えていた。私の部屋の前に座って、ウィレムに計画を説明した。

「コカイならこのアガッツにいるよ!」とウィレムが言った。「明日、彼を見つけてこのホテルに連れてくるよ」

われわれは握手をした。彼と別れると夜が迫ってきて、空が開いて雨がザアーと降ってきた。雨の音と蚊の飛ぶ音を聞きながら眠りについた。

翌日は夜明けの頃、早めに目が覚めたので、外に出た。香《かぐわ》しい大気を胸に吸い込んだ。板敷きの道《ボードウォーク》は水浸しになり、蒸気が上がっていた。岸壁でひとりの男とすれ違ってから、はっと気づいて思わず振り返った。コカイだった。彼も私がわかり、驚きのあまり目を見開いた。彼がどれほど野性的な容貌をしているかすっかり忘れていた。アガッツは島嶼群からきたインドネシア人で溢れていたが、貧しいアスマットの人々も大勢来ていた。アガッツの貧しい者たちは都会的で、この社会の一員という雰囲気を漂わせ、ビーチサンダルをはいている。ところがコカイからは、私がすっかり忘れていた汗と煙のにおいがした。裸足だった。ぼさぼさの髪が突き出ていた。鼻中隔には硬貨くらいの穴が開き、ヒクイドリとオウムの羽根で飾られた編んだ袋を胸のところに下げていた。そしてその目だ――黒く、茶色で、あちこち素早く視線を走らせ、すべてを取り込み何ひとつ与えないような目。

アスマットにやってくる西洋人はほんのわずかだ。そしてその大半が二度と戻ってくることはない。いきなり現れ、写真を撮り、去っていく。しかし私は再びここに来た。その重要性がわかった。コカイが笑みを浮かべるところを私は一度も見たことがなかったが、いま彼は笑顔になった。だから私は彼に話しかけることができた。ここで何をしているのか、ピリエンにいつ帰るのか、と。

「息子に会いに来た」と彼は言った。「しかしいつ戻るかはわからない。ボートが要るが、俺には金がない」

率直に言ってくれてよかった。そして私は我慢できずに計画を喋っていた。ピリエンに一ヶ月くらい滞在したい、できればあなたの家に。いいだろうか。一緒に行くというのなら、ウィレムが村までボートで送ってくれる。

「俺の家に？　一ヶ月？」それから彼が言っている言葉がひとつも理解できなくなった。砂利のようなからがら声でものすごい早口で喋っていたからだ。

「ウィレムがきっとあなたを探して私のホテルに連れてきてくれる」私は言った。「そうしたら話せるよ」彼は背中を向けて歩き去った。


コカイとウィレムが数時間後にホテルにやって来た。ウィレムと私はよく理解し合えるのだが、コカイとはまったく違った。彼はインドネシア語を流暢に話すし、読み書きもできるが、母語ではない。奇妙なアクセントがあり、私に話しかけるときにはどのくらいゆっくりと話せばいいかわかっていないようだった。私は繰り返しこちらの要望を話した。ピリエンで一ヶ月彼と一緒に暮らしてもかまわないか。別にいいよ、と彼は言った。それで私は彼の家で一緒に暮らせることになった。

「だが、この人は何を食う?」とコカイがウィレムに訊いた。

「あなたが食べるものを食べる」と私。

「サゴを?」

「そう、サゴを。そのほかなんでも食べる」

「店に行くよ」ウィレムが言った。「米とインスタント・ラーメン、コーヒー、砂糖、煙草を買って来る」

それで決まりだった。コカイは、どうして家に来たいのかと一度も尋ねなかったが、私は彼にアスマットの文化を学びたいし、言語や彫刻やいろいろなことを知りたいからだ、と説明した。前回の旅の最後に会ったとき、私はマイケルのことを訊いたが、ふたりともマイケルの名は口に出さなかった。私は札の束をウィレムに渡した。ボートの手付金と食料品代の百ドルだった。私は衛星電話を持っていた。ボートで来てもらいたいときには電話をする、とウィレムに言った。もし三週間半経っても私から連絡がないときは、村まで来てくれ、と。私たちは翌朝六時にアガッツを出発した。

## 第二十四章

二〇一二年十一月

この世界はいつも夜明けと夕暮れ時が美しいが、南国ではひときわ美しい。太陽は熱く輝き、その威力から逃げ出したいと思うほどぎらぎら照りつける。夜明けと黄昏時には柔かな光に包まれ、白く晒された世界に色が生まれる。われわれがウィレムのボートに乗り込むと、薄い霧がアサウェッツ川にかかり、朝の光の中で青色に輝いていた。アスマットでは夜明けにも風はない。八百メートルほど離れた川は穏やかで、さざ波さえ立っていない。コカイは何を考えているかわからない表情を浮かべ、押し黙って目を見開いていた。ウィレムが櫂を手にし、助手がスロットルを握った。ボートの真ん中には三十キロの米袋とラーメンの箱、ランピオン（アスマットの人たちが好きな葉煙草）が二ケース、砂糖が五キロ、ウィレムが私のために買ってきてくれた明るい色の

犬とイノシシの歯を纏うジサールのジェウの長サウアー。

ミッキー・マウスがついているビニール製のマットが積み上がっていた。

ボートは川が海に流れこんでいるところで速度を落とした。この日は穏やかだったので、直接海側ルートを取った。マイケルとワッシングが五十一年前に選んだルートとまったく同じだった。海に出ると晴れ晴れとした。空は広く、頭上で弧を描き、海は池のように穏やかだ。その場所に来たときに私は最後の日のマイケルのことを考えた。バシムにいるファン・ケッセルに会うために南下しているとき、彼の気持ちは晴れやかだったに違いない。彼はまだ若く、間違ったことをしていたし、父親の資産がなければここに来ることはできなかったが、それでも私は彼のことを認めないわけにはいかなかった。一九六一年には、あれだけの富と特権的立場があれば、アスマットより行きやすい場所はいくらでもあったのに。彼は自分の将来を見据え、情熱の赴くまま、まだ誰も知らない作品を求め、自分自身のために道を切り開いていった。父親や家族とは違う、自分のための道を。もし波の形が違っていたら、風がもっと優しく吹いていたら、内陸のルートを取っていたら、アスマットに長く滞在できたかもしれない。何度もここに戻って来られたかもしれない。もっと理解し、またこの場所と人々のところに戻ってきたかもしれない。

しかし世界は動いている。われわれは小さな欠片《かけら》に過ぎず、自分たちの思うようになるというのは幻想だ。われわれは自分の運を拓《ひら》き、未来を作っていくが、ひとつだけどうすることもできないことがある。それは、いつ何時《なんどき》何が起きるかなど誰にもわからない、ということだ。

こんなことを考えているうちに、ボートはオツジャネップに向かって速度を上げ、私は気持ちを落ち着かせようとした。アスマットはこれまで私が行ったどの場所とも違っていた。男たちはとても友好的で、親しくなれた。自然のままの状態、「未開」と呼ばれる状態を私は求めていた。アスマットは私が長い間憧れていたものだった。それを短い滞在で経験しはしたが、一ヶ月も滞在したことはなかった。そしていまでも「未開」とはどういう意味なのか、本当のところはわかっていない。ただ、そんな言葉では言い表せないことがようやくわかってきた。ピリエンで、ほんの一世代前には首狩りとカニバリズムをおこない、いまも文明化した世界とは隔絶して生きている人々の中で一ヶ月暮らし、もっと深く彼らのことを理解できるようになればどんなにいいかと思っていた。そしてできれば殺人らしき事件を調べ、秘密について尋ねたかった。彼らは覚えているだろうか、私のことを、そして私が何を知ろうとしていたかを。覚えていたら私を避けるだろうか。彼らとうまく話ができるだろうか。私の質問に彼らはどんな反応を示すだろう。オツジャネップとピリエンで、前回の短い訪問のとき、私はとても恐ろしい思いをした。

怯えているというほどでないにしろ、不安な思いを抱きながら、私はよろしくない評判の離村へ、泥と熱気の世界へ向かった。そして思い返せばその村へは、ファン・ケッセルが一九五五年に、ファン・デ・ワウが一九六二年から一九六八年に、ファン・デ・ワールが一九六二年に、トビーアス・シュネエバウムが一九七〇年代と八〇年代に行ったのだった。オツジャネップとピリエンがある場所は遠い。公共サービスはなく、電気も、水道も、店もないが、本物の人間がいた。そして私は何よりも自分が怖れているのは私自身の恐怖にほかならないことがわかっていた。滞在している間、私が謙虚で愛想がよければ、そしてコカイの理解を得ることができれば、なにもかもうまくいくだろう。謎の答えはまさにここにあって、解明されるのを待っているのだから。

マイケルはアスマットを愛していた。それなのに、彼の家族が誰ひとり、その事実を直視しようとせず、自分たちでそのことを突き止めようとしなかったことが、私には信じられなかった。

大きな翼と鋭く太い脚を持った巨大なワシがボートのそばに飛んできて、海面から優雅に魚をすくいとっていき、それで私は現実に引き戻された。ボートは、マイケルのボートが転覆したベッジ川の河口を渡り、驚くほどのスピードで通り過ぎた。波はなかった。私はノートにインドネシア語を書き、ウィレムがその言葉に相当するアスマット語を書いていた。十時三十分に内陸へ向かい、エウタ川の河口を目指した。ほんの八百メートルほど行くと、海から爪楊枝が何本も突き出しているように見えた。網が結ばれた細い支柱が水面から何本も突き出ていたのだ。女性たちが浅瀬に立って、ふたり一組で水の中を歩きながら楕円形のエビの網を引いていた。

潮が引き始めていた。満ち潮のとき海は陸地を隠し、河口があるのかどうかすらわからなくなる。ぎらぎら光る泥の岸辺が海岸から何十メートルも広がっていて、川は広々とした黒い泥の中の狭い切り込みでしかない。シラサギは平地を行ったり来たりし、アジサシは頭上を猛スピードで飛び、たちまちわれわれはジャングルに呑み込まれた。

小屋の前を通り過ぎた。男がベランダでくつろいでいた。ウィレムが大きな声で短い歌を歌うと、その男が歌い返してきた。瞬く間のことだった。緑のジャングルの壁や蔦に閉じ込められた狭い川は、五キロメートルにわたってくねくねと曲がっていたが、急に視界が開けると、草葺《ぶ》きの小屋がいくつも建ち並び、子どもたちが叫びながら茶色の川に飛び込むのが見えた。煙のにおいがたちこめていた。われわれはトタン屋根と板でできた小さな家の前にある泥の岸に着いた。男や子どもが飛び出してきた。みな何かを手にして、コカイが大声で指示している方向へ運んでいる。

その家には三部屋があったが家具はなく、剝き出しの壁は長年の泥と煤に覆われて汚れきっていた。伝統的な手織りの椰子のマットが床全体を覆っていた。前の部屋には一・八メートルの盾が三枚、一・八メートルの弓と何本もの矢、槍、三・六メートルの櫂が二本、立てかけてあった。奥の扉の向こうには壁のない草葺きだけの料理場があり、床板の板の間は五センチずつ開いていて、川の泥を四角に固めた上で火がくすぶっていた。黒くなった鍋が載っていた。痩せ細った女性たちが前の部屋のマットを片付け、小枝の箒《ほうき》で掃《は》いた。

「俺の部屋を使っていいぞ」とコカイが言った。

「ほらこれを」ウィレムが、煙草のケースを私の手に押し込んだ。「これから俺たちはオツジャネップに行かなくちゃならない」

ウィレムとコカイと私はボートに飛び乗り、上流に向かって五分ほど進んでいった。だれも住んでいない土地の向こうにオツジャネップがあった。五十年経ったいまでも、敵意を抱かせないためにこの村をなだめなければならなかった。私たちは男たちに囲まれながら、歩いて草葺きの家に向かい、丸太の梯子段を上がって家の中に入った。

ウィレムが言った。「ミステル・カロは一ヶ月のあいだピリエンにいる。彼は魚でもサゴでも、何でも食べる。アスマットを見ているのが面白いそうだ」

男たちの集団が頷いて私を見た。私は前にアマテスと一緒にマイケルのことを質問しに来たので、何人もの男の顔を知っていた。「盛大に歓迎してくれてありがとう」と私は言って、煙草の箱を渡した。

すぐにそこを辞した。ウィレムがピリエンで私とコカイを下ろし、そのまま去っていった。私はひとりになった。次に何をしたらいいかわからなかった。そのうち男たちが到着し始めた。コカイのような老人たちばかりだった。彼らは針金のように痩せて筋肉があり、鼻中隔に穴が開き、首から袋を提《さ》げ、オウムの白い羽根が飛び出しているクスクスの毛皮を頭に巻いていた。アスマット人の年齢はわからない——実年齢よりずっと上に見える——が、全員五十歳以上に違いなく、それより十歳か二十歳上の人もいた。ラプレが村にやって来たときに、そしてその三年後にマイケルが来て、数ヶ月後に行方不明になったときにもここにいた人たちだ。年長者の中には、人間の肉を食べたことのある人もいるだろう。私は彼らの心の中を覗きたくて仕方がなかった。彼らがどんなことを知っているのか、マイケルのことだけではなくすべてについて知りたかった。彼らがいまの世界をどのように見ているのか、精霊のいる世界はどれくらい残っているのか。老人たちはみな私と握手したり私の肩を叩いたりした。われわれは床の上に車座になってあぐらをかいた。コカイが煙草を取り出した。私が彼に渡したものだ。男たちひとりひとりがそれを掌に取り分けた。男たちは話をし、煙草をふかし、床やその割れ目に灰を落とし、乾いた土や泥で覆った。老人たちはひっきりなしに話し続けた。私はできるだけ注意深く耳を澄ましていたが、わずかな単語しか聞き取れなかった。彼らが話しているのはインドネシア語だったが、あまりにも早口で、あまりにもくだけていて、よく理解できなかった。今回は彼らになにも尋ねないことを自分に誓っていた。少なくとも一週間かそこらはマイケルのことも、ラプレのことも、マイケルの失踪に関係する出来事も一切尋ねないつもりだった。そこにいるだけだったが、以前とまったく違っている感じがした。それで、自分が以前にどれほど大きな間違いをしていたかがわかった。私も、そしてマイケルも、慌ただしくやって来て去っていった。今回はコカイの家に、村の中に私は属している。彼らの庇護のもとにいるのだ。彼らの責任のもとに。

老人たちがようやく帰っていくと、コカイの妻がふたつのプラスチックの器に入った米とラーメンとスプーンを一本置いて、調理場の方に戻って行った。塩も香辛料もなかった。コカイは指を使って食べた。光が消えていき、太陽が沈みつつあった。蠅がブンブンと飛び交い、私の手や足や腕や料理にたかった。私たちはふたりきりだった。

「アディック」とコカイが私に言った。弟、という意味だ。「おまえは俺の弟だ」それから私たちは玄関のポーチで煙草を吹かした。

一日か二日に一度、ボートが通り過ぎる以外、エンジンの音はしなかった。子どもたちの遊ぶキャアキャアという声がひきもきらず聞こえた。それ以後、夜でも昼でも、第一日目と変わらない毎日だった。数人の男が通りかかり、われわれと一緒に座って煙草を吸った。家の下の沼地を通る板敷きの道《ボードウォーク》に沿ってロープに結わえられた犬がたむろしていた。犬たちはときどき喧嘩をし、ひどい吠え声や唸り声や悲鳴が聞こえた。大気は人の糞尿のにおいに満ちていた。いつもじとじとして黴の生えている野外便所は調理場のそばにあり、穴の下は調理場の地面で穴の周りには広い板が敷いてあった。コカイの家の裏にも家が何軒かはあり、家の前や後ろには小川が流れていた。どの家にも大勢の人々が住んでいて糞尿を泥地に落としていた。濃厚な刺激臭が村中に充満し、これには少しも慣れることができなかった。

闇が降りてくると、鼠くらいの大きさの小コウモリが庇《ひさし》にたくさん現れ、足の大きなヤモリが天井をドスドスと歩き回り、その音がひどく大きかった。月が出ない夜には、村は真っ暗になる。コカイの吸う煙草の火以外、何も見えない。ただ、地平線では稲妻が走り、第一次世界大戦の射撃のように光った。なにもかもが私には神秘的だった。蚊がたくさん集まってきたので、家の中に入り、灯油ランプに火を付けた。そして人で溢れかえっている部屋の真ん中に座った。男に女に裸の子ども。子どもの鼻からは緑色の鼻水が盛大に垂れていて、腹はぽっこり膨れていた。

人々は絶え間なく流れる小川のところに来ては去っていった。時間は遅々として進まなかった。一分が一時間にも思えた。私はなにもない所にいた。椅子もベッドも、テーブルも本も毛布もシーツもなければ、壁の絵もなかった。テレビ、コンピューター、ラジオ、電話、なにもかもなかった。コカイは重要人物だったが、彼とその妻の持ち物は、ナップザックひとつ、プラスチックの器とカップが入ったぼろぼろのスーツケース、ゴザ一枚、湿った枕ひとつしかなかった。ベッドは一台もなかった。彼らはゆっくりと崩れ落ちるように床に横になり、眠りに落ちた。私は自分の部屋にそっと入り、蚊帳を吊ってから眠りに就いた。

夜明けは午前五時前で、その時間になると子どもたちが叫び始めた。彼らは毎朝必ず叫び、床を踏みならし、拳で叩き、吠えたり怒鳴ったり叫んだり喚《わめ》いたりした。まるで手足でも引き千切られているかのような狂騒が、丸一時間は続いた。コカイは静かに、と言い、母親たちやおばたちも静かに、と言った。しかし間もなく私はわかった。お乳をやろうが叩こうが、抱きしめようがあやそうが、何をしても無駄なのだ。子どもたちは自分で抑えることができずに叫んでいて、それをどうすることもできないのだ。それが、私が彼らを深く理解するための手がかりになった。そしてそれがアスマット人である証であり、何百年、もしかしたら何千年にわたって続けてきたカニバリズムの根底にあった意識の名残りなのだ。両極端な感情の発露。二つの極。アスマットには平静さ、落ち着きが備わっておらず、統合した意識がない。子どもと親は非常に緊密だ。親は、母親も父親も絶えず子どもを抱いたり抱えたりし、だっこしたり背負ったりして運ぶ。子どもとくつろぎ、子どもと一緒に寝て、子どもにおしっこをかけられると大笑いする。そして女たちは子どもたちが三歳か四歳になるまで母乳を飲ませ続ける。子どもに歌を歌ってやるが、ボクサーのように子どもの背中や胸を打ち据えることもある。あまりにも強い力で撲《ぶ》つので、骨が折れないのが不思議なくらいだ。大人も子どもも面白いと言っては吠え、悲しいと言っては叫ぶ。喧嘩をよくし、何時間も叫んだり地団駄を踏んだりすることができた。

私は、男の子たちが拳で相手の顔面を殴り合う激しい喧嘩をしたり、仲良く手を繋いだり、抱き合ったりするのを見た。ひとりの女性が夫を丸太で殴るのを見た。家の外に佇んでいたある男性は、二時間もひっきりなしに怒鳴っていたが、コカイがようやく外に出てその男をしかり飛ばした。こうした争いは一歩間違えれば命にかかわるように見える。煙草を持っていれば、全部なくなるまで延々と吸い続け、なくなってしまうとがっかりして歩き去る。砂糖を持っていれば、コーヒーやらお茶やらにどっさり入れてしまうので、一日でなくなってしまう。一日中、そして夜中もずっと太鼓を叩いて歌を歌い、その翌日は一日寝ていたり、夕方になって床に倒れ伏したりした。どんな種類のバランスも、それを獲得するには、その反対のものが必要だった。ある死を正すには別の死が必要だった。彼らに生死の境界線がないように見えるのは、その境界線があまりにも穴だらけで、簡単に越えられてしまい、他者を殺すことによってしかアスマット人になれなかったからだろう。すべては同じものに属していたのだ。

六時に私が眠ることを諦めて起きあがると、コカイがオウムの羽根で作った一メートルの長さの帯を、自分の彫った櫂《かい》のてっぺんに取り付けていた。彼の妻がコーヒーを持ってきてくれた。コカイはそこで妻のマリアを私に紹介した。三番目の妻だ。最初の妻は死んだ。マリアは二十五歳くらいで、いや、もっと若いかもしれないが、丸顔で可愛らしい人だった。ふたりの間には男の子がふたりいた。最初の妻との間に生まれた一番大きな娘は死に、一番大きな息子はアガッツで暮らしていた。二番目の妻との間には三人の子どもが生まれた。息子は死に、娘は同じ家で一緒に暮らしていて、その娘には三人の子どもがいた。それから少しばかり成長の遅れた息子がいた。その子は普通に見えるがそうではなく、誰にもその理由がわからないが、オツジャネップで暮らしている。コカイは櫂や盾や槍をアガッツで売っていた。それが金を稼ぐ唯一の方法だった。

何時間もずっと一緒に過ごしていたが、私たちがよく喋るのは朝の時間帯が多かった。コカイが少しだけ心を開くと、自分の座っている横の床を叩き、私に座るよう指示する。味のない乾いたサゴや小魚を食べたり、一日の最初の煙草を吸ったり、コーヒーを飲んだりする。私がアガッツから手に入れたものは、彼には贅沢品だ。壁に掛かった武器を指さして、アスマットの言葉を教えてくれる。アムンは弓。ジャマシは盾。ポは櫂。それから彼が「見てみろ！」と言った。彼の前腕にある二十五セント硬貨くらいの傷を見せた。「矢の跡だ！」彼は前腕をぴしゃりと叩き、自分の太腿と鼠蹊《そけい》部も叩いた。傷は四箇所あるという。鼠蹊部から入ってきた矢が向こう側に抜けたから、そこにひとつある、と。「オツジャネップだ！」コカイは言った。そして飛び上がり、盾をつかみ、その陰に隠れ、前進し、かがみ込み、前進し、叫び声をあげ、矢を放つ仕草をした。

写真やテレビや録音機器のない世界の中で、アスマットは優れた話し手で、声と身体を使って表現豊かに話をする。その内容は首を狩ることや、矢を放つこと、槍を深く撃ち込むことなどで溢れている。コカイがカヌーと櫂のことを話しているとき、前屈みになって両腕を大きく横に伸ばし、海を渡っていくカヌーになった。私にはカヌーの姿が見えた。一度、フルーツコウモリの真似をしたが、体を縮こまらせ、奇っ怪な顔を作り、歯を剝きだし、キイキイという金切り声をあげ、両手をしがみつくような形にした。コウモリそのものだった。木から逆さに吊り下がっているコウモリが見えた。

私はすでに、オツジャネップとピリエンが分裂した事情を聞いていたが、もう一度コカイに訊いた。「どうして？　何があったの？」

彼は誰かにつかみかかり、取っ組み合い、押したり引いたりする仕草をした。片方の人差し指で輪の形を作り、もう片方の手でその穴を強く突くしぐさをした。女をめぐるセックスの戦いという意味だ。私はようやく、誰と誰が戦ったのかわかり、話の細かなところまで鮮やかに理解できた。ベルの父親ドムバイだったのだ。ドムバイの家はコカイの家の前にあった。そのドムバイが妻を寝取られたのだ。そしてドムバイはジェウの家長で、一族の中でももっとも偉い男だった。彼の妻を寝取ったのは、オツジャネップの村長フィンだった。ひどい裏切り行為であり、直接的な挑戦であり、ドムバイに対する凄まじい侮辱であったので、ジェウの者たち全員が復讐へ駆られた。

ピリエンとオツジャネップの集団は非常に入り組んでいた。夜にはコカイの家では十人が一緒に寝ていた。コカイとその妻、ふたりの子ども、コカイの娘とその夫、その三人の子ども、そして私だ。しかし私がいるというだけで、人数はかなり減っていた。私の滞在が長くなると、人々は徐々に戻ってきた。数週間後のある日など、同じ部屋で眠る人数が二十人になっていた。ピリエンは五つの集団に分かれており、★それぞれ中心になっている主要な家族の名が、家の名になっていた。五つの家族ともに大家族で、同じジェウに属していた。コカイのいるウフィンの領地には、家が五軒あり、全体で少なくとも五十人が暮らしていた。全員がコカイの親類筋に当たり、彼は一族の家長《クパラ・デサ》だった。事実、コカイはピリエンの村長を五年間務めた。村長は基本的には選挙によって選ばれた、いわば市長のようなもので、わずかながらも給料を得ていた（それで木造の家を与えられていたのだ）。ところが「クパラ・プラン」あるいは「クパラ・アダット」と呼ばれる戦いのリーダーあるいは慣習の長も別にいた。こちらの方が大事な地位で、大半の男たちは死ぬまでこの人物の命令に従う。クパラ・プランはジェウの長であり、ふたつの村にはジェウの長が五人いた。オツジャネップにはオツジャネップ、カジェルピス、バクイエル。ピリエンにはピリエンとジサール。

私が行ったどの村にもジェウ（長さが三十メートルもある巨大な小屋で、村の生活での儀式の中心的な役割を担う）が一棟あったが、不思議なことに、オツジャネップにもピリエンにもジェウがなかった。しかもその疑問に対して明確な答えを得ることはできなかった。ジェウがないことは、ふたつの村の長い殺人の歴史と関係があるのではないかと私は考えた。もしかしたら、マイケル・ロックフェラーの死とかかわりがあるのではないか。オランダによってアスマットは崩壊を余儀なくされたが、インドネシア政府による制限はさらにひどかった。オランダは首狩りと戦闘を禁止し、キリスト教をもたらしたが、インドネシアはすべてのジェウを燃やし、★彫刻も祭礼も禁止した。ほんのわずかにいたオランダ人宣教師は、アメリカ合衆国からやってきた司教に取って代わられた。宣教師とインドネシア警官との緊張状態はますます激しくなり、一九六五年ヤン・スミット神父がアガッツでインドネシアの警官に射殺される★事件が起きた。一九七〇年代初めにはインドネシア政府の態度が和らぎ、★徐々にアスマットの伝統的な習慣を大目に見るようになり、再び復活を見せたが、それはアメリカ人宣教師たちの圧力と懐柔があったからだった。しかし今日では、新しいジェウを建てるには政府の建築許可が必要だった。おそらく政府は、何十年にもわたる権力闘争によって分裂してしまった五つの大きなジェウを、伝統的な精霊のいる生活をもっとも明確に視覚化したものだと見なし、それによって昔ながらの誇りと憎悪が蘇り、暴力が噴出するのを懸念したのではなかったか。

もちろん、オランダ政府が当初、首狩りを絶滅させようと努力した結果を見ればわかるが、伝統というのはそう簡単には死に絶えない。私がオツジャネップとピリエンにジェウがないことを不思議に思い、それについて尋ねても誰も私の質問の意味を理解しなかったことで、より複雑になった。「オツジャネップとピリエンにはジェウが五棟あり、実際の建物などなくとも誰がどのジェウに属しているか誰もがわかっている」と村人たちは言った。もちろん、そうなのだろう。教会を例にすればわかるが、重要なのは建物ではないのだ。

ある日、コカイが自分の家の向かいにある家を指さしながら「あれがジェウだ」と言った。「そうなんですか」と私は応じた。「見てもいいですか?」。中に入ると、その家がピリエンのクパラ・デサのベルの家だとわかった。オツジャネップとピリエンには、昔ながらの正式なジェウがなかったが、少なくともそんなことは問題ではなかった。

しかし、ジサールの男たちは、新しいジェウを建てれば観光客がやって来るかもしれないと言って地元の役人を説得し、ジェウの建築許可をもらえたのだった。私が到着してから数日後に、コカイの義理の息子ブーヴィエルが私を連れ出して見せてくれた。ピリエンには三十軒の家があり、エウタ川に面した岸辺には九軒の木造の家が建っていた。私には分断している線が見えなかったが、村の下流には別に二十軒あり、それは、一メートル幅の板敷きの道を四百メートルほど下ったジサールに属していた。

川岸に沿った空き地に、石器時代の夢の家が建とうとしていた。基礎は、柱と柱の間隔が九十センチの三十三本の柱であり、それが新しいジェウの枠組みだった。川に面した最前列の柱には顔が彫られていて、こちらを見ていた。床はすでに完成し、二、三センチの細い柱が敷き詰められ、その上に支柱が組まれ、長方形のざっくりした形ができていた。そこに壁や屋根が作られていくのだ。ジェウの屋根は中央に走る梁が高く、そこから左右に傾斜していた。その梁の支柱は、三十人の男がいっせいに泥の中に撃ち込んだものだった。男たちは素早く動き、歌を歌い、唱和し、両腕で支柱を抱き上げると、力を込めて泥の中に押し込んだ。まるで蜂の群れか蟻の巣を見ているようだった。建築家もおらず、青写真もなく、機械もないのに、男たちの集団がこちらには理解できない調和の中、柱を打ちこみ、梁をその上に載せ、籐の紐で結わえていく。

「もっと、もうちょっと上!」という声がし、男たちは柱を持ち上げ声を合わせ、すべての柱が完璧に並ぶまで続けていく。釘もなければ、針金もない。数本の斧と鉈《なた》しかないのに、しかもどの柱も太さや長さや曲がり具合も違うのに、ジェウは水平測量器や工具を使ったかのようにまっすぐで整然とした姿になった。

日中は暑く、子ども以外はほとんど誰も動こうとはしなかったが、夕方頃から村は急に活気づき、翌日の夜にはまったく様子が違っていた。ジェウはまだ壁も屋根もできていなかったが、アスマットは我慢することができなかったのだ。久しぶりに建ったジェウなので、祭礼と祝福が始まっていたが、完成するまでずっと続きそうだった。

私がひとりで歩いていても、私のことを笑いながら後をついてくる子どもたちが三十人ほどいた。男たちが、まだなにもない枠組みだけの家の中に座ったり横になったりしていて、中央には太鼓を持った一団がいた。彼らは私の名を呼び、手招きした。一団の上座にいる老人が腰をずらして、隣の床を叩き、ここに来い、と合図した。「二週間くらいで完成する」と彼は言った。「県知事《ブパティ》がアガッツから来る。彼がここに来る日に、われわれはガバガバの葉で壁を覆い、椰子の葉で屋根《アタプ》を作る」

それから太陽が沈むまでに私が迷い込んでいたのは部族の夢想のなかだった。泥の塊の上で火が燃えた。明るくなると、ジャングルは柔らかな緑色になり、大気は熱く湿って静かだった。川が流れていく。川はいつも、さらさらと落ちる砂時計の砂粒のように流れ、太陽は西の空に黄色く丸く輝いている。男たちは着飾っていた。自分たちの歴史を高らかに述べ、犬の歯やイノシシの牙を腕に掛け、オウムの羽根を髪や毛皮のヘッドバンドに突き刺し、顔を、ある者は赤く、ある者は黒く塗り、ヒクイドリの骨を上腕の籐のブレスレットに刺していた。老人は鼻中隔に豚の骨や貝殻を通している。私の横に座っているサウエルはジサールのクパラ・プランだった。アスマット特有の高い頬骨をし、筋肉質で骨ばっていて皮膚は黒く、体に戦闘用の色をなすりつけていた。

アスマットの創世神話では、フメリピツは自分の彫った作品を叩いてアスマットを生みだしたという。サウエルと彼のジェウ仲間が自分の体を叩き始めた。自分自身になるために。自分が何者で、自分たちをどう見ているか再構成しながら。数ヶ月前、私はアスマット芸術と宣教師の制度に詳しいアメリカ人女性に連絡をとり、私の計画について話したところ、彼女の反応は冷ややかだった。野蛮な首狩りや食人はもうやっていない、と彼女は言った。「それはもうないのよ。過去の話。あの地にはたくさんの問題が、本当の問題があってね、いまやアスマットの問題は、エイズや貧困であり、教育や福祉が行われていないことだから、もっと支援しなければならないわ」

彼女の言いたいことはわかったが、それは私の思い込みと同じく、頭で理解しているだけのことで、西洋人ならではの発想と先入観だった。もし彼女と同じ視点からアスマットを見たら、彼らはぼろぼろの服を着て白癬《はくせん》だらけの貧しさに打ちひしがれた犠牲者で、インドネシアから搾取されている被害者ということになる。確かに彼らは、文明から遠く離れた奥地の集落で椰子の小屋に住み、水道も電気もなく、着ているのはわれわれが捨てた穴の空いたTシャツと破れ放題の短パンで、たいていは文字が読めず、変化の激しいグローバルな経済社会においては未来のない人々だ。

しかし、私はここの人々をそんなふうに見てはいなかったし、生き生きとしている彼らの姿も見ていたので、彼らにしても自分たちをそんなふうに見てはいないことが私にはわかっていた。アメリカ人女性は、彼らを犠牲者に仕立てあげ、われわれの援助や慈悲が必要だと思っているが、彼らは威厳があり誇り高く、自分たちの歴史の上に自分がいるという感覚を持っている。そしてその思い、戦士であるという強い思いは、いまも彼らの精神の中にある。かつて首狩り族は豊かな精神世界に深くかかわっていた。それを取り払ったら、彼らは汚い沼地で暮らす犠牲者でしかない。いまではキリスト教徒であり、食事の前に十字を切ることも多いが、そして殺人と人肉食について質問するとうまく話をそらしてしまうが、いま目の前で繰り広げられているものこそが――そしてこれから何週間か私が聞くことになる歌や話のなかにあるものこそが――彼らが見なしているアスマットなのだ。

彼らは太鼓を座って叩き、立ち上がって叩き、一分間に二百ビートを刻み、歌い踊り、汗を飛び散らせ、不気味な高音を出す笛を吹いたりする。ジェウの床が鼓動する。男たちがジェウと川の間の岸に移ると、人数はさらに増え、女たちもやってきた。草のスカートだけを身につけ、上半身裸の女性も中にはいて、弾んだり震えたり、膝を開いたり閉じたりして踊った。武器を持って踊る者、弓矢や槍を持って踊る者もみな踊った。太陽は傾き、煙が汗まみれの体を包むように渦巻き、みな同じように見えてもそれぞれ身につけているものはささやかな違いがあり、そして吠えたり怒鳴ったり喚いたりする。野蛮でたがが外れたような純然たる喜びと放縦。記憶を超えてやってくる伝統文化。

涙がこみあげてきた。力強く美しく、真なるものだった。純粋で豊かで、大地と川と泥が持つ美しさだった。大きな雲が空を横切っていった。顔に赤い縞模様を塗り、明るいオレンジ色の短パンをはき、槍を抱えた若者が、誰よりも激しく夢中で踊っていて、脚を高く蹴り上げ、両手をはためかせて叫んでいる。「ワー！　ワー！　ウーウィー！」。人々はジェウの前で列を作って行ったり来たりしている太鼓連の後をついていった。太陽が緑の地平線に姿を隠す前に、大きな鳥たちの群れが現れたが、それは鳥ではなくコウモリだった。ワシほどの大きさのある無数の巨大フルーツコウモリが海の近くにある巣から飛び立ち、地面から三十メートルほどの高さで同じ方向へ向かって飛んでいった。太陽を背にして東に向かっていった。コウモリは鳥のように一秒間に二度翼をはためかせ、一羽一羽ゆっくり落ち着いて飛んだ。ヒッチコックの映画の鳥や「オズの魔法使い」に出てくる空飛ぶ猿のようだった。目的を持って飛んでいるようだった。コウモリは高く飛ぶわけでもなく、なめらかに飛ぶわけでもなく、ただ翼と膨らんだ体を動かし、二本の脚を後ろに延ばして飛んでいた。

太鼓と歌と踊りはそれから二週間続いた。そしてとうとう政府の役人がやって来たら、男たちがジェウの屋根を葺《ふ》き、ジェウの裏の壁に並べて置かれた家族の竈《かまど》に火がついたら、ジェウは完成する。私のインドネシア語はかなり上達し、前よりはるかに理解できるようになった。村コカイが私と話すときにはゆっくりと簡単な言葉で話してくれたのも上達の助けになった。村の日課がわかってきた。村の人々は夜明けに起き出す。小学校はあるが、教師がこの二ヶ月間不在だった。子どもたちは追いかけ回したり、喧嘩したり、川の上にせり出した木に登って川に飛び込んだりして一日中遊んだ。男の子たちは小さな弓矢を使ってヘビや鼠をつかまえた。女の子たちも一緒になって小さな枝で砦を作り、森に行って薪を探して火を熾《おこ》した。十代の者たちは追いかけ回したり、泳いだり、髪を編み合ったり、学校横の「野原」の分厚い泥の近くでサッカーをしたりした。日が昇った後は、女性たちはカヌーを漕いで海に出て魚を捕り、あるいは小エビを捕り、料理用の火を消さないために薪を割った。

女性はなんでもした。泥の川でぼろぼろになった服を洗い、食事をすべて作り、サゴのパンケーキとサゴの団子を延々と作り続け、米とラーメンと魚と小さなエビ椰子の葉に包んで火の上で焼いた。コカイの家のほとんどの料理と薪は、別の家で暮らしている身内から届けられた。ココナッツはあったが、野菜やフルーツは一度も見たことがなかった。男たちは、歌ったり太鼓を叩いたり彫刻したりしていないときは、何もしない。妻がジャングルからサゴを切って持ってくるときには手を貸すこともあった。男たちは戦うべき争いのない時代の戦士だった。かつては、戦いのないときには、狩りに行ったり女性を守ったりしていたが、もうそのような必要はなくなった。滞在中、私が狩りを目にしたことはなかった。だが、狩りはおこなわれていたに違いない。というのも、ヒクイドリの骨と羽根、クスクスの毛皮、オウムの羽根は村にいつも供給されていたのだから。沐浴したければ彼らは服を着たまま川に飛び込んだ。石鹸を使う者はいなかった。川に入るのは私には抵抗があった。茶色で細かな砂と泥が混じっていて、満潮時には村や野外便所にまで水が入り込んだ。そして上流にはオツジャネップがあった。ある日、川に飛び込もうとしたちょうどそのとき、人糞がそばをぷかぷか流れていった。

コカイの義理の息子は、私が行くところがどこであろうと案内してくれた。心からそうしたくてやっているのか、そうするように言いつけられてやっているのかはわからなかった。彼は若く、ハンサムで、まだ二十代のようだった。読み書きができた。小学校に通ったからだ。一度、年齢を彼に訊いたところ、長い間考えてから、「十五歳だ」と答えた。

夜でも昼でも、子どもはいつも悲鳴をあげ、泥濘の向こうからは歌が聞こえ、風が吹けば煙と糞尿のにおいが運ばれてきた。コカイの娘と姪と親類は、あちこちの家からやって来ては去っていった。美しい声で歌を歌った。隣に住んでいるコカイの妹も、針金のように瘦せていて、ほとんど歯のない老女で、しゃがれた声の持ち主だったが歌は上手だった。そうした人の生み出す音を聞いていると、アメリカでは会話や経験の大半が、ヘッドセットや電話、パソコンの画面やテレビ、電子メールやSMSメッセージに取って代わっているのを痛感した。われわれの経験の大半は録画されたものであり、過剰に生産され、直接的な録画源から切り離されたものだった。西側世界は、重なり合い、競い合う現実の場所だ。しかし、アスマットではあらゆるものが、直接的で無媒介で現在で、手で触れて確かめられた。もし音楽を聴きたければ、それを自分で作りださなければならない。誰かと話をしたかったら、その相手を探さなければならない。物語を聞きたければ、誰かが話をしなければならず、話を作る人の隣にいなければならない。

　アスマットではなにもかも臨場感があった。喜びにしても悲しみにしても強烈に表現した。戦うときも抱擁するときも、誰もが非常に親しく、身の程をわきまえていて、家族や近隣の者たち、ジェウや村の人々との繋がりが強かった。私はそれまでずっと、「プリミティブ」と言われるものへの自分のこだわりや、アスマットに私を来させた事柄、そもそものマイケルにまつわる話についてしきりに考えていた。その話のある部分は単純な憧れだった。ジャングル、たき火、太鼓や槍、弓矢に犬の歯のネックレスへの憧れ。しかしその一方では自分について、自分の人生に何が欠けているのか、何を求めているのか、それを見たい、知りたいという気持ちもあった。私の父親の一家は正統派ユダヤ教徒で、自分たちはアメリカの主流から外れていると見なしていた。私の祖父母やおばやおじはユダヤ人コミュニティへの緊密な繋がりを大事にしていたかもしれないが、私の父はそれに反抗し、すべてを否定して、十七歳になったときに母親に無神論者になると宣言した。そして父は、ＷＡＳＰ〔ワスプ。アングロサクソン系白人のプロテスタント〕である私の母と結婚した。母は物静かな読書家で、本が大好きで、社交的ではなかった。両親ともスポーツをやったり、観戦したりしなかった。わが家は教会に行かなかった。その地域にはキリスト教徒が多かったが、どの家も大人数で暮らしていた。たとえば隣のマーレイ家は子どもが十一人いたし、角《かど》のヒューズ家は十二人、向かいのハナペル家には六人、数ブロック先のヴィース家にいたっては十六人いた。わが家はそうした家族とはまったく異なっていた。両親は最初から私と妹に、サンタクロースやイースターバニー〔復活祭に子どもに贈り物を持ってくるとされているウサギ〕というものは存在しない、とさえ言っていた。私は、属する民族も信念も習慣も持たずに大きくなった。どこにも属さず、大きな集団に取り込まれることもなかった。

アスマットの振る舞いの中に私はひとつの真実を見たのだ。私は繋がりから逃れてきたにもかかわらず、もっと強い繋がりをいつも求めていたのだ。ピリエンにいても、そこが現実離れしているにもかかわらず、私は孤独を感じたことがなかった。愛にはバランスというものがないので、親密な間柄にならないように人と距離を置くか、逆の方向に一気に傾いて、愛を貪ることに夢中になり、いつもすべてを求め、他者を貪りたい、食べてしまいたいと思うかどちらかである。アスマットの二元性、彼らのバランスの欠如がわかるような気がした。そしてときどき、自分にしても彼らのところからほんの一歩しか離れていないのではないかと、比喩的な意味ではあるが、思うようになった。私がプリミティブであると言っているのは、住んでいるのが家と小屋の違いとか、踊るのがナイトクラブか、月夜のたき火のある沼地かといったことではなく、意識、自分の感覚のことなのだ。コカイと彼の家族、つまりピリエンのすべてのアスマットは、それぞれ全員と、私にはまったくわからないやり方で、繋がりを持っていた。そして彼らのようになりたいという強い思いが私の中にはあった。彼らの濾過されていない、直接的な生の体験が、私自身の中にある野生に強く訴えかけてきた。とはいえ、私は自分の習慣を完全に捨て去ることも、彼らの中にすっかり入り込むこともできなかったが。

トビーアス・シュネエバウムは同じ憧れを持ち、同じ理由からアスマットに惹かれ続けた。彼はこう書いている。「私は一生をかけて、違う人間との繋がりを求め続けた★と言っていい。突然、私は自分がいつの間にかアスマットのいる森にいて、彼らの世界に生きている。ここでは身の不安など感じず、満足している」

## 第二十五章　二〇一二年十二月

二週目がいつの間にか三週目に入っていた。そろそろ質問を始める頃合いだった。私はこの村で快適に暮らし、村人たちも私に満足しているように見えた。ジサールでの新しいジェウの完成式で、私は歓迎され、受け入れられた。男たちは、そして女たちも、板敷きの道《ボードウォーク》を歩いている私に挨拶した。私が毎日川で沐浴するのを面白がって見に来る人もいなくなった。これまで、コカイの甥のひとりが所有する小さなボートで、一時間ほど離れたバシムまで三回行った。そこには店がわずかながらあったので、米やラーメン、煙草、砂糖といった生活用品から、子どもたちにあげるキャンディやサッカーボールまでを絶えず仕入れていた。私は五十人の家族を養っていて、すでに米四十キログラムを消費していたが、私がたくさん買えば買うだけ、コカイのウフィンの領地内でたちまちのうちに消えていくのだった。家族内では個人所有という意識はなかった。どれもみんなのものであり、あらゆるものを共有した。そして重要人物であればあるほど、人に与えることを期待されるのだ。

マイケルについて、彼の身に何が起きたのか、なぜ、どんな風になぜ起きたのか、ということは、私の頭の中で次第に形を取り始めていた。

コカイと私は、早朝にコーヒーと煙草を挟んでいろいろなことを話すようになった。周りには煙が満ち、子どもたちの地団駄を踏む音と悲鳴と金切り声が溢れていた。コカイは自分のことを三人称でよく語った。「俺のじいさんと俺の父親は、アスマットの歴史について、この村の歴史について話してくれた。たくさんの歌についてもだ。ジェウの歌、サゴの歌、漕ぐ歌、鳥や魚やビスの歌。コカイは聴いていた。いつも聴いて見ていた」。コカイの父親はフォムといった。ファン・ケッセルが名前を挙げていた男たちのひとりで、マイケルの肋骨を一本持っているとと書いてあった。もしフォムがマイケルの死にかかわっていたなら、コカイはそのことを知っていた。それは間違いないことだった。

コカイ（私の後ろに立っている野球帽を被った男）と彼の家族といっしょに撮ってもらった私。ピリエンにて。

コカイは、新しい妻を見つけるのがいかに難しかったかを話した。ピリエンの村では少しも運がなかった。ピリエンの女たちはみなコカイを怖がる、とコカイは言った。それは彼が年寄りだからだ、と。彼はバシムでマリアを見つけたが、そのジェウの男たちの同意を得るには大量のサゴと砂糖と犬の骨の首飾りが必要だった。「彼らはコカイを待たせて待たせて待たせた」と彼は言った。

男の子の鼻中隔にどうやって穴を開けるかも教えてくれた。地面で横たわっている男の子の中隔に竹の鋭い破片で穴を開ける。時間が経つうちにその穴が大きくなっていく。どの話にも変化が影を落としていた。もう誰も鼻に穴を開ける者はいない。そしてコカイは太鼓や歌の輪に入ることを拒んでいた。その代わり、彼は羽根とクスクスのヘアバンドを身につけ、ひとりで歌い、体を前後に揺すった。

カミは俺の愛★
お前は愛しい人
お前が死んだ後には思い出だけが残った
俺の誇りのために
カミは俺の愛
俺はお前を求めてる
なにもかもを
そしてカミは俺の妻
俺の初めての妻
こんなときにどうして死んだ
お前を求めてる
しかし、もうお前は俺とは暮らしていない
長い間俺はひとりだ
お前のいない人生
永遠にお前を愛す

しかし人生は永遠だ
なぜなら俺がお前の愛しい相手だから
いつまでも

「俺は悲しい」コカイは言った。「以前は何週間もずっと祭りをおこなった。サゴを集め、魚を集め、俺はみんなに与えに与えた。煙草、砂糖、サゴ、魚、そして何週間も何ヶ月も太鼓を叩いて歌った。しかしいま、俺はここに座って泣いている。悲しいので、涙が顔を流れ落ちる。泥を額と生え際になすりつけ、思い出しては泣いている。今日は俺の初めての娘のために歌う。娘は死んであそこに埋められた」コカイは家の後ろにある墓を指さした。

ビスは俺の妻★
美しい妻
いまはどこに行った？
サゴを探しているのか？
魚を探しているのか？
どうして家に帰ってこない？

ここで俺は待っている
お前を思って泣いている
なぜならお前は俺の妻、俺の美しい妻
俺はお前の夫、お前のために泣いている
いつまでも
死ぬまで泣くだろう
なぜならお前は俺の人生を辛くした
俺は泣く、いつまでも泣く
そしてお前のために死ぬ

私はコカイに、写真を持ってきているんだ、と伝えた。それを見たいか？ と。

「見たい！」とコカイは強い口調で言った。

私はそれを取り出した。一九六一年の夏にマイケル・ロックフェラーがオツジャネップを訪れたときに撮った白黒の、五十枚ほどの写真の束だ。われわれは、料理をする部屋に通じる扉のそばの、灰で覆われた床に座っていた。私が写真をコカイに渡すとたちまち人で一杯になった。女性も子ども殺到してきた。するとすぐに、コカイの兄弟を含め、村中から男たちが集まってきた。それぞれの写真には、ほんのわずかな説明文しかなかった。場所とわかっているジェウの名は記入されていたが、そこに写っている大半の男たちの名前は記されていなかった。彼らは裸で、胸を張り、笑みを浮かべ、髪を長い巻き毛にしていた。腹の上に偉大な首狩り人の印であるほら貝の貝殻を飾っている者もいた。ほかの写真にはジェウで裸で太鼓を叩いている男たちや、精緻なビス柱が映っていた。ジェウの床に置かれている柱もあれば、ジェウの外の台にたてかけられている柱もあった。

女や娘たちは、裸の姿を見てくすくす笑ったり嬌声《きょうせい》をあげたりしたが、コカイは黙りこくっていた。畏敬の念に打たれていた。彼は光のあるところに写真を持って行き、いつまでも見つめていた。まるではるか以前に消えてしまった過去へ通じる戸口を見つめているかのように。彼が記憶の中で思い描いていたに違いないが、その目で見るのが五十年ぶりの世界への戸口を。「ううう」と彼は呟いて、男たちの輪郭を長い爪の先でたどった。それからその人々の名前を口にし始めた。ドムバイ。濃い眉、笑みを浮かべている、豚の骨を鼻に着けている。ファン・ケッセルが報告書に名前を挙げた人物だ。ピリエンのかつてのクパラ・プラン、妻を寝取られた男。ここから十五メートルほど先に住んでいるベルの父親だ（コカイはベルを「弟」と呼んでいたが、どのような関係かは私にはよくわからなかった。ふたりの両親はまったく違っていて、村の中でも違う一族に属していた）。タツジ。オマデセップとオツジャネップを行き来していた人物で、フォン・ペエイの報告書にマイケルを殺した人物と書かれていた。オマデセップの長ファニプタスはこの事件のきっかけを作った人物で、一九五七年にオツジャネップの男たちを説得してワギンに一緒に連れていった男だった。無敵に見える。四十代後半か、五十代前半で、裸で背が高く筋肉質で、肩まである髪にはサゴの繊維が絡まっている。首の周りには犬の歯とイノシシの牙と貝殻と飾りがあり、左手首には弓の弦から守るために籐で編まれた分厚いブレスレットが巻いてある。コカイがジャネとベセを指さした。それもファン・ケッセルの報告書にあった名前だ。コカイはジェウの場所と名前も知っていた。そのジェウに誰が所属していたのかもわかっていた。

ファニプタスのことをコカイに訊いた。コカイは答えた。「ワギンへの旅の後、彼は和平のために自分の娘のひとりをドムバイに与えた」ファニプタスと彼の仲間は、オツジャネップの男たち六人を殺害し、オツジャネップの男たちはオマデセップの男たちを十二人殺したが、それでバランスは回復した。アスマットはマックス・ラプレや政府など必要としていなかった。彼らは自分たちで解決したのだ。ヴィンス・コール神父の言葉を思い出した。彼らはひっきりなしに戦いを繰り広げているにもかかわらず（いや、むしろだからこそ）、アスマットは交流の道を残し、関係を堅牢なものにし、絶滅することから自分たちを救う何らかの関係や、戦略を創り出している、という言葉を。

「このビス柱はなんですか」と私は言った。「まだジェウにあるのはどうして？」

「ビスの祭礼が終わっていないからだ」

「誰のための柱です？」

「わからない」とコカイは言った。

写真の話はたちまちピリエンとジサール村に知れ渡った。その翌日から数日間、ジェウには太鼓と歌が鳴り響き、ピリエンのベルの家でもピリエンの男たちが太鼓や歌を始めて、ジサールと新しい考え（彼らも新しいジェウを建てようと思った）を祝福し、みんな写真を見たがった。

写真を見た彼らは、ファン・ケッセルとフォン・ペエイがマイケルの骨を持っているとして挙げた十五人の男のうち六人の顔を覚えていた。つまり、ふたりの司祭が名を挙げた男たちが実際にマイケルに会っていたという確証を得たのだ。もしマイケルが海岸にたどり着いたとすれば、彼はたまたま自分を、自分の名前を知る者たちに出会ったことになる。私は何度も繰り返し、写真に映っているビス柱のことを尋ねた。その答えはいつも同じだった。ビスの祭礼が終わっていないからだ、その柱が誰のために作られたのかはわからない、と。そういうことはあり得るかもしれない。なんといっても五十年前の話だ。しかし知らないことなどあり得ないと私は思った。彼らはすべてを覚えていた。何百という歌を暗記している。自分の家族の系譜は何代前にも遡って覚えていたし、太鼓の彫り方、槍の作り方、長さ三十メートル高さ九メートルの大きな家を釘も設計図も使わずに建てるやり方を知っていた。

ある午後、私はオツジャネップまで歩いていった。ピリエンは川の片側に広がっている村で、十二軒の家が奥に建っていた。オツジャネップはもっと大きな村で、エウタ川の両側に広がっていた。ピリエンの人々は私がいることに慣れていた。私がどの家の前を通り過ぎても、ポーチに座っている男や女や子どもたちはひとり残らず、「こんにちは」と私に声をかけた。しかしオツジャネップの人々は何も言わず私を見つめるだけだった。川のそばの板敷きの道《ボードウォーク》に片目の老人が座っていた。私はその隣に座って煙草を取り出した。老人の名はペトルスといった。ほかの数人の男もわたしたちのそばにいた。彼らに向かって、ピリエンのコカイのところで暮らしている、と言った。彼らは頷いたが、何も言わなかった。私は数分後に村を後にした。

翌日の午後、今度は写真を持ってオツジャネップに行った。村の板敷きの道は無人だった。暑さのせいで、しんと静まり返っていた。数人の子どもたちだけが動き回り、声を出し、私の後をついてきた。私は帰ることにした。村の境に来たとき、子どもたちが私に追いついてきた。そして私の服をつかみ、百メートルほど離れたところにいる男を指さした。「あの人があんたと話がしたいって」私は向きを変え、引き返した。ペトルスがこちらに向かってきた。「サゴは好きか?」と彼が言った。

「はい」と私は答えた。

「俺の家に来い」

彼の後をついて、伝統的な椰子とガバガバの葉で組まれた家に向かい、刻み目のある丸太を上がって家の中に入った。二つの炉から煙があがっていた。中は暗く、生気のない体で溢れ返り、甘酸っぱい刺激臭と、垂れた乳房にしがみついている赤ん坊たちがいた。そこにあぐらをかいて座った。私は煙草を差し出した。そして煙草をふかした。額から汗を滴《したた》り落ちた。ひとりの女性がサゴを丸めたものを二つ持ってきた。それは温かく粘り気があり、味気なく、かすかに木の実のような香りがし、とても食べにくかった。私はナップザックから写真を取り出した。すると噂が広まったのか、男も女も子どももそこかしこからやってきた。ピシッと床が鳴った。あまりに大勢の人々がやってきたために床が壊れ、ずれて、私の下に十センチほどの穴が開いた。「ちょっと待って！　ちょっと！」私は言った。

「ティダ・アパ・アパ」ペトルスが言って笑い、私をそこから引っ張った。「気にするな！」

　われわれは外に出た。百人ほどの人々が集まっていた。アルバムのページは、押し合いする体と手の海のなかでめくられていった。ひとりの老人が体を割り込ませてきて、ビス柱が映っている写真の一枚をじっと見つめ、指でその写真をなぞっていた。「この人がこの柱を作ったんだ」と誰かが言った。

「これを彫ったんですか？」私は言った。

　その老人は私を見た。大騒ぎだった。あまりに大勢の人々が肘で押し合っていて、私は立っていることすらできなかった。なんとか老人のそばに居続け、その写真の行く先を見守ろうとした。写真をなくしたくなかった。さらに身を押し込んで老人のそばにいった。ふさわしいタイミングではなかったが、尋ねなければ、と思った。

「あなたが彫ったのはどれですか。これは誰のための柱です？」

彼はもう一度私の顔をじっと見た。ほんのしばらく私の目を見つめた。それから背を向けて、人々を押しのけて歩き去り、姿が見えなくなった。私は追いかけられなかった。みんなが写真を持っていて、そこから身動きできなかった。

またもや壁があった。絶対に開かない扉、いまも私が通り抜けられない戸口。とても信じられないことだったが、村の男たち、とりわけ老人たちが多くのことを知っていた。五十年前の写真に載っている男たちの顔（違う村のオマデセップの男の顔も）やジェウをすぐに認識できた。それなのにビス柱自体のことは何も知らなかった。もっとも彼らは何かを知っていても、決して話そうとはしないだろう。誰ひとりとして。

ほかの断片《ピース》があるべき場所に収まった。私たちは煙草を吸っていたので、私の肺は移植手術が必要なほどになっている気がした。私はコカイとベルにラプレに殺された人々のことを尋ねた。その人々の名前、村での地位について正確に知りたかったのだ。そしてマイケルの骨や体を持って行った人々とどんな関係があるかということも知りたかった。彼らの答えは驚くものだった。フォレツバイはカジェルピスのクパラ・プランだった。オソムはオツジャネップのクパラ・プランだった。アコンはバクイェルのクパラ・プランで、サムットはジサールのクパラ・プランだった。ラプレが撃ち殺した五人の男のうち四人は、村でもっとも重要な地位にいた男たちであり、村の五つあるジェウのうち四つの長だったのだ。ラプレが重要な男を選んで狙ったのか、それとも彼らが先頭にいたために姿がはっきりと見え、しかもラプレにとって脅威的な存在だったからなのか。結果的にラプレが殺したのは、大統領、副大統領、ホワイトハウス報道官、上院議長代行に比肩する人々だった。村がどのようにこれを受け止めたのか、私にはうまく想像できない。アスマットの中でもっとも伝統を重んじる、威厳も力もある村の、最強の戦士たちが一瞬にして殺されたのだ。ほかならぬひとりのよそ者によって。

そして死んだ男たちの後を継いだのは誰だったのか。オツジャネップ・ジェウの長オソムの後継者はフィン。★アコンの後はアジムとペプが継いだ。いくらふたりが強い男でもひとつの地位にふたりがつくのは普通ではなかった、とコカイは言った（後にアマテスも、それはその通りだ、と請け合った）。そればかりでなく、ペプはオソムの未亡人と結婚もした。ジサールのクパラ・プランだったサウエルは、毎日のように私の隣に座っていた人物は、サムットの後継者だったのだ。そして、ファン・ケッセルがマイケルの頭骨を持って行った男のひとりと記したジャネは？　彼はサムットの妹と結婚し、サムットはジャネの姉と結婚していた。ドムバイはすでにピリエンのクパラ・プランで、ラプレがひとりも殺さなかった唯一のジェウで、しかもそれはフォン・ペエイとファン・ケッセルによれば、マイケルの殺害に反対していたジェウだった。

どの死も復讐が果たされなかった。どの死もビスの儀礼を完全に受けられなかった。ビスは何ヶ月も続く祭礼と彫刻を施されることが必要で、その間は彫刻家は狩りに行ったりジャングルに入ってサゴを集めたりしてはいけなかった。ビス祭礼を支援するには力と影響力、男を組織して昂ぶらせ、指導力を発揮する能力、しかも最終的には計画を立てて攻撃を導いていく能力が必要だった。クパラ・プランは村の中でももっとも力のある男で、その地位を引き継ぐ男はその係累《けいるい》であり、復讐する力と機動力とカリスマ性がなければならなかった。さらに言えば、彼らはそうする義務があった。彼らが女に求められる男としてほかの者たちから尊敬される指導者としていられるのは、そうした力があったからだった。

しかし復讐を遂げられなかったことで、クパラ・プランたちは無力になってしまう。とてつもなく大きな傷は決して癒えることはなかったに違いない。もっとひどい殺人もあったのだ。マイケルがオツジャネップにやってくる前の六年間で、十七人が殺されている。八人がワニのハンターによって。四人がオマデセップの人々に。五人がラプレに。マイケルはジェウの中に十七本のビス柱を見つけたと報告していた。そのうちの七本を彼は「購入し」、そのうちの三本が送り届けられた。その三本のうちの一本は一九六一年九月にサンパイを殺したことで復讐が果たされていた。サンパイは、アツジからラプレとともに来た男のひとりで、その男を殺したことでラプレへの復讐の一部は遂げられていた。ラプレによって殺された男たちの政治的かつ神聖な立場と、マイケルが岸まで泳いだ朝にエウタ川の河口にいた男たちとの関係性とを考えれば、マイケルを殺す動機はますます確固たるものになった。

その翌朝早く、私のところにジョンという名前の人物が訪ねてきた。その人にはピリエンに来て二日目の夜に会ったことがあるが、村のほかの人々とはまったく違う印象を抱いた。アスマットは私に向かって、私が何者か、アメリカとはどんなところか、どのくらいここに滞在するのか、帰るつもりがあるのか、といったことを一度も訊かなかった。しかしコカイの玄関先の暗闇で、ジョンはいろいろな質問を次々に浴びせてきた——アメリカのどの町の出身か。いまアメリカは夜なのか。天候はどんな感じか。どんな仕事をしているのか。世界の人々がいつも尋ねるごく普通の質問だ。そして彼はアスマットにしてはもっとも奇妙なことを私に尋ねたのだ。明日の晩、私の家で一緒に食事をしませんか、と。

それで私は彼の家に行った。何もかもがピリエンで体験したこととは違っていた。彼の住んでいる木造家屋は、オツジャネップとピリエンのあいだの中間地帯に建っていた。家の中は染みひとつなく、家の外も同じだった。壁には写真が数枚掛かっていた。家の前の川には外付けエンジンのロングボートが係留されていた。彼の妻は笑みを湛《たた》えて明るく私に挨拶した。ジョンは三人の子どもを並ばせて紹介した。三人とも私の目を見て握手した。子どもたちは殴り合いの喧嘩などせずに、家の周りを走り回る仔犬を抱きしめた。夕食に、ジョンの妻は卵と緑黄色野菜を出してくれた。裏の庭で収穫したものだった。家の横の囲いのなかで豚を飼っていた。ジョンのインドネシア語は容易に理解できた。なによりもびっくりしたのは、ジョンは車のエンジンほどの大きさの発電機を持っていて、電球だけでなく、衛星放送アンテナを取り付けたテレビもあったのだ。

この理由は実に簡単なものだった。ジョンと彼の妻はアスマットの人ではなかった。ふたりともボファン・ディグルの人で、ジョンの父親は一九七〇年代初頭に教理問答教師としてピリエンにやってきた。ジョンはピリエンで生まれ、成長したが、自分の家と村のほかの人々との違いの大きさに衝撃を受けた。何週間かおきに、彼は木材会社で働き、そのおかげで（ほかの村人たちと比べたら）驚くほどの富を手にした。彼の周りには五十人もの身内などいなかったので、稼いだものはすべて彼のものになった。彼はＢＢＣとＣＮＮを見て、野菜を食べ、好奇心旺盛だった。以来私は、時折彼の家に立ち寄ってお喋りをしていた。

彼とコカイと私が話をしていた朝、私はコカイに、初めて白人を見たのはいつか尋ねた。彼の反応は奇妙だった。「旅行客」のことを話した。

「そうじゃないんだ」と私は言った。「旅行客が来るずっと前のことだ。もしかしたら最初の司祭や警官がやって来たときのことで、あなたはその時子どもだった」

コカイとジョンはふたりで勢いよく話し出し、私は言葉を追い切れなかった。耳で捕らえられたのは、「旅行客」「ペプ」「ドムバイ」「マティ」――死という意味だ――そして「ロックフェラー」という言葉だった。私は身動きができなかった。コカイはマイケル・ロックフェラーの話をしているのだ。ついに！　私は割って入りたくはなかった。もっとゆっくり話してくれとは言いたくなかった。そんなことを言えば彼が口を閉ざしてしまうのではないかと思った。彼は私よりもジョンに向かって話していて、私はひたすら言葉が続いて出てくることを願っていた。コカイは矢を射る真似をした。私は「ポリシー〔警察〕」という言葉を聞いた。彼はヘリコプターがやって来て人々がジャングルに逃げ込んだことを話していた。その劇的な話の展開の中で、コカイはジャングルの木の陰に身を隠している少年になっていて、恐れながら空を見上げていた。あの恐ろしい音を立てるこの世のものとは思われぬ力強い機械が空に現れたときに、人々はどんなに驚き怯えたことだろう。そのことに私は、それまで何度も思いを馳せていた。間髪を容れずにコカイは、物語の次の章へと移っていった。私の知っていた話だが、それをマイケルと関連づけて考えたことがなかった。ヘリコプターがやってきた話とジャングルに隠れていた話の次に、コカイが話したのはコレラの大流行のことだった。アスマット全域を襲ったコレラは、とりわけオツジャネップにひどい打撃を与えた。「死んだ、死んだ」とコカイは言って、繰り返し片方の手をもう片方の手に重ね、死者がつぎつぎと山積みされていく様子を表した。「大勢が死んだ。ベンシンだ」ベンシンとはインドネシア語でガソリンのことだ。

その通りだった。コレラがアスマットを襲ったのは一九六二年の十月と十一月で、マイケルが姿を消した一年後のことだった。オツジャネップの死者は、村の真ん中に設《しつら》えられた台の上に積み上げられ、腐敗していくがままになっていた。肉が腐って頭蓋骨だけになると、それを体から外して保存し、飾り立て、崇拝の対象にした。その臭いや蠅のすさまじさ、常夏の炎天下でひとつの死体が腐っていくぞっとする光景など、とても想像することができない。しかもコレラで死んだのは何十人にも及んだのだ。村の中で大量の死体が腐っていくこと自体は仮におぞましくないとしても、コレラの犠牲者が腐っていくそばにいるというのは自殺的行為だ。コレラは激しい下痢を伴い、感染者は栄養失調で死んでいく。ファン・デ・ワウが撮った写真は胸が潰れるものだった。★男も女も子どもも骨と皮だけになり、裸で血の気が失せた状態で横たわり、応急仮設の点滴の瓶に繋がれている。一九六二年十一月の初旬までに★オツジャネップでは七十人が亡くなり、台の上で腐敗していた。「ときどき犬が、台から落ちた手や足を咥えて歩き回っているのを目にする」★とファン・デ・ワウ神父は書いている。「死体の中にはそのほとんどを、切り株や低木を足がかりにして台に上ることができた犬に食べられてしまったものもあった。実に大勢の人が死んだので、台の上の死体はとんでもない状態になっている」。

その次に起きたことを綴るファン・デ・ワウの文章は非常に意味があるので、その全文をここに引用する。

「十一月十日に、ガブリエルが村長《クパラ・カンポン》を集めて全員に向けて印象的な説明をおこなった。ガブリエルは本当に才能ある話者である。彼が少なくとも三十分をかけて村長たちに訴えたのは、死体は新たな感染源になるが、こんなに高潮のときには埋葬することが難しい。ではどうしたらいい？　その問いを村長に投げかけ、答えにたどり着くのを待った。村長たちが答えにたどり着けないでいると、彼は『水面下に住む全能の医師』からの提案を話した。

村長が納得した後、死者の出た家族全員を呼び集めた。夫婦と子どもが死んだ家が二家族あった。ひとりの男は妻も二人の子どもも亡くしていた。この男が味わった苦しみを見るのは極めて辛かった。

そうこうするうちに、バシムから石油の入った缶が届いた。死者を出した家族は、明日までに台の下に置く十分な量の薪を集めてくることに同意した。

十一月十日日曜日に、私はこれまででもっとも例外的な日曜日のミサをおこなわなければならなかった。私がミサをおこなっているあいだ、村の人々は薪を探していた。薪は死者が載った台の下に置かれた。村の奥から順番に火をつけていき、一軒ずつ苦労しながら進んでいった。しかし人々が死体を燃やすことをひどく怖れていることがわかった。彼らの死者を崇拝する度合に比べると、今回の死体への対応の仕方は残酷極まりなかった。もっともこのような例外的な状況だからこそそうせざるを得なかったわけで、こうしたことが二度と起きることはないと私ははっきりと伝えた。

男たちが身内の死体の載った幾つもの台のまわりに集められた。死体で台が一杯にならないうちに、これを燃やしても構わないかと再度尋ねた。火を付けるのはいつも私の役割だった。そして新しく死者を載せる台を作るたびに、家族の承諾を得た。

薪がよく燃え出したとたん、死体を縛ってある籐がちぎれて、台と死体が一緒に火の中に落ちた。

家の後ろは泥地なので、村にある死体を全部燃やすのに丸一日かかった。その火葬が終わる頃に、教理問答教師が鼻と口をハンカチで覆って近づことうした。しかし、近くに来るとすぐに踵を返して去っていった。村人たちは繰り返し口々に、私の胃の強さに驚いたと言った。こんなことはすべきではないとわかっていたが今回の件はどうにかしなければならないことだったので、私がちゃんとやりおおさなければならなかったのだ。すべての台が燃え尽き、恐ろしいぞっとする煙と悪臭が村中に漂っていたので、私は大声で叫ぶとできるだけ早く川の中に飛び込んだ。

教理問答教師はその日ずっと、村人たちが私を殺したがっていると、繰り返し言っていた。しかしその日、すべてが終わってみると、それが嘘だったことがわかった。殺すどころか、村人たちは弓矢、石、斧などを私に与えようとしてやってきたのだ。なぜなら村人は、これで病気がオタネプ《原文ママ》から永遠に駆逐されたと信じたからである」

オツジャネップの歴史の中ではとても大きな出来事だった。男や女や子どもたちが大勢死んだだけでなく、燃やされてしまったのだ。コカイの話はひとつの物語から次の物語へと、まるでその二つが同じ出来事の一部であるかのように移っていった。それで私は、はっとした。もしコレラが、マイケル・ロックフェラーを殺したことに対して精霊たちが下した罰だと見られていたとしたら？　もっと重要なことに、オーストラリア軍のヘリコプターが派遣されてきたのは、★コレラを撲滅するためだった。アスマットがヘリコプターを見たのはこれまで二回しかなく、一回目はマイケルが死んで数日後のことであり、二回目はもっと大勢の死が、驚くほど早く村を襲ったときだった。
その夕方、ジョンに話を聞くために彼の家に行った。そして、コカイがジョンに何を話していたのか教えてほしいと頼んだ。彼は不安そうだった。コカイは昔の古い話を繰り返しただけだ、と言った。マイケルが村にやってきて、去っていったが、また来ようとしたときにボートが転覆し、ボートから泳いで行ったが、消息を断った、そしてコレラがやって来た、と。ペプとドムバイの名前と矢を射たことについて訊いても、説明しようとしなかった。「彼らは怖がっているんですよ」とジョンは言うだけだった。

私はようやく確信を持つようになった。とりわけラプレに殺された男たちの村での地位と、ファン・ケッセルとフォン・ペエイ両者がマイケルを殺したと名指ししていた男たちとの関係を知ったために、より強くそう思うようになった。私は海岸沿いにたどってみたが、サメやワニを一度も見なかった。ワニは内陸部にいて、海岸にはいなかったし、ましてや沖合にはいるはずがなかった。サメは深海にいた。アスマットで人がサメに襲われたという話はただの一度も聞いたことがなかったし、サメはこの地方では滅多におらず、アスマットの彫刻にも稀れにしか登場しない。サンデイが、マイケルは岸まで泳いできたところを、サメかワニに襲われ、それをそこにいたオツジャネップの男たちに目撃されたのではないかと言っていたが、それはまったくあり得ないことだ。海で殺されたのなら、彼の体は海を漂い、南方へと流されていき、陸地にはたどり着けなかっただろう。

もしマイケルが海岸までたどり着けたとしたら、オツジャネップの男たちに出会っていただろう。彼らがそこにいたことは事実だった。マックス・ラプレの襲撃で、村の立派な男たちが殺された。その男たちは五棟あるジェウの四棟の長だった。つまり、村にいる全員が殺された男と血縁関係があるということに他ならない。死んだ男たちの指導的な地位を引き継いだペプ★、フィン、アジムも血縁だった。ビス柱はたくさん刳《く》りぬかれて作られ、マイケルがやって来たときにはまだジェウの中にあった。つまり儀礼はまだ完遂されていなかったのだ。そしてマイケルは柱を買ったものの、その中の何本かしか届かず、残りの柱は現れずじまいだった。

ソワダ司教によれば、「発展途上のこんな早い時期に、アスマットの人々が殺しを願ったとは、ましてや白人を殺す勇気があったとは、まったく考えられない」とのことだが、それは相手を見くびった見方だと私はやっと気づいた。それこそ西洋人の奢《おご》りと慢心の表れだ。それがアスマットを抑えつけ、彼らを人間以下にさせ、普通の文化圏外では活動できない者に分類し、あたかも、文明から遠く離れた部族社会が理解できるのは神話のシナリオに従うことだけで、そこから逸脱する創造性や情熱など持っていないと思わされていたのだ。

私はコカイと暮らし、男たちが太鼓を叩き歌を歌い、踊り、物語を語るのを、およそ一ヶ月にわたって観察した。アマテスとウィレムと旅行し、人間の姿を見てきた。ひとりひとり、個性のある人々だ。大半の男たちが同じ踊りを踊っていても、必ず手をひらひらさせて片足で踊る男がいた。たとえ老人がみな新しいジェウを祝って踊ったり太鼓を叩いたり歌ったりしても、コカイはたったひとりで、失ったものへの悲しみの溢れる歌を歌っていた。

そうしたことすべてが私に押し寄せてきた。人間はシナリオ通りに動かない。人間の歴史はパターンを打ち破り、伝統的ではないことをおこない、これまでに誰もやらないことをしてきた人々の歴史なのだ。大洋を渡って新世界に行った人々。太平洋を渡って新しい島を見つけた人たち。敵対する部族や、違う階級に属する人に恋をしてしまった人々。ベドウィンの異なる民族を結束させるためにアラブの民族衣装を身につけたイギリスの白人。大統領に立候補した黒人たち。これまでの習慣を打ち破り、違うことをなし遂げた者たちがいつだっていたのだ。そしてここでは、白人を殺した者たちがいた。人を惹きつけるのは、習慣に従った人々の話ではなく、予想もしなかったことをやってのけた人の話だ。自分の妻や子どもを殺した男たちのことをどうやって説明できるだろう。嫉妬。怒り。激怒。愛情。悲しみ。羨望。好奇心。自負。人々は愛情を注ぐが残酷な仕打ちもする。もっと残忍なこともする。われわれ人間は、違う時代には違ったやり方で、みな凶暴だった。アスマットはこれまで私が会った中でもっとも奇妙な人々だ。彼らの秘密は窺い知れず、文化境界は厳密だ。しかし彼らは人間で、誰もが人間としての基本的な感情を持っていた。論理や理性ではなく、文学や詩の源となる感情があった。

マイケル・ロックフェラーに槍を突き刺したのが、ペプ、フィン、アジムの誰であれ、それができたからやったのだ。男だからやった。戦士だからやった。彼らが出会った白人の中でこの時のマイケルほど無力な者はいなかっただろう。長時間にわたる遠泳を終えたマイケルは、アスマットの男の中でも一番非力な男に見えたはずだ。疲弊しきっていて、武器もなかった。家族もおらず、ロックフェラーの世界に繋がりがなかった。しかも彼らはマイケルが精霊ではなく、自分たちと同じ人間だということを知っていた。彼は征服された。食べられた。マイケルの命を取りこむことで、アスマットはマイケルそのものになり、脆い世界の中で死に打ち勝つことができた。この世界では、いつ何時敵に殺されるかもしれず、誰かが振り回した斧で間違って重症を負うかもしれない。人の人生というのは、インディ五百マイルレースに出場する車のドライバーや、死に近づけば近づくだけ生きていると感じる登山家と大した違いはないのだ。

殺すことは主張すること、所有すること、奪うことだ。殺しは怒りと情熱。妻を殺した男は、妻を憎んでいたのではなく、憎むほど深く愛していた。女性ばかり狙う連続殺人犯は、自分が一番求めているのに手に入れられないものを奪っている。アスマットがその日マイケル・ロックフェラーを殺したのは、情熱と愛情からだった。その愛情とは、近代化が始まりキリスト教に包囲されるうちに失ってしまったものや失われつつあるもの——イピ、ファラツジャム、サムット、アコン、オソム、そして首狩りという文化と伝統——に対するものだった。人を殺すことは、アスマット文化の論理の中に破綻なく取り込まれている。それ故に、ジェウの指導者の魂をサファンに送ることができた。彼らの宇宙の中で壊れたバランスを正すために。彼らは人間の命を取りこみ、その人物になった。あるいはこう考えていたかもしれない。相手が白人だから、白人の世界においては自分たちが手に入れられない力を得られるかもしれない、と。しかし求めていたのは、人間としてなくてはならないものだった。西洋文化の侵入に対して自分たちが無力であったことを覆すための力だ。それなら、殺人はもしかしたらサンデイの排外主義的な考え方、殺人を力を取り戻すための試みとする考え方に、合致するかもしれない。優越感を示したのだ。

しかし結局のところ、殺人がもたらしたものは、彼らに向かって猛スピードでやってくる変化だった。オツジャネップのアスマットにとって、マイケルに槍を突き刺したことは破滅をもたらすものだった。ひとつの命の終焉であり、別の命の始まりだった。その出来事によって、飛行機、船、ヘリコプター、警官、さらには彼らが見たこともない高度な技術と威力を目の当たりにしたのだ。精霊たちが仕返しをし、村の人口の約十パーセントがコレラで死んだ。さらに、その疾病の流行によって、何百年、いやもしかしたら何千年も続いてきた埋葬の儀式が終わりを迎えた。その結果、ファン・デ・ワウの役割が大きくなり、首狩りとカニバリズムの終わりが早まり、キリスト教と罪の意識が入り込んできた。それから間もなく、インドネシアの支配が優勢になり、どの村にも政府の役人がやってきて、ジェウを燃やし、十年の間、あらゆる祭礼と彫刻を禁じた。

一九六四年、オツジャネップの緊張は、ドムバイが妻を寝取られたときに最高潮に達した。★

これは私がピリエンに最初に来たときに聞かされた話で、これでようやく前後の流れが繋がったことになる。そしてジェウはそれぞれの戦いに突入した。十二月四日、アジムは矢で射られ、★数日後に死んだ。マイケルに槍を突き刺した人物だと思われているペプは、矢を射た者の九歳の妹の命を差し出すように言った★。その子を殺せばバランスが取れる、と。司祭が仲介に入ったが、一ヶ月以上ふたつの村は戦い続けた。ファン・デ・ワウ神父はペプの逮捕を望んでいた。神父は日記にこう書いている。「誰かが止めなければならない★。ずっと強圧的な態度を取り続けることはできるが、このまま何も起きなければ、収束を図ることはできそうにない」すると、一九六一年十一月のエウタ川の河口で、ピリエン・ジェウの長ドムバイと、オツジャネップのペプ、フィン、アジムの間でマイケルを殺すことに関して意見の違いがあった、という話にますます信憑性が増してきた。もしそうであれば、翌年のコレラの流行によってドムバイや近親者は恐怖のどん底に突き落とされたに違いなく、ジェウ間の緊張は否応なく高まっていっただろう。

　コレラが発生してから六年後の一九六八年九月、ファン・デ・ワウ神父がついにアスマットを去ってオランダに戻る時がやって来た。六年の間この地と人々と深い親交を結んでいた神父は、マイケルの運命についてある確信を持つにいたった。彼は上長に手紙を書いている。「村の二大勢力はいまだ和解に至っておりません★が、いまではかなり親しく交流しています。教理問答教師と学校のために仮設住宅を建てたのは、一年後か二年後にピラジン《原文ママ》の人々が元の場所に戻るのを期待してのことです。オツジャネップを最後に訪れたとき、もう一度ロックフェラーのことを話題にしてみました。アスマットに質問をして聞き出すのはとても難しく、とりわけ村を二分しての敵対心が非常に強いので、罪を着せ合うこともあり得ます。とにかく、マイケル・ロックフェラーが生きて海岸にたどり着いたのは、はっきりしています」

結局、村の分断が解消することはなく、オツジャネップとピリエンは緩衝地帯——よそ者のジョンが住んでいる場所——を間に挟んで現在もにらみ合っている。

この事件で一番不気味で不可解なことは、マイケルが自身の死への重要な手がかりを写真として大量に残していたことだった。ファニプタスを撮っていた。ファニプタスがワギンに行ったことがきっかけとなり、ラプレがオツジャネップの指導者たちを殺すことになった。ビス柱を撮っていた。この柱が彫られたのはラプレ襲撃の結果であり、同時にマイケルが結局はここで死ぬことを予言していた。そしてマイケルは、自分を殺すことになる男たちを撮っていたのだ。

ジェウの祭礼はこれまでジサールでおこなわれてきたが、ピリエンとジサールでひとつの村なので、ピリエンも祝わなければならなかった。私はその日は一日中ベルの家で過ごした。そこがピリエンのジェウとして使われていたためだが、ベルとビフ（ピリエンのクパラ・プラン）とほかの男たちが太鼓を叩いたり歌ったりしているあいだずっと座り続けていたので、私の脚はすっかり痺れてしまった。早朝から日没の一時間前くらいまで祭礼は続き、時間の経過に気づくのは、煙草休憩とたき火の上での太鼓のチューニング――そのおかげで屋内に煙が充満する――と昼食で中断するときだった。昼食のときには女たちが、カミキリムシの幼虫の入ったサゴの幹を運んできて、それを長い椰子の葉でくるんで焼いた。これは聖なる食べ物で、サゴの虫は人間の脳と同義だった。女たちがやってくると、男たちは口々に「写真撮れ、写真撮れ!」と叫んだ。彼らが場の中央にサゴの幹を並べたとたん、いきなり太鼓が鳴り歌声とわめき声が興った。それから、サゴが全員に分け与えられた。ベルが栄誉の印として私の分を取ってくれた。サゴはぱさぱさして味気なかった――アスマットの食料すべてがそうだ――が、カミキリムシの幼虫を噛むと豊かな味と脂肪の熱い体液が迸った。まるでこってりしたピスタチオのようで、何週間もずっとサゴとラーメンと米と小魚だけを食べてきたところにベーコンとアイスクリームが供されたかのようだった。

昼食の後、マルコという六十代後半か七十代前半くらいの年齢の男がアスマット語で話を始めた。誰もが耳を澄ましていたが、横たわっている者も寝入っている者もいた。私も横になっていたが、ベルの家の屋根の梁のところに煤で真っ黒になった籐の袋があるのに気づいた。丸くて、蜘蛛の巣に覆われているが、ボールが入っているような感じだった。頭蓋骨か? アスマット語はまったくわからなかったし、私に聞かせるためではなかったので、私は家の下の湿地で穴を掘っている犬たちのドラマを眺めていた。何本もの矢を射る格好をし、誰かが槍を力強く突き刺す仕草をした。そのとき、オツジャネップとドムバイという言葉が聞こえてきた。

マルコが歩く動きをしている。そっと忍び寄っていく。また槍を突く仕草。ズボンを太腿の上まで引っ張り上げ、腰を前に突き出した。セックスをしている格好ではなく、まるで小便をするような、ペニスをしゃぶらせているような格好だ。男たちはブーブーと言った。頷いた。「ああ！　ああ！」。ようやく、一時間ほど経ってから、私はカメラを取り出し、録画のスイッチを入れて撮影し始めた。しかし芝居は終わっていた。マルコが話しているだけだった。畳みかけるように話した。八分ほどすると、電池が少なくなった。充電ができないので、そこで私は電源を切った。

そのときは知りようもなかったが、その時こそがアスマットにおける私のもっとも重要な瞬間だったのだ。

村の人々は日没前にいったん解散し、午後八時にまた屋外の板敷きの道に集まった。月が唯一の銀色の光だった。あまりにも暗くて足許さえ見えなかったが、道に積まれた泥の上で焚かれている火と煙草の火はあり、頭上の闇を押し分けるように無数の星からなる天の川が地平線まで延びていた。最初、太鼓打ちは五人か六人で、そのほかは五人くらいしかいなかったが、誰かが闇に向かって大きな声をあげ、歌うように呼びかける声が響き渡ると、間もなく百人ほどが集まってきた。太鼓の音が夜を切り裂き、精霊に呼びかける低い声で歌が始まった。コカイが、太鼓と歌は祖先へ通じる「橋」だ、と言った、ピリエンの男たちが板敷きの道を揺らした。精霊たちはここにいて、闇の中でわれわれを取り囲んでいた。私には見えないが、精霊は蚊やヤモリやコオロギのように確かにここに存在し、夜を満たしていた。大気が響いていた。男たちの太く低い声、太鼓の鼓動、人々の想像力、彼らに明らかに見えているイメージは、昆虫や稲妻や湿気や樹木や数メートル先の川と同様にこのジャングルの一部だった。なにもかもひとつの意識の中に集められたものだった。何ひとつ切り離すことはできないのだ。太鼓と歌声がその意識を織りあげて全体を作り、その全体は何年も昔から、何世代も前から、何世紀も前から、もしかしたら千年も前から続いているものなのだ。私は思い描かないわけにはいかなかった。マイケルの精霊が彼らの中にいて、ジャングルの夜の中をくるくると舞い、椰子の木や星や間を縫うように漂っている様子を。ようやく自由になれた霊の姿を。そして私はなぜマイケルが失踪したのか理解していた。

深夜近くになって女たちが、米やヤム芋やサゴが山のように入った大きな器を運んできた。葉菜類の入った器もふたつあった。男たちがそれを五つの山に分け、ピリエンの五つの区がそれを受け取って食べた。ビフが私にひと山を渡した。「コカイに」と彼は言った。それは尊敬と受容の素晴らしい瞬間だった。私はコカイの代理人だったのだ。

彼らのスタミナには驚かされた。酒もドラッグもないのに、彼らはひっきりなしに踊り、歌い続けた。私は午前三時頃にとうとう前後不覚に陥り、なんとかコカイの家にたどり着き、女や子どもが寝ているところをまわりこんで、瞬く間に眠りについた。暗闇と沼地の向こうで歌声がリズミカルにこだましていた。

ピリエンでの滞在が一ヶ月になり、とうとうウィレムが迎えに来る日になった。帰るのは不思議な気持ちがした。来たばかりの頃は、時間がとてもゆっくり過ぎていったが、やがて時間それ自体がなくなった。毎日が熱暑と雨と煙草の繰り返しで日々の区別がつかず、川は満ち潮のときも引き潮のときも絶えず流れていた。ベルが顔を見に立ち寄ったので、三人で最後のコーヒーを飲み、煙草を吸った。私はベルとコカイの顔を見つめながら言った。「どうしてオツジャネップの男たちは、マイケル・ロックフェラーを殺したことについて話すのをそんなに怖がるんですか」

コカイは私をじっと見返した。その目は暗く、その顔はこれ以上ないというほど無表情だった。ベルは首を横に振った。「そのことについては何も知らないからだ」とコカイが言った。「カリ・ジャウォール川でマイケル・ロックフェラーが死んだ、という話がアスマットには伝わってる。アスマットの者たち全員が、彼はフィンとペプに槍で刺されたと言っている。しかし俺はそれについては何も知らない」それしかコカイは言わなかった。ベルもだ。

私たちは見つめ合っていたが、エンジンの音が聞こえてきて、沈黙が破られた。コカイの義理の息子のブーヴィエルが飛び込んできた。「ウィレムが来た！」

ひと月かけて私がゆっくりと築いてきた親密さが跡形もなく蒸発した。ウィレムがボートから飛び降りた。アマテスも一緒だ。ウィレムが私を迎えにくる準備をしているときにアマテスがアガッツから戻ってきたのだった。村人たちがいたるところからやってきて、コカイの家はぎゅうぎゅう詰めになり、玄関先にも溢れ返り、扉や窓から覗き込む者たちもいた。ウィレムとアマテスは午前五時に出発し、マイケルとワッシングが格闘したベツジ川の河口を渡るときには襲いかかる高波と強風に苦労したという。「怖かったよ！」とアマテスが言った。「ずっと叫びっぱなしだった。『ウィレム、岸に上がったほうがいい！』ってね。先週、ちょうどあそこでどこかのボートが転覆して、男女と子どもが十七人も死んだんだ。生き残ったのはたったひとりだった」

「一時間待たなければならないな」とウィレムが言った。「風が止むまで。それから出発しよう」

コカイの妻がサゴを持ってきた。われわれはそれを食べ、みんなに囲まれてしばらく喋ったり笑ったりした。コカイが言った。「われわれはジサールに行かなければならない。あんたはあのジェウにいくらかお金を渡すべきだ」

私は三十万ルピア、およそ三十ドルを摑んだ。そしてコカイと私、ウィレム、アマテスは、大勢の人を引き連れて朝の光の中をジサールまで歩いていった。クパラ・プランのサウエルと、六人ほどの男たちがいて、火が焚かれていた。私の知る限り、コカイがこのジェウに入ったのはこれが初めてだった。サウエルが立ち上がり、私は彼に紙幣を渡した。男たちは歌を歌い出した。力強い唱和で、唸り声と金切り声が規則正しく入ってきた。サウエルが私に、いつでも戻ってこい、歓迎する、と言った。私はインドネシア語でできるだけはっきりと、温かく迎えてくれたこと、居心地よく過ごさせてくれたこと、サゴを一緒に食べさせてくれたことについて感謝の言葉を述べ、拙いインドネシア語を詫びた。彼らはまた一斉に声を出した。アマテスが言った。「彼らは、あなたのために祈ってますよ、ミステル・カルル。海の旅が安全でありますように、と」

われわれは握手した。革のように堅く、温かい手だった。そして最後に胸一杯にジェウの空気を吸い込んだ。いつも体と煙草と草のにおいに満ちていた空気を。

コカイの家に歩いて戻った。それからはなにもかもがすごい速さで過ぎていき、私はその速度を遅らせることができなかった。男たちが私のバッグをつかんでボートに投げ入れ、その後からウィレムが飛び乗った。「写真！」と私は叫んだ。「家族の写真を！」アマテスが写真を何枚か撮ってくれる間、暑い日差しの下でコカイと彼の子どもたちは彫像のように立ち尽くしていた。それからコカイは私の手を取り、「弟よ《アディク》」と言い、私の手を自分の熱いざらざらした頬に当てると、背を向けた。前回ピリエンを出るときには、ずっとびくびくしていたので、無表情で不気味に見つめる多くの顔に見られながらも、逃げ出せたことにほっとしていた。しかし今回は、ウィレムがボートを流れに乗せエンジンをかけ、私がどんどん遠ざかっていくまでひとり残らず、口々にさよならと叫び、大声をあげ、呼びかけ、手を振っていた。

打ちひしがれたような気持ちがした。去っていくのが辛かった。この先にはベッドとトイレと湯の出るシャワーと好きなだけ食べられる野菜が待っているのだから、と自分を元気づけた。いまだに疑問はたくさんあった。確かに、時間をかけた分、それだけたくさんのことを学んだ。オマデセップとオツジャネップの間では子どもたちの交換がおこなわれていた。オツジャネップとピリエンに分裂した理由と、マイケルの死における村の役割がよりはっきりした。ジサールのクパラ・プランであるサウエルが、ラプレの襲撃後に父親のサムットの後を引き継いだことや、虐殺が起きたときにその場にいたこともわかった。まだまだ調べたいことは残っていたが、またもや時間切れが迫っていた。すでにヴィザの滞在期限を過ぎていた。

ボートが海を目ざして進んでいくあいだ、私はござに座っているコカイの姿を思い浮かべていた。川が流れてゆくそばで、地の底から聞こえてくるような声で歌いながら、体を前後に揺すっていた。マイケル・ロックフェラーがアスマットに来たとき、オツジャネップの世界はひとつだった。彼が死ぬときにもうひとつの世界ができた。コカイはふたつの世界に住んでいたのでふたつの世界を知っていた。どちらの世界にも満足しているようには思えなかった。そして私は疑問に思った。あの最後の朝、いまではもう別の時代のように思えるが、私はベルとコカイと座っていた。ベルはドムバイの息子で、コカイはフォムの息子だ。ファン・ケッセルは、マイケルが殺されたときにその場にいた人物として、ドムバイとフォムの名も挙げていた。そしてそのふたりともクパラ・デサス、つまり村長であり、指導者であり、記憶の保管庫だった。その頭の中にどれほどたくさんの歌と話と歴史が入っていたのか想像もつかない。ピリエンとオツジャネップの全歴史が入っていたのだ。そのふたりの息子ベルとコカイは私にサゴを食べさせてくれ、家の中に、生活の中に招き入れてくれ、私のために歌を歌ってくれた。マイケルの身に起きたことで本当に嘘をついているのだろうか。彼らは本当に何も知らないのだろうか。もし彼らの父親たちが人を殺したなら、それを認めて私に話してくれてもいいだろう。あんなに多くの時間を一緒に過ごして、あんな目で私を見られるものだろうか。何も知らない、何も覚えていないと嘘をつけるものだろうか。

アガッツに戻り、私はアマテスに、ベルの家でみんなが太鼓を叩いたり歌を歌ったりしているときにマルコを撮影した八分間の録画を見せた。マルコがひとつの話を語った後に私が録画したものに映っていたのは、彼のまわりに集まった男たちに向かって厳しい警告を発しているマルコの姿だった。

「この話をほかの男やほかの村の者たちには絶対にしてはならない。なぜならこの話はわれわれだけのものだからだ」とマルコは語っていた。「話すな。この話は話すな、語るな。頼むぞ。よく覚えておけ、これを記憶しておけ。頼むぞ。いいか、これはお前たちだけのものだ。ほかの者には話すな。永遠に。ほかの人間やほかの村の者には。もし質問されたら、答えるな。よその者には話すな。なぜならこの話はお前たちのためだけにあるからだ。もしだれかにこれを話したら、お前たちは死ぬ。お前たちが死ぬのを俺は怖れている。お前が死に、お前の家族も死ぬ。この話をしたらな。これは家の中にしまっておけ。心の中に。永遠に。永遠にだ。頼むぞ頼むぞ。いいか、わかったな。もし男がやってきて、質問されたら、何も話すな。答えるな。今日も、明日も。毎日、この話は秘密にしておけ。

石斧や犬の歯の首飾りを差し出されても、この話だけはしてはならない」

# 原註

## 第一章　一九六一年十一月十九日

8　午前八時：一九六一年十一月二十二日のオランダ海軍交信記録。オランダ王国デン・ハーグにある教育文化科学省公文書館収蔵。

8　満潮だった：一九六一年度オランダ領ニューギニアの潮見表、オランダ王国国防省水路測量局。

8　白い木綿のブリーフ：二〇一一年十二月オランダのティルブルフでおこなわれたフォン・ペエイ神父への取材から。さらに、メアリー・ロックフェラー・モルガン著 *Beginning with the End* (New York : Vantage Point, 2012), p. 24. のなかに、マイケルが泳ぐ前にズボンと靴を脱いだというワッシングの説明がある。

8　空のガソリン缶ふたつ：一九六一年十一月二十二日の海軍交信記録。オランダ公文書館収蔵。

8　ぼんやりした灰色の線：ルネ・ワッシングは、船は海岸からおよそ五キロメール離れていたと述べたとされている。しかし、ふたりが漂流していた時間やが発見されたときの位置から考えると、五キロではあまりにも近すぎるようだ。ふたりに海岸線が、かすかだが見えていたことは確かだろう。さもなければワッシングは五キロと言わなかっただろうし、マイケルにしても泳いでいく方向がわからなければ、泳いでいかなかったはずだ。その浜辺は低く平坦で、海岸の木々の高さは十六メートルくらいだった。地平線までの距離計算表によれば、海岸からは十六キロほど離れていたと思われる。

9　潮の満ち干は間隔が一定ではない：オランダ領ニューギニアの潮見表より。

10　メイン州のターンパイクを時速百三十キロのスチュードベイカーで飛ばしている若者：ミルト・マクリン著 *The Search for Michael Rockefeller* (New York : Akadine Press, 2000) p. 154。メアリー・ロックフェラー・モルガン著 *Beginning with the End*, p. 221。

10　「世話役を務める」という言葉：モルガン著 *Beginning with the End*, p. 223。

11　ハーヴァード大学のクラスメートといっしょに呆れ返った：二〇一三年二月に、ハーバード大学一九六〇年卒業のポール・ダンドリーに著者が取材。

11　ありがたいことに風は凪ぎ、海も穏やかで：二〇一一年十二月にスペインのカナリア諸島で、マイケル・ロックフェラー捜索の夜に海にいた元オランダ警邏隊員ウィム・ファン・デ・ワールに取材。

11 わずかに明るい‥私がアスマットで過ごした四ヶ月の間ずっと、雨の降らないときでも、毎晩地平線に沿って稲妻が光っていた。

12 空は明るく‥二〇一二年一月、当夜照明弾を落としたパイロット、ルドルフ・イゼルダを著者が電話取材。さらに、オランダ公文書館収蔵HN誌（一九九六年十二月号）に掲載された、浜辺から照明弾を見ていたベン・ファン・オールスの発言から。

## 第一一章　一九六一年十一月二十日

13 男たちは彼を見た‥一九六二年一月二十三日、コルネリス・ファン・ケッセルから代理司教ヘルマン・ティルマンズに送られた報告書。聖心修道会文書館収蔵、聖心修道会宣教師資料目録記載。

13 朝の六時だ‥これがもっともふさわしい時間である。一九六一年十一月十九日の夕刻に、ファン・デ・ワールはマイケルとルネがオツジャネップに向けてピリマプンを出発するのを見た。マイケルの死亡を伝えるあらゆる記事や報告書は（その中には、代理司教に送られたファン・ケッセルやフォン・ペエイの報告書、私が二〇一二年三月にアガッツのウサインに取材したものもある）、オツジャネップの男たちが当日の朝にはエウタ川河口にいたことを示している。一九六一年の潮見表によれば、満潮が午前八時で、男たちは引き潮が始まる前に五キロほど上流へ行きたいと思っていたはずだ。

14 「おい、見ろよ。エウだ！」‥著者は二〇一一年オランダのティルブルフでフォン・ペエイに取材、二〇一二年パプアのアガッツでウサインに取材。一九六一年十二月十五日ファン・ケッセルがニジョフに当てた手紙、さらに一九六二年一月二十三日代理司教ティルマンズへの報告書に記載。共に聖心修道会文書館収蔵。

14 男たちはみな槍に手を伸ばした‥同。

14 マイケルは背泳ぎをしていた‥同。

14 「いや違うな」とフィンが言った‥同。

16 「おまえがやれ」‥同。

16 長だった‥二〇一三年三月、著者がパプア州ピリエン村のコスモス・コカイに取材。また、一九六二年一月二十三日、ファン・ケッセルから代理司教に送られた報告書。同修道会文書館収蔵。

16 アジムはほかのだれよりも多くの人間を殺し‥一九六二年一月二十三日、ファン・ケッセルによる代理司教ティルマンズ宛ての報告書。または、キース・

16 ファン・ケッセル "My Stay and Personal Experiences in Asmat : A Historical Review" (unpublished memoir), 1970. に記載。

16 ペプは吠えると背中を丸め：二〇一二年三月、著者がパプア州アガッツでウサインに取材。槍で刺された男たちについてアスマットの多くの人々がそのように語っている。

17 数キロ南下したところ：二〇一一年十二月オランダのティルブルフで著者がウベルタス・フォン・ペエイに取材。一九六二年一月二十三日、ファン・ケッセルから代理司教に送られた報告書。

17 オウムは果実を食べる：ヘラルト・セーグワールト "Headhunting Practices of the Asmat of Netherlands New Guinea," *American Anthropologist* 61,no. 6 (December 1959) には、アスマットの首狩りと食人について詳細な記述がある。その他の有益な資料としては、トビーアス・シュネエバウム著 *Where the Spirits Duell* (New York : Grove Press, 1988)、アドリアン・A・ゲルブランズ編集による *The Asmat of New Guinea: The Journal of Michael Clark Rockefeller*(New York : Museum of Primitive Art, 1967), pp. 11–39. などがある。

18 「これはおれの頭だ!」：ヘラルト・セーグワールト "Headhunting Practices of the Asmat of Netherlands New Guinea." マイケル・ロックフェラーがどうやって殺されたのかこの先わかることはないだろうが、アスマットに殺されたのであれば、セーグワールトによって詳らかにされた聖なる伝統にしたがっておこなわれたはずである。本章の具体的な部分はセーグワールトの記述に負っている。

## 第三章 二〇〇二年二月

28 サメについては、ひどく怖れられている生物だが：二〇一二年八月、フロリダ州ゲインズヴィルの「フロリダ・プログラム・フォー・シャーク・リサーチ・アンド・インターナショナル・シャーク・アタック・ファイル」とフロリダ自然史博物館のコーディネイターでありディレクターのジョージ・H・バージェスに著者が取材した。インターナショナル・シャーク・アタック・ファイルのウェブサイトには、サメの人への攻撃の詳細なデータが掲載されている。http://www.flmnh.ufl.edu/fish/sharks/attacks/perspect.htm。

29 墓を作ったが：モルガン著 *Beginning with the End*, p. 62。

29 彼の双子の妹メアリー：モルガン著 *Beginning with the End* は、メアリーが双子の兄を失ったことから立ち直ろうとしたその努力について書かれている。

31 夜の博物館は、私にとっては暗く閉鎖された場所にすぎないが：二〇一二年三月、パプア州アガッツで著者がヴィンス・コールに取材した。

## 第四章　一九五七年二月二十日

33 ニューヨーク市の気温：Farmers' Almanac による一九六一年二月二十日ニューヨーク州ニューヨークの天候記録。www.farmersalmanac.com.

33 黒い蝶ネクタイ：ワシントンDCのスミソニアン協会内アメリカ美術公文書館収蔵。ロバート・ジョン・ゴールドウォーター文書内の正式な招待状の複写より。

33 当時のジョン・Dは地球でいちばんの金持ちで：ジョセフ・パーシコ著 *The Imperial Rockefeller: A Biography of Nelson A. Rockefeller* (New York: Washington Square Press/Pocket Books, 1983), p. 10.

33 ニューイングランドの名家に生まれた者特有のゆっくりした話し方：一九六九年三月十八日「ニューヨークタイムズ」"Rocky as a Collector," より。

33 揺るぎない自信に満ちあふれた雰囲気があった：パーシコ著 *The Imperial Rockefeller*, p. 2.

33 社交的な傲慢さというのではなく：同 p. 3。

34 午後八時半には招待客が次々と到着し始めた：スミソニアン協会所蔵ゴールドウォーター文書の正式な招待状。

34 ある批評家はこう述べた。艶やか：一九五七年三月二日「ザ・レポーター」"The Fetish and the Water Buffalo" より。

34 ルネ・ダーノンクールがいる：一九五七年二月二十日ネルソン・A・ロックフェラー夫妻による招待客名簿。ニューヨーク州スリーピー・ハロー、ロックフェラー公文書センター内NAR私的書類、プロジェクト・シリーズ、一九六二〜一九六四フォルダー収録。

34 「タイム」誌と「ライフ」誌を創刊したヘンリー・ルース：同資料。

34 所有者ヘンリー・オックス・サルツバーガー：同資料

34 彫刻の施された櫂はイースター島から：一九五七年春、プリミティブ・アート博物館の「コレクションから厳選された作品（カタログ）」から。メトロポリタン美術館（以降MMAと省略）、アフリカ・オセアニア・南北アメリカ部門、視覚芸術資料館収蔵。

35 簡素な白いシリンダーや立方形の上に：MMAの写真コレクションより。

35 カナッペを食べたり、ワインに口をつけたりしている

36 招待客たち：「エスクァイア」一九五七年七月号。

36 本館の目的はそうした研究を補うことにあります：一九五七年二月二十日、プリミティブ・アート博物館、プレスリリースより。MMA収蔵。

36 一五九九年に作られた陳列棚：シェリー・エリントン著 *The Death of Authentic Primitive Art and Other Tales of Progress* (Berkeley：University of California Press, 1998), p. 9。

37 蒐集したあらゆる種、葉、植物は：同書 p. 12。

37 ハンス・スローン卿が集めた民族誌学的な品物：同書。

37 父親のジョン・D・ロックフェラー・ジュニアは磁器を愛していた：スザンヌ・ローブル著 *America's Medicis: The Rockefellers and Their Astonishing Cultural Legacy* (New York：Harper Collins, 2010), p. 8。

38 若い頃から審美眼を養っていけば：一九六九年五月十八日「ニューヨークタイムズ」"Rocky as a Collector," より。

38 一九三〇年にネルソンと花嫁：パーシコ著 *The Imperial Rockefeller*, pp. 18–19。

38 個々人の多様で幅広い表現：ローブル著 *America's Medicis*, p. 310。

39 何時間もかけて鑑賞する美術館のような雰囲気だった：パーシコ著 *The Imperial Rockefeller*, p. 2。

40 カール・サンドバールはこの図録のなかでこう書いている：サリー・プライス著 *Primitive Art in Civilized Places*, 2nd ed. (Chicago：University of Chicago Press, 1989), p. 26。

41 どんな公分母よりも驚かされるのは："Month in Review," 一九五七年五月号「アーツ」誌 42–45。

42 「祖先の霊がこの盾には住んでいる」：トビーアス・シュネエバウム著 *Where the Spirits Dwell: An Odyssey in the Jungle of New Guinea* (New York：Grove Press, 1989), p. 52。

43 ネルソン自身、一九六五年に取材されてこう答えている：キャサリーン・ビクフォード・ベルゾックとクリスタ・クラーク編集 *Representing Africa in American Art Museums* (Seattle：University of Washington Press, 2011), p. 125。

44 問わざるを得ない：ロバート・ゴールドウォーター宛てのネルソン・ロックフェラーの手紙。スミソニアン協会収蔵ゴールドウォーター文書より。

## 第五章　一九五七年十二月

45 ピプ、ドムバイ、スー：二〇一二年二月パプア州バシムにて著者がコスモス・コカイに取材した内容より。

46 南に向かって進む彼らのほかに、百十八人の男たち：この遠出について書かれたものは多くの場所で目にすることができる。最初にこの事件に触れたのは、一九五八年二月十七日にマックス・ラプレがオランダ領ニューギニア知事に送った報告書「オツジャネップの警邏報告、一九五七年十二月のオマデセップでの首狩りについて」で、これはオランダの国立公文書館で見た。さらに詳細な記述は、ラプレの音声が記録されている"Oral History Project Collection: Memories of the East: The Lapre Interview"で聴くことが可能だ。これは一九九七年八月におこなわれたもので、オランダ、ライデンにある王立民族学博物館「南東アジア・カリブ海研究」収蔵されており、116.2a (track 11~) and 116.2b (tracks 1~2) にある。ファン・ケッセルが一九六二年一月二十三日にティルマンズに送った報告書、ファン・ケッセルの未刊行の日誌もすべて聖心修道会の公文書館にある。この話は現在でもアスマットでは語り継がれていて、詳細な部分は二〇一二年二月に著者がパプア州バシムとピリエンでコスモス・コカイに、さらに同月オマデセップ村のエヴェリサス・ビロジプツに取材してわかったものである

48 海鳥が来ている：アスマットの人々がカヌーを漕いぎながら歌う、昔から伝わっている歌で、コスモス・コカイとアマテス・オウンから教えられ、オウンによって翻訳された。

50 人類学者のデイヴィッド・エイドは、アスマットの戦いはすべて：デイヴィッド・ブルーナー・エイド著 "Cultural Correlates of Warfare Among the Asmat of South-West New Guinea" (PhD dissertation), Yale University, 1967, p. 304。

50 百の伝統的な文化のなかにカニバリズムは見られるが、その研究：ペギー・リーヴズ・サンデイ著 *Divine Hunger: Cannibalism as a Cultural System* (Cambridge: Cambridge University Press, 1986), p. 15。

51 デソイピツは歳を取り、首狩りができなくなった：セーグワールト著 "Headhunting Practices of the Asmat of Netherlands New Guinea." 次の段落の話はすべて、セーグワールトの記事から引用した。

55 アスマットでは、男は男とも性交した：アスマットの男たちのあいだでは同性愛的接触が頻繁に行われることはこれまで議論の的になってきた。ひとりの同性愛者トビーアス・シュネエバウムが彼らの同性愛について深く調べて書いたものを発表するまで、カトリックの神父や政府の役人たちには気づかれていなかったからである。シュネエバウムは同性愛の普及とその役割を誇張しすぎていると非難する者もいるが、私はシュ

ネエバウムの意見に賛同する。もっと知りたい方はシュネエバウム著 *Where the Spirits Dwell: An Odyssey in the Jungle of New Guinea* (New York：Grove Press, 1989) や、*Secret Places：My Life in New York and New Guinea* (Madison：University of Wisconsin Press, 2000)、ブルース・M・ノーフト著 *South Coast New Guinea Cultures: History, Comparison, Dialectic* (Cambridge：Cambridge University Press, 1993) などを参照。

55 尿を飲み合った：著者が二〇一二年二月ピリエン村の男たちから聞いた話をアマテス・オウンが通訳した。

55 非常に親密で服従的な行為：コルネリス・ファン・ケッセルの未発表のエッセイ"A Few Notes About the Casuarinen Coast"（未刊行）、聖心修道会公文書館収蔵。

56 怪物や地獄の生き物：カークパトリック・セール著 *The Conquest of Paradise: Christopher Columbus and the Columbian Legacy* (New York：Knopf, 1990), pp. 76–78。

56 ピプとジェウに住む男たちは獰猛ではなく：ジャレド・ダイアモンド著・倉骨彰訳『銃・病原菌・鉄 1万3000年にわたる人類史の謎』（上下）草思社文庫、二〇一二年）より。原書 p. 38–40。

57 真っ赤な夕日：セーグワールト"Headhunting Practices of the Asmat of Netherlands New Guinea," p. 1038。

57 結局、そうしたことが彼らを彼らたらしめていた：アドリアン・A・ゲルブランズ編集 *The Asmat of New Guinea: The Journal of Michael Clark Rockefeller* (New York：Museum of Primitive Art, 1967), p. 21。

58 「海の上に一羽の鳥がいる」：コスモス・コカイとアマテス・オウンに教えられた古いアスマットの歌。オウン翻訳。

58 ワギンへ行くつもりだった：ラプレ"Patrol Report Otsjanep, re：the headhunting on Omadesep Ultimo December 1957"；一九六二年一月二十三日のティルマンズ宛てのファン・ケッセルの報告書。及びファン・ケッセルの未刊行の日誌より。さらなる詳細は、二〇一二年二月に著者がパプア州バシムとピリエンでコスモス・コカイと、同地期パプア州オマデセップのエヴェリサス・ビロジプツに取材して聞き取ったもの。

58 彼らは罠へとおびき出されていたのだ：著者が二〇一二年二月にパプア州バシムとピリエン両村でコスモス・コカイに取材して聞き取った内容より。一九六二年一月二十三日のティルマンズ宛てのファン・ケッセルの報告書より。

59 「やあ、兄弟姉妹たち」：著者が二〇一二年二月にパプア州バシムとピリエンでコスモス・コカイに取材して聞き取った内容より。

59 ワギンにはたくさんの犬の歯がある：同上。さらに、パプア州オマデセップのエヴェリサス・ビロジプツに取材。

59 この特別の入り口には守護者：二〇一二年二月に著者がパプア州バシムとピリエン両村でコスモス・コカイに、さらにパプア州オマデセップのエヴェリサス・ビロジプツに取材。

59 ファニプタスとジェウの仲間：同。

## 第六章　二〇一二年二月

62 フランシス・チチェスターは喜望峰をまわって：フランシス・チチェスター著 *Gipsy Moth Circles the World* (New York : Coward- McCann, 1968),pp. 179–80。

## 第七章　一九五七年十二月

79 戦士たちは海岸に近づかなかった：二〇一二年二月、パプア州オマデセップのエヴェリサス・ビロジプツに取材。この話は異なる内容のものがたくさんある。ビロジプツは五十艘のカヌーに五百人が乗ってワギンに行き、一年間そこに滞在し、二百五十人が殺されたと述べたが、それは話のつじつまが合わない。アスマットの人々は日付や数字を誇張して話す傾向にある。これついてラプレとファン・ケッセルの報告書では百二十四人の男たちだったと書いてあるので、私はその数字に従った。

79 降りしきる冷たい雨のなか：同。

80 オマデセップの男のひとりが死に、エメネの男は四人死んだ：同。

80 朝になると、自分たちのカヌーが壊されていた：同。

80 バイユンでは六人が死んだ。オマデセップの男が三人：同。

80 ピプは金属の斧に腹部を削られて：同。

80 「お父ちゃん」子どもは死んだ男を見つめ、父親に話しかけた：同。

80 「いや、死んだよ」ビロジプツの父親は言った：同。

80 ピプは死んではいなかった：同。二〇一二年二月に著者がパプア州バシムとピリエンでコスモス・コカイに取材して聞き取った内容より。

80 エウタ川で、ピプは親類に出会い：同。

81 太鼓が鳴らされ、歌が歌われ：同。

82 二百人の男たちは二十隻のカヌーに分乗し：同。

82 ポルトガル人たちは一五二六年に：ゲイヴィン・スーター著 *New Guinea : The Last Unknown* (Sydney,

82 Australia：Angus and Robertson, 1963), p. 18。

82 一五九五年にオランダが探検隊…送り出し：ハワード・パルフレイ・ジョーンズ著 *The Possible Dream* (*New York: Harcourt Brace Jovanovich*, 1971), p. 27。

82 南西の海岸はさらに険しかった：ノーフト著 *South Coast New Guinea Cultures*, p. 26。

83 一六二三年にヤン・カルステンツが上陸したとき：スーター著 *New Guinea*, p. 7。

83 彼らの武器は、葦のような素材で作られた長さ一・三メートルほどのよくある投げ矢で：ゲルブランズ編集 *The Asmat: The Journal of Michael Clark Rockefeller*, p. 83。

83 最初の交戦が終わったとき：シュネエバウム著 *Where the Spirits Dwell*, pp. 59–60。

83 一九〇二年に、島のオランダ領から首狩り族のマリンド戦士によって領土を侵害されていたイギリス政府からの強い要請で：ノーフト著 *South Coast New Guinea Cultures*, p. 33。

84 日本軍が、後にアガッツとなる場所に駐屯地を置き：フランク・トレンケンシュ編集 *An Asmat Sketchbook* No. 6に掲載されたヘラルト・セーグワールト "1953 Data on the Asmat People," (Hastings, NE.：Asmat Museum of Culture and Progress, 1977), pp. 20–21より。ファン・ケッセル "My Stay and Personal Experiences in Asmat," 聖心修道会公文書館収蔵 p. 2。

85 急襲はいつでも、どこででも起きた：ファン・ケッセル "My Stay and Personal Experiences in Asmat"、さらにセーグワールト "1953 Data on the Asmat People"、エイド "Cultural Correlates of Warfare Among the Asmat of South- West New Guinea." など。

85 望ましいのは、村で待ち伏して不意を突いたり：セーグワールト "Headhunting Practices of the Asmat of Netherlands New Guinea."

85 交戦中であっても：同。

86 村への襲撃は、反対側にある世界の秩序を保つための儀式と大きく関係していた：同。

86 アスマットにとって祖先は、彼らの実存のあらゆる局面に深くかかわっている：同、ファン・ケッセル "My Stay and Personal Experiences in Asmat"、シュネエバウム著 *Where the Spirits Dwell*。

87 西に、祖先の魂が宿る場所「サファン」がある：同。

87 襲撃はたいてい夜明け前におこなわれた：セーグワールト著 "Headhunting Practices of the Asmat of Netherlands New Guinea."

89 十艘のカヌーに乗った百人のアスマットがアトゥカ人が住むミミカの岸辺にやってきた：フランク・トレンケンシュ編集 *An Asmat Sketchbook Nos. 1 and 2* (Hastings,

NE.：Asmat Museum of Culture and Progress, 1982), p. 26。

89 一九四七年までのアスマット同士の襲撃や戦い：セーグワールト“1953 Data on the Asmat People.”

89 過小評価する傾向がある：同。

91 一九四七年と四八年のスジュルの村で：同。

92 その実体のある世界の外側にあるものはすべて：ファン・ケッセル“A Few Notes About the Casuarinen Coast.”

92 村で死者が出ると、女たちは泥のうえに転り：シュネエバウム著 *Where the Spirits Duell*, p. 45。

92 飛行機は魂の乗ったカヌーで：ファン・ケッセル“A Few Notes About the Casuarinen Coast.”

93 しかしそうでありながら、彼らにはパピシ：トレンケンシュ編 *An Asmat Sketchbook Nos. 1 and 2*, p. 22。

93 旅行魔で：二〇一二年十月オランダ、レーワルデンにて著者がコルネリス・ファン・ケッセルの未亡人ミーケ・ファン・ケッセルに取材。

94 「この任務にはモーター付きボートがなかった」：ファン・ケッセル“My Stay and Personal Experiences in Asmat,” p. 7。

94 それぞれの村に、私は斧を一本か二本置いてきた：同。

94 慈悲深かった：二〇一二年十月、オランダのレーワルデンでエリク・ジッセンがミーケ・ファン・ケッセルに取材。

95 彼は天国の存在を疑ったことがなかった：同。

95 葉巻を愛した：同。

95 宗教は強要されるものではないと思っていたので：同。

95 ファン・ケッセル神父は、現地の人々にさっさと洗礼を施さないせいで叱責された：同。さらに“Subject：Behavior Father Van Kessel,” letter 13/54, オランダ公文書館収蔵。

96 一九五三年十月に中国系インドネシア人のワニのハンター集団が：一九六二年一月二十三日、ファン・ケッセルがティルマンズに送った報告書。

97 「無差別に殺すこともできただろう」：同。

97 とても心温かく迎えてくれた。：同。

97 村人たちは、教師たちの持っている煙草が欲しくて見境なくなった：同。

97 一九五六年九月、オマデセップの人々がオツジャネップの四人をまた殺した：同。

97 ファン・ケッセルがアムボレプに旅行した：ファン・ケッセル“My Stay and Personal Experiences in Asmat,” p. 10。

98 五月、アジャムの村で：同。

98 ファン・ケッセルは殺された人々のリストを作っていた：同 p. 97–99。

98 フォン・ペエイも幼い頃に神の呼びかけを聞き：著者

が二〇一一年十二月にオランダ、ティルブルフにてフベルタス・フォン・ペエイに取材。

99 「じゃあ、私は帰る」：同。

101 そして、一九五七年も終わりを迎えようとしているある日：同。

101 疲れ切ったオマデセップの男たちの最後の一団が…：二〇一二年二月パプア州オマデセップにて著者がエヴェリサス・ビロジプツに取材。二〇一二年二月パプア州ピリエンとバシムでコスモス・コカイに取材。ファン・ケッセルが一九六三年一月二十三日付けでティルマンズに送った報告書。

101 ファン・ケッセル神父は、この事件が十二月の終わりに起きたため、「シルベステルの虐殺」と呼んだ…：ファン・ケッセル “My Stay and Personal Experiences in Asmat,” p. 24。

## 第九章　一九五八年二月

107 一九五八年二月六日：ラプレ “Patrol Report Otsjanep, re：the headhunting on Omadesep Ultimo December 1957” より。

107 彼と行動を共にしているのは十一人のパプア人警察官で：同。

107 モーゼルM98ボルトアクションのライフル：二〇一一年十二月スペインカナリア諸島にて著者がウィム・ファン・デ・ワールに取材。

107 彼は不安だった：一九六二年一月二十三日にファン・ケッセルがティルマンズに送った報告書より。

107 アツジの戦士の乗った三艘のカヌー：ラプレ “Patrol Report Otsjanep, re：the headhunting on Omadesep Ultimo December 1957”

107 彼は、文明の発達した国の力で現地の者に教訓を与えるつもりでいた：“Oral History Project Collection：Memories of the East：The Lapre Interview.”

108 マックス・ラプレの身内は：同。

108 父親はオランダ王国インド軍の兵士だった：同。

108 一家はインドネシア東部にあるセレベス島マランに移った：同。

108 日本人の店があった：同。

108 「日本人に教訓を与えに行くんだね」：同。

110 後のインタビューで、敵意はなかった、と答えている：同。

111 彼に会った後のファン・ケッセル神父は、「ラプレはアスマットを暴力でねじ伏せるつもりだ」と嘆いている：ファン・ケッセル “My Stay and Personal Experiences

in Asmat," p. 19。

111 ラプレがアスマットに到着して間もなく：同。

111 この行為についてファン・ケッセル神父は「過剰反応」と述べている：同 p. 20。

111 ディアスとその部下は一九五八年一月十八日にオマデセップに赴いた：ラプレ "Patrol Report Otsjanep, re : the headhunting on Omadesep Ultimo December 1957."

111 オツジャネップは政府とは一切かかわりを持つつもりはなく：同 p. 20。

112 「彼らは、誰かの首を狩る良い機会だと思ったのかもしれない」："Oral History Project Collection : Memories of the East : The Lapre Interview."

112 後年ラプレは、オツジャネップには「調査をし」、加害者がだれかを知る人物を探しに行っただけだ、と述べることになる：同。

113 彼らは世界でいちばん善良な人たちだ：セール著 *The Conquest of Paradise*, p. 100。

113 凶暴な未開人たちはどんな反応をしたのか：トビーアス・シュネエバウム著 *Keep the River on Your Right* (New York : Grove Press, 1970), pp. 65–69。

114 足跡を読むのが習慣になっていた：エドワード・フェリンとロバート・クリッテンデン著 *Like People You See in a Dream: First Contact in Six Papuan Societies* (Stanford, CA : Stanford University Press, 1991), p. 79。

114 「びっくりして跳び上がった」：同上 p. 73。

115 彼らは金切り声をあげ、「泣き喚いた」：ラプレ "Patrol Report Otsjanep, re : the headhunting on Omadesep Ultimo December 1957."

116 二月六日、メラウケにいる機動警察隊をファレツ川河口へ向かわせた：同。

116 ラプレは舵柄を自ら握った："Oral History Project Collection : Memories of the East : The Lapre Interview."

117 左側から男たち近づいてきていた：同。

118 ファラツジャムというアスマットの男は、頭を撃たれ：ファラツジャムとほかの男たちの襲撃の詳細は、著者が二〇一二年二月パプア州バシム村のコスモス・コカイを取材した内容から引用。

119 「撃ち方止め！」ラプレは怒鳴った："Oral History Project Collection : Memories of the East : The Lapre Interview."

119 ラプレが自身の行動についてファン・ケッセルに説明したことによれば：一九六二年一月二十三日にファン・ケッセルがティルマンズに送った報告書より。さらにファン・ケッセル "My Stay and Personal Experiences in Asmat," p. 92 から。

119 ラプレは沖に向かい：ラプレ "Patrol Report Otsjanep,

re：the headhunting on Omadesep Ultimo December 1957”

119 ラプレのせいでオツジャネップでは五人が死に：著者が二〇一二年二月パプア州バシムのコスモス・コカイを取材した内容から引用。ラプレの報告書の多種のリストには三人から四人殺されたとある。ファン・ケッセルは四人と述べている。今日のピリエンやオツジャネップの男たちの記憶ははっきりしていて、四人の男とひとりの女（イピ）が殺され、もうひとりの男が怪我を負った、と述べた。

120 それから三ヶ月後に彼がオツジャネップに行くと：ラプレ “Patrol Report Otsjanep, re：the headhunting on Omadesep Ultimo December 1957”

## 第十章 一九五八年三月

122 無数のカメラが写真におさめた：ジョンズ著 *The Possible Dream*, p. 70。

122 王子も貧者も、貴族も労働者も：同書 p. 57。

124 スカルノはインドネシアの独立した外交政策（東西どちら側にも立たない）を強調し：同。

124 オランダがパプアの植民地にこだわるのは：アーレンド・レイプハルト著 *The Trauma of Decolonization* (New Haven, CT：Yale University Press, 1966), pp. 39–48。

125 オーストラリアの外務大臣パーシー・スペンダーは：“Australia’s Attitude on West *New Guinea* Unalterable：Spender,” *Canberra Times*, November 26, 1954。ビルベール・シン著 *Papua：Geopolitics and the Quest for Nationhood* (Piscataway, NJ：Transaction Publishers, 2008), pp. 65–67。

125 有効票の二十七パーセントを占めるにいたった：ジョンズ著 *The Possible Dream*, p. 73。

126 「ニューギニアはずっと、オランダ政府の捨て子でした」：二〇一一年十二月スペイン、カナリア諸島テネリフェにて著者がウィム・ファン・デ・ワールに取材。

126 スカルノ大統領に向けたジョーンズ大使の言葉にもかかわらず：同 p. 70。

126 「オランダにとって、独立の時期が来たときに、能力のある現地の相当数の人々が地方行政で重要な役割を担えることを確認することが非常に重要だった」：ジョン・サルトフォード著 *The United Nations and the Indonesian Takeover of West Papua, 1962–1969：The Anatomy of Betrayal* (London：Routledge, 2006), p. 10。

127 オランダの外務大臣ヨセフ・ルンスは：同 p. 10–11。

128 西ニューギニアをスカルノに返すことは：同。

## 第十一章　一九六一年三月

130 僕はようやくニューギニアに着いた：マイケル・ロックフェラーからサミュエル・パットナムへの手紙。一九六一年三月二十九日付け。MMA収蔵。

130 ヘイダーはその前日に到着したのだが：二〇一一年六月にサウスカロライナ州コロンビアにて著者がカール・ヘイダーに取材。

131 マイケルがコックピットに座り：マイケル・ロックフェラーからサミュエル・パットナムへの手紙。一九六一年三月二十九日付け。MMA収蔵。

132 父親のアビーから施された教育：一九八九年五月十八日「ニューヨーク・タイムズ」"Rocky as a Collector"より。

132 マイケルが十一歳の時：モルガン著 *Beginning with the End*, p. 215。

132 ハーバード大学卒業間近の頃：二〇一一年六月、サミュエル・パットナムの当時のガールフレンドで後に妻となったベッツィー・ウォリナーへの電話取材から。

133 大きな冒険の旅に出：同。

133 ガードナーはハーバード映画研究センターを経営し：ロバート・ガードナー著 *Making Dead Birds: Chronicle of a Film* (Cambridge, MA : Peabody Museum Press, 2007)。

134 そんなことを考え始めていた一九五九年に：同 p. 7。

134 ヴィクター・ド・ブリュインと連絡を取った：同 p. 8。

デ・ブリュインはガードナーに…ダニの人々をフィルムに収めたらどうか…と伝えた：同 pp. 12–19。

135 アメリカ合衆国とソビエト連邦：二〇一一年十二月オランダ、ニーウコープにて、ヤン・ブルクハイゼに取材。

135 土着の人々に魅了される人々はみなそうだが：ガードナー著 *Making Dead Birds*, p. x–xv。

135 マーサズ・ヴィニヤードで昼食をとっているとき：二〇一一年十一月ピーター・マシーセンに電話取材。

136 ピーボディ考古学・民族学博物館の階段で：二〇一一年六月にサウスカロライナ州コロンビアにて著者がカール・ヘイダーに取材。

136 すべてを学ぶほどのめりこみ：ガードナー著 *Making Dead Birds*, p. 25。

136 「まず初めに怖いと思いました」：同 p. 33。

137 「少なくとも、僕のタイプ技術は訓練によって上達するだろう」：同。

137 「役に立つ助言…すべてを身につけた」：同 p. 34。

137 「マイケルは」：同 p. 35。

137 「飛行中にすごい」：マイケル・ロックフェラーがサ

ミュエル・パットナムへ送った一九六一年四月二日の手紙。

138 数日後、一行は数百キロ：同。

138 第一印象は強烈だった：ピーター・マシーセンが *The Seekers of the Lost Treasure* (Discovery Channel, 1994) のために取材を受けた内容から引用。

138 マイケルが描写したように美しく：二〇一二年三月、私はバリエム渓谷で一週間ほど過ごした。ピーボディの遠征チームと会ったことを覚えているダニの人々が、ガードナーたちが仕事をしていた場所を教えてくれた。二〇一一年六月サウスカロライナ州コロンビアにて著者がカール・ヘイダーに取材。

139 マイケルは、ダニの人たちの「感情表現」を発見し：サミュエル・パットナムへ送った手紙。MMA所蔵。

139 彼はこう書いている。「戦士のポリックは」：同。

139 撮影チームが戦闘現場に近づきすぎたために、ある日：二〇一一年六月サウスカロライナ州コロンビアにて著者がカール・ヘイダーに取材。

140 「規則に従って戦っていた」：二〇一一年十一月ピーター・マシーセンに著者が電話で取材。

140 「撮影している」と彼は書いている：マイケル・ロックフェラーが一九六一年四月十四日にサミュエル・パットナムへ送った手紙。MMA所蔵。

140 「マイケルは涙を流してその場から立ち去った」：*The Seekers of the Lost Treasure* (Discovery Channel, 1994). のためにピーター・マシーセンが受けた取材から引用。

140 彼はとても物静か：マイケル・ロックフェラーが一九六一年四月十四日にサミュエル・パットナムへ送った手紙。MMA所蔵。

140 専門家のエリソフォンがダニの人々にポーズを取らせ：同。

140 ヘイダーが驚いた…夜になると：同。

141 「僕ときみにとってものすごいチャンスだ」：マイケル・ロックフェラーが一九六一年四月二十九日にサミュエル・パットナムへ送った手紙。MMA所蔵。

142 「父親がマイケルを博物館の評議員にしたんですよ」：二〇一一年六月サウスカロライナ州コロンビアにて著者がカール・ヘイダーに取材。プリミティブ・アート博物館の評議員会の記録も参照。

142 「セピック川に沿って作品を集めること」：一九六一年五月五日、ロバート・ジョン・ゴールドウォーターからマイケル・ロックフェラーへの手紙。MMA所蔵。

143 「あなたが…戻ってくることを楽しみに待っています」：同。

143 ふたりは首都で落ち合い：ルネ・ワッシング "Report

from the Journey to the Asmat Region with the Gentleman M. Rockefeller," オランダ公文書館収蔵。

144 遅く…高校を卒業する：二〇一一年十二月スペインカナリア諸島テネリフェにて著者がウィム・ファン・デ・ワールに取材。

144 『接触しろ』：同。

144 することはたいしてなかった：同。

145 一九七〇年のこと：トレンケンシュ編 *An Asmat Sketchbook Nos. 1 and 2*, p. 37。

145 一九八〇年代の初めにも、シュネエバウムは：シュネエバウム著 *Where the Spirits Dwell*, p. 74。

145 それでも、ファン・デ・ワールは護衛の警官を付けず…旅に出た：二〇一一年十二月スペインのカナリア諸島テネリフェにて著者がウィム・ファン・デ・ワールに取材。

146 アスマットが、オーストラリアの探検隊と…初めて遭遇した：シーフェリンとクリッテンデン著 *Like People You See in a Dream*, p. 222。

146 フランシスコ・ピサロがインカ帝国皇帝アタワルパに会ったとき：ダイアモンド著『銃、病原菌、鉄』原書 p. 68。

147 イギリス人チャーリー・サヴェッジが…フィジー島に到着したとき：同 p. 76。

147 ストリックランド＝プラリ警邏隊…の調査：シーフェリンとクリッテンデン著 *Like People You See in a Dream*, pp. 231–32。

148 アスマットの文化はすべて、応酬が基本だ：アスマットの文化と宇宙については、シュネエバウム著 *Where the Spirits Dwell*; Knauft, *South Coast New Guinea Cultures* や、セーグワールト "Headhunting Practices of the Asmat of Netherlands New Guinea"、ハイド "Cultural Correlates of Warfare Among the Asmat of South- West New Guinea"、トレンケンシュ編 *An Asmat Sketchbook Nos. 1 and 2*、ファン・ケッセル "My Stay and Personal Experiences in Asmat"、ゲルブランズ編 *The Asmat: The Journal of Michael Clark Rockefeller* を参照。

149 ファン・デ・ワールは、マイケルとルネ・ワッシングに…見せてまわり：二〇一一年十二月スペインのカナリア諸島テネリフェにて著者がウィム・ファン・デ・ワールに取材。

149 この数日後、マイケルはゴールドウォーター宛ての手紙に…と書いている：ロバート・ジョン・ゴールドウォーター宛てのマイケル・ロックフェラーの手紙。MMA所蔵。

150 「ぼくが到着したときには謎めいた雰囲気があった」：マイケル・ロックフェラーのフィールドノート。MM

A所蔵。

151 しかしゲルブランズとエイデのおかげで：同。

152 何百人もの戦士…にマイケルは心の底から魅了された：同。

152 一行は二日後の午後三時に…後にした：ゲルブランズ編 *The Asmat: The Journal of Michael Clark Rockefeller*, p. 107。

152 「ゆっくり下っていくときは静かだった」：同。

153 「録音できたらどんなにいいだろう」：同 p. 111。

153 七時間後、一行は野営する場所にたどり着いた：ワッシング“Report from the Journey to the Asmat Region,”オランダ公文書館収蔵。

154 彫刻した作品を見たいと頼む：マイケル・ロックフェラーのフィールドノート。MMA所蔵。

155 「これは…に思われた」：同。

156 ある種の歌は非常に力強く：二〇一二年三月パプア州アガッツにて著者がヴィンス・コールに取材。

156 「このような柱には呪術的なものが含まれておらず、供物もなく」：マイケル・ロックフェラーのフィールドノート。MMA所蔵。

157 「とらえどころのない性格」：同。

158 「古くて美しい…作品だ」：同。

160 アスマット間の忠誠心がもつれている状態のなかで：同。ワッシング“Report from the Journey to the Asmat Region”オランダ公文書館収蔵。

160 ファニプタスはオツジャネップのドムバイに自分の娘を与え：二〇一二年二月パプア州バシムとピリエンにて著者がコスモス・コカイに取材。

161 みごとな櫂さばきで上流へと向かっていった」：ゲルブランズ編 *The Asmat: The Journal of Michael Clark Rockefeller*, p. 127。

161 川は何度も曲がり、どんどん狭くなり：ワッシング“Report from the Journey to the Asmat Region”オランダ公文書館収蔵。

161 タツジが抑揚のある長い声を出した：同。

162 「ここは野蛮で…どの場所よりはるか遠くに来た感じがする」：ゲルブランズ編 *The Asmat: The Journal of Michael Clark Rockefeller*, p. 128。

162 朝になってマイケルは…へ向かった：マイケル・ロックフェラーのフィールドノート。MMA所蔵。

163 十七本のビス柱を見つけた：同上。ゲルブランズ編 *The Asmat: The Journal of Michael Clark Rockefeller*, p. 141。

163 マイケルは…作られたらしい、と書いている：マイケル・ロックフェラーのフィールドノート。MMA所蔵。

164 煙草と交換するために：ワッシング“Report from the Journey to the Asmat Region”オランダ公文書館収蔵。

164 マイケルは代金の一部を彼らに渡し：同。ゲルブラン

ズ編 *The Asmat: The Journal of Michael Clark Rockefeller*, p. 142。

164 「ビワールに行く途中で、僕たちは…を渡らなければならかった」：マイケル・ロックフェラーのフィールドノート。MMA所蔵。

165 三日後、一行は合流地点に行き：同上。ゲルブランズ編 *The Asmat: The Journal of Michael Clark Rockefeller*, p. 142.

## 第十二章　二〇一二年三月

172 トビーアス・シュネエバウムは…甘い幻想を抱いていた」：シュネエバウム著 *Keep the River on Your Right*, pp. 100–110。

## 第十三章　一九六一年九月

187 「いま何時で、僕はどこにいるんだろう」：ゲルブランズ編 *The Asmat: The Journal of Michael Clark Rockefeller*, p. 44。

187 「自信を持ってお伝えできると思います」：一九六一年七月九日にマイケル・ロックフェラーがロバート・ゴールドウォーターに送った手紙。MMA所蔵。

189 「彼がオツジャネップに到着すると、ただちに矢を撃ち込まれ」：一九六二年二月三日、フベルタス・フォン・ペエイがヘルマン・ティルマンズに宛てた手紙。聖心修道会公文書館収蔵。

189 アメリカ合衆国にとって「またとないもの」：一九六一年七月九日にマイケル・ロックフェラーがロバート・ゴールドウォーターに送った手紙。MMA所蔵。

189 ゴールドウォーターは…ファン・ケッセル神父に手紙を書いた：同。

190 「ロックフェラー氏は、ご存じの通り」：一九六一年七月二十七日にロバート・ゴールドウォーターがファン・ケッセルに送った手紙。MMA所蔵。

190 「文化変容を遂げていないからです」：一九六一年七月九日にマイケル・ロックフェラーがロバート・ゴールドウォーターに送った手紙。MMA所蔵。

191 ゲソーは村人たち…フィルムに収めることができた：トニー・ソルニエ著 *The Headhunters of Papua* (New York: Crown, 1963), pp. 69–92。

191 「同じような才能ある彫刻家」：一九六一年六月十日にマイケル・ロックフェラーがファン・ケッセルに送った手紙。MMA所蔵。

191 「オツジャネップを除外するわけにはいきません」：

191 一九六一年八月にファン・ケッセルがマイケル・ロックフェラーに送った手紙。MMA所蔵。
191 「目標、調査のテーマ」：マイケル・ロックフェラーのフィールドノート。MMA所蔵。
192 ホランディアで数日過ごした後：ゲルブランズ編 *The Asmat: The Journal of Michael Clark Rockefeller*, p. 44。
193 「僕がアスマットに惹きつけられる理由」：同。
193 「ここの夜は本当に愉快だ」：同。
194 政府の船が一艘あった：二〇一一年十二月スペインのカナリア諸島テネリフにて著者がウィム・ファン・デ・ワールに取材。
194 双胴船は川では威力を発揮する：同。
194 「船縁は水面から十センチ」：同。
195 「彼、マイケル・ロックフェラーは…行き詰まり、次の手が打てずにいました」：同。
195 「自分の双胴船で来たんだ」：同。
195 「これを売ってくれないかな」：同。
196 四十五馬力の船外機付きボートを…運んで来たがっていた：同。
196 地元の中国系の雑貨屋で：マイケル・ロックフェラーの記事。MMA所蔵。
197 「ルネ・ワッシングと僕」：一九六一年十月七日にマイケル・ロックフェラーがファン・ケッセルに送った手紙。MMA所蔵。
198 一行はまず…向かった：マイケル・ロックフェラーのフィールドノート。MMA所蔵。
198 「その夜は澄んだ大気に満ち」：同。
198 「アスマットには独特な叫び方があり」：ゲルブランズ編 *The Asmat: The Journal of Michael Clark Rockefeller*, p. 45。
198 その後の三週間で、マイケルとワッシングは：同 p. 46。
198 デザイン…を詳細にノートに描き記し：マイケル・ロックフェラーのフィールドノート。MMA所蔵。
199 「マーク・トウェインと僕たちとの唯一の違い」：ゲルブランズ編 *The Asmat: The Journal of Michael Clark Rockefeller*, p. 46。
199 「に大きな貢献をしている『シスターズ』を利用した」：同。
200 「アスマットは…巨大なパズルのようなものだ」：同。
202 フォン・ペエイ神父は、ふたりの少年：二〇一一年十二月オランダ、ティルブルフにて著者がフベルタス・フォン・ペエイに取材。
204 十一月十五日水曜日午後五時：同。
204 彼らは…椅子に座り、紅茶を飲みながら：同。
204 「私は金曜…にアッジに向かいますよ」：同。
204 「初めにペルに行かなければならないんです」：同。

## 第十五章　一九六一年十一月

217　双胴船には荷物が一杯に詰め込まれていた：モルガン著 *Beginning with the End*, p. 22–24 に詳しく掲載されたルネ・ワッシングのインタビュー。マイケル・ロックフェラーの記事。MMA所蔵。

218　一行はそこで一晩を過ごし：二〇一一年十二月オランダ、ティルブルフにて著者がフベルタス・フォン・ペエイに取材。

219　ワッシングがスロットルを握った：モルガン著 *Beginning with the End*, p. 22。

220　ワッシングはスロットルを戻した：同。

221　流されて沖に出てしまったら、見つけられることはない：同。

221　ふたりは怖れていなかった：同 pp. 22–24。

221　マイケルとワッシングは集められるものをできるだけ集め：同。

221　波…までそう時間はかからなかった：同。

221　ふたりはできる限りのもの…を救い出し：同。

222　アガッツに着いたのが夜の十時半だった：オランダ海軍が哨戒艇スネリウスに宛てたテレックス。オランダ公文書館収蔵。

222　無線が鳴った：一九六一年十一月二十日にオランダ海軍が外務大臣に宛てたテレックス。オランダ公文書館収蔵。

222　アガッツにあるオランダ政府は政府専用船…を発進させ：同。

222　しかしその船は前日点検をおこなった：二〇一一年十二月オランダ、ティルブルフにて著者がフベルタス・フォン・ペエイに取材。

222　そして無線が使えなかった：一九六一年十一月二十日にオランダ海軍が外務大臣に宛てたテレックス。オランダ公文書館収蔵。

222　板を二枚外して：モルガン著 *Beginning with the End*, p. 23。

222　マイケルは空になったガソリン缶を…結びつけた：同。

222　ワッシングは、岸までは五キロくらいだ、と思っていた：ロイターの記事、三九六六六号。オランダ公文書館収蔵。

222　「もう一度漕いでみよう」：モルガン著 *Beginning with the End*, p. 23。

224　「きみが泳いでいけるのなら、僕は泳がない」：同。

224　マイケルはすでにガソリン缶を腰に結びつけていた：同。

224　十一月十九日の午前八時のことだった：一九六一年

十一月二十日にオランダ海軍が外務大臣に宛てたテレックス。オランダ公文書館収蔵。

224 引き潮に逆らうようにして泳いだ：オランダ領ニューギニアの潮見表より。

224 「これならうまくいきそうだ」：ロイターの記事、三九六六六六号。オランダ公文書館収蔵。モルガン著 *Beginning with the End*, p. 23。

224 その輪郭が薄れ、三つの斑点になって：同。

## 第十六章　一九六一年十一月

226 そういうわけで、十一月十八日の夕方：一九六二年一月二十三日、ファン・ケッセルからティルマンズへの報告書。

226 アジムは短軀だが頑健：ファン・ケッセルが撮った写真。オランダ公文書館収蔵。

226 彼は…十五センチ幅の籐のブレスレットをはめていた：同上。

226 フィンとペプとドムバイ…もいた：一九六二年一月二十三日、ファン・ケッセルからティルマンズへの報告書。

227 彼らは…潮がゆっくり動いているエウタ川を下り：オランダ領ニューギニアの潮見表。

227 彼らは…朝にピリマプンに到着し：二〇一一年十二月オランダ、ティルブルフにて著者がフベルタス・フォン・ペエイに取材。二〇一一年十二月スペイン、カナリア諸島テネリフェにて著者がウィム・ファン・デ・ワールに取材。

## 第十七章　一九六一年十一月

227 十九日の日曜日午前九時：一九六一年十一月二十日オランダ海軍が外務大臣に送ったテレックス。オランダ公文書館収蔵。

228 それだけでは足りない…その翌日：シン著 *Papua*, p. 77。

228 オランダ王国空軍…が待機していた：二〇一二年一月、著者がルドルフ・イゼルダに電話取材。

228 この航空機は当初…設計されたものであり：工廠 "Lockheed P2V Neptune Land- Based Patrol Aircraft/VP Transport"。以下参照：http://www.militaryfactory.com/aircraft/detail.asp?aircraft_id=514; and Wikipedia, "Lockheed P- 2 Neptune," available at：http://en.wikipedia.org/wiki/Lockheed_P- 2_Neptune.

228 六千キロメートルを射程距離とし：同。

229 三十八歳の元戦闘パイロット：二〇一二年一月、著者がルドルフ・イゼルダに電話取材。

229 十一月十九日の朝遅く：同。

229 フォン・ペエイは…マイケルが来るのを待っていた：二〇一一年十二月オランダ、ティルブルフにて著者がフベルタス・フォン・ペエイに取材。

229 さらに海岸近く：一九六二年一月二十三日、ファン・ケッセルがティルマンズに送った報告書。

229 三時間後、イゼルダのナビゲーター：二〇一二年一月、著者がルドルフ・イゼルダに電話取材。

230 ルネ・ワッシングは飛行機を目視した：二〇一一年十二月スペインのカナリア諸島テネリフェにて著者がウィム・ファン・デ・ワールに取材。

230 イゼルダは船の位置を確認するとすぐに：二〇一二年一月、著者がルドルフ・イゼルダに電話取材。

230 ファン・デ・ワールが無線の呼び出しを受け：二〇一一年十二月スペインのカナリア諸島テネリフにて著者がウィム・ファン・デ・ワールに取材。

230 暗く、海は静まり返っていた：同。

230 ジェウで眠っている：ベン・ファン・オアス HN magazine (December1996)、オランダ公文書館収蔵。

231 「天国から火が降ってきた」：同。

231 タスマンに乗っていたのはウィム・ファン・デ・ワールだった：二〇一一年十二月スペインのカナリア諸島テネリフェにて著者がウィム・ファン・デ・ワールに取材。及びオランダ電報によって確認。

231 「マイクがいなくなった」とワッシングは言った：二〇一一年十二月スペインのカナリア諸島テネリフェにて著者がウィム・ファン・デ・ワールに取材。

231 一家の邸宅には全員が揃っていた：モルガン著 *Beginning with the End*, p. 4。

232 「用心深く、警戒怠りなかった」：同。

232 州知事は海底電信の紙を持っていた：同。

232 ネルソンはホランディアから無線電話を受けた：一九六一年十一月二十一日「ニューヨーク・タイムズ」"Rockefeller in Honolulu" より。

232 「現地に向かうつもりだ」とネルソンは…記者たちに語っている：同。

233 「ご子息のことを聞き、とても心を痛めています」：同。

234 パンナムのボーイング707を…チャーターし：一九六一年十一月二十五日「ニューヨーク・タイムズ」"Rockefeller Search Joined by Natives" より。

234 「わたしたちは…奇妙な集団にいつの間にか囲まれていました」：モルガン著 *Beginning with the End*, p. 7。

## 第十八章 一九六一年十一月

235 これは大々的に発表されることになるだろう：一九六一年一一月二十一日ホランディア、外務大臣から内務大臣に送られた電報七四二五。オランダ公文書館収蔵。

236 「痛ましい出来事が起きた結果」：同。

238 十一月二十日月曜日、オランダ空軍：捜査の詳細は、デン・ハーグにあるオランダ公文書館のオランダとニューギニア関連資料のなかで、軍事関係者と政府役人との電報やテレックスでのやりとりからわかる。

238 PBYカタリナ対潜哨戒機は、オーストラリア領ニューギニアのラエから運びこまれた：一九六一年十一月二十一日ホランディア、外務大臣から内務大臣に送られた電報七四二五。オランダ公文書館収蔵。

238 ケン・ドレッサーと宣教師でパイロットのベティ・グリーン：一九六一年十一月二十二日「ニューヨークタイムズ」"Explorer Sought in Crocodile-Infested Jungle" より。

238 オランダ警邏隊のボート「タスマン」「エーンドラハト」「スネリウス」：政府の電報。オランダ公文書館収蔵。

238 ビアク島ではひとりのオランダ海兵が、燃料缶を腰に結わえ：同。

238 試しに、海軍は燃料缶を海に投下してみたところ：同。

238 途方に暮れているという電報を打った：同。

239 ネルソンとメアリーはビアク島に到着し：同。

239 「私と娘のメアリーは…とても満足し、心から感謝している」：一九六一年十一月二十三日 "Gouverneur Rockefeller naarerauke vertrokken (2)" (press report summary)、オランダ公文書館収蔵。

239 「平坦で醜悪な狭い植民地」：一九六一年十二月二十三日「バルティン」ピーター・ヘイスティングズ "The Press, the Press, the Awful Press" より。

240 「われわれが到着して記事にするのは」：同。

240 この人類学者はこう言っている。「彼は傷つき打ちひしがれた男だった」：二〇一一年十二月オランダ、ニーウコープにて、著者がヤン・ブルクハイゼに取材。

241 「人生で初めてのことでした」：モルガン著 *Beginning with the End*, p. 18。

241 「ここの海岸線は陰鬱だ」：エリオット・エリソフォンからの手紙（日付、受取人不明）、テキサス大学オースティン校ハリー・ランサム・センター内エリオット・エリソフォン文書より。

241 ルネ・ワッシングは…駆け回り：モルガン著 *Beginning*

*with the End*, p. 19。

241 わたし自身の不安をそこに見るかのようだった：同 p. 20。

242 当方、パトロール機…を提供できます：一九六一年十一月二十三日、アメリカ太平洋艦隊司令官より、オランダ海軍によるオランダ領ニューギニア海軍司令官への通信。オランダ公文書館収蔵。

242 「ご親切な申し出を検討しているところです」：一九六一年十一月二十三日、オランダ領ニューギニア海軍司令官からアメリカ太平洋艦隊司令官への通信、オランダ公文書館収蔵。

242 「インドネシアの外務大臣は金曜日…と言い出している」：一九六一年十一月二十四日ロイター通信の記事。オーストラリアのキャンベラにあるオランダ大使館ニューギニア局のために大使館員が送ったもの。オランダ公文書館収蔵。

243 ネルソン・ロックフェラー知事と協議した後：コストリング・オランダ海軍からＢＤＺへの通信。一九六一年十一月二十四日オランダ公文書館収蔵。

243 ホランディアの政府機関は「すべての希望を捨てた」：一九六一年十一月二十三日 オーストラリア、キャンベラのオランダ大使館内ニューギニア局のために大使館員が送った記事の束。オランダ公文書館収蔵。

243 発見するという希望はもはやない：一九六一年十一月二十四日「ニューヨーク・タイムズ」記事 "Dutch Rejoin Navy Hunt" より。

244 「私は現実主義者だ」とネルソン・ロックフェラーは言った：一九六一年十一月二十五日「ニューヨーク・タイムズ」の記事 "Rockefeller Hunt Joined by Natives" より。

244 「もしマイケルが海岸までたどり着いていたら」：同。

244 「忠誠心と愛情を引き出してくれたからこそ」：同。

244 「ロックフェラーはオランダ政府の救助活動…について心から感謝している」：一九六一年十一月二十五日、ホランディアからデン・ハーグの内務省への電報。オランダ公文書館収蔵。

245 オーストラリア軍ベル４７Ｇ２－Ａヘリコプターが：「フォーレイズ・ジャーナル」no. 1 (March 1995) ディック・ナイト大佐 "The Search for Michael Rockefeller" より。 http://beckerhelicopters.com/oscar/oscar-joins-the-army/Oscarlooks-for-rockefeller.html. にて閲覧可能。

245 海岸沿いに百五十キロを飛び、内陸を十キロにわたって探索した：同。

245 「灼熱の、敵意に満ちた荒野」：同。

245 ジョンソンの船外機用の赤いガソリン缶：オランダ海軍から内務省への通信。オランダ公文書館収蔵。

246 その缶がワッシングに見せられた：一九六一年十一月二十五日「ニューヨーク・タイムズ」"Rockefeller Search Joined by Natives" より。

246 ネルソンは…カントリークラブにいるかのようだった：写真。聖心修道会公文書館収蔵。

246 「これがあなたの家ですか？」：二〇一一年十二月スペインのカナリア諸島において著者がウィム・ファン・デ・ワールに取材。

180 一行はカタリナに乗って…に碇泊し：モルガン著 *Beginning with the End*, pp. 30–31。

## 第十九章　一九六一年十一月

248 そもそも、サメは滅多に人間を襲うことはないということだ：二〇一二年八月フロリダ州ゲインズヴィルにて著者がジョージ・バージェスに取材。

250 ファン・ケッセルはすぐさま自分のアシスタント…を送りだした：一九六二年一月二十三日、ファン・ケッセルからティルマンズへの報告書。

250 ガブリエルはいつもどおりの日常が営まれているのを見た：同。

250 ファン・ケッセルはガブリエルの後を追い：同。

250 ファン・ケッセルは「タスマン」と連携していた：同。

250 ガブリエルは…丸一日を過ごしていた：同上。

251 村人たちは…ジャングルの中へ逃げていった：同上。二〇一二年二月、パプア州バシムとピリエンで著者がコスモス・コカイに取材。

251 とたんに、村から人はいなくなった：一九六二年一月二十三日、ファン・ケッセルからティルマンズへの報告書。二〇一二年二月パプア州バシムとピリエンで著者がコスモス・コカイに取材。

251 ふたりは、マイケルのことは何も知らない、と言った：同。

251 ツジではフォン・ペエイが、船…が次々にやってくるのを見ていた：二〇一一年十二月オランダ、ティルブルフにて著者がフォン・ペエイに取材。

251 アツジではフォン・ペエイが…入るのを一週間待たせて：同。

251 「あなたに会いたがっている男たちがいます」：同。

251 「連れてきなさい」とフォン・ペエイは言った：同。

## 第二十章　一九六一年十一月

253 ファン・ケッセルは…耳にするようになった…一九六二年一月二十三日、ファン・ケッセルからティルマンズへの報告書。
253 ファン・ケッセルはガブリエルをオツジャネップに向かわせた…同。
253 「どでかい獰猛なヘビがいるのを見ただけだ！」…同。
253 しかし、ベレは荒れ狂い…同。
253 ファン・ケッセルは…カヌーを送り…同。
254 「オツジャネップの男たちよ」ガブリエルは村人たちに言った…同。
254 ペプが…新しい短剣を持っていた…同。
255 彼らは演じていたのだ…同。
255 ファン・ケッセルは確信は持てなかった…同。
255 十二月九日、フォン・ペエイがオマデセップに到着した…二〇一一年十二月オランダ、ティルブルフにて著者がフォン・ペエイに取材。
256 フォン・ペエイは不安だった…同。
256 四人の男が入ってきた…同。
256 四人は…短パンをはいていた…同。
256 「さあ、きみたちが知っていることを話してくれ」とフォン・ペエイは言った…同。
256 少しずつ、少しずつ、打ち明けられていった…同。
257 「その男は眼鏡をかけていたか？」…同。
257 彼らの応答はフォン・ペエイの記憶に焼き付いた…同。
257 「フィンの家に吊してある」…同。
257 「太腿骨はどうした？」…同。
258 ペプが大腿骨の一本を持っていた。アジムがもう一本を持っていた…一九六二年一月二十三日、ファン・ケッセルからティルマンズへの報告書。
258 オツジャネップで殺しがおこなわれたのは四年前のことだ…二〇一一年十二月オランダ、ティルブルフにて著者がフォン・ペエイに取材。
258 フォン・ペエイは途方に暮れた…同。
258 「煙草を吸わなければならない！」…同。
259 フォン・ペエイは簡単な文章を急いで書いた…同。
259 十二月十二日、ファン・ケッセルは…アガッツに到着した…一九六二年一月二十三日、ファン・ケッセルからティルマンズへの報告書。
260 十二月十五日、バシムに戻ったファン・ケッセル…同。
260 ガブリエルはその夜…ニジョフに手紙を書いた…同。
260 五日後の十二月二十日、アジム、フィン…同。
261 「ふたりは殺人を否定しなかった」とファン・ケッセルは書いている…同。

261 メラウケの弁務官（エイブリンク・ヤンセン）はアガッツの役人（ニジョフ）を通して…受け取った：一九六一年十二月二十一日外務大臣から内務大臣へ電報七七四〇号。オランダ公文書館収蔵。

## 第二十二章　一九六二年一月、二月、三月

282 一九六一年十二月二十日、マイケルの失踪から一月後のこと：一九六一年十二月二十日オーストラリア、キャンベラ、P・Jプラテエルからオランダ大使館への電報。オランダ公文書館収蔵。

282 この地域全体は…広域にわたって捜索されてきました：一九六一年十二月二十一日P・Jプラテエルからネルソン・ロックフェラーへの電報。

282 わが家族全員は…心からの謝意を捧げるつもりです：一九六一年十二月二十二日「ニューヨーク・タイムズ」"New Guinea Dutch End Search for Rockefeller's Missing Son"より。

283 ファン・ケッセルとフォン・ペエイは…人物の名を十五人挙げ」：一九六二年一月二十三日、ファンケッセルから代理司教ティルマンズへの報告書。

285 ファン・ケッセルはオランダへ帰郷するように求められ：一九六一年十二月二十七日、ヘルマン・ティルマンズからファン・ケッセルへの手紙。修道会収蔵。

286 見てもよいという同意をニューギニア知事から得た：同。

286 私が司教（ティレマンズ）に手紙を書いた：二〇一一年十二月オランダ、ティルブルフにて著者がフォン・ペエイに取材。

286 「ミスター・ロックフェラーの事件で」：一九六二年二月一日、ティルマンズがフォン・ペエイとファン・ケッセルに宛てた手紙。修道会収蔵。

287 ソワダはこう書いている。「私がいちばん頭を悩ませているのは：一九六二年一月二十二日、アルフォンソ・ソワダがティルマンズに宛てた手紙。修道会収蔵。

288 「この件についてのあなたからの手紙を受け取り」：一九六二年二月三日、フォン・ペエイがティルマンズに宛てた手紙。修道会収蔵。

289 「いたるところで考えられています」：一九六二年二月十四日、ティルマンズがエイブリンク・ヤンセンに宛てた手紙。修道会収蔵。

289 ファン・ケッセル神父にはっきりと仰っていただきたいのです：一九六二年二月二十五日ティルマンズが修道会管区長に宛てた手紙。

290 ファン・ケッセルに…禁じてくださったことと思い

ます：一九六一年二月二十八日、ティルマンズが修道会管区長に宛てた手紙。オランダ公文書館収蔵。

290 二〇一一年十二月におこなわれたオランダ司教協議会…の報告：二〇一一年十二月十七日「ロサンジェルス・タイムズ」"Catholic Church Involved in Abuse of Dutch Children, Report Finds"より。

291 一般的な懲罰は黙って転任させることだった：同。

291 三月四日、ファン・デ・ワウ神父は…ガブリエルを…送った：一六二年三月四日、アントン・ファン・デ・ワウがティルマンズに宛てた手紙。修道会収蔵。

291 ガブリエルはオセネプで…何も聞けませんでした：一九六二年三月二十三日、アントン・ファン・デ・ワウがティルマンズに宛てた手紙。修道会収蔵。

292 ロックフェラーのことで新しい情報をつかんだら：一九六二年四月四日にティルマンズがファン・デ・ワウがティルマンズに宛てた手紙。修道会公文書館収蔵。

292 アスマットで働いているひとりのオランダ人神父W・ヘクマン：一九六二年三月二十九日「DeWaarheid」の記事"Zendeling Hekman : Rockefeller Jr. is opgegeten; Wraak tegen moorden van politie"。

292 「オランダからの報道」：一九六二年三月二十七日、ワシントンDCにあるオランダ大使館からデン・ハーグの外務省宛の電報。オランダ公文書館収蔵。

293 「同じような噂が…吹き荒れていました」：同。

293 それでも否定は功を奏した：一九六二年三月二十九日「キャンベラ・タイムズ」の記事"Rockefeller Not Eaten by Cannibals"より。

294 「村人たちにとっては奇異なことだったに違いありません」：二〇一一年十二月スペインのカナリア諸島テネリフにて著者がウィム・ファン・デ・ワールに取材。

295 「その答えは」とファン・デ・ワウ神父は…手紙に書いている：一九六二年三月十五日アントン・ファン・デ・ワウがティルマンズに宛てた手紙。修道会収蔵

296 ファン・デ・ワウもまた…報告していた：同。

296 「証拠が必要なんだ。名前ではなく」：二〇一一年十二月スペインのカナリア諸島テネリフェ島にて著者がウィム・ファン・デ・ワールに取材。

297 彼は非常に怖がっていました：同。

## 第二十三章　二〇一二年十一月

302 ワッシング…場所の経度：オランダ海軍のテレックス。オランダ公文書館収蔵。

305 ガナナス・オベーセーカラが「カニバル・トーク」と言っていることだ：ガナナス・オベーセーカラ著 *The*

*Man-Eating Myth and Human Sacrifice in the South Seas* (Berkeley：University of California Press, 2005)。

309 もっとも衝撃的なのは：フランク・トレンケンシュ“Cargo Cult in Asmat：Examples and Prospects,” in Trenkenschuh, ed., *An Asmat Sketchbook Nos. 1 and 2*, pp. 59–65。

310 一九六二年八月に掛けた保険金の総額：プリミティブ・アート博物館マイケル・ロックフェラー・アスマット・コレクションの保険。MMA所蔵。

310 二〇一二年にメトロポリタン美術館には六百万人の来館者があり：二〇一二年七月十六日メトロポリタン美術館“Metropolitan Museum Announces 6.26 Million Attendance,”より。

310 美術館の目玉となっている見事…カヌー：二〇一二年十二月パプア州アガッツにて著者がアスマット文化と進歩の博物館に取材。

311 「アスマットの精霊を呼び起こす」ため：一九六二年九月十一日メトロポリタン美術館プレスリリースより。MMA所蔵。

311 アスマットの戦士が敵の村人によって殺されると：同。

312 その返事を六月に出している：一九六二年六月二十六日アントン・ファン・デ・ワウからメトロポリタン美術館宛ての手紙。MMA所蔵。

312 ファン・ケッセル自身が…書いた手紙：一九七四年七月三日、コルネリス・ファン・ケッセルからロバート・ゴールドウォーター宛ての手紙。MMA所蔵。

312 ロックフェラーの代理人とオランダ政府とのあいだでやりとりされた手紙：一九六二年二月八日、四月十八日、五月三日、六月六日、七月六日にミルバンク・ツウィード・ホープ・アンド・ハドリー法律事務所のロックフェラーの代理人と、オランダ政府の間で交わされた手紙。オランダ公文書館収蔵。

313 マイケルの資産は…評価された：一九六四年二月二日「ニューヨーク・タイムズ」の記事“Rockefeller Son Ruled Dead; Estate Valued at $660,000,”より。

313 大変助かります：ミルバンク・ツウィード・ホープ・アンド・ハドリー法律事務所のウィリアム・ジャクソンからニューヨークのオランダ総領事宛ての手紙。オランダ公文書館収蔵。

314 自分が発見したことを…手紙で説明していた：マックリン著 *The Search for Michael Rockefeller*, p. 193。

315 「ホイットマン首相が、行方不明事件は…と言ったところ」：一九七五年五月八日「ニューヨーク・タイムズ」より。

315 奇妙なことを発見した：フランク・モンテ著 *The Spying Game: My Extraordinary Life as a Private Investigator*

(Sydney, Australia：Vapula Press, 2003), p. 180。
317 マイケルが岸辺までたどり着いた…という噂話や作り話：モルガン著 *Beginning with the End*, p. 36。
318 「あの家族は…信じようとはしない」：二〇一一年十一月、著者がピーター・マシーセンに電話取材。

## 第二十四章　二〇一二年十一月

339 ピリエンは五つの集団に分かれており：二〇一二年二月パプア州バシムとピリエンで著者がコスモス・コカイに取材。
340 インドネシアはすべてのジェウを燃やし：フランク・トレンケンシュ "Some Additional Notes on Zegwaard from a 1970 Vantage," トレンケンシュ編 *An Asmat Sketchbook Nos. 1 and 2*, pp. 31–36 より。
340 ヤン・スミット神父が…射殺される：フランク・トレンケンシュ "An Outline of Asmat History in Perspective" トレンケンシュ編 *An Asmat Sketchbook Nos. 1 and 2*, p. 32 より。
341 一九七〇年代初めにはインドネシア政府の態度が和らぎ：同 pp. 31–36。
344 フメリピツは…叩いてアスマットを生みだした：ゲルブランズ編 *The Asmat: The Journal of Michael Clark Rockefeller*, p. 21。
351 「私は一生をかけて…求め続けた」：シュネエバウム著 *Secret Places*, p. 3。

## 第二十五章　二〇一二年十二月

354 カミは俺の愛：コスモス・コカの歌。アマテス・オウン翻訳。
355 ビスは俺の妻：同。
363 オツジャネップ・ジェウの長オソムの後継者はフィン：二〇一二年二月パプア州バシムとピリエンで著者がコスモス・コカイに取材。
368 ファン・デ・ワウが…胸が潰れるものだった：修道会収蔵。
368 一九六二年十一月の初旬までに：アントン・ファン・デ・ワウの日誌（一九六二～一九六九）。修道会公収蔵。
368 「ときどき犬が…目にする」：同。
370 オーストラリア軍のヘリコプターが派遣されてきたのは：同。及び二〇一二年二月パプア州バシムとピリエンで著者がコスモス・コカイに取材。
372 死んだ男たちの指導的な地位を引き継いだ：二〇一二

年二月パプア州バシムとピリエンで著者がコスモス・コカイに取材。

375 一九六四年、オツジャネップの緊張は…最高潮に達した：アントン・ファン・デ・ワウの日誌。修道会収蔵。

376 アジムは矢で射られ：同。

376 九歳の妹の命を差し出すように言った：同。

376 神父は日記にこう書いている。「誰かが止めなければならない：同。

376 村の二大勢力はいまだ和解に至っておりません：同。

# 主要参考文献

Anderson, Warwick. *The Collectors of Lost Souls: Turning Kuru Scientists into Whitemen*. Baltimore, MD: Johns Hopkins University Press, 2008.

Arens, William. *The Man-Eating Myth: Anthropology and Anthrophagy*. Oxford: Oxford University Press, 1979.（W・アレンズ著、折島正司訳『人喰いの神話——人類学とカニバリズム』岩波書店、一九八二年）

Avramescu, Catalin. *An Intellectual History of Cannibalism*. Princeton, NJ: Princeton University Press, 2011.

Bickford Berzock, Kathleen, and Christa Clarke, eds. *Representing Africa in American Art Museums*. Seattle: University of Washington Press, 2011.

Chichester, Sir Francis. *Gipsy Moth Circles the World*. New York: Coward- McCann, 1968.（フランシス・チチェスター著、沼沢洽治訳『嵐と凪と太陽—ジプシー・モス号三万マイルの記録』新潮社、一九七〇年）

Cook, James. *The Journals of Captain Cook*. London: Penguin Books, 1999.（ジェームズ・クック著、増田義郎訳『クック　太平洋探検』六巻、岩波文庫、二〇〇五年）

Diamond, Jared. *Guns, Germs, and Steel: The Fates of Human Societies*. New York: W. W. Norton, 1999.（ジャレド・ダイアモンド著、倉骨彰訳『銃・病原菌・鉄　1万3000年にわたる人類史の謎』（上下）草思社文庫、二〇一二年）

Errington, Shelly. *The Death of Authentic Primitive Art and Other Tales of Progress*. Berkeley: University of California Press, 1998.

Eyde, David Bruener. " Cultural Correlates of Warfare Among the Asmat of South-West New Guinea." PhD diss., Yale University, 1967.

Flannery, Tim. Throwim Way Leg: *Tree- Kangaroos, Possums, and Penis Gourds— On the Track of Unknown Mammals in Wildest New Guinea*. New York: Atlantic Monthly Press, 1998.

Gardner, Robert. *Making Dead Birds: Chronicle of a Film*. Cambridge, MA: Peabody Museum Press, 2007.

Gerbrands, Adrian A., ed. *The Asmat of New Guinea: The Journal of Michael Clark Rockefeller*. New York: Museum of Primitive Art, 1967.

Girard, Rene. *Violence and the Sacred. Baltimore*, MD: Johns Hopkins University Press, 1977.

Goldman, Laurence R. *The Anthropology of Cannibalism*. Westport, CT: Bergin and Garvey, 1999.

Heider, Karl. *Grand Valley Dani: Peaceful Warriors*. Belmont, CA: Wadsworth Group, 1997.

Hemming, John. *Red Gold: The Conquest of the Brazilian Indians, 1500–1760*. Cambridge, MA: Harvard University Press, 1978.

Jones, Howard Palfrey. *The Possible Dream*. New York: Harcourt Brace Jovanovich, 1971.

Kapuscinski, Ryszard. *The Other*. London: Verso, 2008.

Knauft, Bruce M. *South Coast New Guinea Cultures: History, Comparison, Dialectic. Cambridge*: Cambridge University Press, 1993.

Leahy, Michael J. *Explorations into Highland New Guinea, 1930–1935*. Tuscaloosa: University of Alabama Press, 1991.

Lijphard, Arend. *The Trauma of Decolonization*. New Haven, CT: Yale University Press, 1966.

Loebl, Suzanne. *America's Medicis: The Rockefellers and Their Astonishing Cultural Legacy*. New York: Harper Collins, 2010.

Machlin, Milt. *The Search for Michael Rockefeller*. New York: Akadine Press, 2000.（ミルト・マックリン著、水口志計夫訳『首狩りと精霊の島――ロックフェラー四世失踪の謎』日本リーダーズダイジェスト社、一九七三年）

Malinowski, Bronislaw. *A Diary in the Strict Sense of the Term*. Stanford, CA: Stanford University Press, 1967.（B・マリノフスキー著、谷口佳子訳『マリノフスキー日記』平凡社、一九八七年）

Matthiessen, Peter. *Under the Mountain Wall: A Chronicle of Two Seasons in Stone Age New Guinea*. New York: Penguin Books, 1996.（ピーター・マシーセン著、大門一男訳『二十世紀の石器人――ニューギニア・ダニ族の記録』文藝春秋新社、一九六四年）

May, R. J. *Between Two Nations: The Indonesia–Papua New Guinea Border and West Papuan Nationalism*. Bathhurst, Australia: Robert Brown and Associates PTY Ltd., 1986.

Monte, Frank. *The Spying Game: My Extraordinary Life as a Private Investigator*. Sydney, Australia: Vapula Press, 2003.

Morgan, Mary Rockefeller. *Beginning with the End*. New York: Vantage Point, 2012.

Obeyesekere, Gananath. *The Man-Eating Myth and Human Sacrifice in the South Seas*. Berkeley: University of California Press, 2005.

Persico, Joseph. *The Imperial Rockefeller: A Biography of Nelson A. Rockefeller*. New York: Washington Square Press / Pocket Books, 1983.

Price, Sally. *Primitive Art in Civilized Places*, 2nd ed. Chicago: University of Chicago Press, 1989.

Sale, Kirkpatrick. *The Conquest of Paradise: Christopher Columbus and the Columbian Legacy*. New York: Knopf, 1990.

Sanday, Peggy Reeves. *Divine Hunger: Cannibalism as a Cultural System*. Cambridge: Cambridge University Press, 1986.

Saulnier, Tony. *The Headhunters of Papua*. New York: Crown, 1963.

Schieffelin, Edward L., and Robert Crittenden. *Like People You See in a Dream: First Contact in Six Papuan Societies*. Stanford, CA: Stanford University Press, 1991.

Schneebaum, Tobias. *Keep the River on Your Right*. New York: Grove Press, 1969.

--- . *Secret Places: My Life in New York and New Guinea*. Madison: University of Wisconsin Press, 2000.

--- . *Where the Spirits Dwell: An Odyssey in the Jungle of New Guinea*. New York: Grove Press, 1988.

Singh, Bilveer. *Papua: Geopolitics and the Quest for Nationhood*. Piscataway, NJ: Transaction, 2008.

Smidt, Dirk. *Asmat Art: Woodcarvings of Southwest New Guinea*. Amsterdam, Netherlands: Periplus, 1993.

Souter, Gavin. *New Guinea: The Last Unknown*. Sydney, Australia: Angus and Robertson, 1963.

Wallace, Scott. *The Unconquered: In Search of the Amazon's Last Uncontacted Tribes*, Crown, 2011.

Zubrinich, Kerry. " Cosmology and Colonisation: History and Culture of the Asmat of Irian Jaya." PhD diss., Charles Sturt University, 1997.

# 解説

奥野克巳

## I

人のやることはやらない、人のやらないことをやる、という「パイオニア・ワーク」（『山を考える』一九七一年、実業之日本社）を熱く説く本多勝一が、一九七〇年代後半の私の高校時代のスターだった。朝日新聞の編集委員だった著者が、「カナダ・エスキモー」「ニューギニア高地人」「アラビア遊牧民」を訪ねて書いたルポルタージュ『極限の民族』（一九六五年、朝日新聞社）を読み、ゆくゆくはそうした仕事をしたいと強く憧れるようになった。なかでも私は、一九六三年にインドネシア領西イリアンのダニ、モニ、アヤニを訪ね、ゴサカというペニス・ケースを付けて、睾丸の皮を引っ張りあって親愛の情を示しながら踊って挨拶する男たち、近親者が死ぬと指を切り落とす風習があって親指しか残っていない老女、飼い豚と共に寝る女などが生き生きと描かれる「ニューギニア高地人」に心を奪われた。

本多勝一のニューギニアにすっかり虜になった私は、次にマリノウスキーの『未開人の性生活』（泉靖一訳、一九七一年、新泉社）を読んだ。「ヘア解禁」以前のアダルトビデオもない時代、こんな刺激の強い本を読んでいいのだろうかといううしろめたさを感じつつ、私は、一九一〇年代の知られざるトロブリアンド諸島の人々の性生活にのめりこんでいった。そこでは、子どもは精液から作られるのではない。だから、夫が永い間留守にして妻に子どもが生まれると、夫は大喜びし、その子どもを可愛がって育てる。性交は妊娠とは関係ないという驚嘆すべき考え。ニューギニアとは、なんて不思議で面白いところなのだろう。

十代で私が読んだもう一冊のニューギニア関係の本が、ピーター・マシーセンの『二十世紀の石器人――ニューギニア・ダニ族の記録――』（大門一男訳、一九六四年、文藝春秋社）である。現インドネシア領イリアン・ジャヤのバリエム渓谷に白人が初めて入ったのは、一九五四年のことだった。その本は、一九六一年にハーバード＝ピーボディ探検隊がおこなった調査記録である。男が女と豚を盗み、見張りをしなければ女は襲われ、敵がいつ槍で攻めてくるか分からないという極度に緊張を強いられる日常の裏で、性や愛を愉しみ、死を生きるダニの暮らしが描かれていた。

はじめに、私的なニューギニアをめぐる読書体験と憧憬を長々と記したのは、プリミティヴ・アートに目覚め、探検隊に参加して、力強く希望に向かって邁進する若き日のマイケル・ロックフェラーにとってだけでなく、マイケルに寄り添いながら、五十年前の失踪事件を追うカール・ホフマンにとっても、ニューギニアが、さぞ不思議な魅惑に満ち溢れた地だったのだろうということを示したかったたである。エロスとタナトスにむせ返り、呪術が横行するニューギニアに読者は魅入られる。本書もまた、ニューギニアという魅惑でできている。

II

マイケル・ロックフェラーの失踪は、オランダ領ニューギニアのバリエム渓谷でダニの人々を対象としたハーバード＝ピーボディ探検隊に同行した後に、アラフラ海に面した土地で暮らすアスマットの芸術作品を蒐集している最中の一九六一年十一月の出来事だった。オランダの人類学者レネ・ワッシングと二人の現地の若者とともに、アガッツという伝道拠点から出発した十八馬力の船外機付きの双胴船は、沖合五キロの地点で荒波を受けて転覆した。現地の二人の若者は泳いで助けを求めに行ったが、翌日になっても救助が来ないため、泳ぎに自信があるマイケルは、ワッシングの反対を押し切って、浜辺までの十六キロの遠泳に乗り出す。その後、マイケルの行方は分からないままである。マイケルが海で溺れたのか、サメやワニに食べられたのか、あるいは、浜辺には辿り着いたが、そこでアスマットに殺され、食べられてしまったのかが、謎として残り続けていた。

本書の圧巻は、第二章でいきなり、アスマットによるマイケルの首狩りとカニバリズムが、生々しい臨場感とともに描き出される箇所であろう（本書一三〜二〇ページ）。マイケルが「いかに」アスマットに殺され、食べられたのかが、最初に示される。もちろん、著者ホフマンは、この情景を直接見たわけではないが、その凄惨極まりないシーンは彼の取材の集大成であり、そこに著者の取材の精髄が詰まっている。

一九六〇年にワシントンDCに生まれたアメリカのジャーナリスト、カール・ホフマンは、本書でも述べられているように、幼いころから未開の地に憧れるようになり、大学を卒業してから、エジプト、スーダン、コンゴ、インド、アフガニスタン、北極、シベリア、バングラデシュ、マリなど世界各地を旅し、これまでに旅行書や、彼自身の旅行および現代の旅行家・探検家の旅をテーマにした数多くの本を書いている。本書は、Carl Hoffman *Savage Harvest: A Tale of Cannibals, Colonialism and Michael Rockefeller's Tragic Quest*. William Morrow. 2014 の全訳である。ホフマンの最新作は、一九八〇年代にボルネオ島の狩猟民プナンと暮らし、木材伐採に抗して彼らの生活を守るための戦いに関わった後、忽然と姿を消したスイス人ブルーノ・マンサーと、一九七〇年代にバリ島に移住し、ボルネオ島でプリミティヴ・アートを発掘し、著名なコレクターとなったアメリカ人マイケル・パーミエリを取り上げた、*The Last Wild Men of Borneo: A True Story of Death and Treasure*. William Morrow. 2018 である。

Ⅲ

本書『人喰い』におけるホフマンのノンフィクションの手法は、失踪から七年後（一九六八年）に、マイケルがニューギニア東部のトロブリアンド諸島で生きているという情報を得て失踪の謎を探った、ミルト・マックリンの『首狩りと精霊の島――ロックフェラー四世失踪の謎』（水口志計夫訳、一九七三年、日本リーダーズダイジェスト社）と比べてみると、その違いがはっきりする。マックリンが直接取材をした人物は相当数に上るが、彼らはほぼ全員アメリカやオランダの関係者たちだった。その本の中でマックリンが辿り着いた結論は、次のようなものである。

> 彼ら（＝アスマット）にとって、彼（＝マイケル）の家族の財産、彼の教育の年数、彼の善意と無邪気さは、なんの意味も持たなかった。アジャムと彼の戦闘隊長たちにとって、マイクル《原文ママ》はただ彼の膚《はだ》の色を代表するものにすぎなかった。彼は外部の人間を代表していた。彼は彼らの村に対して、まだ復讐のすんでいない死をもたらした部族の一員だったのだ。たとえ彼が彼らに話しかけ、彼らのやり方を助長し、研究するために来たのだと説明することができたとしても、同じことだったであろう。アスマト族は、マイクルを殺すことを個人的な問題とは見ていなかった、それは部族としての名誉だった。アジャムは、マイクルがこのことを理解できないことに当惑したことだろう。ちょうどマイクルが、おのれに復讐したがる彼らの気持ちに当惑したのと同じように。（前掲書、三三五ページ）

確かにホフマンが言うように、マックリンの本の「内容の大半は、マックリンの実りのない調査の詳細を羅列しているだけ」（本書三一四ページ）かもしれない。また、本書で詳細に検討される「ラプレの報告書も、フォン・ペエイやファン・デ・ワールの報告書も調べておらず、ファン・ケッセルのオリジナルのノートすら見ていない」（三二四ページ）など、不備が多いように思われる。しかし、そうしたホフマンの批難にもかかわらず、アスマットが自分たちの精神世界に生き、マイケルがどのような存在であるかには意味がなく、復讐されるべき対象とみなして首を狩り、その肉を食べたのだというマックリンが辿り着いた見通しは、本書でホフマンが見出したものと驚くほど似ている。つまり、四十年の歳月を経て、マックリンとホフマン両者が到達した、マイケル・ロックフェラー失踪事件の謎の答えは、ほとんど変わらないのである。

ホフマンは言う。一九五八年二月にマックス・ラプレに襲撃されて五人を殺され、白人に対する復讐を心に期していたアスマットは、無防備で単独行動する白人青年に突然遭遇し、首を狩り、肉を食べて、復讐のサイクルを完遂させたのだと。そして、その後のマイケルの捜索や調査に関して、アスマットには、アメリカ合衆国を代表する名家・ロックフェラー家の威光は届かなかった。そこでは、権力を持っているとか裕福であることなどは、どうでもいいことだったのである。

## Ⅳ

ではいったい、ホフマンはマックリンと何が違うのか？
事件の直後にファン・ケッセル神父によって、「マイケル・ロックフェラーがオツジャネップ村の男たちに殺されて食べられたことは明らかだ」という報告がなされたにもかかわらず、その報告は当時のニューギニア統治をめぐるオランダとアメリカの複雑な政治的な駆け引きの渦中に投げ込まれ、葬り去られてしまったことが、ホフマンにはしだいに明らかになっていく。また、アスマットの地を訪ねても、一向にマイケル失踪の真実がはっきりと浮かび上がってこないことに苛立つようになったホフマンが思い描くようになったのは、「マイケル・ロックフェラーの謎を解きたければ、アスマットのことをよく知らなければならなかった」(三二一ページ)ということだった。「川で数週間過ごしたり村で数日過ごしたり、アスマット文化について書かれた本を読んだりするだけでなく、もっとアスマットの生活について理解しなければならなかった」(三二一ページ)。

この時点で、マイケルが「いかに」殺され、食べられたのかは、一連の調査や文献からすでにはっきりしていたのである。ホフマンにとってどうしても解せなかったのは、「なぜ」マイケルが殺され、食べられなければならなかったのかということだった。

マイケルの失踪の謎に迫るホフマンのアプローチは、文化人類学のフィールドワークの調査法にしだいに近づいていく。ホフマンは、アメリカ帰国中にインドネシア語を習得した上で、最初の訪問から七ヶ月後に、現地のど真ん中で暮らし、通訳を使わずに観察するやり方を、一ヶ月という短い期間ながらもおこなっている。これは、フィールドに入っていく文化人類学者のふるまいそのものである。そしてそれが、マックリンとホフマンの手法の一番の違いである。事件からまだそう時間が経っていない一九六〇年代の後半には、マックリンが事件の当事者に直接会って聞くことが、様々な事情によってできなかったのかもしれない。事件から五十年が経ち、現地で当事者がいなくなった二〇一二年になって、調査者が事件の起きた場所に身を投じることがはじめて可能になったのかもしれない。

いずれにせよ、ファン・ケッセルの報告書の中でマイケルの眼鏡を持っていたとされるドムバイの親類であるピリエンのコカイの家に「弟」としてホームステイすることになったホフマンは、アスマットの実際の暮らしに次第に入り込んでいった。子どもの悲鳴や糞尿の臭いに絶えず悩まされながらも、彼は、人々の関係や村の組織、神話や感情の表出などに関してたくさんのことを知るようになる。まるで訓練された人類学者のように、人々との間でラポール（良好な関係）を築いた上で、滞在三週目に入って、マイケルが撮った五十枚ほどの写真をコカイやその親族に示したのである。

そのことがアスマットの人々を一気に五十年前の世界に引き戻したようだった。写真を見て五十年前のことを語り始めた人々を間近で観察するホフマンは述べる。「殺すことは主張すること、所有すること、奪うこと」「アスマットがその日マイケル・ロックフェラーを殺したのは、情熱と愛情からだった」「人を殺すことは、アスマット文化の論理の中に破綻なく取りこまれている。それ故に、ジェウの指導者の魂をサファンに送ることができた。彼らの宇宙の中で壊れたバランスを正すために。彼らは人間の命を取りこみ、その人物になった。あるいはこう考えていたかもしれない。相手が白人だから、白人の世界においては自分たちが手に入れられない力を得られるかもしれない」(以上、三七四〜三七五ページより抜粋)。

ピリエンでの滞在をつうじて、殺して自らの主張をし、相手を食べて自らの一部とするというアスマットの文化の精神を表す行為がマイケル・ロックフェラーに対してなされたことを、ホフマンは確信するに至る。彼は、首狩りとカニバリズムを、アスマットの側に立って理解する「内在的な観察」をおこなったのである。その意味で、本書は、極めて人類学的なノンフィクションだと言えるだろう。

本書の最後の最後で、ホフマンが撮った動画の中に映っていたのが、アスマットの若者たちに対して、自分たちの文化の秘密を守るように警告を発しているマルコの姿であったということが明かされる。その年寄りは、首狩りとカニバリズムが、アスマットに伝承されてきた、逃すことができない文化の核であり、尊ばれるべき行動であると強調したのである。

## V

人間が人間であることの不思議さに満ちた、計り知れない魅惑の地、ニューギニア。そこに、私自身が初めて降り立ったのは、二〇〇六年のことだった。

パプアニューギニアの首都ポートモレスビーを飛び立って約一時間後、フォッカー機は天候不良のため前後にグラインドしながら、小雨降る、東部高地ゴロカの空港に着地した。空港の入口では、敷地内に入ることを許されない当地の人びとが、柵の向こうですすり泣きながら弔いの歌を唱和し、故郷から離れた土地で死んだ親族の遺体が届くのを待っていた。

同行者と私は、翌朝八時、カフェ人のFと彼が連れてきた五人の従者《ボーイズ》たちと、トヨタ・ハイラックスに乗り込んでゴロカを出発した。舗装道路《ハイウェイ》を突っ走り、近道である山道へと分け入り、目指す領域に近づいたが、地滑りが我々の行く手を阻んでいた。別の山道ルートへと入り込んだ時、Fがボーイズを連れてきた理由を呑み込むことができた。雨季でぬかるみ、粘土化した泥道は、容易には四輪駆動車を通さなかった。ドライバーでもあるFは、ボーイズたちに車が通れる道を整備するように促し、時には厳しい言葉を吐きながら、車を前へ前へと進めていったのである。

その後、山道を三時間近く歩いて、Fの娘が嫁いでいる村へと辿り着いたのは、ゴロカの町を出発してから十一時間後の、とっぷりと日が暮れた午後七時のことだった。Fの娘夫婦の小屋で、野菜と豚肉を竹筒に入れて蒸した料理と焼き芋を腹いっぱい食べ終わると、一行は囲炉裏の周りでほどなくして眠りに落ちた。

翌朝目が覚めると、Fの「妹」がやってきた。故郷から訪ねてきた人たちと、ひととおり握手を交わしたその女性は物悲しい歌い調子で、いかに自分が寂しく感じていたのか、彼らのことを思っていたのかを語り始めた。彼女の感情表出に影響されて、ボーイズたちも目に涙を溢れさせた。なんたる潤いのある、豊かな感情表出であろう。そこで何が語られたのかは知りえなかったが、親族間で交わされた感情表現に、私は深く心を打たれた。

朝食を取っていると、入れ替わり立ち替わり、Ｆの親族やフォレ人たちが手土産を持ってやってきた。Ｆの娘の夫の父親は、タロイモをもってきてくれた。その年寄りはかつて、最初の妻を「クールー病」で亡くしたと語った。それは、一九一〇年代から一九七〇年代までおこなわれていた、多産の女性が死ぬと脳みそを食べるという、「人喰い」の習慣によって引き起こされる病で、嚥下困難や起立困難、精神疾患を経て、死に至る。クールーとは「震え」という意味である。彼はこれまで二度死体を食べたことがあるという。死体を切り刻んで、それを野菜とともに竹筒の中に入れて料理したのだと説明してくれた。

ゴロカに戻った同行者と私は、翌日から二日にわたって医療研究所を訪ねた。そこでは、クールー病プロジェクトが進められ、その時点で四人のクールー病患者が確認されていた。クールー病は終わっていなかったのである。「プリオン感染説」に沿ってクールー病の解明が進められ、共喰い《カニバリズム》の結果、小脳がスポンジ化する病気に対する治療手法が確立されれば、その研究は絶大な社会的貢献をもたらす。ニューギニア東部高地での研究は、「人喰い」が、決して過ぎ去った時代の遺物ではなく、ニューギニアの人々の文化の中に深く根付いた精神性の産物であることを証し立てていた。

（文化人類学者）

著者

## カール・ホフマン Carl Hoffman

一九六〇年生まれ。アメリカのジャーナリスト。「ナショナル・ジオグラフィック・トラベラー」の編集者。「アウトサイド」「スミソニアン」「ナショナル・ジオグラフィック・アドヴェンチャー」「ウォールストリート・ジャーナル」などの紙誌の仕事で七十五以上の国を旅し、多くの旅行記を寄稿している。主な本に、二〇〇一年「*Hunting Warbirds: The Obsessive Quest for the Lost Airplanes of World War II*」（邦訳『幻の大戦機を探せ』）、二〇一〇年「*The Lunatic Express: Discovering the World Via Its Most Dangerous Buses, Boats, Trains and Planes*」（『脱線特急最悪の乗り物で行く、159日間世界一周』）、二〇一四年「*Savage Harvest: A Tale of Cannibals, Colonialism and Michael Rockefeller's Tragic Quest for Primitive Art*」（本書）、二〇一八年「*The Last Wild Men of Borneo: A True Story of Death and Treasure*」。生まれも育ちもワシントンDCで、三児の父親である。

監修者

## 奥野克巳（おくの・かつみ）

一九六二年、滋賀県生まれ。立教大学異文化コミュニケーション学部教授。大学在学中にメキシコ先住民を単独訪問し、東南・南アジアを旅し、バングラデシュで仏僧になり、トルコ・クルディスタンを旅し、大卒後、商社勤務を経てインドネシアを一年間放浪後に文化人類学を専攻。一橋大学社会学研究科博士後期課程修了。近著に、『ありがとうもごめんなさいもいらない森の民と暮らして人類学者が考えたこと』（亜紀書房）など。主な訳書にエドゥアルド・コーン『森は考える：人間的なるものを超えた人類学』、レーン・ウィラースレフ『ソウル・ハンターズ：シベリア・ユカギールのアニミズムの人類学』（いずれも亜紀書房、共訳）など多数。

訳者

## 古屋美登里（ふるや・みどり）

神奈川県生まれ。早稲田大学卒。著書：『雑な読書』『楽な読書』（ともにシンコーミュージック）

訳書：ノンフィクションでは、デイヴィッド・フィンケル著『兵士は戦場で何を見たのか』『帰還兵はなぜ自殺するのか』、ジャニーン・ディ・ジョヴァンニ著『シリアからの叫び』（以上亜紀書房）、アトゥール・ガワンデ著『予期せぬ瞬間』（共訳 みすず書房）、ダニエル・タメット『ぼくには数字が風景に見える』（講談社文庫）など。フィクションでは、エドワード・ケアリー著アイアマンガー三部作『堆塵館』『穢れの町』『肺都』（東京創元社）、イーディス・パールマン著『双眼鏡からの眺め』（早川書房）、M・L・ステッドマン『海を照らす光』、ラッタウット・ラープチャルーンサップ『観光』（以上ハヤカワepi文庫）など。

亜紀書房翻訳ノンフィクション・シリーズⅢ-8

# 人喰い
## ロックフェラー失踪事件

二〇一九年四月三日　初版第一刷発行

著者　カール・ホフマン
監修・解説　奥野克巳
訳者　古屋美登里
発行者　株式会社 亜紀書房
〒一〇一-〇〇五一
東京都千代田区神田神保町一-三二
電話〇三-五二八〇-〇二六一
振替〇〇一〇〇-九-一四四〇三七
http://www.akishobo.com
装丁　川名亜実（オクターヴ）
DTP　コトモモ社
印刷・製本　株式会社 トライ
http://www.try-sky.com

Printed in Japan

奥野克巳の本

# ありがとうもごめんなさいもいらない森の民と暮らして人類学者が考えたこと

奥野克巳著

ボルネオ島の狩猟採集民「プナン」とのフィールドワークから見えてきたこと。豊かさ、自由、幸せとは何かを根っこから問い直す、刺激に満ちた人類学エッセイ。

古屋美登里訳

兵士は戦場で何を見たのか

デイヴィッド・フィンケル著

帰還兵はなぜ自殺するのか

デイヴィッド・フィンケル著

シリアからの叫び

ジャニーン・ディ・ジョヴァンニ著